さかしま

J・K・ユイスマンス
澁澤龍彦 訳

kawade bunko

河出書房新社

さかしま―目次

さかしま

略述

ルウルの城館に所蔵されている数枚の肖像画から判断すると、フロルッサス・デ・ゼッサントの一族は、往時、兵卒あがりの乱暴者や、傭兵くずれの荒くれ男たちから成っていた。古い額縁のなかに窮屈そうに嵌めこまれ、がっしりした肩を真一文字に突っ張った彼らは、そのじっと動かぬ眼と、新月刀のようにひねりあげた口髭と、胴の部分を弧状に反り返らせた巨大な貝殻のような甲冑につつまれた胸廓とで、見る者をおびやかした。

これらの荒武者たちは、遠い祖先なのであった。彼らにつづく子孫たちの肖像画は散佚していた。すなわち、この一族の容貌の系譜には、大きな欠隙があった。ただ一枚の画布が仲介の役目をはたして、過去と現在とのあいだの縫合点をなしていたが、そこに描かれた容貌は、憔悴した死人のような目鼻立ちと、紅のような赤い斑点のある頬骨と、ゴム液を塗り真珠の粒をまぶしたような髪の毛と、硬い円形の襞襟《ひだえり》から真直ぐに伸びた頸とを有った、謎めいた狡猾なひとりの男の容貌であった。

エペルノン公爵(1)とO《オー》侯爵(2)との最も親しい友人のひとりであったこの男の肖像には、劣弱化した体質の欠陥と、血液中における淋巴液の優勢とが、すでに覆いがたくあらわれていた。

この古い家系の頽廃は、疑いもなく、着々とその経過をたどっているのであった。男性的特徴の衰退が目に見えて進行していた。多年にわたって手がけてきた作品を完成させるためのように、デ・ゼッサント家のひとびとは、二百年のあいだ、彼らの余力を近親交配に集中し、自分たちの子供同士を互いに結婚させていたのである。

つい最近まではイル・ド・フランスとラ・ブリ地方のほとんど全領域にわたって繁栄していたこの一族も、いまではたったひとりの後裔、ジャン公爵が生きているのみであった。落ちくぼんだ頬と、鋼《はがね》のような冷たい碧い眼と、肉の薄い、けれども真直ぐな鼻と、痩せて骨ばった手とをもった、貧血性で神経質な、三十歳の華車な青年である。

奇妙な隔世遺伝の現象によって、この最後の末裔は、古代の先祖、あの宮廷の嬖人《へいじん》に似ていた。異様に色の薄いブロンドの尖った頤髯と、懶惰とも機敏ともつかぬ曖昧な表情とを、この青年は有っていた。

彼の少年時代は陰鬱であった。腺病質におびやかされ、執拗な熱に悩まされながらも、外気と摂生によって、どうやら青春期の暗礁を越すにいたると、ようやく体力も持ち直し、萎黄病の衰弱と疲弊も克服され、その発育を完全に遂げるまでになった。

母は色の白い、黙しがちな、すらりとした婦人であったが、衰憊の果てに死んだ。そのあとを追うようにして、父もまた、原因不明の病に歿した。当時、デ・ゼッサントは十七歳に達したところであった。

彼は両親に対して、感謝の念もなければ愛着もない、ただ怯えたような記憶しか有っていなかった。ふだんパリに住んでいた父を、彼はほとんど知らなかった。母の方はおぼえていたが、彼女はルウルの城館の薄暗い部屋で、いつもじっと動かず寝ていたのである。まれに、良人と妻とは一緒になることがあったが、そんなとき、彼の記憶のなかの色褪せた父と母とは、小さなテーブルの前に向き合って坐っているのだった。テーブルを照らしているたった一つのランプは、大きな笠ができるだけ低く下ろされていて、それというのも、侯爵夫人はどんな光や物音に対しても、必らず神経性の発作を起さずにはいられなかったからである。薄暗いなかで、ふたりはわずかな言葉を取り交わすと、やがて侯爵が、無関心な様子で彼女のそばを離れ、大急ぎで一番の汽車に飛び乗るために帰って行くという風であった。

ジャンが勉学のために送られたイエズス会の学校には、もっと心づくしに満ちた、もっと暖かい生活環境があった。神父たちは、驚くほど利発なこの子供を可愛がりはじめた。しかし彼らの努力をもってしても、規則正しい勉学にジャンを没頭させることはできなかった。ある種の学問には喜んで精を出し、ラテン語などにはきわめて早くから習熟するようになったが、そのかわり、ギリシア語は片言隻語といえども絶対にこれを解することを得ず、生きた言語に対しては、まったく才能を示さなかった。それに、科学の初歩を教え込もうとすると、こうした学問にはまるきり鈍感であることを暴露した。

家族は少年の身にほとんど関心を寄せなかった。それでも父がときどき寄宿舎に訪ねてきた。

「こんにちは」「さようなら」「おとなしくして、よく勉強しなさい」こんな風に、きまりきった挨拶しかしない父だった。夏の休暇には、少年はルウルの城館に帰省した。子供の帰省も、母親を夢想から呼びもどしはしなかった。子供がいることなぞ、ほとんど気がつかないかのようだった。それでも時には、苦しげな微笑を泛かべて、数秒間、子供の顔をまじまじと見つめることがあったが、すぐにまた、厚い窓のカーテンで部屋を蔽った人工の夜のなかに沈湎して行った。

召使たちは退屈で、年寄りだった。誰からも構ってもらえない子供は、雨の日は書物に埋もれて過した。お天気の日の午後には、原っぱを歩きまわった。

彼の大きな楽しみは、谷をくだってジュティニイの村まで行ってみることだった。丘の麓にあるその村は、岩蓮華《いわれんげ》の茂みや苔の叢などの生えた、藁屋根の帽子をかぶった小さな家々の聚落だった。大きな乾草の山の蔭になった草原に寝ころんで、彼は水車小屋の鈍い響きに耳をかたむけたり、ラ・ヴールジ河のさわやかな風を吸い込んだりした。ときには泥炭坑まで、ロングヴィルの緑と黒の小さな部落まで足をのばした。かと思うと、風の吹きまくる小高い丘の上に攀《よ》じのぼった。丘の上からの眺めは広大であった。一方には、眼下にセエヌ河の渓谷があった。それは視野の果てに遠ざかり、はるか彼方で閉ざされた空の青と一つになっていた。別の側には、地平線上にプロヴァンスの教会と塔がそそり立っていた。それらの建物は陽光を浴びて、大気の黄金の塵のなかで、かすかに震えているように思われた。

本を読んだり、夢想したり、あるいは夜中まで孤独を満喫したりする生活がつづいた。あまりに同じ物思いにふけったために、彼の精神は自己のなかに閉じこもり、まだ不分明な彼の思想は、不分明なままに熟してしまった。休暇が終るたびに、彼は一層考えぶかくなり、一層頑冥になって教師のもとに帰ってきた。この変化が教師たちに気づかれないはずはなかった。職業上ひとの心の最も奥深いところまで探りを入れるのに慣れた、洞察力の鋭い老獪な彼らは、この明敏な、とはいえ御しがたい精神にいささかも瞞されなかった。彼らはこの生徒が、イエズス会の名誉のために貢献することなどは決してあるまいと睨んだ。家庭が裕福で、しかも息子の将来に無関心でいるらしいので、彼らはまもなく、学校の利益になる将来の道にこの生徒を向かわせることを断念した。少年は進んで教師たちと、神学上のあらゆる教義について議論を交じえ、教義の狡智や屁理窟に腹を立てていたものであるが、教師たちは彼を聖職につけさせようなどとは夢にも思っていなかった。というのは、教師たちの努力にもかかわらず、少年の信仰心はいつまでも脆弱だったからだ。とうとう彼らは、さわらぬ神に祟りなしとばかり、少年が自分の好きな学問に精を出し、その他の学問をうっちゃらかしておくのを大目に見るようになった。このわがままな精神が、俗っぽい生徒監の小言にわずらわされて、物狂いでもしたら大変だと思ったのである。

こうして彼は、司祭たちの父親らしい干渉をもほとんど意識することなく、完全に幸福に暮らした。そしてラテン語とフランス語の勉強を気ままにつづけた。神学は彼の学習科目には登場しなかったけれども、かつてルウルの城館の図書室で読みかじった学識が、その修業課程を補った。ちなみに、この図書室というのは、サン・リュフの僧会修道院長であった彼の曾祖父の兄弟プロスペル師が遺したものだった。

ともあれ、イエズス会の学校と別れなければならない時がきた。すでに彼は成年に達し、その財産を自由にすることができる立場になっていた。後見人であった従兄のモンシュヴレル伯爵から、彼は会計報告を受けた。彼らのあいだに保たれていた交渉は、短かい期間にすぎなかった。一方は年寄りで一方は若い、この二人の男のあいだには、何らの接触点もなかったからである。好奇心や暇つぶしや儀礼的な気持から、彼はこの従兄の家庭にしばしば顔を出し、ラ・シェーズ街の館《やかた》で催される退屈きわまりない夜会にも、何度となく出席した。そうした夜会では、世界とともに古い親族のお祖母さんたちが、何代にもおよぶ貴族の家系の話やら、紋章学の月の話やら、時代おくれの礼法の話やらを取り交わしているのであった。

こうした未亡人のお祖母さん連中よりもさらに、無能にして不易な存在ぶりを露わに示しているのは、ホイストの卓を囲んでいる男たちであった。そこでは、昔の騎士の後裔たち、封建氏族の最後の末流たちが、無味乾燥な演舌や百年も前の美辞麗句をくどくど繰り返しつつ、カタル性の偏執的《マニアック》な老人の相貌をもってデ・ゼッサントの前に立ちあらわれるのであった。羊歯《しだ》(3)の茎の截断面におけるがごとく、これらの老人の柔らかくなった頭の髄のなかにも、百合の花模様が刻印されているのであるらしかった。

青年の心には、板壁や人造岩で飾られたポンパドゥール様式の地下墳墓に葬られたこれらのミイラたちや、漠としたカナンの地にいつも目を向け、想像上のパレスティナに生きていることれらの憂鬱な薄のろたちに対する、言おうようない憐憫の情が湧いた。

幾度かこうした社会に顔を出した後、彼は誘いや非難の言葉を無視して、もう二度とこんな場所には足を踏み入れまいと決意した。

そこで今度は、自分と同年輩の、同じ環境に住む青年たちとつき合いはじめた。

彼らのなかのある者は、デ・ゼッサントと同じく、宗教学校の寄宿舎で育てられ、こうした教育から、ある特別の印を受けてきていた。日々の聖務を守り、復活祭の日に聖体を拝受し、カトリックの集まりに足繁く通うのであるが、たとえば女犯の罪のごときは、眼を伏せてこれを秘密にするのである。大部分はのっぺりしていて、愚鈍で、卑屈で、教師をじりじりさせるような飛び切りの劣等生であったが、信心ぶかい従順な人間を教団に送り込もうという教師たちの意図には、十分満足を与えるような連中だった。

彼らにくらべれば、国立高等学校や私立学校の教育を受けた者は、まだまだ偽善者的なところが少なく、より自由であった。しかしこの連中もやはり、偏狭で面白くもないことには変りがなかった。遊び好きで、オペレッタや競馬に熱をあげ、ランスクネやバッカラ(4)をやり、馬だの、カルタだの、そのほか頭のからっぽな連中にふさわしいあらゆる遊びごとに、莫大な金を賭ける。一年もつき合ってみると、この連中の遊蕩は、分別もなければ熱っぽい華々しさもなく、血液や神経の真に過激な昂奮もない、低劣で安易なる遊蕩のごとくに思われ、まことに索莫たる気持にならざるを得なかった。

だんだんと彼はこの連中のもとを離れ、文学者仲間に近づき出した。文学者相手なら、どちらかといえばその考え方も自分と似ているはずなので、今まで以上に気楽な交際ができるはずだった。ところが、今度もまた期待は裏切られた。彼らの猜みぶかい、けちくさい意見、教会の扉にもひとしい俗悪な会話、一作品の価値をその重ねた版数、売り上げ高によって評価する胸のわるくなるような議論は、彼をして甚だしく不愉快ならしめるものがあった。同時に彼は自由思想家とか、ブルジョアの正理論家とかいった連中ともつき合ったが、彼らときたら、他人の意見を圧殺するためにあらゆる自由を要求する、清教徒風な貪欲無恥な輩であって、教育程度はまさに街頭の靴直しにも劣ると判定された。

かくて彼の人類に対する侮蔑は、いよいよ増大した。ついに彼は、世の中というものは大部分、無頼漢と低能児とから成り立っているのだと理解せざるを得なくなった。他人のなかに、みずからの抱けると同様の渇望や憎悪を発見するなどは、到底望み得べからざることであり、頽廃的な学究生活に喜びを見出す、自分と同じような知性にめぐり合うことなども、絶対に望み薄であった。また、作家や文士の精神に、自分と同じような気むずかしい、陰翳のある精神を求めるのも期待すべからざることのようであった。

取り交わし受け渡す思想の無意味さに業を煮やし、いらだち、心おだやかならず、彼はあたかも、あのニコル(5)の語った、どこにいても苦痛を感じるひとのようになって行った。そしてついには、不断に生皮を剝がれるような思いになり、毎朝の新聞で弁じ立てられる愛国的社会的駄弁にさえ苦痛を感じるようになった。また、思想なく文体なくして書かれた作品にさえ、全能な大衆によってつねに成功が約束されているということに、空恐ろしいような気持をいだくまでになった。

かくて早くも彼の心は、洗錬された隠遁の地、心地よき無人の境、人間的愚かしさの絶えざる氾濫を遠く逃れた、びくとも動かぬ、なまぬるい方舟《はこぶね》を夢みつつあった。

唯一の情熱は女で、これだけが、すべてのものに苛立たしい軽蔑の念をいだく彼の関心を惹くに足るものであった。が、そんな情熱も、やがて涸れつきる時がきた。かつては彼も、異嗜症に悩まされ、はげしい渇望に憑かれた気まぐれな男の欲情をもって、肉の饗宴を追い求めたこともあったが、その味覚はたちまち鈍くなり、無感覚になった。そこでは、食後に酔っぱらった女たちが胸のホックをはずし、テーブルにごつんごつんと頭をぶつけるような狂態も見られた。劇場の廊下をうろつき、女優や歌手に手を出し、女性の持って生まれた愚かさのみならず、下っ端女優の気違いじみた虚栄心にうんざりしたこともあった。それから、すでに名のある娼婦たちを何人も囲い、金額次第でどんな怪しげな快楽をも提供するあの周旋屋の繁栄に寄与したこともあった。最後に、こうした同じような贅沢に飽き果て、こうした相似の愛撫にげんなりして、彼は陋巷に潜伏すると、むしろ今までとは打って変った新味によって、その欲望を補給し、貧乏人の刺戟的な穢ならしさによって、その衰えた官能を鼓舞しようと試みた。

だがいかに試みても、堪えがたい倦怠が彼を圧しつぶすばかりであった。そこで躍起になって、手練の娼婦の危険な愛撫に頼ったのであるが、そうすると今度は、彼の健康がひどく衰え、神経系統が過敏になった。首筋はたちまち敏感になり、手はひとりでに運動を起すようになった。重いものを摑む時はまだしっかりしていても、小さなグラスのような軽いものを持つと、小きざみに顫えて傾いてしまうのだった。

診断を乞われた医者は、彼に警告を発した。今こそ放蕩生活をやめ、体力をいたずらに消耗するがごとき生活態度に見切りをつけねばならぬ。医者の忠告を容れて、しばらくのあいだ、彼は平静にしていた。が、まもなく、小脳が昂奮しはじめ、ふたたび擾乱を捲き起すのであった。あたかも春機発動期にある娘が、変質した食物や下賤の食物をがつがつ求めるように、彼もまた、異常な愛や偏奇な快楽を夢み、かつ実行するにいたった。そして、これが最後であった。すなわち、このとき以後、すべてを汲みつくしたことに満足したかのように、疲労困憊その極に達したかのように、彼の官能は麻痺状態におちいり、不能と紙一重になってしまったのである。

迷いがさめ、たったひとり、おそろしく疲れ切ったわが身を彼は途上に発見した。果てまで行くことを望んでいたのに、肉体の無気力がそれを許さなかったのだ。

この世から遠く逃れ去りたい、どこかの隠遁所にかくれ住みたい、そして病人が街路に藁を敷きつめたいと願うように、頑強な人生の喧騒をすべて消してしまいたい、そんな彼の空想が、ふたたび強固になり出した。

それに、決意をかためるのに好い時節でもあった。財産を数えてみると、不安が彼を襲った。滅茶苦茶な道楽生活のおかげで、彼は遺産の大部分を蕩尽していたのであり、土地に投資された残余の財産も、雀の涙ほどの利益しかもたらさなくなっていたからである。

彼はルウルの城館を売り払うことに意を決した。そこにはすでに久しく行かなくなっていたものの、彼にとっては絶対に忘れられない哀切な思い出や、悲しみがあった。彼はまたその他の財産をも整理し、国債を買い、かくして年収五万リイヴルをかき集めた。さらに手もとに、小さな家を買い家具を備えつけるための用意にと、端数のない一定の金額を残しておいた。その家で、彼は最後の心の安らぎに浸ろうと目論んでいたのである。

首都の郊外をあれこれ物色した挙句、フォントネエ・オー・ロオズの高台の、城塞の近くの人里離れた場所に、一軒の売り家のあることを発見した。かくて彼の夢はかなえられた。パリ人のみだりに侵入しないこの土地で、ぬくぬくと隠棲し得るは確実であった。交通といえば、町のはずれに敷設された滑稽な鉄道が一本と、気まぐれに発着する市内電車しかなく、すこぶる頼りにならない不便なもので、この点でも、彼は安心していられた。新らしい生活をはじめることを思うと、はげしい歓喜の情が湧き起り、彼はすでに高台の上に閑居している自分のすがたを瞼の裏に想い描くほどであった。そこはパリの波が到達し得ないほど遠く、しかも距離的には、首都から至近の地で、彼の孤独が保証されていた。実際、そこへ行こうと思ってもすぐにはなかなか行かれないような土地柄だったので、なにも道路を遮断して通行止めになぞしなくても、社会がふたたび侵入してくる心配もなければ、悔恨の念に襲われる心配もないのだった。

買い取った家に煉瓦職人を入れると、次に彼は、ある日、いきなり、自分の計画を誰にも明かさず、古い家財道具を売り払い、召使たちに暇を出し、転居先をば門衛にも告げないで、住み馴れた家をあとにしたのである。

第一章

デ・ゼッサントがフォントネエの家の静かな安息に浸り得るまでには、なお二箇月以上の月日の流れ去るを要した。ありとあらゆる種類の買物が、彼をして、パリの町中を端から端まで歩きまわることを余儀なくさせたからだ。

ともあれ、室内装飾業者にその住居を委託するまでに、彼はどれほど熱心な職人探しにふけり、どれほど取りとめない思案に暮れたことであったろう！

久しい以前から、彼は色調のあらわす真摯性および欺瞞性というものに精通していた。かつて女たちを家に招いていた頃には、蒼白い日本産の樟樹《くすのき》の、彫刻のある小さな家具を周囲に配し、薔薇色の印度繻子でつくった天蓋のごときものを垂らして、その布に漉《こ》された思わせぶりな光により、女たちの膚がやわらかい色調に染め出されるような寝室を工夫したものであった。

この室はさらに、四方の壁に鏡が張りめぐらされ、薔薇色の寝台を無限の遠くにまで、ずらりと連続して反映するような仕掛になっていて、女たちのあいだで好評を博したものであった。

女たちは、家具什器の香木から立ちのぼる薄荷《はつか》の匂いの籠もった、この生暖かい淡紅色の浴槽に、その裸身を浸すことを大いに喜んだ。

が、白粉《おしろい》の習慣や夜の放蕩によって荒れ衰えた女たちの膚の下に新らしい血を補給するかと思われた、この匂える空気の恩恵を別にしても、デ・ゼッサントには、この悩ましげな部屋でおのれ一個のために味わう特殊な歓びがあった。それはいわば凶々しき過去や、失われた倦怠の思い出が活気づけ、極度に高める快楽の数々であった。

少年時代への憎悪と侮蔑の念から、彼はこの部屋の天井に、一匹の蟋蟀《こおろぎ》を入れた小さな銀線の籠を吊るしておいた。蟋蟀はルウルの城館の煖炉の灰のなかで歌ったように、ここでもよく歌った。かつて何度となく聞いたこの虫の歌声をまた耳にすると、彼の眼前には、母のいる部屋の重苦しい沈黙の宵の雰囲気が、悩ましい抑圧された青春の孤独が、ひしめきながらふたたび立ちあらわれてくるのであった。そして、彼が機械的な動作で愛撫している女がふと身を動かしたり、言葉をかけたり、笑ったりでもすると、一瞬にしてこの幻影はくずれ、彼はふたたび現実に、寝室に連れもどされるのであったが、そんなとき、彼の心には、一種の混乱が生じた。それは、耐え忍んだ悲しみからくる復讐の欲求であり、家族の醜い思い出によって相手を汚してやりたいという狂熱であり、かつまた、肉蒲団の上にあえぎ、肉の錯乱の最もはげしく最も刺戟的なものを、その最後の一滴までも汲みつくしてやりたいという狂的な欲望なのであった。

あるいはまた、秋の雨もよいの季節に、憂鬱が彼の心を締めつけ、街や、自宅や、黄土色をした空や、割栗石状《マカダム》の雲が彼の心をうるさく悩ますとき、彼はこの部屋に逃れ、銀線の籠を軽くゆすぶり、鏡の戯れによって無限に反射するその影を、じっと眺めていることがあった。すると、やがて陶然となった彼の眼には、籠が動いているのではなくて、寝室がゆらゆら揺らぎ、ぐるぐる廻り、家全体を薔薇色のワルツで充たしているのでもあるかのごとき気がされてくるのであった。

それからまた、ことさら奇を衒うことを必要と考えていた頃、デ・ゼッサントは、客間を一続きの数多の小房に仕切り、それぞれの小房に違った色の壁掛を掛け、あるいは明るくあるいは暗く、あるいは柔らかくあるいは荒々しき、それぞれの色調の微妙な類似、漠とした照応によって、彼が好んだラテン語やフランス語の書物の性格に相調和せしめ得るような、奇妙に豪奢な室内装飾を創始したこともあった。当時彼は、己れの気まぐれが選ばしめた作品の本質に最もふさわしいと思われた色の装飾のある小房に、いつも腰を落ちつけていた。

最後に、彼は御用商人を引見するための広い一部屋を用意した。商人たちは部屋に入ると、教会の祈禱席のような座席に並んで腰をかける。すると彼が大きな説教壇にのぼって、ダンディズムに関する説教をこころみ、切り方裁ち方については絶対に自分の意見に服することを靴屋や仕立屋に厳命したり、もしも彼らが命令書や教書に記された指示にそのまま従わないならば、代金を払わず、破門にすることがあるから左様心得ろと言って、彼らを威嚇したりするのであった。

また彼は、白ビロオドの上着に金の刺繡のある胴着《ジレ》をつけ、シャツの襟刳の切れ込みのところに、ネクタイの代りにパルムの花束をさし、文学者連中を派手な晩餐会に招いたりして、大いに変奇漢の盛名を博したのであるが、なかでも秀逸は、凶事を徹底的に茶化すために、十八世紀の習慣を復活させて、喪の宴と呼ばれる宴会を開いたことであった。

食堂は黒い布を張りめぐらし、庭園に向かって開かれていたが、庭園の小路には石炭の粉がまき散らされ、小さな泉水には玄武岩の縁石がめぐらされ、泉水のなかには墨汁が満たされ、築山には糸杉や松があしらわれて、急にその眺めは陰気な風景に一変したごとくであった。そして食堂では、黒いナプキンの上に食事が選ばれ、卓上には菫や山蘿蔔《まつむしそう》の花籠が置かれ、緑色の焔の燃える枝付燭台や、蠟燭の火の燃えるシャンデリヤが室内を照らしているのであった。すがたの見えない管絃楽《オーケストラ》が葬送行進曲を演奏しているあいだ、銀の布のスリッパと靴下をはき、眼に涙をちりばめた裸形の黒人女が、会食者一同のために給仕をした。

黒い縁取りの皿から、ひとびとは青海亀のスープだの、ロシア麦の黒パンだの、熟したトルコのオリーヴだの、キャビアだの、鯔《ぼら》の卵の塩漬だの、フランクフルトの燻製ソオセージだの、甘草汁や靴墨色のソースで煮込んだ獣肉だの、フランス松露の煮凝りだの、琥珀色のクリーム入りチョコレート菓子だの、プディングだの、椿桃《つばきもも》だの、葡萄のジャムだの、桑の実や黒桜んぼなどを賞味した。また暗色のグラスから、ラ・リマーニュ、ルーシヨン、テネドス、ヴァル・デ・ペニャス、ポルトなどの各地方から産する銘酒を飲んだ。コーヒーと胡桃酒のあとには、ロシアのライ麦酒、イギリスの黒ビール、スタウトなどを味わった。

宴会の招待状は死亡通知状に似ていて、そのおもてには、束のま死せる男性のための告別の宴、と記されてあった。

だが、こんな常規を逸した行為に身をまかせて得意になっていたのは、すでに消え去った者の夢である。今の彼にとっては、こんな子供っぽい時代おくれの見せびらかしや、こんな異様な服装や、こんな風変りな室内装飾は、すべて軽蔑の的たるにすぎなかった。彼はもはや他人を驚かすためではなく、ただ自分一個の快楽のために、とにかく珍奇な様式に飾られた、快適な家をつくろうと考えたのであり、将来の孤独の必要によく適応させられた、細心の注意の行き届いた、閑静な住居を実現しようと腐心したのである。

さる建築家の手によって、フォントネエの家が彼の希望と計画通りに準備万端整い、あとはただ家具の据付けと室内装飾に命令を下せばよいという段階になると、彼はふたたび、色彩や色合《ニュアンス》の問題をじっくり吟味しはじめた。

彼が望んだのは、燈火の人工的な光に照らされて、はじめてその特色を遺憾なく発揮するような色彩であった。昼間の光のもとで、どんなに味気ない没趣味な色に見えようとも、それは彼の意に介するところではなかった。なぜなら、彼の生活はほとんど夜に限られていたからである。ひとは自分の家に孤独でいればいるほど快適であり、精神は夜の暗黒と隣り合わせに接しているときに、はじめて真の昂奮と活気を得るものである、と彼は考えていた。家々が暗黒につつまれて睡りに沈むとき、自分ひとり、煌々たる明りに照らされた部屋に、眼ざめて起きているということは、彼にとって固有な悦楽ともいうべきものであった。この一種の悦楽には、おそらく、あの夜おそくまで仕事をする職人が、窓のカーテンを引きしぼって、おのれの周囲の万物が灯を消し、死せるがごとく静寂のうちにあるさまを眺める時に経験するような、一種のささやかな虚栄心、一種の特殊な満足の情がひそんでいた。

彼は慎重に、ひとつひとつ、さまざまな色を選り抜いた。

青は蠟燭の光で見ると、不自然な緑色をおびる。コバルトや藍のような濃い色の場合には、黒になる。明るい色の場合には、灰色に近づく。トルコ玉のように暖かく柔らかな場合には、その色は艶を失い、冷たくなる。

したがって、他の色に補助薬のように配合するのでない限り、この色から一部屋の基調をつくり出すことは問題となり得なかった。

一方、鉄灰色は燈火の光で見ると、渋面をつくり鈍重になる。真珠色はその蒼味を失い、きたない白に変色する。褐色は眠りこけ、冷たくなる。深緑はどうかといえば、皇帝緑や桃金嬢緑とひとしく、濃紺と同じような作用をし、黒と一つに融合する。したがって、光がその青を追放し、もはや黄色味しか所有しなくなるとき、残されているのは孔雀緑のような、比較的青味の薄い緑と、辰砂色およびラック色であった。もっとも、この黄色といえども、燈火のもとでは不自然な色調になり、混濁した味わいしか残さないのである。

鮭肉色も、玉蜀黍《とうもろこし》色も、薔薇色も、さらに問題にはならなかった。薔薇色は女性的で、孤独の思想とは矛盾していた。紫色は寒々とした印象が強くて、結局、問題とするに足りなかった。赤色だけが、夕方の光のなかで、ぐっと映えてくるのであるが、しかし、赤にもいろいろある！　べたべたした赤だとか、卑しい酒糟色では仕方がない。こうした色に頼るのは、彼にはきわめて無益のように思われた。たとえば、サントニンのある分量を飲むとき、それが紫色に見えることがある。そんな風に、壁布の色が何の干渉もなしに、容易に変化するようではたまらない。

これらの色を次々に排除して行くと、最後に、三つの色だけが残った。すなわち、赤と、オレンジと、黄色である。

彼は何よりもオレンジ色を好んだ。そして、ほとんど数学的な正確さでみずから表明していた一学説の真理を、身をもって実証していた。その学説というのは、真に芸術家的な個人の官能的な資質と、彼特有の鋭敏な眼が独得の流儀で見る色とのあいだにこそ、まことの調和は存在する、というのであった。

実際、粗悪な網膜のおかげで、それぞれの色に固有の調子も識別できず、それぞれの色の微妙な階程やニュアンスの、神秘的な魅力も識別できないような大多数のありふれた人間は、問題外である。また、顫えるような強烈な色調の豪華さや派手やかさに無感覚な、あのブルジョアの明きめくら連中も問題外である。そうしてみると、文学や芸術の訓練を受けた、洗錬された鑑識眼の人間しか残らないことになる。理想を夢み、幻影を求め、寝台の行為にヴェールをかけることを要求する一部のひとの眼が、一般に青色や、それと同系統の色、たとえば葵色とか、藤色とか、真珠色とかによって慰められるのにちがいない、と彼には思われた。もっとも、そうであるためには、彼らが情に動かされやすい性質を失わず、彼らの人格を狂わせるような限界を越えず、より純粋な紫色へ、より生粋な灰色へと、その嗜好を変化させて行くことが必要であろう。

これに反して、激しやすいひとびと、血の気が多くて、乱暴で、物事の順序や本筋以外の枝葉末節を軽蔑し、すぐかっとなって相手に飛びかかって行くようなひとびとは、大ざっぱに言って、赤や黄の鮮やかな色調、彼らの理性を狂わせ陶酔させる、シンバルの連打にも似た、真紅やクロームの色調を好むのである。

最後に、その官能的欲望が燻製や塩漬などといった一風変った味の料理を求める、衰弱した神経質な性格のひとびと、異常に敏感で倫理的な性格のひとびとは、ほとんどすべて、人工的な華麗さと辛辣な熱っぽさとを具えた、あのいら立たしい病的な色彩、すなわち、オレンジ色を愛好するのである。

だから、デ・ゼッサントの選択には、いささかの疑問の余地もあり得なかった。が、そこにはまだ動かしがたい困難があった。赤や黄色が光に映えるとしても、その複合物であるオレンジ色の場合、必らずしも事情は同じではない。むしろオレンジ色は激昂して、しばしば金蓮花の赤色や、火のような赤色に移行してしまう惧れがある。

彼は蠟燭の光で、オレンジ色のあらゆるニュアンスを研究し、ついに、おのれの注文から外れる気づかいは万々ないと思われるような、その一色を発見した。こうした予備の研究がすむと、彼は少なくとも自分の居間にだけは、東洋の織物や絨毯をできるだけ使わないようにしようと考えた。成金の商人たちが服飾品店でそれらを安値で手に入れるようになった現在、東洋の織物は、じつにつまらない、ありふれたものになってしまったからである。

とどのつまり、彼は居室の壁を書物に、膚理のあらいモロッコ革や、鋼鉄板の強い圧搾による光沢《つや》出しをほどこされた喜望峰の山羊皮などをもって、装幀させることに意を決した。

こうして鏡板が張られると、彼は竿縁《さおぶち》や上方の腰板に、ちょうど四輪馬車の製造人が馬車の羽目板に用いるような、濃い藍色や艶のある藍色の塗料を塗らせた。やや丸味をおび、同じようにモロッコ革を張りつめられた天井には、あたかもそのオレンジ色の皮膚に嵌めこまれた一箇の巨大な円窓のように、濃い青色の絹張りの円い天空が切りひらかれていた。そして、その円い天空の真んなかに、昔ケルンの織工たちが聖職者の祭服に縫い取った銀糸の熾天使《セラフィム》が、幾つとなく羽ばたきながら舞いのぼっているのであった。

夜、配置が完了すると、すべての色調は互いに妥協し、和らぎ、落着きを得た。板張りはオレンジ色によって支えられ温められたかのような、その青色を不動のものにした。一方、オレンジ色は青色のはげしい息吹きによって強調され、いわば煽り立てられて、互いに混濁するでもなく、おのおの自己の領分を守ることになった。

この部屋の唯一の贅沢は、書物と珍奇な花々とから成り立つべきであったから、デ・ゼッサントには、家具についての永い調査研究を行う必要がなかった。後には数枚のデッサンもしくは絵の額をもって、むき出しの壁画を飾ることをもやめて、壁面の大部分に黒檀《こくたん》の書棚と整理棚とを設け、床には野獣の皮や白狐の毛皮を敷きつめた。また十五世紀のどっしりした両替商のテーブルのそばには、頭をもたせかけるための小さな耳状の装置が背の両側についた、ふんわりした肘掛椅子と、錬鉄製の古い教会の譜面台とを据えつけた。かつて教会の助祭が交誦聖歌集を置くのに用いた、この古代の譜面台の上には、今や、デュ・カンジュの(6)『中期および後期ラテン語辞典』の重い二折判本の一冊が、支えられているのであった。

黄金の斑点のある凸凹した濃緑色をちりばめた、青ずんだ罅焼《ひびやき》の窓ガラスは、田園の風景を遮り、薄れた光しか浸透せしめぬばかりか、窓それ自体も、古い頸垂帯《ストラ》を裁断してつくったカーテンによって厚く蔽われていた。古ぼけ燻んだカーテンの黄金色は、ほとんど褪せた朽葉色の横糸のあいだに、なかば消えかけていた。

煖炉の掛布もまた、豪華なフィレンツェ風広袖法衣《ダルマティカ》の生地を裁断してつくったもので、その上には、古いビエーヴルのアベイ・オー・ボア僧院出自によるビザンティン様式の、金泥を塗った二個の銅製の聖体盒のあいだに、レースのような細工をほどこされ、三つの部分に仕切られた、すばらしい教会用の読誦額が置いてあった。そして、その額のガラスの下には、本物の犢の鞣革の上に、見事な典礼書文字と絢爛たる彩色術とをもって描かれた、ボオドレエルの三つの詩篇が納まっていた。右側および左側の部分には、『恋人たちの死』および『仇敵』なる表題をもつ十四行詩《ソネット》が、また中央の部分には、『いずこへなりとこの世の外へ』——any where out of the world——なる表題をもつ散文詩が、それぞれ納まっていたのである。

第二章

その邸宅を売り払った後も、デ・ゼッサントは、二人の年とった召使を解雇せずに残しておいた。彼らは昔デ・ゼッサントの母の看病をし、ルウルの城館で差配人と門衛の役目を二つながら果たし、城館に住むひとがいなくなってから競売に付されるまでのあいだも、そこに居残っていたひとたちであった。

この老夫婦を、彼はフォントネエに呼び寄せた。彼らは病人を看護したり、時間ごとに規則的に、幾匙かの水薬や煎じ薬を与えたりする仕事に慣れていたし、また、外界との連絡を絶った、窓も扉も閉ざした部屋で、修道僧のようなきびしい沈黙の蟄居生活を送ることにも慣れていた。

老夫婦の亭主の方には、部屋の掃除と食料品の買い出しを命じ、女房の方には、台所の支度を担当させた。邸の二階に部屋を与え、頭の上で彼らの足音が聞えないように、厚いフェルトのスリッパをはかせ、たっぷり油を塗ったドアの前には控の間を設け、床にはふんわりした絨毯を敷かせた。

また彼は二人と相談して、ある種の呼鈴を案出し、呼鈴の音の数や長短の時間によって、それが何を意味するかを彼らに解らせるようにした。それから会計簿を置く場所を事務机の上ときめて、毎月、自分が眠っているあいだに、そこへ置いて行かせるようにした。要するに、こうして彼は、なるべく召使と顔を合わせたり話をしたりする必要がなくて済むように、万事を運んだのである。

けれども時折は、老婢が納屋に薪を取りに行くため、彼の部屋の前を通らねばならないこともあった。そんなとき、窓に映った彼女の影によって、気分をこわされてしまっては困るので、彼はこの老婢に、あのゲント(7)の町の修道女たちが今でもかぶっているような白い布帽子《ボンネット》と、黒い垂れ頭巾とをかぶらせ、フランドルの節織《ふしおり》絹布の衣服を着用させた。そこで、黄昏の薄明りに、こんな冠り物の女が窓の外を通り過ぎるのを見ると、彼はあたかも僧院にいるかのごとき思いをさせられて、活気のある町の一隅に閉ざされ埋もれた、あの声なき敬虔な村々や、あの死せる街々の記憶を新たにするのであった。

食事も一定時間に摂ることにきめた。といっても、食事は複雑なものではなく、ごく軽いものであった。胃の衰えが、変化に富んだ料理や濃厚な料理を吸収することをすでに許さなかったからである。

冬は日が落ちてから五時に、半熟卵二個と、トースト・パンと、お茶の軽い朝食を摂った。次の昼食は午後十一時ごろで、夜のあいだにはコーヒーを喫んだり、時にはお茶や葡萄酒をも飲んだ。朝の五時ごろ、寝台につく前にも、簡単な食事をしたためた。

食事の順序と献立は、各季節のはじめに一度きめられると、そのまま季節の最後まで変らなかった。彼が食事をする部屋は、壁に詰物を充填し、密閉した廊下を隔てて書斎に相対した小さな部屋で、廊下が連絡している二つの部屋のそれぞれには、匂いも音も浸透しないようになっていた。

この食堂は、半円形の大梁《おおばり》のある穹窿形の天井といい、松材を用いた隔壁や床といい、船腹の舷窓にも似た、羽目板に穿たれた小さな窓といい、あたかも汽船の船室《キャビン》といった趣きがあった。

ちょうど大小順次に重ねて組み入れる日本の手匣のように、この部屋はもっと大きな部屋、すなわち、建築家が建てた本来の食堂のなかに、挿入されていた。

その大きな食堂には窓が二つあって、その一つは、バネ仕掛で自由に開閉できる板によって、平生は隠されているから見えないけれども、必要な時には空気を一新するために、この孔から松材の小部屋のまわりに空気を流通させ、小部屋のなかに空気を送りこむこともできるようになっていた。もう一つの窓は、小食堂の仕切壁に穿たれた舷窓の真向いに位置しているから、いつでも見えたけれども、つねに閉め切りであった。それもそのはず、この小部屋の舷窓と、大食堂の壁に穿たれた本当の窓とのあいだの全空間は、一つの巨大な水族館になっていたのである。だから、船室式の小部屋を照らしにくる外からの光は、まず錫泥を塗らない一枚の鏡をはめ込んだ外側の窓を通り、水をくぐった上、さらに舷窓に固定されたガラスを通過しなければならないのであった。

湯沸《サモワール》しが卓上に湯気をたて、太陽がまさに沈まんとする秋の夕暮ともなれば、午前中どんよりと曇っていた水族館の水も、急に赤味をおびて明るみ、掻き立てられた熾火のような残りの光をば、小部屋の金色の羽目板に濾過するのであった。

たまたま午後に眼をさますようなことがあると、デ・ゼッサントは立って行って、水道管の栓をひねり、水族館の水をすっかり出してしまって、ふたたび新らしいきれいな水を入れ代える。そうしてこの新らしい水に、二三滴の着色エッセンスを流しこむ。すると内部の水は、空の色、太陽の光の強弱、雨模様の空の調子、一言にして言えば、季節と大気の状態により、まるで本当の川のように、あるいは緑にあるいは鉛色に、あるいは乳白色にあるいは銀に、思いのままの色調を呈示するのであった。

こうしておいて彼は、自分が二本マストの小帆船の三等船室にいるものと想像し、時計の部分品のように組み立てられた、機械仕掛の精巧な魚たちが、舷窓のガラスの前を去来したり、模造の海草にからみついたりするさまを物珍らしそうに眺めるのであった。あるいはまた、彼がくる前から部屋に送りこまれていた瀝青《タール》の臭いを深々と吸いこみながら、あたかも郵船会社の代理店やロイド船舶事業組合におけるように、壁にかかった、ヴァルパライソ行き、ラ・プラタ行きなどの汽船を描いた着色版画に見入ったり、また英国郵船、ロペス・アンド・ヴァレリイ商会の案内地図、大西洋郵便事務の運賃や寄港地を記入した額縁入りの掛図などに、熱心に眼を凝らすのであった。

次に、こうした案内表を眺めるのにも飽きると、彼は机の上に散らばっている精密時計《クロノメーター》や、羅針盤や、六分儀や、磁石や、双眼鏡や、地図などに視線を転じて、目を休める。机の上にはまた、鷗《かもめ》の形の透かし模様のある、一枚一枚選り抜かれた、目の通った漉込紙に、彼のために特別に印刷された『アーサア・ゴオドン・ピムの冒険』(8)の、海豹の皮で装幀された唯一冊の豪華本が置いてあった。

さらにまた、台所に通じる扉の近くに山積みになった、釣竿だの、渋色に変色した網だの、朽葉色をした帆布の一巻きだの、黒く塗った小さなコルクの錨だのを眺めることもできた。台所とのあいだには、やはり防音装置をした廊下があって、書斎と食堂とを隔てる廊下と同じように、あらゆる臭い、あらゆる音を消し去っていた。

こうして彼は、少しも動かぬままに、遠洋航海の感覚をほとんど瞬間的に、すばやく我がものとすることができた。この移動の快感は、それが実現された瞬間においてさえ、現在のうちにはなく、要するに記憶によってしか実在しないものではあったが、彼はそうした快感を、この船室のなかで、いささかの疲れや気苦労をも感ずることなく、くつろいだ状態で完全に満喫していた。船室内のわざとらしい乱雑ぶりや、暫時の営みや、仮りの設備などは、彼がこの部屋でする束のまの逗留、食事という限定された時間に、まさにふさわしいものであったし、書斎における生活とは実に極端な対照をなしていた。書斎こそは、隠遁好きな生活を堅持するための設備がすっかり揃った、まことに居心地のよい、整然たる完璧な部屋だったからである。とにかく彼には、運動というものは無益なものに思われた。想像力をもって、容易に俗悪な現実に代用し得るものと考えた。彼の意見によれば、正常な生活ではどんなに実現困難と見なされた欲望といえども、この欲望そのものによって求められた一種の近似的な詭弁《ソフィスティケーション》の論理、一種の手軽な瞞着手段によって、満足を得ることは必らずしも不可能ではないのだった。したがって、パストゥール(9)氏の方法によって加工された安葡萄酒入りの地酒を飲みながらでも、古い酒をたくさん貯えているという評判の料理店に腰かけていさえすれば、どんな食通といえども、今日、味覚の満足を得ることは明らかなのである、ところで、本物であれ贋物であれ、これらの酒は同じ香り、同じ色、同じ味わいを有つものにすぎない。とすれば、これらの加工した合成酒を飲んで味わう悦楽も、高価で得がたいだけが取得の、天然自然の酒を飲んで味わう悦楽も、絶対に同じ性質のものでなければならないはずではないか。

この詭弁に似た欲望の屈折、知性の世界における巧妙な詐欺行為を利用しさえすれば、物質世界におけると同じく容易に、あらゆる点からみて本物と変らぬ幻想の悦楽を味わい得るであろうことは、疑いを容れない。たとえば、遠隔の地の旅行記を読んで、かの地の状況をありありと頭に思い浮かべれば、どんなに出不精な、血のめぐりのわるい精神のひとでも、わが家の煖炉のほとりで、尽きざる探検の快味を味わい得るであろうことは疑いを容れないし、また、パリから一歩も離れず、セエヌ河の船中に設けられたヴィジエ浴場にただ浸りに行くだけでも、海水浴に行ったと同じ幸福な感銘を受けることが可能であるのは、やはり疑いを容れないのである。

まず浴場へ行ったら、浴槽の水に塩味を加え、薬局の処方にしたがって、さらにこの水に硫酸ナトリウム、塩素酸マグネシウム、および石灰を混ぜる。次に、注意ぶかく捩子で蓋をしめた箱から、細紐を巻いた球、あるいは小さな錨索《いかりづな》の切れっぱしを取り出す。これは大きな製綱所からわざわざ拾ってきたもので、製綱所の広い倉庫や地下室に置いてあった錨索や細紐には、潮の香や港の匂いがまだ滲みこんだまま残っているのである。で、この匂いを吸いこむ。それからカジノの写真を眺め、行きたいと思う海岸の美しい景色を叙したジョアンヌ(10)の観光案内を夢中になって読む。浴場は平底船の船中にあるので、この船をかすめてセェヌ河の遊覧船が通れば、浴槽の水は波立つはずである。この波に、ゆらゆらと身をまかせる。そして最後に、アーチの下を吹き抜ける風の唸りや、つい頭上のロワイヤル橋を渡る乗合馬車の重い響きに耳をすませば、海岸の幻影は否定しがたいほど圧倒的なものになり、確実なものになる。

要はただ、いかに振舞い、いかにして精神を一点に集中するかにある。幻覚を生ぜしめ、現実そのものに現実の夢を代置し得るまでに、一事に没頭するには、いかにすればよいかにある。

かくてデ・ゼッサントの眼には、人工こそ人間の天才の標識と思われたのであった。

彼の言によれば、自然はもう廃れているのである。自然はその風景と気候との厭うべき単調さによって、洗錬された人士をば、もはや我慢ならないほど飽き飽きさせた。ありていに言って、自分の得意の領分から一歩も出ない専門家とは、何たる退屈であろう。ただ一個の品物を独占的に売りさばく小売商人とは、何たる低劣であろう。牧場や樹木しか所蔵しない倉庫とは、何たる単調であろう。山嶽や海洋しか取扱わない代理店とは、何たる月並であろう！

それに、人間の天才が創造し得ないほど精緻な、もしくは雄大な自然の創造物など、何一つないのである。フォンテンブロオの森も、月光も、電気の照明に満ちあふれた芝居の舞台が、これを生み出すことに成功している。滝は水力学が見違えるほど巧みに、これを模倣している。岩はボオル紙の張子によって、みごとに真似られている。花は人目をあざむくタフタの布地や、薄い色紙と同列に並んでしまった！

疑いもなく、自然というこの老女は、すでに真の芸術家の優しい歎賞を受けるに値しないものとなってしまったのであり、今や人工が可能な限り、これに代るべき時代となったのである。

ところで、自然の作品のなかで最も精妙なものと見なされた作品、自然の創造物のなかで最も独創的かつ完全な美しさを具えているとあまねく認められた創造物、こいつをじっくり吟味してみなければならぬ。つまり、女のことだ。いったい、人間は造形的美の見地から、女によく匹敵し得る人工的生き物を、自分の方でも、独力で、つくり出しはしなかったろうか。姦淫の喜びのうちに孕まれ、子宮の苦痛とともに排出される生き物にして、北部鉄道線路に採用されたあの二種類の機関車よりもなお素晴らしく、なお輝やかしき美の典型が、さて、この世に存在するであろうか。

二種類の機関車のうちの一つ、クランプトン式機関車(11)は、ほれぼれするような金髪と鋭い声の持主で、まばゆい銅のコルセットに締めつけられた、ほっそりした背の高い女だ。粋《いき》な金髪をきらめかせて、しなやかに、神経質に、猫のような伸びをする。なまぬるい脇腹に汗をだらだら流し、鋼鉄の筋肉を固くして、彼女がその繊細な、巨大な薔薇の花の形をした車輪を急がしく動かしながら、急行列車や鮮魚列車の先頭に立って、さながら生ける者のごとく、こちらへ向って駈けてくる時は、その異様な美しさは怖いほどだ！

もう一つの機関車エンゲルト(12)式は、鈍い嗄《しやが》れた叫び声を出す、どっしりした褐色の髪の女だ。鋳物の甲鉄に締めつけられた肥った腰と、おどろに乱れた黒い煙の鬣《たてがみ》と、二つずつ組になった低い六つの車輪とをもった、怪物じみた獣である。彼女が地軸をゆるがせながら、貨物の長い尻っぽを重々しく、のろのろと曳きずって進む時は、何たる圧倒的な偉容であろう！

ほっそりした金髪美人も、堂々たる褐色の髪の美人も、世間には大勢いるだろうが、これほどすらりとした繊細さ、これほど怖ろしい力強さをそなえた典型は、おそらく、どこにもいないにちがいない。だから、人間は人間なりのやり方で、神とひとしい創造をやりとげたのだ、と確かに言えるのである。

こんな考えがデ・ゼッサントの心に浮かんだとき、あたかもパリ＝ソオ間をぐるぐる廻っている玩具のような鉄道の汽笛が、風に乗って、彼のところまで聞えてきた。彼の家はフォントネエの停車場から約二十分の場所に位置していたが、人里離れた高台にあるため、駅の近くにわいわいと打ち集う汚らわしい日曜日の群集のさんざめきも、ここまでは達しないのであった。

フォントネエの邨《むら》については、彼はほとんど知るところがなかった。夜、窓をあけて、頂上にヴェリエールの森の砲台が立っている丘の麓まで、だらだら降りにつづく沈黙の風景を眺めたこともあった。

闇のなかのあちこちに、ぼんやりした建物が層をなして重なり、はるか彼方には、砲台や堡塁がそそり立っていた。それらの高い傾斜面は、月の光を浴びて、暗澹たる空を背景に、銀のグアッシュ絵具を刷かれたかのように見えた。

丘から落ちてくる影に遮られて、眼下の平野は、その中ほどのあたり、ちょうど澱粉の粉末をまぶされ、白いコールド・クリームを塗りたくられたかのように見えた。色の褪せた草をそよがせ、野卑な香辛料の匂いをまき散らす生温い風のなかで、胡粉のような月の光を浴びた夜の樹々は、蒼白い葉ごもりをざわめかせ、その幹の影を地上に伸ばし、石膏のような地面に黒い線を引いていた。また地上の砂利は、割れた皿の破片のようにきらめいていた。

こんな粉飾と人工的な見かけのせいで、この風景はデ・ゼッサントの気に入らなくはなかった。しかし、家を探しにフォントネエの部落までやってきた、あの日の午後からというもの、彼は昼間のあいだは一度も、付近の道を散歩したことはなかったのである。それに、この地方一帯の樹々の緑は、彼の心に何の興味をも呼び起さなかった。というのは、城壁近くの郊外の廃墟に辛うじて芽を出した、憐れをそそるような、病的な植物とは違って、この地方一帯の緑は、あの繊細な悲しげな風情に欠けていたからである。それにまた、近頃はこの邨にも、頰ひげを生やし、でっぷりした腹をつき出したブルジョアだとか、口髭を生やし、司法官面《づら》もしくは軍人面《づら》を御聖体のように捧げ持った、めかし屋だとかいった連中のすがたが、ちらほら見られるようになっていた。こういう連中と会ってから、人間の顔に対する彼の嫌悪感は、いよいよ増大した。

ここへ来る前、パリに滞在していた最後の数箇月間、迷いがさめた彼は、心気症《ヒポコンデリイ》に打ちひしがれ、憂鬱に悩まされ、神経過敏が極端に進行していたので、不快な物や人間を目にすると、その印象が頭のなかに深く刻みこまれ、これを消すのに多くの時日を要するほどの状態になっていた。そして、そんな状態のときには、街でふと出遭った人間の顔が、痛烈きわまりない責苦になるのであった。

実際、彼はある種の人間の容貌を目にすると、苦痛をおぼえた。ある種の人間の慈愛にみちた表情、気むずかしい表情に、ほとんど無礼なものを感ぜずにはいられなかった。学者ぶった様子で瞑目しながら、そぞろ歩きしているあの先生、鏡の前でにやにやしながら、身体をしなしなさせているこの先生を見るたびに、彼はそいつらをひっぱたいてやりたいような誘惑にかられた。要するに、こいつらは、眉をひそめて、新聞の長ったらしい無駄話や三面記事をむさぼり読みながら、思想の世界を掻き乱している人間のように思われたのだ。

あの商人と呼ばれるひとびとの偏狭な頭脳のなかにも、済度しがたい愚かしさと、デ・ゼッサントのごとき人物の思想に対する一途の憎悪と、文学芸術その他彼が愛好している一切のものに対する、抜きがたい侮蔑とが、しっかりと根をおろしているらしかった。ひとを瞞して金をとることにしか頭を使わず、政治と呼ばれる、あの凡庸な精神の卑しい慰みごとにしか近づき得ないひとたち。こういう連中を見るたびに、彼は憤激して家にもどり、書物とともに部屋に閉じこもるのであった。

要するに彼は新世代、あのおぞましい無作法者の階層を、心底から憎悪していたのである。料理店やコーヒー店で、大声で話したり笑ったりしたがる連中、歩道でひとにぶつかっても、ごめんなさいとも言わない連中、乳母車の車輪を他人の脚のあいだに割りこませても、謝りもせず挨拶さえしない連中、そんな連中が、彼にはやり切れなかったのだ。

第三章

オレンジ色と青とで彩色した書斎の壁に造りつけられた書棚の一部は、もっぱら、ラテン文学作品によって占められていた。すなわち、ソルボンヌ大学における丹念に調べあげた嘆かわしい講義によって、その知性をすっかり骨抜きにされてしまったひとびとが、「デカダンス」という名称のもとに一括している文学作品である。

たしかに、一口にラテン語といっても、多くの大学教授がいまだに黄金時代と呼び慣らわしている時代に実用に供されていたようなラテン語は、ほとんど彼の興味を惹かなかった。文章構成法に柔軟性がなく、色彩もニュアンスもなく、ほとんど変化のない言い回しがわずかに有るだけの、この局限された言葉は、ときに前代の比喩を借用することによって生彩をあらわすものの、あらゆる傷あとが削り落され、ごつごつした生硬な表現がすべて除き去られていて、厳密にいえば、演説家や詩人のくどくどと繰り返す大げさなきまり文句、曖昧な常套句を並べ立てることにしか役立ちはしないのである。とにかくこの時代のラテン語は、無頓著そのもの、倦怠そのものなので、もし言語学の研究といった意味で、同じように自発的に衰弱した言葉、同じように儀式ばって味気なく、退屈きわまりない言葉を他に求めるならば、どうしてもルイ十四世時代のフランス語の文体を思い出さなければならないほどである。

なかんずく優しき詩人ウェルギリウス[13]は、中学校の教師あたりから「マントゥアの白鳥」などという渾名を頂戴しているが、むろん、彼はこの町に生まれたわけではなく、デ・ゼッサントにとっては、彼こそ最も度しがたき物識りぶり屋であり、古代に輩出した最も忌まわしい退屈な作家のひとりであると思われた。薄墨でぼかされ、あくどく飾り立てられたウェルギリウスの羊飼たちは、勿体ぶった生気のない詩句のいっぱい詰まった壺を、読者に向かってひとつひとつぶちまける。そのほか、作者によって泣き濡れた鴬に比較されるオルフェウス、蜜蜂を見てわけもなく涙をこぼすアリスタイオス、決断力のないふらふらした人物で、詩の油の切れた、滑りのわるいスクリーンのうしろを、影絵芝居のように、ぎくしゃくした身ぶりで歩きまわるアエネーアス、こういった人物たちに、デ・ゼッサントはほとほとうんざりさせられるのだった。いったい、この操り人形どもが観客を無視して取りかわす、味も素っ気もない駄弁の数々を、誰が黙って聞いていられようか。ホメーロス[14]や、テオクリトス[15]や、エンニウス[16]や、ルクレティウス[17]からの恥知らずな借用、またマクロビウス[18]が『アエネーイス』第二巻に関して明らかにしたような、ペイサンドロス[19]の詩をほとんど一語一語敷き写したかのごとき単純な剽窃、そして最後に、何巻にもおよぶ山積みされた詩篇の言おうようない空虚さ、これらすべてのことどもを、誰が黙って許しておけようか。ともあれ、デ・ゼッサントをいやが上にも逆上させたのは、衒学的な無味乾燥な韻律法の確固たる規則にしたがって、一リットルばかりの量の言葉を薄めて延ばし、五リットル入りのブリキ罐に詰めこんだかのような、うつろな響きのする六脚韻詩の処理の仕方であり、いかにも四角ばった身じまいと、文法に対する平身低頭の態度とによって作られた、この堅苦しい詩句の構造であり、かつまた、いつも同じやり方で行末に割り込まされた脚韻の平然たる中断と、長長格に対する長短短格の衝撃とによって機械的に句切られた、この何とも耳障りな詩句の構造であった。

カトゥルス[20]の完成された仕事場から借りて来られた、このウェルギリウスの変化のない韻律学は、奇想にとぼしく、同情にとぼしく、ただ無駄な言葉と暇つぶしのお喋りと、相も変らぬ分りきった韻のための余計な文句とが詰め込まれているにすぎない。たえず出てくるホメーロス的な形容語の貧困は、何を指示しているのか、何をあらわしているのかさえとんと解らず、語彙の窮乏は響きのわるい、平板な調子しか生まない。こういったことすべてが、デ・ゼッサントの癇にさわるのであった。

さらに正確を期すためにつけ加えて言えば、かりにウェルギリウスに対する彼の嫌悪がそれほどひどいものではなく、オウィディウス[21]のあからさまな排泄物に対する彼の反撥が、それほど露骨でもなく、それほど明瞭なものでないとしても、あのホラティウス[22]の象のごとく不様な媚び、老いたる道化師の作り笑いや見えすいた冗談とともに演じられる、あの始末に負えない田舎者のお喋りに対する彼の嫌悪だけは、桁はずれに大きく、如何ともしがたいものだった。

散文の分野でも、「エジプト豆《キケール》[23]」のくだくだしい言葉、大げさな隠喩、主題を離れた訳の分らぬ曖昧な余談などは、やはり彼の心を惹かなかった。頓呼法による手前味噌、きまりきったお国自慢の繰り言、誇張した演説、肉づきよく豊かではあっても、べたべたしていて髄も骨もない文体の重苦しい堆積、文章の最初に置かれた長い副詞の堪えがたい絡織《からみおり》、接続詞の糸で下手に繋がれた脂肪質の総合文のきまりきった組み立て方、それに、あきあきさせる類語反復の癖、これらもほとんど彼を魅惑することはできなかった。文章の簡潔によって名高いカエサル(24)も、キケロー(25)以上に彼を熱狂させなかった。というのは、この場合には逆の極端、つまり杓子定規の無味乾燥、覚書のような貧しさ、驚くべき理不尽な便秘症があらわれていたからである。

要するに、彼は以上のごとき作家のあいだにも、また文学かぶれの連中を喜ばせていた次のような作家のあいだにも、自分の糧を発見することはできなかった。すなわち、サルスティウス(26)は他の連中に比べればまだ精彩があったけれども、ティトゥス・リウィウス(27)は感傷的でごてごてしており、セネカ(28)は膨れあがって朦朧としており、スエトニウス(29)は淋巴性で発育不全であり、タキトゥス(30)はその気取った簡潔さにおいて最も力強く、彼らすべてのなかで最も辛辣で、しかも逞しかった。詩の領域では、ユウェナーリス(31)の幾つかの詩句がどうやら気に入り、ペルスィウス(32)の謎めいた仄めかしが面白かったけれども、それほどの感銘は与えられなかった。テイブルス(33)も、プロペルティウス(34)も、クインティリアヌス(35)も、大プリニウス(36)も小プリニウス(37)も、スタティウス(38)も、ビルビリスのマルティアリス(39)も、テレンティウス(40)さえも彼は無視していた。プラウトゥス(41)の新造語や複合語や指小語だらけの妙な文章は気に入ったが、その卑しい滑稽味や下品な洒落には反感をおぼえた。そんなわけで、デ・ゼッサントがラテン語に本当に興味をいだくようになったのは、ルーカーヌス(42)を読んでからと言ってもよかった。ルーカーヌスとともに、ラテン語は拡がり、より表現力を獲得し、耳ざわりでなくなった。しかし、そのよく練れた骨組と、七宝や宝石細工で飾り立てた詩句には、彼の心を惹きつけるものがあったけれども、あの形式一点ばりの配慮や、あの甲高い響きや、あの金属的な輝やきなどは、思想の空虚を完全に覆いつくすにいたらず、『パルサーリア』の肌にはところどころ水腫のように膨れあがった誇張が目についた。

とまれ、ルーカーヌスの調子のよい技巧に富んだ文章など永遠に読む気がしなくなってしまうほど、彼の心を真に捉えた作家があった。ペトロニウス(43)である。

彼は洞察力の鋭い観察家であり、繊細な分析家であり、素晴らしい絵画的な文章を書く作家でもあった。偏見も憎悪もなく、彼は淡々としてロオマの日常生活を描き、『サテュリコン』のきびきびした短い章のうちに、その時代の風俗習慣を物語ったのである。

あくまで事実に即して描き、決定的な形式のなかで事実を確認しながら、彼は民衆の細々とした生活ぶりや、そのエピソオドや、その獣的な行為や、その発情期などを活写したのである。

ここには、到着したばかりの旅行者の姓名を訊ねている木賃宿巡察吏がいるかと思うと、あちらには、掲示板の傍らに立っている裸体の女たちの周囲をひとびとがうろついている淫売窟が出てくる。淫売窟では部屋の扉がよく閉まっていないので、男女の情事を垣間見ることができるのだ。また、馬鹿馬鹿しく贅沢な、富と豪奢を気違い沙汰に発揮した別荘を見せてくれるかと思うと、次のページでは、南京虫のうようよいる乱れた布張りの寝台のある、貧しい宿屋の内部も覗き見できる仕掛になっているので、当時の社会が実際に眼前に動いているように思われる。身なりのよい在留外国婦人をねらうアスキュルトゥスやエウモルプスのような淫らな掏摸ども、着物を捲くし上げ、頰に白鉛粉とアカシアの紅を塗りたくった年老いた女蕩らし、まるまる肥った捲毛の十六歳の稚児、ヒステリーの発作を起した女房たち、金持の遺産がもらいたくて、自分の息子や娘を彼らの放蕩の慰みものとして提供する男たち――こういった連中が、みなページの上を駈けまわり、街頭で口論し、浴場で互いに手を出し合い、無言劇の人物のごとく殴り合っているのである。

しかもこれが不思議と辛辣さのある、正確な色彩的な文体、ロオマに流れ込んできたあらゆる言葉から表現を借り、いわゆる黄金時代のあらゆる制限と束縛を遠ざけた、あらゆる方言から活力を汲んだ一種独得な文体で語られているのである。そして各人物にはその慣用語を話させている。すなわち、無教養な解放奴隷には下層民のラテン語や街の隠語を、外国人にはアフリカやシリアやギリシアなど雑種の外国語の混った不純な訛を、アガメムノーンのような愚かな衒学者には人工的な言葉の修辞学を。こうした人物たちが、的確な一本の線で描かれ、みな一つの食卓のまわりに寝ころがりながら、酔いどれの無意味な無駄話を互いに取り交わし、主人のトリマールキオーの方へ顔を向けて、古くさい金言や馬鹿げた格言を喋り散らしているのである。一方、トリマールキオーは小楊枝を使って歯を掃除しながら、参会者一同に尿瓶を配り、どうか気楽にくつろいで下さいなどと言いながら、自分の胃の腑の壮健さを誇り、さかんに放屁するのである。

この現実主義的な小説、このロオマ生活の生き生きした断面は、誰が何と言おうとも、教化とか諷刺とかの立場に立とうとする偏見が少しもなく、わざとらしい目的とか道徳とかの必要も持っていない。この物語は筋もなければ動きもなく、ただソドムの悪徳を求める人間たちの活動を描いているにすぎない。愛し合う者の喜びや苦しみを平静な鋭い筆致で分析し、作者は一度も顔を出さず、何らの註釈も加えず、諸人物の行動や思考に賛成もしなければ非難も浴びせずして、罅の入った一帝国の老衰した文明の悪徳を、見事な金銀細工の言葉で描き出しているのである。そのような点が、デ・ゼッサントの心をつかんだのであった。彼は、この洗錬された文体と鋭い観察と確固たる方法のうちに、自分がとにかく我慢して読める幾つかの現代フランス小説との、ふしぎな類似、奇妙な似寄りを瞥見するのであった。

たしかに彼は、プランキアデス・フルゲンティウスが述べている通り[44]、永久に失われてしまったペトロニウスの二作品、『エウスキオン』および『アルブキア』を心から残念に思っていた。けれども生来の愛書家たる彼は、一五八五年という発行年度とライデンのJ・ドゥザなる刊行者の名前を刷り込んだ、八折判の『サテュリコン』の素晴らしい版を手に入れて、これを大切に愛玩しながら、己れの文学愛好心を慰めていた。

ペトロニウスから出発した彼のラテン文学の蒐集は、紀元二世紀のキリスト教時代に入ると[45]、漆の剝げた修理不能な時代おくれの言葉を用いる美辞麗句屋フロントーを飛び越し、フロントーの弟子で友人なるアウルス・ゲリウスの[46]『アッティカ夜話』を無視して通り過ぎた。アウルス・ゲリウスは明敏な穿鑿好きな精神ではあったが、粘着性の泥のなかで足を取られた作家であった。かくて彼の注意は、一足跳びにアプレイウス(47)に向けられた。彼は一四六九年ロオマで印刷された四折判のアプレイウスの初版本を所持していた。

このアフリカ生まれの作家は彼を楽しませた。その『変形譚』において、ラテン語は最も豊かに滾り立ち、あらゆる地方から注ぎ込まれた、さまざまの泥土や水流を押し流していた。すべてのものが混合して、以前には考えられなかった一つの新らしい、奇妙な、異国趣味の色調を生み出していた。ラテン社会の新らしい技巧主義《マニエリスム》や些細主義が、ロオマ領のアフリカの一隅に、会話の必要に応じて作られた新語法となって出現していた。それに、いかにも肥満した人間を思わせる作者の陽気な気質や、南国人らしい旺盛な活気が、彼を楽しませるのであった。同時代に生きていたキリスト教の護教論者たちの傍らにあって、アプレイウスは一人の好色な陽気な仲間のように見えた。キリスト教の護教論者といえば、その『オクタウィウス』のなかにキケローよりもっと(48)濃密な苦扁桃醱酵素《エルムシン》を流している、眠気を誘うほど退屈な擬古典派のミヌキウス・フェーリクスがあり、さらにまた、デ・ゼッサントがその作品そのもの(50)に対する愛着よりも、むしろそのアルドゥス版(49)に対する愛着から所蔵していた、テルトゥリアヌスがあった。

彼は神学に関してかなり蘊蓄があったけれども、カトリック教会に対するモンタヌス派(51)の反論や、グノーシス派(52)に対する論争などには全く興味がなかった。だから、テルトゥリアヌスの簡潔な文体、分詞に頼り、対比を際立たせ、言葉の遊戯と皮肉を散りばめ、法律学やギリシア教会の教父たちの用語から選り抜かれた言葉を雑然と混ぜた、曖昧語法にみちたテルトゥリアヌスの文体には興味をおぼえるものの、その『護教論』や『忍耐論』を繙読することはほとんどなかった。せいぜい『女性の贅沢について』の数ページを読むことがあるにすぎなかった。この書のなかで、テルトゥリアヌスは宝石や高価な織物で身を飾る女性を弾劾し、化粧品の使用を厳重に戒めているのであったが、その理由は、これらの贅沢品が自然を改変し、自然を美化することを目指しているからなのであった。

こういった考え方は、彼自身の考え方と正反対のもので、彼は微笑を禁じ得なかった。それに、カルタゴの司教館でテルトゥリアヌスの演じた役割は、楽しい夢想に彼を引き込むもののごとくであった。その作品よりむしろ現実の人間の方が彼の興味を惹いた。

実際、テルトゥリアヌスは怖ろしい動乱の相継いで起った騒然たる時代、カラカラ(53)や、マクリヌス(54)や、奇怪なエメサの大祭司ヘリオガバルス(55)の支配していた時代に生きていたのであり、ロオマ帝国が根柢から揺すぶられていた時代、アジアの狂気と異教の汚穢が溢れんばかりに滔々と流れていた時代に、静かに説教をしたり、教義に関する著述をしたり、弁護論を書いたり、福音書講話をしたりしていたのであった。彼はこの上なく見事な冷静さで、肉欲を断つべきこと、飲食を節すべきこと、化粧を控え目にすべきことを勧告したのであったが、その同じ時代に、一方では三重の王冠を頭にいただき、宝石を縫い取りした衣服をまとったロオマ皇帝ヘリオガバルスが、銀粉と金泥を撒き散らした王宮のなかを歩きまわりながら、宦官たちに取り巻かれて、女のする針仕事に耽ったり、自分を「女后」と呼ばせ、毎晩のように、理髪師や皿洗いや闘技場の馭者のうちから特に選ばれた「皇帝」に、次々に身をまかせたりしていたのであった。

この対照の面白さが彼を恍惚たらしめた。それに、ペトロニウスの時代に爛熟の極に達したラテン語は、この頃から分解の一途をたどりはじめていた。キリスト教文学の登場は新らしい思想とともに、新らしい言葉、まだ用いられたことのない構文、未知の動詞、微妙な意味をふくんだ形容詞、当時までのロオマ語には滅多に見られない抽象的な単語などを持ち込んだ。テルトゥリアヌスは先駆者の一人として、これらの語法を採り入れたのであった。

ただ、こうした崩れた文体は、テルトゥリアヌスの死後、その弟子たる聖キュプリアヌス(56)や、アルノビウス(57)や、ねばねばしたラクタンティウス(58)らの手にかかると、たちまち魅力を失った。それは不完全な慢性化した腐敗の味であり、キケロー風な誇張への不自然な復帰であって、紀元四世紀およびその後の時代の異教の言語にキリスト教の匂いが籠って生じた、あの特殊な風味はまだ現われていなかった。古い世界の文明がぼろぼろに崩れ、蛮族の圧迫につれて、幾世紀来の血膿に腐った帝国がどろどろに溶けはじめる頃になると、ようやく異教の言語は貯蔵された猟獣肉のように腐り出し、崩れはじめるのである。

唯一のキリスト教詩人たるガザのコンモディアヌス(59)は、彼の書架において第三世紀の芸術を代表していた。二五九年に書かれた『護教詩』は、くねくねした折句形式の教訓詩集であって、その通俗的な六脚の詩句は叙事詩の方法によって句切られ、音節の長短や母音の重複を無視して構成され、しばしば、教会ラテン語が後に多くの例を与えたような韻の踏み方を採用していた。

この緊迫した、暗い、麝香の匂いのする詩句は、日常語の言い回しや、素朴な婉曲な意味をふくんだ単語にみちみちていて、いたく彼を興がらせた。これに比べれば、歴史家アンミアヌス・マルケリヌス(60)や、アウレリウス・ウィクトル(61)や、書翰文に長じたスュンマクス(62)や、編纂者でしかも文法学者のマクロビウスなどといった人たちの、熟れすぎて腐る一歩手前の緑色に変色した文体は、大して興味を惹きもしなかった。これらの作家たちよりは、むしろクラウディアヌス(63)やルティリウス(64)やアウソニウス(65)の、あの節度の正しい真の詩句、あの青黴の斑点の生じた素晴らしいラテン語の方がはるかに好ましかった。

彼らこそ、当時の芸術の巨匠であった。彼らは死に瀕した帝国の隅々にまで、己れの叫びを満ち渡らせた。アウソニウスには『祝婚剽窃詩』と、飾り立てた豊饒な『モセッラ河』の詩篇とがある。ルティリウスにはロオマの栄光を讃えた頌歌と、ユダヤ人および僧侶に対する烈々たる攻撃文と、イタリアからガリアへの旅行記とがある。この詩のなかで彼は、ある種の視覚的印象や、水に映る風景の波動や、煙霧の幻影や、山々をめぐる霧のたたずまいなどを表現することに成功していた。

クラウディアヌスは一種のルーカーヌスの生まれ変りであり、その詩句のすさまじい嚠喨たる響きによって、第四世紀全般を支配している。輝やかしい響きのよい六脚の詩句を鍛え上げ、火花を散らして形容語を鋳造し、力強い息吹きによってその作品を高めつつ、ある種の偉大さに到達した詩人である。徐々に瓦解しはじめた西ロオマ帝国の、相継ぐ殺戮の嵐のなかに身を置いた彼、今や帝国の扉を軋ませて雪崩のように押し寄せる、蛮族どもの絶えまない脅迫のうちに身を置いた彼は、古代を甦らせ、プロセルピナの誘拐を歌い、その響き渡る色彩を叩き鳴らし、その燃えさかる火花とともに、世界を覆う闇のなかに没して行くのである。

異教主義は彼の裡に生き返り、その最後の軍楽譜《ファンファーレ》を吹き鳴らし、その最後の偉大な詩人をキリスト教の上に高く屹立せしめるのであった。(66)彼より以後、キリスト教は完全にラテン文学を浸しつくし、アウソニウスの弟子たるパウリヌスとともに、芸術の唯一の支配者たる地位に永く留まることになるのであった。その後の著作家としては、福音書を詩の形に翻案したスペインの司祭ユウェンクス、(67)詩集『マカベア家の人々』(68)の作者たるウィクトリヌス、(69)ウェルギリウスを模倣した対話体牧歌のなかで牧人エゴーンおよびブクルスをして羊の病気を歎かしめた聖ブルディガレンシス、(70)それに、幾人かの聖者たちの系列がつづく。すなわち、ニカイアの信条の擁護者で「西欧のアタナシウス」(71)と呼ばれたポアティエのヒラリウス、(72)退屈なキリスト教のキケローとも言うべき雑駁な通俗宗教教育の作家アンブロシウス、(73)簡潔な警句の作者ダマスス、(74)ラテン語訳聖書を完成したヒエロニュムス、(75)またその論敵として、聖者崇拝、奇蹟の濫用、断食などを攻撃し、その後しばしば利用されることになった同じ論拠を用いて、早くも修道の誓いや司祭の独身生活に反対意見を唱えたコンマンジュのウィギランティウスなどである。(76)

ようやく五世紀にいたると、ヒッポーの司教アウグスティヌスがあらわれる。(77)この人物を、デ・ゼッサントはあまりにもよく知りすぎていた。彼こそ教会の最も名高い著述家であり、キリスト教正統信仰の始祖であり、カトリック教会によって並びなき権威、最高の指導者と目されている人物だったからである。したがって、よしんばその『告白録』のなかに現世に対する嫌悪が歌われていたにせよ、その『神の都』のなかに、よりよき運命の鎮静剤的な約束によって、当時の怖るべき苦悩を鎮めんとした悲痛な信仰心があらわれていたにせよ、デ・ゼッサントは、もはやそれらの本を開いて見るようなことはないのであった。すでに神学の勉強をしていた頃から、彼はアウグスティヌスの説教やら泣き言やら、救霊予定説やら恩寵の説やら、あるいは教会分離に対する闘争やらに、いい加減うんざりしてもいたし飽き飽きしてもいたのである。

むしろ彼は、中世にいたって止めどなき大流行を見ることになった寓喩詩の創始者であるプルデンティウス[78]の『魂の戦い《プシコマキア》』とか、さらには、機智や皮肉や古語趣味や、謎のような語法をさかんに用いた書簡によって彼の興味を唆った、シドニウス・アポリナリス[79]の諸作品とかを繙くことを好んでいた。この司教が虚飾にみちた讃辞を書き並べるために、異教の神々を援用したりしている文章を、彼は好んで何度も読み返した。いずれにせよ、いつも機械を大事に取り扱い、歯車装置に油をさすことを忘れず、必要とあらばその機械によって複雑な無益なものを作り出す用意のある、器用な機械工のごとき一人物の手によって作られた、これらの詩篇のきざっぽさや暗示的な表現に、彼は自分が否応なく惹きつけられるのを感じないわけには行かなかった。

シドニウスのほかに、彼がよく読んでいた作家は、同じく称讃詩作者のメロバウデス[80]、教会が聖務の必要のために、その一部を利用した押韻詩と初歩的な頌歌の作者であるセドゥリウス[81]、『風俗の堕落』に関する晦渋な論説のそこここに、燐光のように輝やく詩句を散りばめたマリウス・ウィクトル、[82]鈴のように鳴る『聖餐歌《エウカリスティコン》』の詩人ペルラのパウリヌス、[83]また、『警告の書』の二行連句において女性の放縦を罵倒し、女性の容貌は民衆を堕落させるものであると主張したオッシュの司教オリエンティウス、[84]などなどであった。

デ・ゼッサントのラテン語に寄せる関心は、このようにラテン語が完全に腐り切って、その手脚を失い、その膿を滴らし、その肉体全体に腐敗がひろがって、ただ幾つかの部分のみ堅固な外観をとどめているにすぎなくなった時期にまで、弱まることなく続くのであった。しかし、この最後に残った堅固な部分をも、キリスト教徒は容赦なく捥ぎ取って、新らしい言葉の塩水のなかに漬けてしまうのである。

五世紀の後半は、怖ろしい動乱が地軸をゆるがした戦慄すべき時代であった。蛮族がガリアを劫掠したのである。無力化したロオマは、西ゴオト族の略奪になすところを知らず、生命の凍るような思いをし、己れの分身である西ロオマ帝国と東ロオマ帝国とが、血で血を洗う闘争の果てに、日に日に精根を涸らして行くのを黙って見ているよりほかはなかった。

限なく拡がった解体作用と、相継いで起る皇帝の暗殺と、ヨーロッパの端から端へ伝わる虐殺の騒動のさなかで、身の毛のよだつような突撃の喊声が響き渡ると、喧々囂々の叫びはぴたりと静まり、ひとびとは声を呑んで慄えるのであった。ダニューブ河の岸辺に、鼠の皮の外套をまとい、小さな馬に跨がった何千人という男たち——巨大な頭と、つぶれた鼻と、傷痕と切傷だらけの顎と、無毛の黄色っぽい顔をした獰猛な韃靼人——が、全速力で馬を駆って押し寄せてきて、東ロオマ帝国の領土を旋風のように席捲した。

馬の過ぎ去ったあとの濛々たる砂塵と、劫火の煙のなかには、すでに何物も影をとどめない。夜がくると、茫然自失したひとびとは慄えながら、すさまじい響きを立てて通過する恐怖の龍巻の音を聞くのであった。フン族の群はヨーロッパを徹底的に破壊し、ガリアに押し寄せ、シャロンの平野で潰滅した。勇将アエティウス(85)がある怖ろしい任務を受けて、彼らを粉砕したのである。血潮に染まったシャロンの平野は真紅の海のように泡立ち、二十万の屍体が累々と重なって通路をふさぎ、この雪崩のような蛮族の群の進撃は挫かれた。彼らは進路を転じて、やがて雷鳴の轟きとともにイタリアに襲いかかった。イタリアでは殲滅された町が稲塚のように炎々と燃えた。

西ロオマ帝国は打撃を受けて崩壊した。愚行と醜行のうちに辛くも保たれていた瀕死の生命は、ついに消えた。それに、世界の終末も近いように思われた。アッティラ(86)の劫掠を受けなかった町では、饑餓とペストによって多くの人が死んだ。ラテン語もまた、荒廃した世界とともに潰え去るかに見えた。

その後、幾星霜が流れた。蛮族の方言はやがて整理され、夾雑物を除き去り、真の言語としての形を整えはじめた。一方、聖職者の手で崩壊から救われたラテン語は、修道院や司祭館の内部にもっぱら閉じこもることになった。処々方々で、幾人かの詩人がひそやかに、ゆっくり(87)と光芒を放ちはじめた。すなわち、『六日物語《ヘクサメロン》』(88)を書いたアフリカ人ドラコンティウス、典礼詩を書いたクラウディウス・マメルトゥス、それにウィエンヌの司教アウィトゥス(89)などである。次いで幾人かの伝記作者があらわれた。たとえばエンノディウス(90)は、尊敬された有能な外交官であるとともに誠実な警戒心のつよい牧師でもあった聖エピファニウスの[91]、数々の驚くべき事蹟を語り、またエウギピウス[92]は、苦悩と恐怖に我を忘れて泣き沈む民衆の前に、慈悲の天使のような姿をあらわした謎のような隠者、謙虚な苦行者である聖セヴェリヌスの[93]、並びなき生涯をわれわれに物語った。さらに作家としては、禁欲に関する小論を物したジェヴォーダンのウエラニウス[94]があり、教会法規を編集したアウレリアヌス[95]およびフェレオルス[96]がある。歴史家としては、散佚したフン族の歴史によって名高いアグドのロテリウス[97]がある。

その後の時代の作品は、デ・ゼッサントの書架にはちらほら登場するにすぎなかった。それでも六世紀を代表する者としては、ポアティエの司教フォルテュナトゥス[98]があり、教会の香料を加えた腐肉のようなラテン語で彫琢された、その讃歌や『王の旗《ウェクシラ・レジス》』などの作品[99]には、ある時期に彼を惹きつけるものがあった。そのほかこの時代には、ボエティウス、トゥールの老グレゴリウス[100]およびヨルダネス[101]がある。次に七世紀および八世紀には、フレーデガル[102]とかパウルス・ディアコヌス[103]とかいった年代記作者や、バンガー修道院[104]の交誦聖歌集のなかに含まれた詩篇などの、末期ラテン語があらわれる。時とすると彼にはこの交誦聖歌集が、聖者コムガル[105]を讃えるために歌われた、アルファベット順の単韻の讃美歌とも思われるのであった。こうしたものを除けば、当時の文学はほとんどすべて聖者伝とか、修道士ジョナス[106]によって書かれたコルンバヌス聖人伝[107]とか、リンディスファーンの無名の一修道士の覚書を基にして、尊者ベーダ[108]が編集したカスバート聖人伝[109]とかに限られていたので、デ・ゼッサント[110]は時に屈託すると、これらの聖者伝作者の作品をぱらぱらめくりながら、もっぱら聖女ルスティクラと聖女ラドゴンド[111]の伝記の部分のみを抜き読みすることにしていた。前者はリギュジェの司教区会議員デフエンソリウス[112]によって記述され、後者は質朴なポアティエの修道女バウドニヴィア[113]によって記述されていた。

ともあれ、より一層彼を惹きつけたのは、ラテンおよびアングロ・サクソン文学の異色ある作品であった。すなわち、あのスュンフォジウス[114]の後裔ともいうべきアルドヘルム[115]や、タットワイン[116]や、エウセビオス[117]などの一連の謎歌である。とくに聖ボニファティウス[118]によって作られた、各節が折句形式になっている謎歌は、詩句の頭文字を一字一字拾って行くと謎が解けるように工夫してあった。

七世紀および八世紀が終りに近づくと、彼の興味は急速に減退した。アルクイン[119]とかアインハルト[120]とかいったカロリング朝のラテン学者の重苦しい文章も、要するに大して魅力のあるものではなく、ただ彼は、九世紀の言葉の見本として、聖ガルス修道院[121]の無名作家や、フレシュルフ[122]やレギノ[123]などの書いた年代記を読み、また「腰の低い」アボン[124]によって編まれたパリ包囲陣に関する詩や、ベネディクト会修道士ワラフリット・ストラボー[125]の教訓詩『小庭園《ホルトゥルス》』などを読むにとどまった。この最後の詩のなかで、豊饒の象徴としてあらわれる南瓜を讃えた一章は、彼を大いに喜ばせた。好人物ルイ王[126]の武勲を歌ったエルモルド・ル・ノワアル[127]の詩は、ほとんど陰鬱なほどの厳格な文体をもって書かれた、正規の六脚韻の詩であって、修道院の水で焼《やき》を入れた鉄のようなそのラテン語には、堅い金属のなかにところどころ感情の鋳が入っていた。またマケエル・フロリドゥス[128]の詩『緑草譜《ヴィリプス・ヘルバルム》』は、その趣きのある構成法と、作者がある種の植物や花に賦与した奇妙な効能とによって、とくに彼を楽しませたものであった。たとえば、ウマノスズクサを牛肉と混ぜて妊婦の下腹の上に置いておくと、必らず彼女には男の子が生まれる。食堂に瑠璃萵苣《るりぢさ》の汁を撒き散らしておくと、会食者たちは愉快な気分になる。芍薬《しゃくやく》の磨りつぶした根は癲癇を永久に治してしまう。茴香《ういきょう》を女の胸の上にのせておくと、彼女の小水は澄明になり、月経の痛みは和らぐ。……

そのほかにも分類しようのない特殊な本があった。比較的新らしいものも極めて古い年代のものも含めた、カバラ密教や、医学や植物学のある種の文献である。また、かけがえのない珍らしいキリスト教の詩を収めたミーニュ(129)編の教父全集や、ウェルンスドルフ(130)編の群小ラテン詩人の詩選集の不揃いの幾巻かもあった。メウルシウス(131)や、フォルベルク(132)の『古代性愛学概論』や、姦通学や、さては懺悔聴聞僧向きの童貞考《ディアコナル》(133)もあって、ごくまれに彼は塵をはらって、こうした本を手に取ってみることがあった。これらの珍書ともいうべき少数の例外を除けば、彼のラテン文学の蔵書は十世紀初頭とともに終っていたのである。

たしかに、キリスト教の言語の複雑な珍らしさも素朴さも、十世紀以後、次第に崩れ去って行くのであった。哲学者や古典註解者の雑駁な文体と、中世の形而上学的な論争とが、我が物顔に一世を風靡しようとしていた。煤の堆積のような年代記や歴史書や、鉛の塊りのような記録集が山と積まれはじめていた。そして、古代の詩の残り物で敬虔なシチューをつくる修道士の、あの片言まじりの愛嬌、時に絶妙な美しさに達するあの不器用さは、すでに失われていたのであった。精製された汁液の動詞や、香の匂いのする名詞や、金を粗彫りした奇妙な形容詞などで組み立てられた文章は、ゴオト族の宝石の野蛮な魅力的な趣味とともに、すでに消滅していたのであった。したがって、デ・ゼッサントの愛蔵する古版本も、十世紀とともに断絶していたのである。——書棚の上に並べられた書物は、何世紀にもおよぶ途方もない時代の隔たりを一足跳びに跳び越して、いきなり今世紀のフランス語に接しているのであった。

第四章

ある午後の日の暮れんとするとき、一台の馬車がフォントネエの邸の前にとまった。デ・ゼッサントにはおよそ客を招いたためしとてなかったし、郵便屋が新聞、雑誌、手紙のたぐいを配達すべく、この無人の境に足をふみ入れる謂われもなかったから、召使は扉をあけてよいものかどうか躊躇した。やがて、扉の向うで力いっぱい打ち鳴らされた呼鈴の音に、召使は思い切って、扉の一部に刳《く》られたのぞき穴をあけて見た。すると、ひとりの男が首から腹まで、胸いっぱいに巨大な金の楯をかかえて立っているすがたが見えた。

召使は、朝食中の主人に来客を告げた。

「よろしい、お通ししなさい」と主人は言った。以前、ある宝石細工商に、ある注文品配達のために、この家の住所を教えておいたことを彼は思い出したのである。

男は食堂に通されると、会釈して、松材の床の上に、かかえていた楯を置いた。それは揺らぎ、やや身を起し、くねくねした亀の頭をのばすと、急におびえたように、その甲羅の下にふたたび頭をひっこめた。

この亀は、パリを離れる少し以前、デ・ゼッサントの脳裡にひらめいた、ふとした気紛れなのであった。ある日、光沢のある一枚の東洋の絨毯を前にして、印度更紗風の黄色と李《すもも》の紫色をした羊毛の、横糸の上に走る仄かな銀色をおびた光を目で追いながら、彼は次のように考えたのである、すなわち、この絨毯の上に何か動くもの、織物の鮮やかな色調を一層ひき立たせるような、何かくすんだ色のものを置いてみたらさぞ面白かろうなあ、と。

こんな考えに取り憑かれて、あてどもなく街をさまよい、パレエ・ロワイヤルにやってきた彼は、シュヴェの店のショオ・ウインドオの前で、はたと自分の額を叩いた。そこに飾ってある鉢のなかに、巨大な一匹の亀を見たのである。彼は亀を買った。それから、絨毯の上に亀を放すと、その前に坐りこみ、目をすぼめて、永いことじっと眺めていた。

この亀の甲羅のなまなましいシエナ土色、焦げ茶色は、絨毯の光沢を引き立たせるというよりも、むしろこれを汚していた。主調となる銀色の光は、この鈍い艶のない甲羅の周辺で、目ざわりな亜鉛の冷たい色調と絡み合いながら、今や、ほとんどその輝きを失っていた。

彼は爪を嚙みつつ、この釣り合わない色調の結婚を何とかして釣り合わせる方法、この色調の決定的な離反を何とかして和解させる方法を求めた。そしてついに、織物の輝きをその上に置かれた黒っぽい物体の動揺によって煽り立てるという、最初に浮かんだ着想が間違っていたことを発見した。結局のところ、この絨毯はまだあまりにもけばけばしく、あまりにも激しい色に燃え、あまりにも新らしかった。色は思ったほど艶消しにならず、思ったほどその力を弱めなかった。問題は、最初の命題を逆転し、蒼白い銀色の上に黄金の光を投影することによって、その周辺のすべての色を圧倒し得るほどの、輝やかしい物体との対照により、絨毯の色調を和らげ静めることであった。こんな風に問題を置きかえてみると、解決は一層容易になった。かくて彼は、亀の甲羅に黄金の鎧を着せることを思い立った。

預けられた彫金師の家からもどってくると、亀は太陽のように閃光を発し、絨毯の上で燦然ときらめいた。刎ね返された絨毯の色は、野蛮な趣味の芸術家の手で刻まれた、この鱗片のある西ゴオト族の大楯の暈影作用《ハレーション》に屈服して、その輝きを弱めた。

最初のうち、デ・ゼッサントはこの効果に魅せられていた。ついで、彼はこの巨大な黄金の楯が、まだやっと下造りを了えたばかりであり、珍奇な宝石の粒をそこに象眼して始めて真に完成されるものであることを認めるにいたった。

彼は日本美術のコレクションのなかから、細い茎の先端に群がった花房を描いた一枚のデッサンを選び出し、宝石細工商の店にそれを持って行って、楕円形の枠のなかに、この花房を取り囲んだ図案を描いてみせた。そして肝をつぶした宝石商に、この花房のそれぞれの葉や花弁は、すべて宝石で製作され、亀の鱗に直接に嵌めこまれねばならないことを言い渡した。

宝石の選択は彼を迷わせた。ダイヤモンドは、あらゆる商人がこれを小指にはめるようになって以来、陳腐きわまる代物になってしまった。東洋のエメラルドやルビーは、焰のような光輝を発し、それほど堕落してはいないが、しかし、しょっちゅう二色の燈火をつけて走りまわっている或る種の乗合馬車の、あの青と赤の眼玉を思い出させて余りあるものがある。トパーズはどうかというに、未加工のものも加工されたものも、非常に安い宝石であって、鏡つき衣裳簞笥のなかに宝石箱をしまいこむことのお好きなプチ・ブルジョア連中に愛用されている。それから紫水晶《アメティスト》は、教会によって心の安らぎを与える、おごそかな、聖職者の性格を賦与されてはいるものの、安い値段で本物の貴重な宝石を身につけたいと願う肉屋の女房の、血の色をした耳たぶや棒のような手の指に飾られて、これまた、すっかり堕落してしまった。これらの宝石のなかで、ただひとつ、サファイアだけが、産業や金銭上の愚劣さに侵されたことのない輝きを保持している。澄んだ冷たい水の上で燃えるサファイアの閃きは、いわば、その慎しみぶかい権高な気品を、あらゆる汚れから守りおおせたのである。残念なことに、燈火の下で見ると、その新鮮な焰はもはや燃え立たない。碧い水は自己の内部に沈潜して、熟睡をむさぼり、夜が明けるまでふたたび眼をさまさないかのように見える。

実際、これらの宝石はどれひとつとして、デ・ゼッサントを満足させなかった。とにかく、あまりにも俗化されているのであり、あまりにも衆知になっているのである。そこで、彼はもっと意想外な、もっと珍奇な鉱石はないものかと、それらを丹念に指のあいだに揺いくぐらせた挙句、ついに、その組み合わせが真に魅惑的な、奇想天外な一種の調和を生み出すべき、本物および人造の宝石の一系列を選り分けたのであった。

こうして彼は花々の房を構成した。葉には、はっきりした強い色調の緑の宝石、すなわち、アスパラガス色の金緑石や、青葱色の蛇紋岩や、黄緑色の橄欖石を用いた。それらは紫がかった赤色の柘榴石《ざくろいし》や、天然ガーネットで作られた枝からくっきりと浮きあがり、樽のなかで光るあの酒石の雲母《きらら》とよく似た、乾いた光の破片をまき散らすのであった。房の根元から遊離し、のびた茎の先端に浮かんだ花には、青灰色のトルコ玉を用いた。といっても、ありふれた真珠や醜悪な珊瑚とともに、ブローチや指環に用いられ、細民たちに有難がられているあの東洋のトルコ玉は、断乎としてこれを排した。彼がもっぱら選んだのは、西洋のトルコ玉、適切に言えば、銅のような物質が滲みこんだ化石の象牙ともいうべき宝石であった。その青い半透明な色は、充血し、ぼんやり曇り、胆汁で黄色く染められたように、硫黄色をおびていた。

こうしておいてから、彼は房のまんなかに開いた花々、根元から最も近く根元に接した花々の花弁を、玻璃質の病的な光と熱っぽい鋭い閃きとを有する、透明な鉱物によって象眼せしめた。

セイロン島産の猫眼石と、金緑玉と、青色玉髄のみによって、これらの花々は構成された。これら三種類の宝石は、事実、その混濁した底から、神秘的な邪悪なきらめきを苦しげに吐き出し放射するのであった。

緑がかった灰色の猫眼石には、光の配置によってたえず移動するかと思われる同心円の縞目模様がついていた。

金緑玉には、内部に揺曳する乳色の上を走る蒼い木理模様がついていた。

青色玉髄は、鈍い褐色がかったチョコレエト色の地の上に、青味をおびた燐光を燃やしていた。

宝石細工商は、宝石が嵌めこまれるべき場所の寸法を控えておいた。ところで、甲羅の縁はデ・ゼッサントの気に入ったろうか？

彼はまず、ある種のオパールと銹蛋白石《きびたんぱくせき》を考えていたのであった。けれども、そのためらい勝ちな色とおぼろげな光輝とに思いをいたすと、これらの興味をそそる宝石も、あまり信用が置けず、どうやら扱いかねるものであった。オパールはまったくリューマチ性の感受性を有っていて、その光輝は湿度、熱、あるいは冷気によってさまざまに変化する。一方、銹蛋白石は水分のあるところでしか輝やかず、濡らしてやって始めて、その灰色の熾火を燃え立たせようとするのである。

最後に彼は、その反射光が互いに交錯するような幾つかの鉱石を選ぶことにきめた。すなわち、赤いマホガニー色のコムポステラ産の風信子石、青い海緑色の藍玉、蔓薔薇色の紅玉、薄い石盤色のズーデルマニア産のルビーなどである。それらの弱々しい玉虫色は、鱗の暗色を明るませるに十分であり、ほのかな光輝の細い花綵《はなづな》で取り巻いた豪華な宝石の花盛りに抗して、鱗に固有の色感を保持せしめるものであった。

いま、デ・ゼッサントは、食堂の一隅にちぢこまり、薄明のなかできらきら輝いている亀をじっと眺めていた。

彼は自分が完璧な幸福のなかにいると感じた。彼の眼は、黄金の地の上の、この燃える花冠の燦爛たる輝やきに酔い痴れた。ついで、いつもの習慣に反して、ひどく食欲をおぼえ、特別なバタを塗ったトースト・パンをお茶の茶碗に浸して食べた。このお茶は、特殊な隊商によってシベリアからもたらされた、シ＝ア＝ファユン、モ＝ユ＝タンおよびカンスキイなる種類をミックスした、一点非の打ちどころない黄色いお茶であった。

彼はこの香りのよい液体を、軽くて半透明なので「卵の殻」と呼ばれている、あのシナの磁器から飲むのであった。こんな素晴らしい茶碗しか用いない彼は、食器についても同様に、やや金鍍金《きんめっき》のはげた本物の銀器しか使わなかった。薄れた黄金の塗りの下からほんのちょっぴり顔を出した銀の地金《じがね》は、疲れ切った、息も絶え絶えな、古色をおびた懐しさの印象を彼に与えた。

最後の一口を飲んでしまうと、彼は書斎にもどり、召使に命じて、いっかな動こうとしない亀を運んで来させた。

雪が降っていた。ランプの光に照らされて、蒼ずんだ窓の向うには樹氷が咲いていた。また黄金の斑点のある窓ガラスの濃緑色の凹みには、溶けた砂糖に似た霜の花がきらめいていた。

ふかい沈黙が、闇黒のなかにまどろむ邸ぜんたいを覆っていた。

デ・ゼッサントは夢みていた。薪をくべた真赤な煖炉が、むんむんする熱気を部屋中に充たしていた。彼は窓を半ば開けた。

黒地白斑《コントル・エルミイヌ》の紋章型をした壁掛けのように、空が黒々と、雪の斑点を散らして、彼の前に立ちはだかっていた。

吹きわたる凍るような風が、狂い乱れた雪の飛翔を速め、一瞬、色の秩序を逆転した。

と、紋章型の空の壁掛けは、裏返しになり、降りしきる雪のあいだに点々と見える夜の闇によって、今度は雪白の地に黒の斑点を散らした壁掛け、本物の白地黒斑模様《エルミイヌ》になった。彼は窓を閉ざした。炎熱から厳寒の真冬までの、この急激な一足跳びの推移に、彼は身慄いした。火のそばにちぢこまって、ふと、なにか酒精飲料でも飲んで暖まろうか、と思った。彼は食堂へ行った。食堂には、一方の壁に戸棚が造りつけてあって、戸棚のなかには、白檀の小さな台の上に、小さな酒樽がずらりと並んでおり、酒樽のふくれた部分の下には、銀の活栓が穿たれている。

彼はこの酒樽の一列を「口中オルガン」と称していた。

一本の桿が、すべての活栓と連結していて、同時にすべての活栓を開閉し得るような仕掛になっているので、ひとたび装置の準備がととのえば、板壁の内部にかくされた一個のボタンを押すだけで、同時に廻転しはじめたすべての活栓から、それぞれ下に置かれた小さなカップのなかへ、酒が滴り落ちるようになっている。

そのとき、オルガンの蓋が開かれる。並んだ抽斗《ひきだし》にはそれぞれフリュート、ホルン、天使音栓などと貼札がしてあり、デ・ゼッサントはこれを引き出して、あちらで一滴、こちらで一滴と酒を味わいつつ、内心の交響曲を奏するのである。かくて喉の奥には、ちょうど音楽が耳に注ぎこむ感覚と同じい感覚が得られるにいたる。

その上、それぞれの酒の味覚は彼にとって、楽器の音に対応していた。たとえば辛口のキュラソオは、酸味をおびた滑らかな歌声のクラリネットに対応し、キュンメル酒は、鼻にかかった響きのよい声のオーボエに対応する。薄荷と茴香酒《ういきょう》とは、同時に甘くて辛く、すすり泣くかと思えば優しいささやきを洩らすフリュートに相当する。また、桜桃酒は荒れ狂うトランペットの響きを奏で、これでオーケストラがぜんぶ揃った勘定になる。さらにジンとウィスキイは、コルネットとトロンボーンの甲高い音響をもって口蓋を刺戟し、ブランデーは、チューバの耳を聾する轟音とともに鳴り響く。一方、キオス島産の阿刺吉《アラキ》酒と乳香とは、力いっぱい叩くシンバルと太鼓の雷鳴にも似た連打とともに、口腔中をころがりまわる！

彼はまた、この比較を発展させて、口蓋の内部に絃楽四重奏を編成することもできようと考えた。すなわちヴァイオリンをあらわすものは、煙くさく純度の高い、鋭くしかも脆弱な、年代を経た火酒の類である。ヴィオラを模するものは、より頑健で、より低音の鈍い響きを発するラム酒である。チェロの代用としては、メランコリックでしかも愛撫するような、切り裂くようでしかも長く延びる音の健胃酒がよろしい。音量豊かで、がっちりした黒いコントラバスには、純粋な古い苦味剤《ビター》が適任だ。もし五重奏を組織しようと思うならば、五番目の楽器ハープを代表するものとして、乾燥した蒔蘿《クミン》をつけ加えればよい。その震えるような味わい、断続的な、かぼそい銀のような調べは、まさにハープとそっくりである。

類推はさらに永びいた。音の関係はリキュールのなかにも存在していた。一例のみを示すというと、シャルトルウズ・グリーンという銘柄で呼ばれているアルコオル飲料が長調をあらわすとすれば、ベネディクティン酒は、いわば短調をあらわすのである。

こうして原理が定まると、彼は学匠的な経験を大いに積んで、舌の上で無言のメロディやら、豪華な沈黙の葬送行進曲やらを奏でたり、さては、口のなかで薄荷酒の独奏曲やら、健胃酒とラム酒との二重奏曲やらを聴いたりすることができるまでになった。

そればかりか彼は、諸種のリキュールの配合と対照、近似的な熟練した混合によって、ある作曲家の思想、効果、ニュアンスを我がものとし、作曲家によって作られた本物の音楽の数曲を、ひとつひとつ、顎の内部に移すことにも成功した。

ある時のごときは、彼みずからメロディを作曲し、鶯の玉をころばす歌声を喉の内部に生ぜしめる黒すぐり酒をもって、牧歌曲を演奏したこともあった。またシロップのような田園詩を口ずさむ甘口のカカオ酒をもって、そのかみの「エステラの恋歌《ロマンス》」や「ああ！　あとで言います、お母さん」などのような詩に曲をつけたこともあった。

けれども、この頃では、デ・ゼッサントは音楽の利き酒をすることにすっかり熱を失っていた。ただオルガンの鍵盤から一つの音をはじき出し、アイルランドの本場のウィスキイをあらかじめ満たしておいた小さなカップを、手にとって行くだけであった。

そして長椅子にどっかりと腰をおろし、燕麦と大麦を醱酵させて作ったこの液体を、永いことかかって、ゆっくり啜った。クレオソートの強い匂いが口中にひろがった。

やがて飲むほどに、彼の思念は、いま口蓋を刺戟している感覚に集中し、ついでウィスキイの味に移った。すると、匂いというものの宿命的な正確さによって、ゆくりなくも数年前に消えた思い出が呼び起された。

この石炭酸をふくんだ刺戟的な匂いは、彼にどうしても同じような匂いを思い出させずには措かないのであった。歯医者が口のなかを治療するとき舌に感じる匂い。

こんな方向に聯想の糸が向けられると、まず最初、知っているだけの歯医者の上に散らばっていた彼の思念は、やがて、そのなかの一人に凝集し、集中した。それは異常な思い出のため、特別に強く彼の記憶に刻まれている歯医者であった。

あれはすでに三年も前のことだ。ある真夜中、彼は激しい歯の痛みに襲われて、頬に綿をつめたり、家具に寄りかかったり、気違いのように部屋中を歩きまわったりした。

痛む歯は、すでに鉛の充塡してある一本の臼歯であった。痛みはどうしても回復しない。歯医者の技倆だけが頼りであった。そこで彼は、苦痛をとめてくれるものならば、どんな恐ろしい手術でも我慢して受けようと肚をきめて、熱のある身体で朝を待っていたのである。

顎をかかえたまま、彼はどうしようかと考えた。かかりつけの歯医者は、勝手な時間に行っても受けつけてもらえないような、金持の開業医であった。訪問の時間をあらかじめ決めておかなければならない。そいつは駄目だ、これ以上待ってはいられない、と彼は考えた。そこで、行き当りばったりに見つかった、町医者の家に駈けこもうと決心した。齲歯《むしば》の手当や充塡などといった無益な技術は一向に御存知なくとも、無類のスピードで最も頑強な歯の根をも引っこ抜いてしまうことを心得ている、あの鉄のような精力的な町医者先生。そんな先生のところなら、朝っぱらから戸をあけているだろうし、待っている客もあるまい。やがて七時が鳴ると、彼は家を飛び出した。ある河岸の一角に、大衆歯科医の看板をかかげた、有名な技師が住んでいたことを思い出し、ハンカチを嚙み嚙み、涙をおさえて、彼は街をひた走りに走った。

家の前にくると、巨大な南瓜色の文字で「ガトナックス」という名前が麗々しく書き連ねてある、馬鹿でかい黒い木の掲示板が見つかった。それから、二つの小さなガラス張りの箱があって、その中に、真鍮のばねで連絡された捏物の歯が、桃色の歯肉のあいだに丹念に一列に植えつけられているのが眺められた。彼は顳顬《こめかみ》に汗をうかべて、息をはずませた。怖ろしい不安が彼をとらえ、膚にぞっと戦慄が走った。急に疼きが鎮まり、苦痛が消え、歯は痛みを訴えなくなった。

彼は茫然として歩道に立っていた。それから、ようやく不安をおさえつけ、薄暗い階段を四段ずつ跳び越えて、四階まで一気にのぼった。四階のドアには、琺瑯の表札に空色の文字で、もう一度、看板の名前が書いてあった。彼はドアの前に立ち、いったん呼鈴を鳴らしはしたものの、階段の上に大きな赤い血の混じった唾のあとがついているのを目にすると、背筋に冷たいものの走る心地がして、たとえ一生歯が痛くても我慢していた方がまだましだ、と思い返し、くるりとドアに背を向けて、そのまま帰ろうとした。そのとき、甲高い叫び声が壁の向うから聞え、踊り場いっぱいに鳴り響き、彼を恐怖でその場に釘づけにした。と同時にドアがあいて、ひとりの老婆が彼にどうぞお入りくださいと言った。

羞恥心が恐怖に打ち勝った。彼は食堂に通された。別のドアがばたんとあいて、黒のフロックコートに黒ズボンといった服装の、しゃちほこ張った大男が顔を出した。デ・ゼッサントはこの男に導かれて、別室に入った。

この頃から、彼の印象は曖昧になってくる。何でも窓の正面の長椅子に、倒れるように坐りこみ、痛む歯を指で示して、「前に一度鉛をつめたんです。もう手のつけようがないんじゃないでしょうか」と口ごもりながら言ったことを漠然と記憶している。

男はただちに彼の説明を封じてしまって、口のなかに大きな人さし指を突っこんだ。それから、艶出ししたカイゼル髭の下で何かぶつぶつ言いながら、テーブルの上の器具を取った。

それからが大変な騒ぎである。椅子の腕木にくくりつけられたデ・ゼッサントは、頬の内部に冷たいものの触れるのを感じた。ついで眼から火が出るほどの、生まれてから一度も経験したことがないような、ものすごい激痛をおぼえ、屠殺される獣のように足をばたつかせ、ひいひい泣き声をあげはじめた。

めりめりと音が聞え、ついに、臼歯は折れた。そのとき、彼は頭を引き抜かれるような気がし、頭蓋骨をぶち割られるような気がした。彼は気違いのようになり、あらん限りの力をふりしぼってわめいた。あたかも彼の腹の底まで腕をさし込もうとするかのように、またもや彼の上に身を乗り出そうとする男に対して、夢中になって抵抗した。それから、いきなり退くと、顎にくっついて離れない自分の身体をぐっと持ちあげ、ふたたび乱暴に肘掛椅子にどしんと身を落して、尻もちをついた。彼がそんなことをしているあいだ、男は窓の前に立ちはだかり、はあはあ息を切らせていた、赤い血の糸の垂れた一本の臼歯を、鋏《やっとこ》の先で得意そうに振りまわしながら!

ふらふらになって、デ・ゼッサントは洗面器いっぱいに血を吐いた。最前の老婆がまた入ってきて、彼の歯を新聞紙につつんでお土産にくれようとするのを、身ぶりでいらないと断った。そして二フラン払い、大急ぎで逃げ出した。階段のところで、彼もまた、血の混じった唾を吐いた。街に出ると、彼の気分は明るくなり、十年も若返ったような気がした。どんな些細なことにも興味が湧いた。……

こんな思い出の襲撃に、彼は気がめいってしまって、思わず「桑原々々」と言った。立ちあがって、この胸糞わるい幻影の呪縛を断ち切ろうと思った。そして現在の生活に思いをいたすと、亀のことが心配になった。亀は相変らず少しも動かなかった。彼はその身体に触れてみた。と、それは死んでいた。引籠りがちの暮らしに慣れ、みすぼらしい甲羅の下で地味な生活を送っていた亀には、疑いもなく、自分の身に負わされた眩ゆいばかりな贅沢、無理に着せられた金襴の衣裳、聖体盒のごとく背中を覆った宝石類が、堪えがたい重荷であったのにちがいなかった。

第五章

鼻持ちならぬ下司野郎どもの唾棄すべき時代を逃れて暮らしたいという望みが切実になって行くにつれて、彼には、パリの殺風景な家々であくせく働らく人間どもや、金儲けのために街々をうろつく人間どもの肖像を描いた絵画などは、もう二度と見たくないという気持がいよいよ強くなった。

現代生活に対する興味をすっかり失ってしまうと、彼は自分の居室に、嫌悪や恨みの亡霊をみちびき入れないようにしようと決心した。だから彼は、現代や現代の風俗から遠く隔り、昔の夢や古代の頽廃のなかに浸った、巧緻な繊細な絵画を求めていたのである。

精神の快楽と眼の歓びのために、彼は何か暗示的な作品を求めていた。つまり、おのれをある未知の世界に投げこんでくれるような、新らしい臆説の跡をあばいて見せてくれるような、また学匠的なヒステリイと、入り組んだ複雑な悪夢と、無頓着な残忍な幻影とによって、神経組織に激動を与えてくれるような、そんな作品を求めていたのである。

数ある現代画家のなかで、永いこと彼を恍惚状態に浸らせてくれる才能のある画家が一人いた。ギュスターヴ・モロオ(134)である。

彼はモロオの傑作を二枚手に入れ、夜のあいだ、その一枚を前にして夢想するのであった。

それはサロメの絵で、次のような情景を描いたものである。

大会堂の主祭壇に似た一個の玉座が、ロマネスク式の柱のような、ずんぐりした円柱に支えられた数多の穹窿の下に立っている。回教風でもあり、ビザンティン風でもある建築様式のバジリカ会堂に似た宮殿のなかで、それらの円柱はモザイコをちりばめた、色さまざまな煉瓦に飾られ、碧玉や紅縞瑪瑙を嵌めこまれている。

半円水盤の形をした階段につづく祭壇の上の幕屋の中心には、三重冠をかぶった四分領太守ヘロデが、両脚を揃え、両手を膝の上にのせて坐っている。

ヘロデの顔は羊皮紙のように黄ばみ、幾重にも皺をきざみ、寄る年波にやつれ果てている。その長い髯は、胸を覆う金襴の衣裳にちりばめられた、綺羅星のような宝石の上に、白い雲のごとくにたゆたっている。

インドの神像のようにおごそかなポーズをして、じっと動かぬこの人物のまわりには、濛々たる煙を吐き出す薫香が焚かれており、煙の絶え間には、燐光を放つ獣の眼のように、玉座の外壁に嵌めこまれた宝石が光っている。立ちのぼる煙はさらに拱廊の下にまで拡がり、青くたなびいて、円天井から落ちてくる金粉のような太陽光線と融け合っている。

薫香の邪悪な匂い、この教会の暑すぎる空気のなかで、左腕を命令の身ぶりで長くのばし、

ギュスターヴ・モロオ「サロメ」

大きな白蓮の花をもった右腕を顔の高さに折り曲げたサロメは、うずくまった女が爪弾くギターの調べに合わせて、しずしずと、爪先だって前に進む。

瞑想的な、荘重な、ほとんど厳粛な顔をして、彼女はみだらな舞踊をはじめ、老いたるヘロデの眠れる官能を呼びさます。乳房は波打ち、渦巻く首飾りと擦れ合って乳首が勃起する。汗ばむ肌の上に留めたダイヤモンドはきらきら輝き、腕環も、腰帯も、指環も、それぞれに火花を散らす。真珠を縫いつけ、金銀の薄片で飾った、豪奢な衣裳の上に羽織った黄金細工の鎖帷《くさりかた》子《びら》は、それぞれの編目が一個の宝石で出来ており、燃えあがって火蛇のように交錯し、艶消しの肌、庚申薔薇色の膚の上に、あたかも洋紅色の紋と曙色の斑点をおび、鋼色の唐草模様と孔雀色の虎斑《とらふ》をおびた、眩ゆい鞘翅類の昆虫の群のごとくうようよと蝟集する。

じっと瞳を据え、夢遊病者のように自己のうちに沈潜した彼女にとっては、ふるえている太守も、彼女を見守っている残忍な母親ヘロデヤも、サーベルを手にして玉座の下に立っている半陰陽者《ふたなり》あるいは宦官も、さらに眼中にないかのごとくである。怖ろしい顔をした宦官は、頬まで覆面し、去勢者特有の乳房を瓢簞のように、オレンジ色の雑色の寛衣《チュニック》の下に押し垂らしている。

多くの芸術家や詩人にあれほど執念《しゅうね》く付きまとった、このサロメの原型が、久しい以前から、デ・ゼッサントをも悩ましていた。ルウヴァン大学の神学博士たちによって翻訳されたピエール・ヴァリケの古い聖書のなかに、預言者ヨハネの斬首を簡素な言葉で叙した聖マタイの福音書がある。いくたび彼は、この福音書を読み返したことであろう。次のような文章を読みつつ、いくたび彼は夢想を追ったことであろう――

「しかるにヘロデの誕生日に当り、ヘロデヤの娘その席上に舞を舞いてヘロデを喜ばせたれば、

「ヘロデこれに何にても求むるままに与えんと誓えり。

「娘その母に唆かされて言う『バプテスマのヨハネの首を盆に載せてここに賜われ』

「王、憂いたれど、その誓と席に在る者とに対して、これを与うることを命じ、

「人を遣し獄《ひとや》にてヨハネの首を斬り、

「その首を盆にのせて持ち来らしめ、これを少女に与う。少女はこれを母に捧ぐ。」

とは言え、聖マタイも、聖マルコも、聖ルカも、その他の福音書の著者たちも、踊り子の狂乱の魅力、その頽廃的な行動については詳しく述べていなかった。彼女は幾世紀の彼方の雲のなかに、その神秘的な昏迷せるすがたを没し去り消し去ったまま、現在にいたっているのであって、几帳面な卑俗な精神のひとには、そのすがたは容易に捕捉しがたく、ただ神経症により幻覚を生ずるようになったひと、衰弱した、研ぎ澄まされた頭脳のひとにのみ、よく捕捉され得るのである。たとえばフランドルの肉屋の女房みたいに彼女を描いた、ルーベンスのような肉感派の画家には、サロメの主題は手に負えず、踊り子の不安な心の高揚や、男を悩殺する女の洗錬された威厳を描くことのできないすべての作家には、サロメはついに不可解なのである。

聖書の中のあらゆる既知の条件からはみ出すような想像力によって描かれた、このギュスターヴ・モロオの作品に、デ・ゼッサントは要するに、彼が永いこと夢みていた超人間的な、霊妙な、あのサロメの実現されたすがたを見るのであった。彼女はもはや、淫猥に腰をひねって

老人に欲望と発情の叫びを発せしめる、単なる女軽業師でもなければ、乳房を波打たせたり腰を揺すったり臀を震わせたりして、王の精力を涸らし決断力を鈍らせる、単なる女大道芸人でもなかった。彼女はいわば不滅の「淫蕩」の象徴的な女神、不朽の「ヒステリイ」の女神、呪われた「美」の女神となったのである。その肉を堅くし筋肉を強張らせたカタレプシーによって、彼女はすべての女たちの中から特に選ばれたのである。古代のヘレネのように、近づく者、見る者、触れる者すべてに毒を与える、無頓着な、無関心な、無責任な、怪物のような「女獣」なのである。

こんな風に解釈してみると、彼女は極東の神統系譜学に属していることが分る。サロメはすでに聖書の伝統には属していないのだ。彼女のように宝石と緋衣をまとい、彼女のように脂粉を塗ったバビロンの生きた象徴、黙示録の堂々たる大淫婦ですら、彼女と同等ではあり得ない。なぜかと言うに、サロメは運命的なある権力、超絶的なある力によって、放蕩の誘惑的な悲惨の中に投げこまれることがなかったからである。

それに、この画家は時代の埒外に身を置き、血統も地方も年代も、少しも明確にしないことをもって、おのれの意志としていたかのごとくであった。画家は自分のサロメを、あの錯雑した仰々しい様式の風変りな宮殿のなかに置き、豪華な夢のような衣裳を彼女にまとわせ、サランボオのかぶるような、フェニキア風の塔の形をした王冠のごときものを彼女にかぶらせ、またその手には、イシスの笏《しゃく》であり、エジプトやインドの神聖な花である大きな白蓮の花をもたせたのである。

デ・ゼッサントはこの象徴物の意味を知ろうと努力した。白蓮の花には、インドの原始宗教がやはりこれに賦与しているような、陽物としての寓意があるのであろうか。それは老いたるヘロデに向かって、処女の奉納、血の交換、殺人という特別の条件で提供された、唆かされた淫らな傷口を告示しているのであろうか。あるいは、それはインド神話における生命の豊饒の寓意でもあろうか、女の指のあいだで大事に育てられた一つの生命が、狂気に侵され肉欲の発作に血迷った男の震える手によって、引き抜かれ、滅茶苦茶にされてしまうという?

また、おそらく画家は、その謎のような女神の手に神聖な白蓮の花をもたせることによって、あらゆる罪と悪の根源である穢れた「瓶《かめ》」、つまり、死すべき肉体をもった女というものに、思いをいたしたにちがいないのである。おそらく彼は、往時のエジプトの儀式、埋葬に伴なう死体防腐の儀式を想起していたにちがいない。化学者と司祭が、死んだ女の屍体を碧玉の台の上に横たえ、曲った針で鼻の孔から彼女の脳味噌を引きずり出し、左の脇腹を切開して内臓を摘出し、次に、爪と歯に金泥を塗り、全身に瀝青と香油を塗布するのであるが、その前に、彼女の性器を浄化するために、そこに神聖な花の純潔な花弁を挿入するのが、往時のエジプトの習慣だったのだ。

何はともあれ、抵抗しがたい魅惑がこの油絵から生じていた。しかし、それ以上に不安をそそる絵は、『まぼろし』と題された水彩画であった。

この画中では、ヘロデの宮殿はアルハンブラ宮のように、虹色に輝やくマウル風の板石の軽快な円柱の上にそそり立っており、銀のコンクリートや金のセメントで接着させられたようになっている。青金色の菱形に端を発する唐草模様は、円天井に沿ってうねうねと伸び、円天井の螺鈿の寄木細工の上には、虹色の光やプリズムの輝きが仄めいている。

殺戮はすでに終ったのだ。いま、首斬役人は血に染んだ長剣の柄頭《つかがしら》に手をかけ、無感動な表情を持して立っている。

聖者の斬り落された首は、敷石の床に置いた皿から浮きあがり、蒼白な顔、血の気の失せた開いた口、真赤な頸のまま、涙をしたたらせて、サロメをじっと見ている。一種のモザイコ模様がこの顔を取り囲み、後光のように光り輝やいて、柱廊の下に幾条もの光線を放射している。おそろしい浮揚した首のまわりの後光は、いわば踊り子の上にじっと視線をそそいだ、巨大なガラス状の眼玉である。

おびえた者の身ぶりで、サロメは恐怖の幻影を押しやり、爪先だったまま、その場に動けなくなっている。彼女の瞳は大きく見ひらかれ、彼女の片手は痙攣的に喉を掻きむしっている。

彼女はほとんど裸体に近い。踊りのほとぼりに、ヴェールは乱れ、錦繡の衣ははだけてしまった。すでに金銀細工の装飾と宝石しか身につけてはいない。胸当てが胸甲のように胴体をぴったり包み、見事な留金《とめがね》のような華麗な一個の宝石が、二つの乳房のあいだの溝に光を投げている。腰のあたりの下半身には帯が捲きつき、腿の上部をかくしている。また腿には巨大な瓔《よう》珞《らく》がまといつき、柘榴石やエメラルドを川のように引きずっている。最後に、胸当てと帯のあいだに見える素肌の腹は、臍のくぼみを刻んで大きく張り出している。臍の孔は、乳色と薔薇色の縞瑪瑙を彫り刻んだ小さな印章のようだ。

ギュスターヴ・モロオ「まぼろし」

預言者の首から発する火のような光線を浴びて、すべての宝石の切子面は燃えさかっている。どの宝石も熱気をおび、白熱せる光線によって女体の輪郭をくっきり浮き出させる。頸にも、脚にも、腕にも、炭火のように真赤な、ガスの焰のように紫色な、アルコオルの焰のように青色な、星の光のように蒼白な、火花がぱちぱちと爆ぜている。

髯と髪の毛の先端に赤黒い血の凝《こご》りを付着させたまま、おそろしい首はなおも血を滴らせつつ燃えている。この首はサロメだけに見え、その陰鬱な視線は、王や王妃には注がれていないのである。ヘロデヤは、ようやく決着のついたおのれの憎悪を反芻している。太守ヘロデは、やや前かがみになり、膝の上に両手をのせて、まだ喘いでいる。黄褐色の香料に浸され、芳香と没薬の煙にいぶされ、樹脂のなかを転げまわった女の裸体が、彼を狂わんばかりにするのである。

老いたる王のようにデ・ゼッサントも、この踊り子の前で精根涸らし、疲労困憊し、眩暈《めまい》に襲われる始末であった。この踊り子は、油絵のサロメほどいかめしくもなければ尊大でもないが、はるかにひとを不安にするところがあった。

無感動な無慈悲な彫像、無垢な危険な偶像には、エロティシズムと人間存在の恐怖とが透けて見えていた。ここでは、しかし、大きな白蓮の花は消え、女神は影をひそめてしまった。いまや、怖ろしい悪夢が、旋回する舞いに我を忘れた女大道芸人、恐怖に身をすくませ、茫然自失した娼婦の首を締めあげるのである。

ここでは、サロメは正真正銘の女である。火のように激しい残酷な女の気質に、彼女はそのましたがっている。そして一層の洗錬と野蛮、一層の呪わしさと繊細さとをもって生きている。瀆聖の臥床に芽生え、不純の室《むろ》に育った、偉大な媾合の花の蠱《まど》わしによって、彼女は眠れる男の官能を一層はげしく燃え立たせ、男の意志を一層確実に魅惑し馴致するのである。

デ・ゼッサントも言っていたように、いかなる時代においても、水彩画がこれほどの絢爛たる華やかさに達したことはないのであった。化学製品としての絵具の貧しさが、紙の上にこれほど見事に、宝石にも似たきらめき、太陽光線を浴びた焼絵ガラスにも似た閃光をほとばしらせたことは絶えてなく、織物や肉体の豪奢をこれほど奇蹟的に、これほど眩惑的に誇示したこともないのであった。

その絵をじっと凝視しながら、彼はこの偉大な芸術家、この異教的な神秘主義者、パリのただなかで、輝やかしい過去の夢幻劇の大詰めや残酷な幻影を見あらわすほどに、現世から超然としていられるこの幻想家の、はるかな起源をたどってみるのであった。

モロオの系譜を、デ・ゼッサントはほとんど遡ることができなかった。なるほど、そこかしこに、マンテーニャ(135)やヤコポ・ダ・バルバーリ(136)の漠とした思い出があることはある。またレオナルドに対するぼんやりした執着や、ドラクロワの色に対する狂熱がある。けれども、これらの巨匠たちの影響は、結局のところ、彼のうちに認められなかった。有りようは、ギュスターヴ・モロオはいかなる画家に源を発するのでもない、ということであった。真の祖先とてなく、また後継者があろうとも思われぬ彼は、現代の芸術界においてユニークな地位を保っていた。土俗学の源泉や神話学の起源にさかのぼって、彼はそれらを比較検討し、それによって血なまぐさい幾つもの謎を解き明かした。また、極東から由来し他民族の信仰と混淆して変化した、さまざまな伝説を集め、これを一つに融合した。そのようにして、彼はおのれの建築学的融合、織物の予期せざる豪華なアマルガム、真に近代的な神経衰弱の透徹せる不安によって研ぎ澄まされた、宗教的伝統の不吉な寓意を完成したのである。かくて彼は、邪悪や超人間的な愛や、信頼もなく希望もなしに遂行された聖なる姦淫の象徴などにつきまとわれて、永遠に苦悩のうちにとどまっているのであった。

彼の絶望的な、学匠的な数々の作品のなかには、ボオドレエルのある詩におけるように、腹の底までひとを感動させる一種独得の魔術、呪文のごときものがひそんでいた。絵画の限界を越えたこの芸術によって、ひとは仰天し、面くらい、夢みるような気持になる。それは文章芸術から、その最も精緻な記憶喚起法を借り、リモージュ焼きの芸術から、その最も見事なみずみずしさを借り、宝石細工人や彫版師の芸術から、その最も繊細な技巧を借りた芸術であった。デ・ゼッサントの讃歎措くあたわざるこの二枚のサロメの絵は、書棚のあいだに残された書斎の壁の隙間に懸けられて、つい彼の目の前で生きていた。

けれども、彼がその孤独な生活を彩るために買いあつめた絵画の類は、それのみにとどまらなかった。

彼が自分のために使っていなかった家の二階は別としても、一階には壁を飾るための多くの額が必要であった。

一階の間取りは次のごとくである——

寝室に通じる化粧室が建物の一方の角を占め、寝室から図書室へ、図書室から食堂へと通じ、食堂が建物の他方の角を占めている。

建物の一面を形成するこれらの部屋部屋は、一列につながって並んでおり、随所に穿たれた窓からはオネエ渓谷を見渡すことができる。

建物の別の面も、前者と配置がそっくり同じい四つの部屋で構成されている。すなわち、角部屋の台所が食堂に通じ、玄関として使われている広い廊下が図書室に通じ、閨房のような小部屋が寝室に通じ、他端の角部屋が化粧室に通じる、といった具合である。

これらの部屋部屋はいずれもオネエ渓谷と反対側に窓を開いており、クロワの塔やシャティヨンの邨《むら》の方に向かっている。

階段は家の外の建物の側面に取りつけられているので、段々をのぼる召使の足音も、ほとんど聞き取りがたいほどのかすかな音となって、デ・ゼッサントの耳に達するのであった。

彼は閨房をあざやかな赤の壁布で飾らせ、部屋の壁面いっぱいに、ほとんどフランスでは知られていないオランダの古い彫版家ヤン・ロイケン[137]の銅版画を、黒檀の額縁におさめて懸けさせた。

彼はこの幻想的で陰惨で、熱烈で残忍な芸術家の、『宗教的迫害』と題された一連の銅版画集を所持していた。宗教的狂気が考案したあらゆる拷問を描いた、この怖るべき版画集には、炭火の上でこんがり焼かれる肉体やら、剣で頭の皮を剝がされ、釘で孔をあけられ、鋸で切りこまざかれる頭蓋骨やら、腹から繰り出され巻框《まきわく》に巻きつけられた臓腑やら、やっとこでじわ

ヤン・ロイケン「宗教的迫害」より。I。

ヤン・ロイケン「宗教的迫害」より。II。

じわと剝がされる爪やら、くり抜かれた眼玉やら、鑿で裏返された眼瞼やら、丹念に折られればらばらにされた手脚やら、永いこと剃刀で肉を削られて露出した骨やら、およそ人間の苦痛の光景のすべてが描きつくされていた。

この忌わしい想像力にみちた、恐怖と呪いの叫びでいっぱいな、焦げ臭い匂のする血みどろの作品群は、デ・ゼッサントをぞっとさせ、赤い書斎のなかで彼を息づまるような感動に誘いこんだ。

が、これらの作品群の与える戦慄や、この画家の怖るべき才能、またその画中の人物たちの与える異様な生命感を別としても、ロイケンの驚くべき群衆場面には、[138]細心に気を配った環境と時代の再構成が認められた。波のような群衆の処理は、ジャック・カロを思わせる巧みな鑿さばきであるが、この陽気なへぼ画家が決して到達し得なかったある力に満ち満ちている。ロオマにおけるマカベウス一族殉難の時代、スペインにおけるキリスト教徒迫害の時代、中世フランスにおける異端糺問の時代、聖バルテルミイおよび龍騎兵の新教徒迫害時代など、それぞれの時代における建築、服装、風俗が細心の注意をもって観察され、極度な正確さをもって描かれている。

これらの銅版画は知識の宝庫であった。何時間ものあいだ、飽きもせずに見つめていることもできた。また瞑想に誘いこむような力があったので、しばしばデ・ゼッサントは本を読む気がしないような日々を、これらの銅版画を眺めて過ごした。
ロイケンの生涯も、彼にとってはさらに魅力であった。またそれこそ、その作品の幻惑を解く鍵でもあった。熱烈なカルヴィニストであり、聖歌と祈りに身を捧げた狷介固陋なキリスト教徒である彼は、みずから宗教詩をつくってその挿絵を描き、讃美歌の文句を詩に直し、聖書の繙読に没頭した挙句の果てに、血なまぐさい主題に憑かれた頭と、宗教改革への憎悪、また恐怖と怒りの歌によって歪められた唇をもつ、熱狂的な、狂暴な芸術家として誕生したのである。

と同時に、彼は俗世間を蔑視し、その財産を貧者にゆだね、ごくわずかな収入で生活するようになった。そしてついには、彼の手引きで熱狂的な信者にさせられた一人の年とった婢女とともに、船に乗りこみ、船の着いた先々で福音を説いてまわったり、断食をこころみたりして、ほとんど狂人のような、野蛮人のような人間になってしまった。

隣室はもっと広く、葉巻の箱のような色の西洋杉の羽目板を張った玄関であったが、そこにも風変りな銅版画やデッサンがいくつも並んでいた。

たとえばブレスダン(139)の『死の喜劇』は、悪鬼や幽霊の形をした樹木や叢林の生い茂った非現実的な風景のなかに、鼠の頭部や野菜の尾をした鳥たちが群れ、椎骨や肋骨や頭蓋骨の散らばった地面には、引き裂け節くれ立った柳の木が数本そそり立っている。そして柳の木の上では、骸骨どもが空中に花束を打ちふり、勝利の歌を高唱している。一方、キリストは鯖《さば》雲のある空に逃れ、隠者は両手で頭をかかえて、洞窟の奥で物思いにふけり、貧者は窮乏に疲れ、飢えに憔悴し、沼の前に足を投げ出して、仰向けに倒れて死んでいる。

同じ画家の『よきサマリア人』という絵は、巨大な石版刷りのペンのデッサンである。季節や風土を無視して、棕櫚やななかまどや柏の樹が揃っておびただしく生い茂り、猿や梟や木菟《みみずく》のとまった、処女林のなかの一本の高く突き出た枝には、マンドラゴラの根のように不恰好な古い切株が瘤々になっている。そして、この魔法の大樹林は、中央に空間がひらけていて、一匹の駱駝とサマリア人と負傷者のグループのうしろの遠くに、一筋の河と、それから地平線上にそそり立つ夢のような都市とを垣間見せている。奇妙な空には鳥が点々と群れ、斑雲《まだら》が波のように積み重なっている。

それはまるで阿片で混乱した頭によって構成された、ルネサンス前派の絵か、あやしげなアルブレヒト・デューラーの絵でもあるかのようだった。しかし、この版画の精緻な細部と荘厳な外観をいかに愛したにせよ、とりわけデ・ゼッサントが永いこと足をとめてつくづくと眺め入ったのは、同じ部屋に飾ってあった別の額であった。

それらの絵にはオディロン・ルドン(140)と署名がしてあった。

金の玉縁をとった粗製の梨材の枠のなかに、それらの絵は、想像もおよばない幻影を閉じこめていた。すなわち、水盤の上に置かれたメロヴィンガ王朝風の首。僧侶のようでもあり公開討論会の演説者のようでもある、巨大な砲丸に指をふれた髯むしゃ男。軀のまんなかに人間の顔のある怖ろしい蜘蛛。さらに木炭画は、充血に悩む恐怖の夢のなかにまで没入していた。こちらには、悲しげな眼で目ばたきする巨大な骰子《さいころ》があるかと思えば、あちらには、涸れた不毛の風景や、黒焦げになった原っぱや、土地の起伏や、もくもくと黒雲を吹き出す火山の激動や、澱んだ鉛色の空がある。時には悪夢のような科学の世界に主題を借りて、有史以前の時代に遡

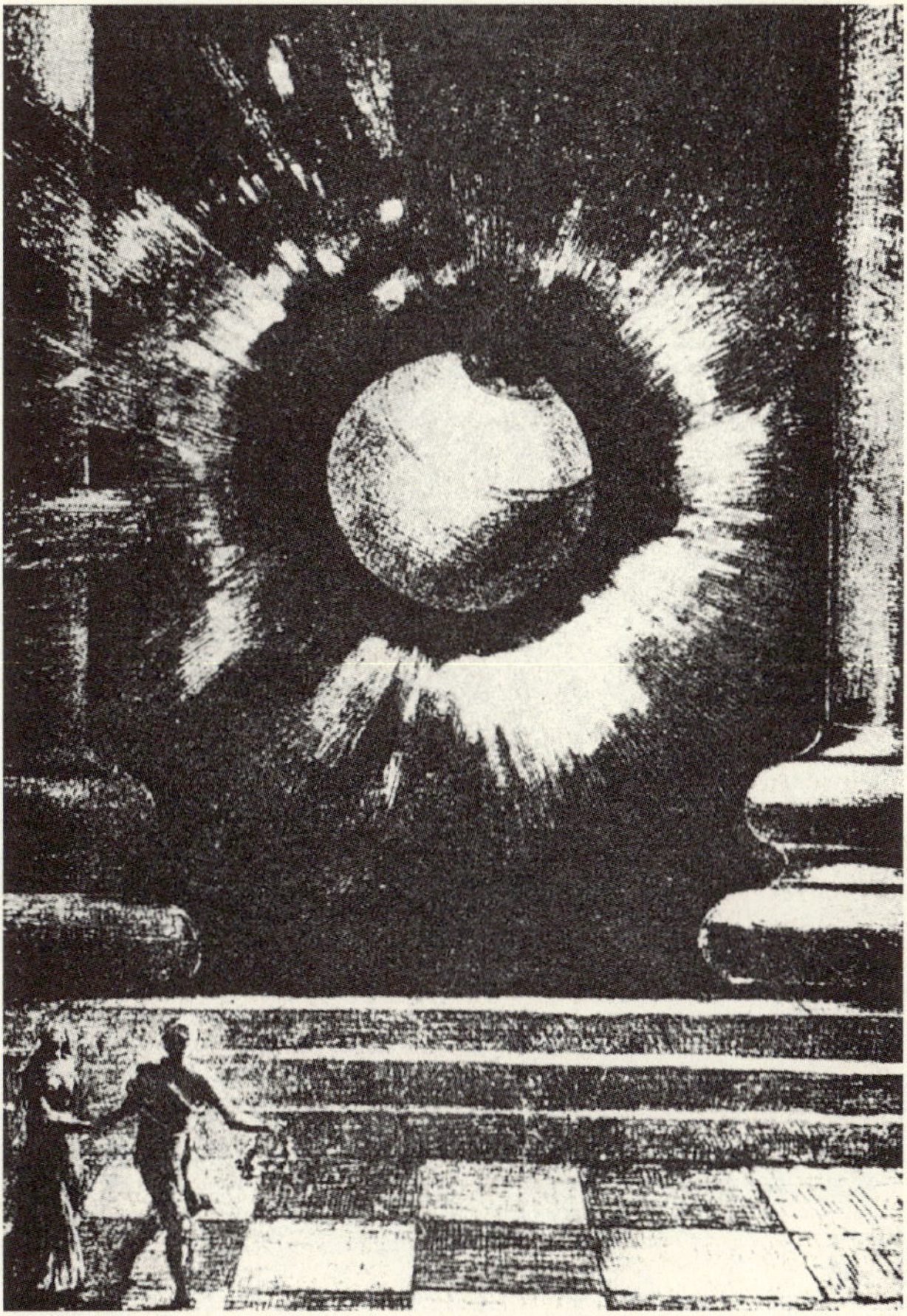

オディロン・ルドン「夢の中で」より。

るかとさえ思われる。お化けのような植物が岩の上に花を咲かせ、いたるところに漂石や氷河土がころがっている。そして、そこに登場する人物たちの猿のような風貌、厚みのある顎骨、突き出した眉弓、反りかえった額、平らな顱《ろ》頂などは、われわれの遠い先祖の頭部、第四紀初期の人間の頭部を思わせる。マンモスや、鼻孔に隔壁のある犀や、大熊などと同じ時代に生きていた、まだ言葉を知らぬ、果実を常食とする人間の頭部である。これらのデッサンは、まさに類例のないものであった。作者は多くの場合、絵画の限界を飛び越えて、きわめて特殊の幻想、病気と精神錯乱の幻想を創始していた。

　実際、巨大な眼や狂気の眼をぽっかりと開いたこれらの顔や、ガラス壜越しに見たように、桁はずれに大きくされたりいびつにされたりしたこれらの身体を見ていると、デ・ゼッサントの記憶には、腸チブスの思い出、いまだに残っている焼けつく夜々の思い出がふたたび甦り、少年時代のおそろしい幻影がちらつきはじめるのであった。

　これらのデッサンを前にしていると、あたかもそれとよく似たゴヤの『俚諺集《プロヴェルビオス》』の幾枚かを前にしたときのように、またエドガア・ポオの物語を読んだときのように、名状しがたい一種の不安感が彼を襲った。ポオの読書に伴なう幻覚と恐怖の印象とを、オディロン・ルドンは別の芸術に置き換えたのであった。デ・ゼッサントは何度も目をこすっては、この不安を掻きたてる版画の中央に、しずかに平然と伸びあがる晴れやかな一つの顔や、岩の上で元気のない陰鬱なポーズをして、円い太陽の前に坐った「メランコリイ」の顔などを眺めるのであった。

　すると、まるで魔法のように、険悪な想念が吹き払われ、心地よい悲しみと、いわば物憂い悲哀とが彼の心のなかを流れはじめる。彼はこうした作品の前で永いこと瞑想にふけっていた。やわらかい黒鉛筆のあいだに散らしたグアッシュの点々とともに、これらの木炭画や版画の途絶えざる黒のあいだには、海緑色や薄金色の光が配してあった。

(141)ほとんど玄関の壁という壁を覆ったこの一連のルドンの作品のほかに、彼は寝室にテオコプリの乱暴な一枚の素描画を掲げておいた。誇張されたデッサンと、烈しい色と、調子の狂ったエネルギーとをもって描かれた奇妙な色調のキリスト像で、この画家がティツィアーノの影響を脱しようとしきりにあせっていた頃の、いわば新らしい手法によるタブロオである。

黄色い蠟と緑色の死骸の色調で統一されたこの不吉な絵は、デ・ゼッサントにとって、室内装飾に関するある種の理法にかなっているのであった。

彼によれば、寝室を整備するには二つの方法しかないのである。すなわち、挑発的な寝台の間、夜の快楽の場所をつくるか、さもなければ孤独と休息の場所、思想の私室、一種の祈禱室をつくるか、である。

第一の場合においては、繊細な気質のひとびと、とくに脳の過敏症に悩むひとびとにとっては、ルイ十五世様式がぜひとも必要である。実際、十八世紀のみが、女の肉体の形に家具を丸くしたり、女の快楽の収縮や痙攣の渦巻き模様に似せて、木や銅をうねらせたり、ねじらせたり、金髪女の甘ったるい悩ましさを鮮明な背景によって際立たせたり、褐色の髪の女のぴりっとした味を甘味がかった、水気の多い、ほとんど気抜けしたような色調の壁織物によって和らげたりすることによって、ある淫蕩な雰囲気に女を包みこむことを知っていたのである。

そんな部屋を、かつては彼もパリの自宅に有っていた。そこには大きな白い漆塗りの寝台があって、これが老いたる道楽者にとっての一種の刺戟剤、荒んだ一種の嗜好物になるのである。彼らは虚偽の純潔、グルーズ[142]の描く乙女の見せかけだけの羞恥、子供や若い娘の匂いのするいたずらな寝台の人工的な無邪気さ、そんなものの前で、馬のように歓喜の嘶きをもらすのである。

もう一方の場合——過去の生活の苛だたしい思い出を断ち切ろうとしている現在、彼にとって可能なのはこの場合のみであったが——においては、部屋を修道者の小房のごとくに仕立てるべきであった。が、この場合にも幾多の困難があった。彼としては、贖罪と祈りのための隠遁所のような、辛気くさい不体裁は受け容れがたかったからである。

とつおいつ、問題をあらゆる面からひっくり返してみた末に、彼は到達すべき目標は要するに次のごときものだと料簡した。すなわち、陽気なものと悲しいものとを調和させること。というよりむしろ、悲しいものにその陋醜の色合いをそっくり残しておいて、しかも部屋の全体に一種の雅致と気品とを印づけること。安手の金ぴかなものが寄り集まって贅沢と高価の趣きを添えている劇場のような外観を打破すること。むしろ立派な織物を使ってみすぼらしい印象を与えるといったような、まったく反対の効果を獲得すること。一言にして言えば、紛れもないシャルトルウズ会修道士の僧房のようでありながら、しかも事実はまったくそうでないような部屋をつくること。

こうして、彼は仕事に着手した。まず、教会の規定の黄色、すなわちオークル色の塗料を真似て、彼は寝室の壁にサフラン色の絹布を張らせた。また、この種の部屋には普通チョコレエト色の下壁を用いるものであるが、彼は仕切り壁を濃紫色の紫檀の木材で張らせることにした。その効果は絶妙で、遠くから見ても、彼が追求していた理想の型は、変形されつつ悲しげな厳格さとなってあらわれていた。次は天井であるが、これには白い素地の布を張った。石膏のように見えるけれども、ざらざらした感じはない。僧房の冷たい敷石の床はどうかといえば、赤い格子縞模様の絨毯のおかげで、かなりそれに近い感じを出すことに成功した。羊毛のなかには白っぽい部分もあるので、これはサンダルによる擦り切れや長靴による磨滅だと思えばよい。

この部屋には、苦行僧の寝台に似せて造った、磨きあげた古い錬鉄製の、小さな寝台をも備えつけた。枕もとと脚の部分には、古いホテルの豪華な階段の手すりから取った、混み入った唐草模様、葡萄の枝と絡み合ったチューリップの花の模様などが飾りつけてあって、一段と高くなっている。

ナイト・テーブルの代りとして、古風な一脚の祈禱台を置いた。内部に花瓶を容れることもできるし、その上に祈禱書をのせることもできる。正面の壁には、教会執事用の腰掛を寄せ、その上に木彫の突起部《ミゼリコルド》のついた、大きな透かし入りの天蓋を置いた。また、儀式の必要のために取って置かれた本物の蜜蠟の教会用蠟燭を、特別の家から買ってきて備えておいた。それというのも、彼は石油とか、頁岩《けつ》油とか、ガスとか、硬脂蠟燭とかいった、けばけばしい粗悪な近代の照明の一切が、腹の底から大嫌いだったからである。

朝、寝台のなかで枕に頭をのせたまま、眠りにつく前に、彼はテオコプリの絵を眺める。その兇暴な色は、黄色い布地の微笑とやや調和を欠き、壁の色を一層沈んだ色調にして見せる。かくて彼は、パリから百里も離れた世界の果て、ある修道院の奥にでも暮らしているかのような想像に、やすやすと身を任せることができるのであった。

要するに、幻想を抱くのは易々たることだった。彼自身がほとんど修道僧の生活にひとしい生活を送っていたからである。もっとも、蟄居生活の利益は得ていたが、その障害はこれを避けていた。たとえば軍隊的規律、不摂生、不潔、雑居生活、単調な無為などである。その僧房をぬくぬくした居心地よい部屋につくり変えたように、彼はその生活をも、正常な、おだやかな、物質的安楽にみちた、多忙でしかも自由なものにしておいたのである。

あたかも一人の隠者のように、彼は孤独の生活を送るのに丁度よい時期にきていたし、生活に疲れ、生活からもはや何物をも期待しない心境になっていた。また、あたかも一人の修道士のように、彼は無限の倦怠、瞑想の必要、もはや俗人どもと共通の何物をも持ちたくない欲求などに、執念く取り憑かれていた。彼にとって俗人とは、功利主義者と馬鹿者の別名にほかならなかった。

要約するに、彼はみずから恩寵に浴すべき使命こそ感じてはいなかったが、修道院のなかに閉じこもり、社会の白眼に悩まされるひとびとに対しては、心底からの共感をおぼえていたのである。社会というものは、このような修道僧たちが世間に対して抱いている正当な軽蔑の念をも赦さぬばかりか、彼らが長い無言の行によって、世間のおかしな、あるいはくだらないお喋りの、絶えず増大する放埒を贖おうとすることさえも、赦さないのである。

第六章

小さな枕のついた広い肘掛椅子にどっかり腰をおろし、煖炉の薪架の梨形をした鍍金《めっき》の金具に両足をのせ、吹管ではげしい風を吹き送られたかのように、ぱちぱち威勢のよい焔を発して燃える薪にスリッパを焦がしそうにしながら、デ・ゼッサントは、読みさしの古い四折判本をテーブルの上に置き、伸びをして、煙草に火をつけた。それから、ある追憶の流れにぐんぐん引きずりこまれて、甘美な夢想にふけりはじめた。それは何箇月も前から消えていたのに、ふと何の動機もなく、記憶のなかに目ざめたある名前の想起によって、突如として浮かびあがってきた思い出であった。

彼はいま、友達のデギュランドの当惑の表情を、ありありと思い出していた。それは頑固な独身者たちのある集会で、デギュランドが近く結婚する準備をしていることを告白しなければならなくなった時のことであった。みんなは口々に反対し、同じ蒲団のなかで寝るなんて考えただけでもぞっとするよ、と言った。が、みんなの意見も何の役にも立ちはしなかった。のぼせあがっていたデギュランドは、未来の妻の知性を信じていたし、彼女のなかに例外的な献身と愛情の素質を見つけたと信じていた。

ただ、これらの青年たちのなかで、デ・ゼッサントだけは彼の決意をはげましてやった。それというのもデギュランドの許婚者《フィアンセ》が、新らしく開けたある広小路のはずれにある、例の近代的な円形アパートの一部屋に住みたいと望んでいるのを知ったからである。

心《しん》の強い性格のひとにとっては、大きな貧困よりも小さな貧困の方がはるかに辛く苦しいものだということを、デ・ゼッサントはよく承知していたし、デギュランドに何の資産もなく、その妻の持参金がまた取るに足りないものだという事実を知ってもいたので、彼は、こんないじらしい許婚者の望みのうちに、はるか将来の滑稽な不幸をすでに予見していたのであった。

はたして、デギュランドは丸く造った家具やら、壁に当る方を円形の刳形《くりがた》にしたテーブルやら、弓形に曲げたカーテンの桿やら、半月形に裁った絨毯やらを買いこんだ。どの家具も註文で造らせたものだった。こうして、普通の二倍の金を使ってしまった。やがて、お化粧代に不如意をおぼえるようになった妻は、この円形住宅に住んでいるのに嫌気がさし、もっと部屋代の安い四角なアパートに移り住むことを考えるようになった。こうなると、家具はもう部屋に合わないし、厄介なものとなる。だんだんに、この場所ふさぎの家具は、はてしない倦怠の源となって行った。すでに共同生活をはじめた時から罅《ひび》の入っていた夫婦のあいだの和合は、さらに日一日と崩れて行った。彼らは互いに怒りっぽくなり、何かといえば、長椅子やテーブルを壁にぴったり寄せつけることができず、いくら楔を支《か》っても、軽く触れただけですぐぐらぐら揺れたりするような部屋には、もう住みたくないと文句を言い合った。そうかと言って、家具を修理するには資金が足りず、それは叶わぬ望みであった。ぐらぐらする家具やがたがたの抽斗《ひきだし》から始めて、夫婦喧嘩に気を取られている間に財布をくすねて逃げてしまった女中にいたるまで、何から何までが怨みの種であり、悶着の種であった。つまるところ、彼らにとって生活はやり切れなくなった。亭主は外に気晴らしを求めるようになり、女房は姦通のやりくり算段によって、鬱陶しい灰色の家庭生活を忘れようとするようになった。やがて双方合意の上で、彼らは結婚を解消し、別居することに話がきまった。

「おれの作戦計画はぴたり図に当ったな」とそのとき、デ・ゼッサントは独語したものである。予定通り作戦を成功させた兵法家の満足も、かくやとばかりであった。

いま、火の前で、彼は、自分がそそのかして一緒にしてしまったあの夫婦の破局に思いを馳せながら、煖炉に新たな薪の一本をくべ、ふたたび取りとめない夢想に出発するのであった。

同じような系列に属する別の思い出が、いま、彼の心に浮かんできた。

あれより数年前のことであったが、ある晩、リヴォリ街で、彼は十六歳ばかりの走り使いの少年とすれ違った。蒼白い顔の、こましゃくれた少年で、女の子のように人の気をひくところがあった。よく刻まれていない煙草の葉の固い芯が紙を突き破って、孔のあいた一本のシガレットを、少年は吸いにくそうに吸っていた。しきりに舌打ちしながら、台所用のマッチを自分の尻で擦っていたが、一向に火がつかない。とうとうすっかりマッチを使ってしまった。そのとき、自分を見ているデ・ゼッサントのすがたに気がついて、少年は歩み寄ると、帽子の庇《ひさし》に手をかけて、丁寧に火を借して下さいと言った。デ・ゼッサントは吸口つきの香料煙草を差し出してから、少年に話しかけ、身の上話をするように誘いかけた。

身の上話はじつに単純なものであった。少年はオーギュスト・ラングロアといい、厚紙製造工場ではたらいている。母はすでになく、少年をひどく殴る父親がいるだけだ。

デ・ゼッサントは物思わしげに話を聴いていた。話が終ると、「飲みに行こう」と言った。そして少年をさる酒場に連れて行き、紫色のポンスを取ってやった。少年は一言も口をきかずに飲んでいた。「ねえ」とデ・ゼッサントがだしぬけに言った、「今夜はひとつ愉快に遊ぼうじゃないか。勘定は僕がもつから。」そう言って、ロオル夫人の店に少年を連れて行った。ロオル夫人の経営するモニエ街の店の四階には、丸い鏡や長椅子や洗面所の設備のある、赤い部屋がずらりと並んでいて、そこにはいずれ劣らぬ花のような女性たちが取り揃えてあった。

そこにくると、オーギュストはもうびっくりしてしまって、ラシャの帽子をくしゃくしゃに手で揉みながら、大勢の女たちを眺めていた。女たちは赤く塗りたくった唇を一斉にひらいて、

「まあ、坊ちゃん! ほんとに、可愛らしいこと!」

「でも、ねえ坊や、あんたまだ未成年よ」

こう言ったのは、褐色の髪をした、出目で鷲鼻の大柄な女で、ロオル夫人の家で欠くべからざる役割をはたしているユダヤ女であった。

自分の家にいるような気安さで腰を落着けたデ・ゼッサントは、女主人と小声で話を交わしていた。それから少年に向かって、

「こわがることはないぜ、馬鹿なやつだな」と言った、「さあ、好きな女を選びたまえ。僕の奢りだ。」そうして少年を軽く押してやった。少年は長椅子の上の、二人の女のあいだにもたれこんだ。マダムの合図で、二人の女は身をすり寄せると、オーギュストの膝を化粧着の裾ですっぽり覆いかくし、なま暖かい、むんむんするような脂粉の香のする肩を、少年のつい目の前に突きつけた。少年はもう身じろぎもせず、頬を紅潮させ、唇をこわばらせ、目を伏せて、好奇の視線をこっそりと、脚の上の方の部分に執拗に注いでいた。

ヴァンダという名の最前のユダヤ女が、少年を抱擁しながら、お父さんやお母さんの言いつけをよく聴かなければいけないわ、などと意見を垂れていた。そう言いながらも、彼女の手はゆっくりと少年の軀の上をさまよっていたので、やがて顔色の変った少年は、恍惚の極に仰向けにのけぞった。

「すると、今晩ここへ来たのは、あんた自身のためじゃないんだね」とロオル夫人がデ・ゼッサントに言った。「でも、あの男の子はどこで拾ってきたの？」ユダヤ女に連れられてオーギュストが部屋を出ると、彼女はふたたびこう言った。

「街でさ」

「酔ってもいないくせして」と老婦人は口のなかで呟やいた。ついで、しばらく考えてから、彼女は母性的な微笑をもらすと、「解ったわ。いけすかない。あんたにゃ、若い男の子が必要なのね！」

デ・ゼッサントは肩をすくめて、「お門違いだよ、飛んでもない」と言った。「ありていに言えば、僕はただあの子を一人の殺人犯に仕立てあげようと思っただけさ。まあ僕の考えを聞きたまえ。あの子は童貞で、血気さかんな年齢に達している。そのまま行けば、やがて近所界隈の娘っ子を追いかけるようになるだろう。面白おかしく暮らしながら、それでも律儀な人間になって行くだろう。結局、貧乏人にふさわしい単調な幸福の、小さな分け前にあずかることはできるだろうというわけだ。ところが、あの子をここへ連れてきて、考えてもみなかった贅沢の海へ沈めてやってみたまえ。あの子の記憶には、贅沢の味が刻みこまれるにちがいない。半月ごとに、こんな機会を提供してやれば、そのうちにあの子には、身分不相応な遊びの習慣がついてしまうだろう。どうしてもこの遊びがやめられなくなるまでには、三箇月が必要だと仮定しよう。——僕が言ったくらいの間を置けば、飽きさせてしまう心配はない。——いいかね、こうして三箇月が終ったら、この慈善事業のために僕があんたの店に注ぎこむ金を、ぴたりと止めてしまうのだ。さあ、こうなったら、あの子はここへ来たいばっかりに、盗みをはたらく。この長椅子の上に、このストーブの前に寝ころびたいばっかりに、気違いじみたことをするようになる！

「欲望が嵩じれば、おそらく、運わるく彼の前にあらわれた紳士は殺されるだろうね。そうして、あの子は紳士の事務机をこじあけようとするだろう。——こうなりゃ、僕の目的は達せられたも同然だ。僕は自分の資力の許す範囲で、一個の無頼漢を育てあげ、僕たちから不当な金を捲きあげているあの卑劣な社会に対して、一個の敵をつくってやったことになるのだからね」

女たちは目を見はっていた。

やがてユダヤ女のうしろに隠れるようにして、恥ずかしそうに、赤くなりながら、オーギュストが広間にもどってくると、デ・ゼッサントは「あ、きみか」と言った。「さあ、小僧、もう遅いぜ。この御婦人がたに御挨拶しなさい。」それから階段のところで、半月ごとに財布の紐を解かないで、ロオル夫人の家に遊びに来られるようになったことを教えてやった。街路に出ると、歩道の上で、茫然としている少年を眺めやりつつ、

「僕たちはこれっきりお別れだ」と言った、「はやくお父さんの家へ帰りなさい。お父さんは殴る相手がいなくて、手がむずむずしているだろうからね。それについては、こんな福音書風の言葉を思い出すがいいよ、ほら、他人にしてほしくないことを他人に為せ、というやつさ。この金言をもって、どこまでも行けばいい。――さようなら。――それにしても、受けた恩は忘れるなよ。できるだけ早く、お前の消息を刑事情報にのせて、おれのところへ送ってくれ……」

「裏切者めが！」とデ・ゼッサントはいま、火掻き棒で燠を掻き立てながら、こんな風に呟いていた。「――とうとうやつめの名前は一度も三面記事にあらわれなかったんだからな！――なるほど、おれには手堅くゲームを運ぶことは不可能だった。予想することはできたが、ある種の偶然を排除することはできなかった。たとえば、ロオル婆のぺてん師めが、商品を渡さずに金だけを懐ろにねじこんでしまったということもあり得るからな。あるいは女たちの誰かが、オーギュストに熱をあげて、三箇月が終っても、ただで抱かれていたのかもしれない。

さらに言えば、ユダヤ女の堕落した悪習が、あの怯え性のない若い少年をおびやかし、徐々に彼をして人工の極致に赴かせるようにしてしまったのかもしれない。フォントネエにきて以来、新聞を読んでいないとはいえ、とにかく、やつめは司法とのあいだに悶着を起さなかったのだから、おれは騙されたことになるわけだ」

彼は立ちあがって、部屋のなかをぐるぐる歩きまわりはじめた。

「いずれにせよ、馬鹿げたことをしたものだな」と言った、「というのは、ああした行為によって、おれは俗っぽい寓話、普遍的な教育の比喩を実現してしまったのだから。つまり、教育というものは、まさにすべての人間をラングロア少年の立場に置くことを目ざしているのであり、同情の気持から、貧乏人の目を一思いにつぶしてやることよりも、却ってその目を無理やり大きく開かせてやるものなのだ。そこで貧乏人は自分のまわりに、分に過ぎたより幸福な境遇、より広くより強い快楽、したがって、より望ましくより貴重な快楽があることを知るようになってしまう。

「ところが事実は」とデ・ゼッサントは推理を追いながら続けた、「事実は、苦痛こそ教育の効果なので、新たな知識が誕生するにつれて、苦痛はいよいよ大きくなり、刃《やいば》のように鋭くなるのだ。貧乏人の蒙をひらき、彼らの神経組織を洗錬させてやればやるほど、いよいよ彼らの内部には、なまなましい精神的苦痛と憎悪との芽生えが強靭に育って行くにちがいないのだ」

ランプの芯がくすぶりはじめた。彼は芯を高くして、懐中時計を見た。――午前三時。――彼は煙草に火をつけ、夢想によって中断されていた読書にふたたび没頭した。彼が読んでいたのは、ゴンドバルド王の治世にウィエンヌの大司教アウィトゥスによって書かれた、古いラテン語の詩篇『美しき貞潔について』であった。(143)

第七章

はっきりした理由もなく、オーギュスト・ラングロアの憂鬱な記憶を喚び起したあの晩から、彼はふたたび自分のこれまでの全生活を回想しはじめた。

本を見ても、もう一語も解することができなくなっていた。彼の目がすでに読んではいなかった。文学や芸術に食傷した彼の精神が、これ以上何かを吸収することを拒んでいるかのようにも思われた。

冬のあいだ穴の中にうずくまって眠る獣のように、彼は彼自身の実質で身を養いながら、自分自身を相手に生きていた。孤独は麻酔剤のように彼の脳髄にはたらきかけた。まず彼をいら立たせ、緊張させてから、孤独はぼんやりした夢想につきまとわれた、一種の麻痺状態に彼を運んで行った。孤独は彼の意図を無効にし、彼の意志を挫き、際限もなく夢想の流れをみちびいた。彼はそこから逃れようと努力するでもなく、受動的にこの流れに身をまかせていた。

孤独の生活に入ってから彼が蓄積していた読書や芸術的思索の錯雑した堆積は、あたかも古い思い出の流れを塞《せ》き止めていた堰のように、突然、押し流された。波は現在と未来をひっくり返し、すべてを過去の水面の下に沈め、無際限な悲哀の広がりでもって彼の精神を浸しつつ、滔々と荒れ狂った。そして、その悲哀の広がりの上には、これまでの彼の生活の面白くもないエピソオドや、つまらない愚行の数々が、まるで滑稽な漂流物のように浮かんでいるのであった。

彼の手にしていた書物が、膝の上に落ちた。消え去った生活の幾年かが次々に目の前を通り過ぎて行くのを、嫌悪と驚きの眼で眺めながら、彼は流れのままに身を委ねていた。次いで思い出は、この流れのなかに杭《くい》のように、鮮明な事実のように、しっかりと打ち込まれたロオル夫人とオーギュストの記憶のまわりを旋回しはじめた。何という時代だったろう、あの頃は！あれは社交界での夜会の時代、競馬と、トランプ遊びと、はじめから思い通りになる恋愛、薔薇色の閨房で、夜の十二時が打つまで、時間極めでサーヴィスされる恋愛の時代だった！　彼は幾多の顔や、表情や、無意味な言葉などをふたたび思い出していた。それらは、思わず口ずさんではいるものの、いつとはなしに突然消えてしまう、あの卑俗な歌のしつこさをもって、彼につきまとってくるのだった。

この時代の思い出は、しかし、永持ちしなかった。彼の記憶は昼寝をはじめた。彼はこの記憶がふたたび還ってくることを怖れて、その痕跡までも消してしまうために、ラテン語の勉学時代に思いを向けた。

はずみが与えられて、想い出の第二の局面が、すぐさま第一の局面に続いて展開しはじめた。

それは少年時代の追憶の局面、とくに神学校で過した年月のそれであった。

それらの年月は、最初の想い出よりもはるかに遠く隔たっていたが、はるかに確固たる刻印を残しており、はるかに鮮明で安定してもいた。樹の多い公園、長い散歩道、花壇、ベンチ、すべての物質的な細部が、彼の部屋のなかに立ちあらわれた。

やがて庭園が部屋を一杯にすると、彼にはけたたましい生徒たちの叫び声や、生徒の遊びに加わる教授たちの笑い声を聞く思いがした。教授たちは法衣の裾をからげ、膝のあいだに縛って、テニスに打ち興じたり、あるいはまた、同じ年頃の友達のように、気取りもせず尊大ぶりもせずに、樹の下で青年たちと話を交えたりするのだった。

彼は神学校の教育方針を思い出した。それはむやみに罰を与えるだけで事足れりとはせず、また、五百行、千行の詩句を生徒に書き取らせるようなこともなく、ただ他の生徒が遊んでいるときに、よく出来なかった学課を「取りもどさせる」ことだけであり、大抵の場合は単なる叱責だけで済むのだった。そして子供を積極的に、やさしく監視しながらも、できるだけ子供の気持を楽にしてやろうと努め、子供の気が向いたときには水曜日の散歩も許してやり、教会の大祭以外の小さな祭の日にも、普段の食事のほかにお菓子や葡萄酒を添えてやったり、ピクニックに連れて行ってやったりする。つまり、神学校の教育方針は、生徒を馬鹿者扱いせず、甘えっ子のようにいたわってやりながら、一人前の大人として遇し、生徒とともに議論することにあったのだ。

かくて神父たちは、子供に対して現実の影響力をおよぼし、子供の知性をある一定の範囲において錬えあげ、これにある方向を与え、これに特別の観念を接木《つぎき》し、口あたりのよい、巧妙な方法で子供の思想の発達を確保することに成功するのであった。ドミニコ僧ラコルデエル(144)がソレエズの神学校の卒業生たちに書き送ったような、あの情愛のこもった手紙を生徒に送ってやったりして、神父たちは生徒の生活をじっと見守り、彼らの人生に手を貸してやろうと努力する。

デ・ゼッサントには、こういうやり方が自分で理解できたし、自分にはこんな風にされても効果はないと思っていた。ひとの意見に反撥しやすく、あげ足をとったり、あら探しをしたり、理窟をこねたりすることを好む彼の性格は、訓練によって型にはめられ、訓戒によって屈従させられることを拒むのだった。ひとたび学校を出ると、彼の懐疑主義は大きく生長した。排他的で偏狭な正統王朝主義者の社交界に顔を出したり、イエズス会修道士によって精緻に織られた薄絹を不手際に引き裂いてしまうような、愚鈍な教会理事や野卑な神父たちと会話をしたりするたびに、彼の独立不羈の精神はいよいよ強固になり、信仰というものに対する不信の念はいよいよ増大した。

要するに、彼はあらゆる束縛、あらゆる強制から自分が脱していると考えた。世俗の中学校や寄宿舎で教育を受けたすべてのひとびとと反対に、自分の学校や教師たちについての楽しい想い出を単に忘れかねているにすぎないのであった。そして現在、彼はつらつら考えるに、今日までのあいだに不毛な土地に落ちこぼれた種子が、はたして芽を出しはじめたかどうかをみずから確かめなければならないような状態にきていた。

実際、数日前から、彼は一種名状しがたい精神状態にあった。束のま信仰心が湧き、本能的に宗教に走ったかと思うと、次の瞬間には理性的な頭がはたらき、信仰に対する魅力はたちどころに雲散霧消する。それにもかかわらず、彼は依然として心の乱れをどうすることもできない。

とはいうものの、彼はみずから省みて、自分が決して謙譲の精神や、真にキリスト教的な悔悟の精神をもつことはあるまいと思っていた。ラコルデエルの語っているような、「最後の光芒が魂をつらぬき、分散した真理を共通の中心に結びつける」あの恩寵の瞬間が、自分のために到来することはまず絶対にあるまいと思っていた。彼は苦行の欲求も祈りの欲求も感じなかったが、それなくしては、いかに司祭の言葉を聴いても回心は起り得ないのである。彼は神に哀願したいという気持を少しも感じなかった。神の慈悲などは、彼には絶対にあり得べからざることのように思われた。そのくせ、旧師に寄せる彼の共感は、彼をして旧師の仕事や教えに興味を持たせずにはおかなかった。あの真似することのできない確信の調子、あの卓れた叡知のひとの熱情的な声は、彼の心に幾度となく蘇えり、彼をして己れの精神や力を疑わせるにいたらしめた。新たな糧《かて》もなく、最近に受けた影響もなく、思想の変化もなく、外部から来た感動の交換もなく、他人との交際も共同に送った生活もない、彼の生きているこの孤独、彼の固執しているこの自然に反した蟄居生活のさなかに、パリに住んでいるあいだは忘れていたあらゆる疑問が、苛立たしい難問のように、ふたたび彼の前に立ちあらわれるのであった。

彼の愛読したラテン文学は、ほとんどすべて司教や修道士によって編まれたものだから、むろん、それがこうした危機を醸成することに寄与してもいたはずだ。修道院の雰囲気につつまれ、香の匂いに酔わされて、彼は神経を昂ぶらせていたのであり、観念聯合によって、これらの書物はついに彼の青年時代の想い出を追いはらい、神学校にいた少年の頃の想い出をふたたび明るみに出したのである。

「いやはやどうも」とデ・ゼッサントはフォントネエの自宅で、このイエズス会的要素の吸収の経過を推論によって追求しようと努めながら、こう考えるのだった、「おれは子供の頃から、一度もはっきり意識することなく、まだ醱酵しなかったこのパン種《だね》を内部に蔵していたのだな。おれがいつも宗教的なものに対して感じていたこの執着そのものが、もしかしたら、その明かな証拠なのかもしれない」

しかしながら、彼は自分が自分の絶対の主人でなくなることに不満で、自分の気質と反対の自分を信じようと努めていた。そして、その多くの根拠を手に入れた。たとえば、教会のみが芸術という、幾世紀の失われた形式を集めていたのであるから、彼が聖権の方向へ目を向けるのも止むを得ないことではあった。教会は卑しい近代の模写においてまで、金銀細工品の輪郭を不動のものにし、つくばね朝顔のように丈高くすらりとした聖杯や、単純な側面をもった聖体盒の魅力を保持してきた。アルミニウムや、模造の七宝《しっぽう》や、色ガラスにおいてさえ、往時の様式の美しさを守ってきた。要するに、過激共和派《サン・キュロット》の汚らわしい蛮行を奇蹟的にまぬかれ、クリュニイ美術館[145]に分類整理された貴重品の大部分が、古いフランスの僧院から由来したものなのである。教会はかつて中世紀に哲学や、歴史や、文学を蛮族から守ってきたように、造型美術をも救い、現代にいたるまで、あの素晴らしい織物や宝石細工品の模範を伝えているのであって、聖器物の製造業者がいかにその品位を下落させようとも、その最初の高雅な形式はいっかな変化することがないのである。それだから、彼がこのような古代の小装飾品を追いまわすことには何のふしぎもないし、多くの蒐集家とともに、彼がパリの骨董屋や田舎の古物商から、このような聖遺物を手に入れてくることにもふしぎはないのである。

とはいえ、彼はこうした理由づけのすべてを、そう簡単に信用する気にはならなかった。完全に納得するというわけには行かなかった。たしかに、自分の考えを一言で言ってしまえば、あくまで彼は宗教というものを一種の見事な伝説、一種の堂々たる詐欺と見なしていた。にもかかわらず、すべての理解を裏切って、彼の懐疑主義は動揺しはじめていた。

明らかに奇妙な事実が存在していた。すなわち、彼は少年時代におけるほど現在において心の安らぎがないのである。少年時代には、身辺にイエズス会修道士たちの気遣いがあり、彼らの教訓は不可避であり、彼は家庭の絆もなく、彼らに対して外部から反抗し得る力もなく、身も魂も彼らに属し、彼らの掌中にあったのだ。また、彼らはある種の超自然への嗜好を彼に教え込んだ。それは彼の魂の内部で、ゆっくりとひそかに枝を分かち、現在、孤独のさなかで花をひらき、固定観念の狭い運動場をさまよい歩く、黙しがちな、閉じこめられた精神に、是が非でも働きかけようとするのであった。

己れの思考作用をしらべ、思考の糸を結び直し、その起源と動機をあばき出してみると、彼には、世俗的快楽を追い求めていた頃の自分の行動も、それ以前に受けた教育の結果ではなかったかと思いなされてくるのであった。たとえば、人工的なものへの好みも、風変りなものへの欲求も、それらはすべて要するに、美しい外観をもった学問、この世のものならぬ洗錬、準神学的な思弁の結果ではなかったろうか。ありていに言って、それは理想への、未知なる宇宙への、また聖書がわれわれに約束する至福とひとしく望ましい、はるかな至福への飛躍であり、熱狂であったのだ。

彼は思い切って考えることをやめ、反省の糸を断ち切った。そして口惜しそうに、「何てこった」と呟やいた、「おれの病気は意外に重いらしいぞ。何しろ自分を相手に罪障鑑裁家みたいな議論をしてるんだからな」

そのまま彼は漠とした不安に攻め立てられながら、夢想に沈んでいた。たしかに、ラコルデエルの説がもし正しければ、彼には何の不安もないはずだった。というのは、回心の魔術的な作用は、一撃のもとに起るものではないからだ。激発を惹き起すためには、倦まず弛まず土地を掘りつづけねばならない。しかし、小説家が一目惚れの恋愛というものを語るなら、幾人かの神学者もまた、一目惚れの宗教というものを語ってよいはずではないか。そして、その学説がもし真実であるとすれば、誰にも惚れてしまわないという保証はないのである。そうなったら、もう自己に関して為すべき分析の余地もなければ、留意すべき予感もあろうはずがなく、頼りとすべき予防策とてない。神秘主義の心理学なんて無意味だからだ。そんな風だからそんな風になったまでのことで、それだけの話である。

「やれやれ！　おれは阿呆になったのかな」とデ・ゼッサントは呟やいた、「こんなことを続けていると、病気の心配がいずれ本物の病気を招き寄せることになるかもしらん」

彼はこの不安をやや払いのけることに成功した。彼の追憶は落着きを取りもどした。が、別の病的な徴候があらわれた。すでに彼を悩ましているのは、議論の主題だけであった。公園も、課業も、イエズス会の神父たちも、すでに遠くに消えていた。今やまったく、彼の頭は抽象的思弁に占められていた。我にもあらず、彼はラップ神父[146]の宗教会議に関する著作中に記録された、教義の矛盾にみちた幾通りもの解釈やら、破滅した数々の背教者たちのことを考えはじめたのである。何千年ものあいだ教会を西方と東方に分裂せしめた、あの宗教分立時代の教義の抜萃が、あの異端邪説の断片が、彼の頭に次々と蘇ってきた。たとえば、ネストリウス[147]が処女マリアに神の母なる資格を認めなかったのは、化肉の玄義から見て、マリアがその腹中に宿していたのは神にあらず、人間的被造物にほかならなかったからである。またエウテュケス[148]が、キリストのすがたは他の人間のすがたに似ているはずがないと宣言したのは、神がキリストの肉体のなかに住居を選定したからであり、したがって、その形体は全く変化したからである。さらにまた他の詭弁家は、贖主はぜんぜん肉体を有っていなかった、聖書の表現は比喩的な意味に解すべきである、と主張しているし、一方テルトゥリアヌスは、その名高いほとんど唯物論的な公理を次のごとく述べている、「存在しないもの以外に形体のないものはない。存在するものすべては、それにふさわしい形体をもつ」と。最後に、何年というあいだ議論の的になった、あの古くからの問題が立ちあらわれる。すなわち、キリストはひとりで十字架にかけられたのか、それとも、三つのペルソナが一つになった三位一体が、カルヴァリオの刑場で、三重の位格において苦しんだのであるか？——こんな数々の問題が彼を駆り立て、彼をうるさく悩ますのであった。そして彼は、かつて学校でおぼえたように機械的に、自分で問題を提出しては、自分で解答を与えていた。

数日のあいだ、彼の頭のなかには、煩瑣な理論や逆説がひしめき合い、重箱の隅を楊枝でほじくる式の議論や、法典の条項のように複雑な原則がもつれ合っていた。それらは、あらゆる解釈とあらゆる言葉の遊びの機会を提供し、最も微妙にして最も異様な天国の法律解釈学に帰着していた。それから、今度は抽象的な面が消え、壁にかかったギュスターヴ・モロオの影響によって、まったく造型的な面が彼の頭を占めるようになった。

高位聖職者たちが行列をつくって練り歩くさまを、彼は眼前に見る思いがした。ギリシアの僧院長と総大主教とが、膝まづいた群衆に祝福を与えるために金色の腕をさし上げ、読誦と祈りのさなかに白い髯を震わせていた。また、苦行会員の沈黙の行列が、暗い教会堂下の窖倉《あなぐら》に呑みこまれて行くところや、説教壇に立った白衣の修道士たちが、そそり立つ巨大な大伽藍の内部に、雷のような声を響かせているところなどを彼は幻に見た。ちょうどド・クィンシイ[149]が阿片を一服した後、Consul Romanus（ロオマの執政官）という一語の響きによって、ティトゥス・リウィウスの全ページを想起し、執政官の一団が粛々と行進してくるさまや、華麗なロオマの軍勢が隊伍を組んで動き出すさまを眼前に見たように、彼もまた、神学上の言葉の響きに触発されて、しばし呼吸をはずませながら、潮のように引き退がる民衆や、バジリカ会堂の真赤な背景から浮かびあがる司教たちのすがたを眼前に見ていたのであった。こうした光景は、時代から時代へと受け継がれて近代の宗教的儀式にいたっているが、悲しくも優しい無限の音楽のなかに、デ・ゼッサントをば押し流し、魅了するのであった。

そこでは、もはや彼には推論の必要もなければ、論争に耐える必要もなかった。それは畏敬と恐怖との言うに言われぬ印象であった。芸術的な感覚は、かくも見事に考量されたカトリック教の情景に圧倒されていた。こうした想起作用によって、彼の神経は打ちふるえ、次いで突然の背反、急激な変化のうちに、ある奇怪な観念が彼の心に生まれるのだった。それは懺悔聴聞僧の教範や、恥知らずな不潔な聖水、聖油の濫用によって予告された、あの瀆聖という観念であった。全能の神に対して、今や、その競争相手たる力づよい悪魔が立ちはだかっていた。怖ろしい歓喜とサディスティックな悦楽のうちに、聖なる物を冒瀆し、凌辱し、これに不潔なものを浴びせかけるという欲望に夢中になった一信者が、教会のなかで犯した罪悪からは、ある物恐ろしい偉大さが生ずるにちがいない、と彼には思われた。すると、魔法や黒ミサや夜宴《サバト》の狂気、悪魔憑きや悪魔祓いの恐怖が立ちあらわれた。彼は往時の聖器物、教会の聖徒名簿や、上祭服や、聖宝保管器などを所有していたが、はたして今までに瀆聖の罪を犯したことはなかったろうかと考えるにいたった。そうして、あるいは一度くらい罪を犯したかもしれない、と思うと、一種の自負心、一種の慰安をおぼえるのだった。そこには瀆聖の快楽も見てとれたが、いずれにせよ、大して重大ではない曖昧な瀆聖にちがいなかった。というのは、要するに彼はこれらの器物を愛しており、決して破損させたりするようなことがなかったからである。かくて彼は、用心ぶかい臆病な考えにみずからを紛らしていた。彼の魂の危惧は、明白な罪を犯すことをみずからに禁じ、怖ろしい、計画的な、現実の罪悪を実行するための勇気を彼から取り除くのであった。

だんだんに、しかし、こうした屁理窟もすがたを消した。彼はいわば精神の高みから、教会のパノラマと、数世紀以来人類におよぼしているその伝来の影響とを眺めわたす形になった。彼が心に描いた教会のすがたは、生命に対する嫌悪と運命の冷酷とを人類に語りかける、絶望の色に染め出された、悲壮きわまりなきすがたであった。教会は忍耐と悔悟と自己犠牲の精神を説き、キリストの血まみれの傷を示すことによって、心の痛手に包帯をかけることを教え、神の特権を保証し、悩める者に天国の最良の部分を約束し、人間に苦しむことを勧め、生贄として人間の苦悩と罪科、逆運と刑罰とを神に捧げることを勧める。かくて教会は真に説得的となり、貧者や虐げられた人々にとっては慈母のごとき存在となり、圧制者や暴君にとっては脅威すべき存在となる。

ここで、デ・ゼッサントはまたしても初めから出直すのだった。たしかに彼は、こうした社会の芥溜めに対する教会の告発に満足していた。が、来世信仰というあやふやな救済手段に対しては、反撥を感じるのだった。ショーペンハウエルの方がより正しかった。彼の教理は、教会の教理と共通の見地から出発していた。彼もまた、現世の不正と醜悪を踏まえて、『キリストのまねび』の作者(150)とともに、「地上に生きるとはまさに一つの悲惨である」という、あの苦渋にみちた叫びを洩らしていた。彼もまた、生存の虚無と孤独の幸福とを説き、人間はいかに行動し、いかなる方向に向かおうとも、畢竟するに不幸たらざるを得ないということを人類に告げていた。すなわち、貧しき者は窮乏から生ずる苦痛の故に不幸であり、富める者は豊饒から生ずる如何ともしがたき倦怠の故に不幸なのである。けれども彼、ショーペンハウエルは、いかなる万能薬をも教示しなかったし、避けがたい不幸を治癒せしめんがために、いかなる餌をもって諸君をまどわしもしなかった。

彼は、原罪という不愉快な理論を諸君に押しつけたりはしなかった。ろくでなしを保護し、愚か者を助け、子供を踏みつぶし、老人を馬鹿にし、罪咎なき者を罰するのは至善の神であるなどと、諸君に向かって証明しようと試みたりはしなかった。あの無益な、不可解な、不当な、馬鹿げた愚劣事ともいうべき肉体的苦痛を発明した、摂理と称するものの恩恵については、これを賞め称えたりなどしなかった。教会の真似をして、拷問と試煉の必要を正当化したりはせず、むしろ憤ろしい憐憫の情をもって、「もし神がこの世を造ったものとすれば、わたしはこんな神が存在することを好まないだろう。世界の悲惨はわたしの胸を張り裂けんばかりにする」と喝破した。

ああ！　彼のみが正しかったのだ！　彼の精神衛生学に比べれば、すべての福音主義的薬局法はいったい何であろうか。彼は病人を癒やすことを全く主張せず、病人に対していかなる補償をも、いかなる希望をも与えはしなかった。しかし彼のペシミズムの説は、要するに選ばれた知性、高貴な魂にとって大きな慰藉であった。それは社会のあるがままのすがたを啓示し、女性の生まれつきの愚かしさを強調し、数々の因習を諸君の目の前に暴き出して、諸君を幻滅の悲哀から解放しようという説であった。そしてそのためには、可能な限り諸君の希望を抑制すべきであり、もし諸君にその力があると自覚されたならば、希望の片鱗だに抱懐すべきではない、予期せざる瞬間に、諸君の頭上に恐るべき災難が降って来なければ、結局のところ諸君はみずからを幸福だと考えるべきである、と教えていた。『キリストのまねび』と同じ基盤から出発したこの学説も、前者と同様、しかし神秘めいた迷路や非現実的な横道に迷いこむことなく、忍従および自由放任という、同じ場所に到達したのであった。

ただし、もっぱら悲惨な状態の確認と一切不変の原則とから生まれたこの忍従の説は、よしんば富める精神の者に受け容れられたとしても、貧しき精神の者には、理解されるのがきわめて困難であった。慈悲ぶかい宗教ならば、貧しき者の要求と怒りとを、もっと容易に鎮めることができるはずだった。

こんなことを考えていると、デ・ゼッサントの心から重荷が取り除かれた。偉大なドイツ人の警句集は、彼の想念の戦慄を鎮めてくれた。ともあれ、この二つの学説の接触点は、お互い同士を思い出させることに役立っていた。そして彼は、かくも詩的にしてかくも悲痛なこのカトリシズムを忘れることができないのだった。かつて彼自身そのなかに浸り、全身の毛孔からその本質を吸収していたこともあった。

こんな信仰心の再来、こんな宗教心の懸念は、とくに彼の健康がわるくなって以来、彼を悩ますのであった。それは近頃になって現われた神経障害とも同時に起った。

ごく幼ない頃から彼は、たとえば女中が絞っている濡れた敷布を見たりすると、説明のつかない嫌悪感、背骨の氷るような、歯ぎしりの出るような身震いに悩まされたものであった。この現象はその後いつまでも続いた。現在でも、彼は布の引き裂ける音を聞いたり、白墨の上を指で擦ったり、木理模様のついた織物を手で撫でたりすることに生ま生ましい苦痛感を味わった。

青年時代の乱行と脳髄の過度の緊張とは、彼の先天的な神経症をひどく悪化させ、すでに衰弱していた彼の家門の血をいよいよ減少せしめた。パリ在住当時、彼は指の震顫と激しいリューマチのために、水治療法を続けねばならなかった。彼の顔面を二分して走り、顳顬《こめかみ》をたえず連打する神経痛は、眼瞼をぴくぴくさせ、はげしい嘔き気を催させた。この嘔き気たるや、暗いところで仰向けに寝ていなければ堪えられたものではなかった。

より規則正しい落ち着いた生活を送るようになると、こうした症状は徐々に消えて行った。そして現在、それらはふたたび形を変えて、身体中を転々としつつ、猛威をふるいはじめたのである。リューマチは頭部を去ったかと思うと、腹部に移り、内臓に移り、ヘルニヤに移った。腹部はふくれて硬くなり、内臓は赤熱した鉄を突き通されたような疼痛をおぼえ、ヘルニヤはやくざな圧迫感を伴なった。次いで激しい神経性の乾咳《からぜき》が、一定の時刻にきまって起り、いつも同じ時間だけ続くので、寝台のなかの彼は眠りを覚まされ、咽喉をしめつけられるような思いをした。最後に、食欲がとまり、生暖かいガス性の溜飲と、乾燥した熱気とが胃のなかを駈けまわった。彼はガスで腹をふくらせ、息苦しい思いをし、いつも無理に試みる食事のあとでは、もうズボンのボタンを締めておいたり、窮屈なチョッキを着たりしていることに堪えられなかった。

彼はアルコオルや、コーヒーや、お茶を飲むことをやめ、乳製品ばかり飲んだ。そして冷水灌注療法を行い、阿魏《あぎ》剤や、鹿子草や、キニーネなどを服用した。家の外へ出ることをさえ考え、雨降りの日が続いて戸外がひっそりとし、人の気がなくなった時には、原っぱをしばらく散歩もした。無理に歩いたり運動したりしてみようとも努力した。挙句のはてには、読書も一時中止した。すると退屈でやり切れなくなったので、暇になった時間をつぶすために、フォントネエに住むようになってから、無精と乱雑を嫌う気持とから延ばしに延ばしてきた、ある計画を実現することを思い立った。

もはや文章の魔術に酔うこともできず、正確でありながらも文学に通じた者の想像力には、無限の深さを感じさせる非凡な形容詞の蠱惑に頽然たる思いを味わうわけにも行かなくなった彼は、自宅の室内装飾を完成させ、温室づくりの貴重な花々を取り揃え、かくして、神経を和らげ頭を休め、かつは気晴らしになるような一つの肉体的な仕事をみずからに与えようと決心したのである。こうして珍奇な花々の素晴らしい色調を目のあたりにしていれば、文学を中止することによって束のま忘れ去られ、失われようとしている文章の夢幻的かつ現実的な色合が、いくらかは埋め合わせをされるかも知れない、と彼は考えたのである。

第八章

彼は昔から花々を渇愛していた。けれど最初、ジュティニイに滞在していた頃、種類も系統もなく無差別にあらゆる花々を愛していたのが、ここにいたってその嗜好が純化され、唯一の種属に限定されるようになった。

パリの市場の陳列台の上で、緑色の日除けや赤味がかった日傘に護られて、濡れた植木鉢のなかに花を咲かせる俗悪な植物は、彼が以前から軽蔑するところであった。

彼の文芸趣味や芸術観がきわめて洗錬されていて、篩《ふるい》用布で選り分けられた作品、技巧的な鋭敏な頭脳で蒸溜された作品にしか愛着を感じないように、また彼の思想にはっきりと倦怠の色があらわれているように、彼の花々に対する嗜好も、あらゆる残滓や澱《おり》から脱却して夾雑物がなくなり、いわば精溜されたようなものになっていた。

彼は好んで園芸家の店を、あらゆる社会部門を反映した一つの小宇宙に見立てていた。貧相な賤しい花々、陋屋の花々は、牛乳罐や古い鉢にその根を詰めこまれ、屋根裏部屋の窓の縁に置かれて、はじめて身分相応の環境に住んだことになる。たとえば匂紫羅欄花《においあらせいとう》などといった花が、そんな種類の花だ。次に勿体ぶった、月並みな、愚かな花は、若い娘が彩色した陶器の植木鉢のみにふさわしい。たとえば薔薇である。最後に高貴な血統の花は、たとえば蘭のように、繊細で華車で、寒がりで慄え勝ちである。パリに追放されたこの異国の花は、煖房のガラスの宮殿のなかに住んでいる。俗世を離れて暮らす植物界の王女ともいうべき花で、陋巷の植物やブルジョア的な花々とは、共通なものが何ひとつない。

結局、貧民街の排水渠や下水盤の臭気に痩せ衰えた下層の花々に対しては、彼はある種の同情、ある種の憐れみの情以外のものを感じることができなかった。これに反して、クリーム色の客間や新築の家とよく調和する花々には、彼は激烈な憎悪を感じた。最後に、ストーブの暖気で作られた熱帯のような雰囲気のなかで、手のこんだ注意のもとに育てられた、遠い国から来た珍奇高雅な植物に対しては、彼はこれを眺めることに又とない喜びをおぼえるのだった。

けれども、温室の花に対するこの最終的な選択は、彼の全体的な思想、いろいろなものに対するその時その時の意見の変化に伴なって、徐々に修正されたものであった。かつてパリ在住当時、人工的なものを好む彼の生まれつきの傾向は、彼をして本物の花を棄て去って、ゴムや針金や、陶器やタフタや、紙やビロオドの神技によって忠実に再現された、擬《まが》いの花をもっぱら愛するにいたらしめた。

霊妙な芸術家の指で細工された、熱帯植物の驚くべきコレクションを彼は有っていた。自然を丹念に追及して、これをふたたび創造する芸術家たちは、その誕生から成熟を経て凋落にいたるまでの、花のすがたを模するのである。すなわち、彼らは花の目覚めや睡りの数限りないニュアンス、この上もなく移ろいやすい表情を捉えることに成功する。また、風に捲り上げられた花びらや、雨に傷めつけられた花びらの容子を観察し、早暁の花冠には、ゴム製の露をしたたらせ、花盛りの状態を作ったときには、樹液の重みで枝々をたわませ、蕚《がく》が抜けたり葉が落ちたりしたときには、枯れた茎と干乾びた殻斗をひょろひょろと伸ばすのである。

この見事な技術は、彼を永いこと魅了してやまなかった。しかし現在、彼は別の花の組合わせを夢みているのであった。

本物の花を模した造花はもう沢山で、彼がいま欲しいと思っているのは、贋物の花を模した自然の花であった。

そして彼はこの方向に、おのれの想念を向けた。永いこと探しあぐねたり遠くへ行ったりするには及ばなかった。彼の家は、有名な園芸家の住んでいる地方のど真ん中に位置していたからである。彼はただちに足をのばして、シャティヨン通りやオネエ渓谷にある温室を観に行き、すっかり財布の底をはたき、へとへとに疲れて戻ってきた。ひとたび奇態な植物を見て感嘆久しうしてからは、手に入れた種類のことしかもう考えられず、豪華で怪異な籠のなかの花々の幻影が、休みなく頭にちらつくのを如何ともしがたかった。

それから二日後に、馬車がやってきた。

目録を手にして、デ・ゼッサントは購入した植物の名を一つ一つ読みあげ、点検した。

庭師は小さい幌つきの馬車から「カラディウム」のコレクションを下ろした。それらは軟毛で覆われた膨れた茎の上に、ハート型の巨大な葉を支えていた。どれもみな同じ血族のように見えて、よく見ると一つ一つ違っていた。

なかには薔薇色がかった珍種もあった。たとえば「童貞女《ヴィルジナル》」がそれで、ニスを塗った亜麻布、膠《にかわ》を塗った絆創膏を切り抜いたかのようであった。真白な珍種は、たとえば「アルバヌ」で、牛の透明な肋膜、豚の半透明な膀胱を切り抜いたかのようであった。「マダム・マム」をはじめとする幾つかの珍種は、まるで亜鉛のようで、油絵具の斑点や鉛丹、白鉛などの染みに汚れた、濃緑色に彩られた押型のある金属板に似ていた。「ボスフォラス」などの種類は、深紅色と桃金嬢《てんにんか》のような緑色の石目のついた、糊のきいたキャラコといった印象を与えた。「北極光」などの種類は、緋色の中脈と紫がかった繊維の入った生肉色の葉、紫葡萄酒と血の汗をかく腫れあがった葉を、たった一枚だけ広げていた。

「アルバヌ」と「北極光」とはそれぞれ、この植物の体質上の二極端、つまり貧血と溢血とをあらわしていた。

庭師はさらに別の変種を持ってきた。今度のそれは、血脈の浮き出た人造の皮膚のような外観を装っていた。その大部分は、梅毒やレプラに侵されたように、薔薇疹や水疱疹の跡を残した鉛色の皮膚をさらけ出していた。また他のものは、癒着した傷痕のような鮮紅色の色調、あるいは固まった瘡蓋《かさぶた》のような褐色の色調を呈していた。また他のものは、人工漏膿のように糜爛し、火傷のように盛りあがっていた。さらに他のものは、潰瘍によって孔があき、下疳によって膨れあがったかのような、毛の生えた表皮を見せていた。最後に幾つかのものは、包帯を巻かれたり、水銀をふくんだ黒い豚脂を塗られたり、ベラドンナの葉のような緑色の膏薬で覆われたり、ヨードフォルム粉末の黄色い結晶によって細かな孔をあけられたりしているように見えた。

一箇所に集められたこれらの花々は、前にデ・ゼッサントが温室のガラス張りの大広間で、病院の患者のようにごたまぜになっているところを始めて見た時よりも、はるかに不気味な様相を呈して彼の目に映じた。

「すごい！」と彼は昂奮して言った。

カラディウムによく似た形の別の植物、「アロカシア・メタリカ」は、なお一層彼を感激させた。これは地肌が緑がかった青銅色を呈していて、その上に銀色の反映がただよっており、まさに神工ともいうべきものだった。ブリキ職人が槍の穂先の形に切り抜いた、ストーブの煙突の断片のようでもあった。

庭師たちは続いて菱形をした、濃緑色の葉叢を馬車から下ろした。葉叢の真ん中には、一本の花梗が伸びていて、その先端には唐辛子のようにつやつやした、大きなハートのポイントのような花がゆらゆら揺れていた。そして、植物に関するあらゆる既成概念を馬鹿にするためのように、この強烈な真紅色のポイントの中心には、綿毛におおわれた、白く黄色い肉質の尾が一本ぴんと飛び出していた。この尾は、ある葉叢においては真っすぐに伸びていたが、別の葉叢においては、あたかも豚の尻っぽのように上方で渦を巻いていた。

最近コロンビアからフランスへ輸入されたばかりの単子葉植物は、「アントゥリウム」であった。これは交趾支那の植物「畸形陽根《アモルフオフアルロス》」と同じ科に属する植物で、魚用ナイフの形をした葉と、黒ん坊の傷つけられた手足のような、切傷だらけの黒い長い茎とを有っていた。

デ・ゼッサントは欣喜雀躍した。

さらに新らしい畸形植物の一団が馬車から下ろされた。綿の湿布の中からみすぼらしい出来損いの薔薇のような花々を突き出している「エキノプシス」、剣の刃に似た葉身の内側に擦りむけた尻の孔をぽっかり開けている「ニドゥラリウム」、ぎざぎざになった葡萄液色のナイフを抜き放った「ティランドシア・リンデニ」、狂人によって考案されたかのような不統一な複雑な輪郭をもつ「キュプリペディウム」。それらは木靴か小物容れの箱に似ていて、その上には、咽喉や口の病気を論じた本の挿絵によく描かれているような、捲くれあがった人間の舌が伸びていた。玩具の風車から取ったような、棗《なつめ》の実の色をした赤い小さな翼が、くすんだ酒糟色をした舌の下部と、ねばねばした糊のような液体を裏から滲み出させる、艶のある小さな袋との奇態な接合点をなしていた。

このインド原産の妖しい蘭科植物から、彼は目を離すことができなかった。いつまでも眺めているので、庭師の方がいらいらして、運んできた鉢のなかに挿してある植物の名札を、大声で自分で読み上げはじめた。

デ・ゼッサントは我に返ると、覚えにくい名前が次々に読み上げられるのを聞きながら、その緑色の植物たちに目をやった。「エンケファラルトス・ホルリドゥス」という植物は、よく賊の侵入を防ぐために城門に取りつけてあるような、錆色に塗られた巨大な鉄の朝鮮薊の蕾の形をしていた。「ココス・ミカニア」は棕櫚の一種で、ひょろ長く、鋸歯状の刻み目のある、櫂のような、櫓のような葉が四方に密生していた。「ザミア・レーマンニ」は巨大なパイナップル、英国はチェスターのヒース腐植土に育つふしぎな植物で、その頂きには、野蛮な棘のある槍と矢とが逆立っていた。奇怪な構造によって同種の仲間たちを凌いでいる「キボティウム・スペクタビレ」は、あたかも幻想に挑戦するかのように、掌状の葉ごもりの中から、オランウータンの巨大な尾、司教の杖のように先端のねじれた、毛の生えた褐色の尾を突き出していた。

けれども彼には、それらの植物をしげしげと眺めている余裕はなかった。彼が首を長くして待っていたのは、とりわけ彼を魅惑してやまない一連の植物、屍肉を喰う植物界の魔女ともいうべき、あの食肉植物だったのである。たとえば、西インド諸島の蠅取草だ。この草は、消化液を分泌する毳だった葉身に、曲った棘を生やしており、昆虫がふれると葉身を閉じ、棘で檻をつくって昆虫をその中に捕えてしまうのである。その他、腺質の触毛を有する泥炭地の毛氈苔類、本物の肉をも消化吸収し得る貪欲なラッパ状の嚢を有った瓶子草、または「ケファロトゥス」の類。そして最後に「うつぼかずら」であるが、この植物の奇想天外さたるや、世に知られた風変りの形式をはるかに絶していたのである。

彼は、この奇抜な植物の揺れている鉢を、何度手のあいだでひっくり返してみても飽きることがなかった。それはゴムに似ていて、ゴムのように長く延びた、くすんだ金属的な緑色の葉があった。しかしこの葉の先端には、緑色の紐が臍の緒のように垂れさがっていて、紫色の斑のある緑色がかった、小さな瓶形の袋を末端に支えていた。その袋は、ドイツ人が使う陶器のパイプの一種か、奇妙な鳥の巣にも似ていて、繊毛の生え揃った内部を見せながら、静かに揺れていた。

「こいつはまた、横紙破りも甚だしいものだな」とデ・ゼッサントは呟やいた。

しかし彼はこの愉悦から、みずからを無理に引き離さねばならなかった。帰りを急ぐ庭師たちが、荷馬車の積荷をすっかり下ろして、肉の厚いベゴニヤや、赤鉛色の斑点のあるブリキのような、黒いクロトンなどをごちゃまぜに並べ出したからである。

そのとき彼は、目録にまだ一つだけ名前が残っているのに気がついた。新グラナダの「カトレア」である。庭師の指さすところを見ると、それは薄い藤色の翼弁のある鐘状花冠を有った花で、その葵色はほとんど褪せていると言ってよかった。彼はその花に近づき、鼻を寄せて、急に飛びすさった。それはワニスを塗った樅の木の臭い、同じ材料でできた玩具箱の臭いを発散していて、子供の頃の、とある元日のおぞましさをありありと思い出させたからである。

こんな花には気をつけた方がよい、と彼は思った。そして、匂いのない植物ばかり集めた中に、最も不愉快な思い出をそそる、こんな蘭科植物が一つだけ紛れこんでいたことを残念に思った。

玄関に砕け散るこの植物の潮《うしお》を、彼は一望のもとに眺めわたした。植物たちは互いに混り合い、彼らの剣や、短刀や、槍の穂先を互いに交叉させ、緑の武器で一つの大きな束を形づくっていた。そしてその束の上には、野蛮な小旗のように、ぎらぎらした眩惑的な色調の花々が揺らめいていた。

部屋の空気は稀薄になった。やがて、部屋の隅の床に近い暗がりに、何やら白っぽく、ぼんやりと光るものが見え出した。

近づいてみると、その豆ランプのような仄かな光を息づきながら発しているのは、「リゾモルフ」であることが分った。

この植物もやはり一寸した驚異だな、と彼は思った。それから後へさがって、植物の群に一瞥を投げた。今こそ彼の目的は達せられていた。何もかも現実とは思われなかった。布や、紙や、陶器や、金属が人間の手によって自然に与えられて、自然がその畸形を生み出すことを可能ならしめているように思われた。人間の作ったものを真似することができない時は、自然はせめて動物の体内の膜を模倣したり、動物の腐った皮膚から生ま生ましい色や、動物の壊疽《えそ》から豪奢な醜悪さを借り受けたりすることで満足しているらしかった。

あれはみんな梅毒なんだな、とデ・ゼッサントは、陽光の愛撫を受けているカラディウムの不気味な虎斑《とらふ》につくづく見入りつつ、心のうちに考えた。すると突然、遠い古代から病原菌にたえず蝕ばまれている人類のイメージが目に浮かんだ。天地開闢以来、あらゆる人間が父から子へと持ちのよい遺産、すなわち、永遠の病気を伝えてきたのである。病気は人類の祖先にも猛威をふるったのであり、現在掘り出される古い化石の骨にも、孔はあいているのである！

病気は決して亡びることなく、時代から時代を渡ってきた。そして今日もなお、陰険な苦痛の裡に潜伏し、偏頭痛や気管支カタルや、気鬱症や痛風の徴候のもとに身をひそめて、人類を悩ましつづけているのである。ときどき、病気は表面にすがたをあらわし、好んで身なりの悪い連中や栄養不良の連中に襲いかかり、金貨のような黄色い丘疹のできる皮膚病となって、表面に輝き出で、貧乏人どもの額に、皮肉にもエジプトの舞姫の貨幣形装飾を飾りつけてやり、彼らの悲惨に追い討ちをかけんものと、表皮に富と安楽の似姿を彫り刻んでやるのである。

そしてまた、植物の彩られた葉の上にも、病気はその最初の華々しい姿でふたたび立ちあらわれるのだ！

「たしかに」とデ・ゼッサントは推理の出発点にもどって、こう続けた、「たしかに自然は、一般にそれ自身では、こんなに不健康な、こんなに堕落した種類を生み出すことは不可能であるにちがいない。自然は原料と胚種と土壌、栄養を与える母胎と、植物の基本要素とを供給するにすぎないので、これを育成し、これに形を与え、色をつけ、思うままに彫り刻むのは、あくまで人間の手でなければならないはずだ」

どんなに頑冥かつ偏狭であれ、自然は最後には人間に服従させられる。自然の支配者たる人間は、化学反応によって地質を変えたり、永いことかかって交配の種を実らせたり、気永に雑種形成を準備したり、巧妙な挿木や組織的な接木の方法を用いたりすることに成功しているのだ。同じ枝にさまざまな色の花を咲かせたり、自然のために新らしい色を考案してやったり、何千年来の植物の形体を自由に修正したり、また、塊りを粗磨きして下拵えを終え、押型を付けてこれに芸術の印を刻みつけたりすることも、今では可能になっているのである。

いやはやどうも、と彼は、頭のなかで考えたことを要約して、こう言った。怠惰な自然が数世紀を費しても決して生み出し得ない淘汰《とうた》の現象を、人間は僅々数年のうちに為しとげてしまう。当節では、園芸家こそ唯一なる真正の芸術家だ。……

彼はやや疲れをおぼえ、室内の植物の吐き出す空気に息苦しくなった。数日来歩きまわっていたので、疲れ切っていたのだ。室内の暖かさと外気の冷たさ、少しも動かない隠遁生活と動きまわる外出の生活とでは、その移り変りがあまりに急激すぎた。そこで、彼は玄関を離れ、寝台に横になりに行った。けれども、ぜんまい仕掛のように唯一の主題に取り憑かれた精神は、眠っていてさえ、その鎖を手繰ることをやめず、やがて彼は、暗鬱な狂気のごとき悪夢のなかに転げ落ちたのである。

それは夕方で、ある樹の茂った散歩道の中程に彼はいた。ある女と連れ立って歩いていたが、その女はこれまでに彼が知った相手でもなければ、見たこともない女なのである。女は痩せこけて、黄白色の髪をし、ブルドッグのようなその顔には、頰に雀斑《そばかす》があり、低い鼻の下に乱杙歯が突き出していた。女中のように白い前掛を掛け、斜めに折った長い革の襟肩掛を胸に当て、プロシア兵の半長靴をはき、襞飾りと蝶結びのついた黒い布帽子《ボンネット》をかぶっていた。旅役者のようでもあり、縁日の女曲芸師といった様子でもあった。

この女はいったい誰だろう、と彼は考えた。彼には、ずっと前から彼女が自分の生活のなかに一つの地位を占め、自分と親しい関係にあった女のような気がした。彼女の生まれ、名前、職業、存在理由を探し求めて、彼はむなしい努力をつづけた。が、この不可解ながら確実な関係からは、どんなかすかな記憶も戻ってこなかった。

それでも彼は一心に記憶の底を探っていた。と、そのとき突然、奇怪な者のすがたが二人の前に出現した。それは馬を馳せながら、一瞬、鞍の上でくるりと後を振り向いたのである。すると、彼の全身の血はぞっと凍りつき、彼は恐怖でその場に釘づけになってしまった。その曖昧な、男か女かも分らない奇怪な者の顔貌は、緑色をおびていて、紫色の目瞼の下から、怖ろしい、冷たい、薄青色の眼をかっと見開いていたのである。口のまわりには吹出物がいっぱい出来ていた。異様に痩せた腕、肘まで露出した骸骨のような腕が、ぼろ着の袖からあらわれ、熱病のように慄えていた。肉の落ちた腿は、だぶだぶの膝当てつき長靴のなかで震えていた。

恐ろしい射るような視線はデ・ゼッサントにぴたりと向けられ、骨の髄まで彼をぞっとさせた。ブルドッグ顔の女は彼よりもっと怯え切って、彼にぴったりしがみつくと、硬直した頸の上に頭をのけぞらせて死物狂いに絶叫した。

と、たちまちにして彼は、この恐怖のヴィジョンが意味するものを理解した。彼が目の前に見ているのは、「梅毒」のイメージだったのだ。

怖ろしさに我を忘れて、彼は横道に逃げこみ、左手のえにしだの茂みに立っている亭《ちん》まで、一目散に走って行った。そしてそこの廊下の、とある椅子の上に崩れるように坐りこんだ。

ややあって、ようやく呼吸が整いはじめると、すすり泣きの声が聞え、彼ははっとして顔をあげた。いつの間にか、ブルドッグ顔の女が彼の前にいるのである。哀れっぽく、グロテスクに、女はさめざめと涙を流していた。逃げる途中で歯を失くしてしまった、と女は言って、前掛のポケットから陶製のパイプを取り出し、パイプを粉々に割って、その白い吸い口の破片を、歯茎の孔のなかに刺しこもうとするのである。

「ああ、あんなことをして！　馬鹿な女だなあ」とデ・ゼッサントは思った。あの陶器の破片が歯茎にくっつくはずはないじゃないか。——すると、案の定、陶器の破片は一つ一つ顎から脱けて落ちるのだった。

そのとき、ふたたび疾駆する馬の足音が近づいてきた。おそろしい驚悸がデ・ゼッサントをとらえ、へたへたと足の力が抜けてしまった。蹄の音はなおも迫ってくる。焦躁に鞭打たれて、彼はふたたび立ちあがった。そして、そのときパイプの火皿を足で踏みつぶしていた女に飛びかかると、頼むから静かにしていてくれ、長靴の音で二人の居所が分ってしまっては困るから、と掻き口説いた。女が身をもがくので、叫び声が洩れないように首を締めながら、廊下の奥まで引きずって行った。すると、そこに緑色に塗った鎧戸のついた、掛金の下りていない酒場風の扉があったので、扉を押して、そのなかに飛びこんだが、つと立ちどまった。

目の前の広い空地の真んなかに、巨大な白いピエロたちが月の光を浴びて、兎のように跳ねまわっていたのである。

絶望の涙が彼の目に浮かんだ。もう駄目だ、もう絶対に扉の敷居を越えることは不可能になった——おれは踏みつぶされるだろう、と彼は思った。すると、彼の不安を裏書きするかのように、巨大なピエロの仲間たちはぞくぞく数を増すのである。ピエロのとんぼ返りは地上いっぱいに、空いっぱいに満ちわたった。彼らは足や頭で、交互に地面や空を打つのであった。

そのとき、馬の足音がとまった。馬はついそこの廊下の、丸い明り取り窓のうしろにいた。もはや生きた心地もなく、デ・ゼッサントは首をめぐらして、その小さな丸窓から、ぴんと立った両の耳や、黄色い歯や、石炭酸の臭いのする二筋の熱い息を吐き出す鼻の孔を見た。

彼は観念したように、闘うことも逃げることも諦めた。おそろしい「梅毒」の視線とまともにぶつからないように、眼を閉じた。が、壁越しに彼の身体にのしかかってくる「梅毒」の視線は、閉じた目瞼の裏にもちゃんと見えたし、冷たい汗にじとじとと濡れて総毛だった背中や身体にも、やはり視線を向けられているのを彼は感じた。どうなることか皆目分らず、藁にでもすがりつきたい気持であった。むろん、この状態は一分間ぐらいしか続かなかったが、彼には一世紀が流れ去ったように感じられた。とど、ふるえながら眼をあけてみると、幻影はすべて消え失せていた。まるで早変りの場面のように、道具立を変える芝居の装置のように、怖ろしい鉱物質の風景が一足跳びに遠くへ逃げ去り、蒼白な、荒寥とした、死の風景が代りにあらわれたのである。おだやかな白い光が、この荒れ果てた風景を照らしていて、油のなかに溶けた燐の光を思わせた。

地上に何か動くものがあらわれたかと思うと、それがやがて蒼白い、裸体の、緑色の絹の靴下をぴったり脚にはいた、女のすがたとなった。

彼はこの女のすがたを物珍らしそうに眺めた。熱すぎる鏝《こて》で縮らせた馬の鬣《たてがみ》のように、女の髪の毛は波を打ち、その先端が焼け切れていた。そして、うつぼかずらの小さな瓶形の袋が、女の耳からぶらさがっていた。小さく開いた鼻の孔は、焼けた仔牛の肉のような、ぎらぎらした色に光っていた。女はうっとりした眼つきで、小さく小さく、彼の名を呼んだ。

しかし彼には返事をする暇もなかった。返事をしようと思うと、もう女のすがたは変化していたのである。爛々たる光彩が女の瞳にあらわれた。唇は「アントゥリウム」の激昂せる朱色に染め出された。そして乳首は、赤い唐辛子の二つの莢《さや》のような艶をおびて輝いた。

不意に彼は覚るところがあった。この女は「花」だ、と彼は思った。悪夢の中までしつこく彼についてまわる推理癖は、昼間のあいだと同じく、やはり病原菌の繁殖に源を発しているのであった。

やがて彼は、女の乳房と口に物凄い炎症があらわれ、胴体の皮膚に黒ずんだ褐色や銅色の汚点が見え出したのに気がつき、ぎょっとして後へさがった。が、女の目は彼をとらえて離さず、彼は魅せられたように歩一歩と前に進み出した。大地に足を固定して、歩かないでいようと頑張ってはみるものの、やはりどうしても女の方へ向かって、倒れつ起きつしながら引き寄せられてしまうのである。かくて、あわや彼女に触れるかと思われたとき、黒い「畸形陽根《アモルフォファルロス》」がそこら中から芽を吹き出し、海のように起伏する女の腹に向かって伸び出した。彼はそれらの異様な植物の、なま暖かい強靭な茎が自分の指のあいだに絡みつくのに、何とも言えない不快をおぼえながら、それらの植物を掻き分け、払いのけた。するうち、突然、醜悪な植物は消え、二本の腕が彼に絡みつこうとするのであった。はげしい不安に彼の心臓は早鐘を打った。女の恐ろしい目が、冷たい、兇悪な、薄青色に一変したからである。女の抱擁を逃れようと彼は必死の努力をしたが、どうすることもできない力強さで、女は彼の身体を押さえつけ、離さなかった。

そのとき、彼の血走った目には、女のむき出しの股の下から猛々しい「ニドゥラリウム」の咲き出るのが見えた。「ニドゥラリウム」は血を滴らせながら、剣の刃のごとき葉身の内側にぽっかり黒い孔をあけていた。

彼は、この醜い植物の傷口と肉体を接触させていた。そのまま死んでしまうのではないかと思われた。息がつまり、身体が冷え、恐怖に気も狂わんばかりになり、思わず飛びあがって、眼をさますと、ほっと溜息をついて、「やれやれ、ありがたい、夢だったのか！」と呟やいた。

第九章

こんな悪夢は、その後も頻々と繰り返され、彼は眠るのを怖れるようになった。ベッドの上に横になって、何時間もぶっ続けに、ある時は執拗な不眠症や熱っぽい昂奮と闘い、またある時は、足をふみ外して階段の上から下まで転がり落ちるひとのように、支えを失って深淵の底に吸いこまれて行くひとのように、我にもあらず厭わしい夢のなかに落ちこみ、思わず飛びあがって眼をさますのであった。

数日のあいだ活動を停止していた神経症が、ふたたび勢力を盛り返し、今までよりもさらに烈しく、さらに頑固に装いを変えて登場した。

今や掛蒲団も、彼にとってはやり切れない重荷となった。夜具をかけると息が苦しくなるのである。身体中に蟻痒感がし、ひりひりした痛みが走り、脚には蚤に刺されたような疼痛がしきりに起った。やがてこれらの徴候に、顎骨の鈍痛と、顳顬《こめかみ》を万力で締めつけられるような頭痛とが加わった。

彼の不安はつのった。冷酷な病魔を飼い馴らす方法は、不幸にして見当らなかった。化粧室に水治療法の器具を取り付けてみても、うまく行かなかった。第一、彼の家が立っている小高い丘の上まで水を吸いあげることは不可能であり、水道が一定の時間に細々と出るような村では、十分な量の水を貯えることさえが困難であった。そんなわけで、水治療法は駄目になった。脊椎の諸関節に噴出する水を浴びせかける方法こそ、不眠症を克服し、精神の安定を取りもどすための唯一の有効な手段なのであるが、この方法も駄目となると、あとは風呂場か浴槽で、短時間の灌注療法を行うか、あるいは簡単な冷水浴の後に、馬の尾で編んだ摩擦用の手袋で、召使に身体をごしごし擦ってもらうかするよりほかに仕様がなかった。

けれども、こんな不完全なシャワー療法では、神経症の進行を阻止することはまったく不可能だった。せいぜい二、三時間の気休めを得る程度にすぎず、そのあとから、さらに激烈な症状がふたたび襲ってくるのであってみれば、せっかくの苦労も骨折損ということになった。

彼の倦怠は際限がなくなった。珍奇な花々を身辺に集めるという情熱も、今は涸れつきた。花々の構造や色合に対して、すでに彼は無感動になっていたのだ。それに、あれほど丹精していたにもかかわらず、大部分の植物がしおれてしまった。しおれた植物を部屋の外へ出させると、極端な神経過敏の状態に来ていた彼は、今まで植物の占めていた場所が急に空いてしまったことに腹を立て、今まで見えていたものが急に見えなくなったことに、苛立たしさをおぼえる始末であった。

果てしない時間をつぶすため、気を紛らすために、彼は所蔵の版画類をおさめた紙挟みを取り出し、ゴヤの絵を並べてみることにした。『カプリチョス』のなかの何枚かの版は、赤味がかった色調でそれと分る作者の最初の刷りで、かつて競売の際に大枚を投じて買ったものだったが、これらの絵は、彼の愁眉を開かせた。画家の幻想を追って、彼はこれらの画中にふかく沈潜し、猫に跨がった女妖術使や、首縊り人の歯を抜こうとしている女や、山賊や、淫夢女精や、悪魔や、矮人《こびと》などを描いた眩暈的な情景に、津々たる感興をおぼえた。

次に彼は、別の銅版画《エッチング》と蝕刻凹板《アクア・チント》のシリーズに目を通した。それらの中には、じつに身の毛のよだつほど怖ろしい『俚諺集《プロヴェルビオス》』や、じつに兇暴なむごたらしさをもって描かれた、戦争を主題とした作品集や、さては、『首枷の刑』の版があった。このすばらしい試し刷りの一枚は、彼の秘蔵の逸品で、製紙函の型枠の支えのために入れる横棒の跡のはっきり見える、礬砂《どうさ》の引かれていない厚紙に刷ってあった。

ゴヤの野生の情熱と、辛辣な、熱狂的な才能とは、彼を惹きつけて離さなかった。けれども ゴヤの作品はひろく万人の賞讃を贏ち獲ているので、それが彼には多少気に入らなかった。何年も前から、彼はゴヤを額縁にはめて部屋に飾ることを諦めていた。そんな人目につくところに置こうものなら、さっそく誰か阿呆な人間がやってきて、その前に立ちどまり、さんざっぱら御託を並べたり、利いた風な様子で感心して見せたりするぐらいのことはしかねまい、と彼は考えたのである。

レンブラントについても事情は同じで、彼はこれを時々ひそかに眺めては楽しんだ。実際、この世で最も美しい歌が浮世の塵にまみれて俗悪になり、大衆がこれを好んで口ずさみ、その響きが全世界に轟くようになったならばどうであろう。芸術作品が、贋物の芸術家に無視されるということもなくなり、馬鹿者に否認されるということもなくなり、一部の者の熱狂的賞讃を買うことのみで満足しなくなったならばどうであろう。そうなったら、真に鑑賞力をそなえた者にとっては、その芸術作品はついに汚れた、平凡な、ほとんど嫌悪の念を起させるようなものと化してしまうにちがいなかろうではないか。

こうした芸術作品鑑賞の通俗化こそ、しかし、彼の人生最大の悲しみの一つであった。作品の不可解な成功のために、かつては彼にとって貴重であった絵画や書物が、永遠に損われてしまう場合も多かった。大向うの一致した賛同を前にすると、彼はついにはその作品に、目に見えない価値の低減を発見し、いったい自分の鑑定眼は鈍ってしまったのだろうか、なにか勘違いをしたのではなかろうか、と思いつつ、そうした作品を斥けてしまうのを常とした。

紙挟みをふたたび閉じると、彼は又しても手持ち無沙汰になり、憂鬱のなかに落ちこんだ。そこで、頭のなかの想念を一新するために、鎮静剤になる本など読み、脳髄を冷却するために、麻酔剤になる芸術の薬草など服用してみようと思った。さりとて、痙攣誘起剤や燐酸塩を多量に含んだ作品では疲れすぎてしまう虞れがあるので、恢復期の患者や鬱ぎの虫にふさわしい軽い快適な書物、すなわち、ディケンズの小説を読んでみた。

ところが、この書物は、彼が期待した効果とまさに正反対の効果を惹き起した。ディケンズの小説中の清純な恋人たち、プロテスタント風の女主人公たちは、首までぴっちり服を着こみ、星を見つめて恋をし、眼を伏せ、顔を赤らめ、せいぜい手を握り合っては幸福に泣くぐらいが

ゴヤ「カプリチョス」より。

ゴヤ「サバト」

落ちなのである。こんな大げさな純潔の誇示は、たちまち彼をして反対の極端に赴かせてしまった。対照の法則によって、一方の極端から他方の極端に飛躍してしまったのだ。彼は激情的な、震えるような愛欲の情景を思い出し、肉身の男女の交渉を、舌と舌とを交じえる接吻を、鳩の接吻を脳裡に描き出した。鳩の接吻とは、慎しみぶかい聖職者が、唇のあいだに舌を挿入する接吻をさして言う言葉である。

彼は読書を中断し、謹厳なイギリスという国にはるかに思いを馳せ、淫蕩の微罪や、教会が非とする猥りがわしい矯飾などについて考えた。すると、ある突然のショックに打たれた。彼が今まで信じて疑わなかった自分の肉体と頭脳の性欲喪失が、急に回復したのである。孤独がふたたび彼の狂った神経に働きかけたのである。こうして、又しても彼は宗教そのものではなく、宗教が非とする邪悪な行為や罪に悩まされることになった。宗教の祈りや脅迫をめぐっての昔ながらの問題が、彼を捉えてしまったのだ。数箇月このかた無感動になっていた肉欲の面が、まず最初、抹香くさい読書の苛立ちによって揺り動かされ、次に、イギリス人の虚飾によって、神経症の発作という形で目覚めさせられ、掻きたてられ、勃起したのである。官能の昂奮は彼を過去に連れもどし、彼は往時の掃き溜めのような思い出のなかで、しきりに踠《もが》いた。

彼は立ちあがると、物憂げに、蓋《ふた》に砂金石を散らした銀鍍金《めっき》の小筐をあけた。筐のなかには紫色のボンボンが入っていた。その中の一粒をつまみ、指のあいだに転がしながら、砂糖をまぶしたように甘味のたっぷり利かしてある、このボンボンの奇妙な特質について考えた。かつて、彼の性的不能がはっきりあらわれ、いくら女のことを考えても、苛立たしさも悔恨も欲望も湧かなくなったとき、彼はこのボンボンの一粒を舌の上にのせて、口のなかで溶かしてみたのであった。すると突然、限りない懐かしさの感情とともに、過ぎし日の情事の、絶えなんばかりに薄れた、淡い憂愁にみちた思い出が、彼の眼前に彷彿としたのである。シロオダン(151)によって発明され、「ピレネエの真珠」という奇妙な名前を冠されたこのボンボンは、翡翠蘭《サルカンタス》の香でできた丸薬であり、女性の体液を砂糖で凝固させた丸薬であった。舌の乳頭状突起に吸収されると、このボンボンは、あたかも薄い酢が混じって乳白色を呈した水のごとき、匂いのいっぱいに籠った奥妙な接吻のごとき、想い出を喚び起すのであった。

普段彼は、この愛の香薬、この愛撫の仙丹を、微笑をもって服用していた。それは彼の脳裡に小っぽけな裸女の幻影を生ぜしめ、一瞬のあいだ、かつて愛した何人かの女の匂いを甦えらせる効果を有するにすぎなかった。ところが今日は、ボンボンの効き目はもう弱々しい幻影の範囲にとどまらず、はるかな漠然たる放蕩の印象を甦えらせるだけでは満足していなかった。それどころか、ボンボンの効き目は幻影のヴェールを切り裂き、切実な、むき出しの、肉の現実を彼の眼前に突きつけたのだ。

ボンボンの味に触発されて、しっかりした線で脳裡に描き出された数多の女性たちの行列の中から、先頭のひとりが立ちどまった。白い長い歯と、繻子のように肌理《きめ》の細かい薔薇色の膚と、斜角になった鼻と、二十日鼠の眼と、金色の切下げ髪とを誇示した女である。

彼女はアメリカ人で、ウラニア嬢と呼ばれ、すらりとした肉体と、たくましい脚と、鋼《はがね》のような筋肉と、鋳鉄のような腕をもった女であった。

パリの曲馬団《サーカス》でいちばん名の売れた軽業師《アクロバット》のひとりであった。

デ・ゼッサントは長い夜間興行のあいだ、いつも一心に彼女のすがたを見守っていた。最初のうち、彼女はありのままのすがたで、つまり、逞ましく美しい女として、彼の目に映じていた。しかし彼女に近づきたいという欲望は、少しも彼の心に迫ってはこなかった。彼女は漁色家に渇望の念を起させるような種類の女では全くなかったのだ。にもかかわらず、彼はわけの分らぬ誘いの糸におびき寄せられ、説明しがたいある感情に駆られて、曲馬団通いをつづけていた。

やがて、彼女を仔細に観察するにつれて、奇妙なことが解ってきた。彼女のしなやかさと逞ましさとに見惚れているうちに、彼は、一種の人工的な性の転換が彼女において生じるのを発見したのである。彼女の優美な所作や女らしい気取った挙措が、次第に影をひそめて行くと、その代りに今度は、いかにも男性的な、敏捷な、力強さの魅力があらわれてくるのである。要するに、まず最初女であった彼女は、次にためらい勝ちに半陰半陽者《アンドロギヌス》に接近し、その後さらに一転して、おのれのすがたを明確にし、ついには完全に男に変化するのであった。

とすると、逞ましい若者がほっそりした少女を愛するように、あの女道化師も、その本来の傾向からいって、当然、ちょうどこのおれのような、生気のない、なよなよした、弱々しい男を愛さなければならないはずだろう、とデ・ゼッサントは考えた。自分のすがたを鏡に映して眺めながら、類推の精神をはたらかせてみると、われながら、自分自身が女性化しているという印象を拭い切れなかった。ちょうど貧血性の少女が、その腕に抱きしめられたら自分の骨が砕けてしまいそうな、力自慢の粗野な若者を恋い焦がれるように、彼もまた、この女軽業師を自分のものにしたいと心底から望んだのである。

ウラニア嬢と自分とのあいだに、このような性の交換が行われることを空想すると、彼は昂奮しないわけには行かなかった。二人はお互いに愛し合うように出来ているのだ、と彼は断定を下した。その時までひどく嫌っていた粗野な力強さが、急に愛すべきものになるとともに、彼女との交渉には、要するに、卑賤なものに対する法外な魅力、慇懃尾籠な商売女の情夫《ひも》に高い金を払うという、楽しくも下劣な売淫の魅力が伴なっていた。

女軽業師を誘惑し、もし出来ることなら、彼女と現実の関係に入るということに意を決するまでのあいだ、彼は、彼自身の頭のなかの一連の空想を、女の無意識的な唇の上に一方的に築きあげ、ぶらんこの上で廻転する女芸人の貼りついたような動かぬ微笑のうちに、彼自身の抱いていた意図を一方的に汲み取りつつ、おのれの夢を強固に育てあげていたのである。

ある晩、ついに彼は曲馬団の女案内人を彼女のもとに差し向けることを決心した。ウラニア嬢は、まだ口説かれたこともない男に、いきなり身をまかせるのは業腹だと思ったが、噂によると、デ・ゼッサントは大した金持で、彼の名前を聞いただけで女たちは色めき立つという話だったので、それほどつんつんした顔も見せずに、彼の前にあらわれた。

しかるに、ひとたび大願が成就すると、彼はたちまち失望のどん底に突き落された。彼はこのアメリカ女を、縁日の曲芸師のように愚鈍で粗暴な女だとばかり信じていたのだ。たしかに、彼女には教育もなければ機智もなく、常識もなければ才気もなかった。食卓では、動物的な食欲を示しもした。しかし彼女のうちには、女性に通有なあらゆる子供っぽい感情が残存していた。おしゃべりに我を忘れるところがあり、娘らしく媚を示すところがあった。女性の肉体の中に男性の精神が棲んでいるといったようなところは、微塵もなかった。

おまけに、彼女は寝室では清教徒風の慎しみぶかさを見せ、彼がおっかなびっくり期待していた、あの闘技者らしい粗暴な態度は、ぜんぜん見せてもくれなかった。性の転換などということも、彼があらかじめ希望していたようには行かず、もともと彼女にはその素質がないのだった。おのれの渇望のむなしさをつくづく吟味しながら、たぶん彼は、やはり自分の好みが繊細なほっそりした人間、ウラニア嬢とは正反対の体質の人間に向いていることを、認めざるを得なかったにちがいない。だがその好みも、若い娘に対するというよりは、むしろ陽気な痩せ男、貧相な、滑稽な、男の道化師に対する好みであったことを、彼自身も気がついていたにちがいない。

不幸にも、デ・ゼッサントは一時的に忘れていた男の役割に立ちもどった。彼の空想裡にあった自分の女らしさ、弱々しさ、自腹を切って手に入れた男妾みたいな立場、恐怖などはすべて消え、もう幻影を抱いていることが不可能になった。ウラニア嬢は平凡な情婦にすぎず、彼女に関して男が勝手につくりあげた幻想の責任まで、いちいち彼女が負っているわけには行かなかった。

彼女のみずみずしい肉体と素晴らしい美貌の魅力は、デ・ゼッサントをまず驚かせ、未練をかきたてたが、彼はこの関係から一刻も早く逃れようと努力し、せっかちに手を切ることを考えた。というのは、この女の冷やかな愛撫、猫をかぶった柔順さを前にして、早くも訪れた彼の性的不能は一段と進行していたからである。

それでもやはり、かつての情事の絶えまない移り変りのなかで、彼の前に立ちどまった最初の女が彼女であったことに変りはなかった。が、ありていに言って、彼女ほど人を欺くことに長けてもいず、彼女ほど快楽を出し惜しみするわけでもない他の女が大勢いた中で、なぜ彼女だけが彼の記憶にしっかり刻みつけられていたのかといえば、それは、ひとえに彼女が生きのよい健康な獣のような匂いを発散させていたからにほかならなかった。彼女のありあまる健康は、香料にやつれたあの貧血症の女体と、まさに正反対のものであった。彼がシロオダンの甘美なボンボンに求めるのも、そうした女たちの饐えたような微妙な匂いなのであった。

匂いの対極として、ウラニア嬢は不可避的に彼の記憶のなかで幅を利かせることになった。けれども、自然のままの動物的な匂いが、こんな思いがけない想い出を生ぜしめたことに気分を害して、デ・ゼッサントはただちに、もっと洗錬された匂いに立ち返ろうと思った。すると彼の頭のなかには、どうしても別の情婦たちのすがたが浮かんで来ざるを得なかった。彼女たちは群をなして、彼の脳裡にひしめき合った。しかしその中でも、一頭地を抜いた女がいた。それは、その風変りな特徴によって、数箇月間彼を大そう満足させてくれた女であった。

彼女は痩せた、小柄の、栗色の髪の女で、眼は黒く、髪の毛を少年のように耳の近くで二つに分け、刷毛で撫でつけたように、ポマードでぴったり頭に貼りつけていた。音楽余興つきの酒場で彼はこの女を知ったのであるが、彼女はその店で腹話術の余興をやっていた。

大勢の見物人が呆気にとられ、気味わるそうに静まり返って見ているなかで、彼女は、背の高さの順番に椅子の上に並べたボオル紙の人形を、ひとつひとつ、喋らせていた。まるで生きているような人形と、彼女は会話を交わしていた。店内では、シャンデリヤのまわりに蝿がぶんぶん群がっていた。目に見えない架空の馬車が、車輪の音もすさまじく、入口から舞台まで、見物人のそばを掠めて通過した時には、今まで静まり返っていた見物人が、思わずざわめいて席を立ち、本能的に特別席の囲いのなかへ逃げ出したものであった。

デ・ゼッサントはすっかり魅せられていた。さまざまな思いが雲のごとく湧いた。まず最初は札びらを切って、この腹話術師を靡かせてしまうことが先決問題であった。アメリカ女とはまさに対照的な魅力で、彼女は彼の気に入ったのだ。この栗色の髪の女は、不健康な、酔わせるような、調合された香料を体内からじくじく滲み出させていて、噴火口のように燃えていた。あらゆる秘術を弄したにもかかわらず、デ・ゼッサントは数時間でへとへとに精根涸らしてしまった。それでもなお、彼はこの女に絞り取られることに甘んじていた。女自身よりも、女の芸に惹かれていたからである。

それに、かねて準備していた計画も熟していた。そのときまで実現できなかった計画を、今こそ実行に移そうと彼は思い立った。

ある晩、彼は黒い大理石で作った小さな一匹のスフィンクスと、極彩色の陶土で作った一匹の噴火獣《キマイラ》とを持って来させた。スフィンクスは両脚をのばし、頭をしゃんと起した、古典的な姿勢で寝そべっていた。噴火獣は逆立った鬣《たてがみ》をひらめかし、兇暴な眼ざしを投げ、溝のある尾で鞴《ふいご》のようにふくれた横腹を煽いでいた。彼はこの二匹の獣をそれぞれ部屋の両端に置くと、明りを消し、煖炉のなかの熾を真赤に燃え立たせ、部屋をぼんやり照らして、薄明のなかに沈んだ物体が大きく見えるようにした。

それから、彼は長椅子の上で横になった。長椅子の近くで、じっと動かぬ女の顔は、燃えさしの薪の微光を浴びていた。こうして準備が整うと、彼は待った。

前もって何度も彼が根気よく下稽古させておいた通りに、彼女は奇妙な発声法で、唇を動かしもせず、対象に目をやりもせず、二匹の怪物に生命を吹きこむのであった。

すると、夜の静寂《しじま》のなかに、噴火獣とスフィンクスとの絶妙な対話がはじまった。語りの声は最初、咽喉から出るくぐもった嗄れ声であったが、やがて人間のものとも思われぬ、鋭い声になった。

「――ここだ。噴火獣《キマイラ》、とどまれ！」

「――なんの、とどまるものか」(152)

フロオベエルの名文に聴き惚れつつ、彼は胸をどきどきさせて、おそろしい二重唱に耳を澄ませていた。噴火獣が次のごとき荘重な、魔術的な文句を口にしたときは、首筋から足の先まで、彼の全身に戦慄が走った。すなわち、

「新らしい香料や、見たこともないほど大きな花々や、味わったこともない快楽を、あたしは探しに行くんだよ……」

ああ！　この呪文のように神秘な声は、ほかならぬ彼に向かって語っているのであった、未

知なるものに対する熱狂や、遂げられない理想やを。また、思考の限界を越えて、芸術の彼方の霧のなかに、決して到達し得ない一つの確実性を模索するためには、おぞましい生活の現実を逃れなければならないことを、この声は、やはり彼に向かって語っていた！　——ここで、彼自身の努力の如何ともしがたいみじめさが、彼の胸を締めつけた。彼は、傍らに黙って坐っている女をやさしく抱きしめると、悲歎に暮れた子供のように、庇護を求めるかのごとく女のそばに身をすり寄せた。女はといえば、舞台を離れた休息の時間にまで、自分の部屋で芸を見せたり、芝居を演じたりしなければならないことに、少なからずお冠りであったが、そんな様子にも彼は気がつかぬげであった。

二人の関係はなおも続いたが、やがてデ・ゼッサントの肉体の衰弱は、いよいよ甚だしくなった。脳の沸騰も、すでに肉体の凍結を溶かすにいたらなかった。神経はもはや意志に従わなくなった。老人性の気紛れな情欲が身内に跳梁した。この情婦のそばにいると、だんだん意志が薄弱になって行くような気がして、彼は宿痾の移り気な瘙痒症に対して、最も効果のある補助薬を用いることにした。その補助薬とは何かといえば、恐怖であった。

彼が女を腕に抱いていると、ドアの外で、酒飲みのがらがら声が、こんな風にどなり立てる、「やい、あけろ！　てめえが男を喰わえこみやがったことは、こちとら、ちゃんと御承知なんだ。どうするか見やがれ、淫売め！」——こんな風にどなられると、ちょうど川原の土手や、テュイルリイ庭園や、公衆便所の中や、公園のベンチなどといった野外で情事の現場を見つけられた道楽者が、恐怖によって勃然といきり立つように、彼にもまた、暫時むらむらと欲望が湧き、急いで腹話術師の肉体に飛びかかって行くのであった。実は部屋の外でわめいている声は、腹話術師の声にほかならないのであるが、彼は、情事を中断され急き立てられて、危険を冒す男のあの恐慌、あの周章狼狽のうちに、無上の喜悦を味わっていた。

不幸にして、こんなお芝居は短かい期間しか続かなかった。法外な金を払ってやっていたのに、腹話術師はある晩彼を追い帰して、ある若い男に身をまかせてしまったのである。デ・ゼッサントほど面倒な要求もせず、彼ほど精力が弱くもなかった若い男に。

別れた女に、デ・ゼッサントはつきせぬ未練を残した。彼女の至芸を思い出すと、ほかの女がすべて味気ないものに思われてくるほどだった。若い娘の頽廃的な魅力さえ、彼にはつまらないものに見えた。一本調子な娘たちのしかめ面を見ると、もう二度とこんなやつらを相手にするのはよそうと思うくらい、うんざりした。

嫌悪の情を嚙みしめながら、ある日、彼がたったひとりでラトゥール・モオブウル通りを散歩していると、廃兵院《アンヴァリッド》の近くで、ひとりのごく若い青年が彼に近づいてきて、バビロン街へ行くのにいちばん近い道を教えていただけませんか、と言葉をかけてきた。デ・ゼッサントは道を教えてやった。そして、自分も同じ方向へ向かって建物の前の広場を横切っている途中だったので、青年と同道することにした。

青年はもっとちゃんと教えてもらいたいらしく、意外な態度で、しつこく食いさがってきた。——じゃ、左へ曲った方が遠くなると仰言るんですね。でも、さっき聞いたところでは、たしか大通りを斜めに行った方が早く行けるはずなんです。——青年の声は、押しつけがましいかと思うと、おずおずしており、下品であるかと思うと、甘く響いた。

デ・ゼッサントは青年を眺めた。青年は、学校を脱け出してきたらしかった。服装は貧しく、小さな羅紗の背広が胴をしめつけ、やっと腰部を覆っていた。ぴったりした黒い半ズボン、三日月形に切り込んだ折返しのカラー、それに、濃い青の地に白い唐草模様のある、ふんわりした蝶結びのネクタイ。手には厚表紙の教科書をもち、平たい縁の山高帽をかぶっている。

顔は、さよう、気になる顔であった。蒼白くやつれてはいるが、長い黒い髪の毛の下で、かなり整っており、青い隈《くま》のできた目瞼に、大きなうるんだ眼が表情を輝やかせている。鼻には幾つか赤茶色の斑点があり、その下に、小さな口がひらいている。が、唇は厚く、桜んぼうのような線で真んなかを切られている。

二人は一瞬、互いに向き合ってじっと相手の顔を見つめ合った。それから青年が眼を伏せ、相手にすり寄った。やがて青年の腕がデ・ゼッサントの腕に触れ、デ・ゼッサントは、青年のためらい勝ちな歩みに合わせて、物思わしげに、歩調をゆるめた。

この偶然の邂逅から、疑いぶかい友情が生まれ、数箇月間つづいた。デ・ゼッサントはそのことを考えると、もう身体が震えてくるのを如何ともしがたかった。今までこれほど激しく惹きつけられたものはなかったし、これほどやむにやまれぬ力で、欲望を掻き立てられたものもなかった。これほど危険なものに遭ったこともなかったし、これほど苦痛にみちた満足を味わったこともなかった。

孤独の生活中、彼につきまとう思い出のなかで、この二人の関係のそれは、断然として他を圧していた。神経症によって異常に昂奮した脳髄が保有し得る、あらゆる錯乱の酵母菌がそこに沸き立っていた。こんな昔ながらの悪徳の再発を、神学では「陰気な快楽《デレクタティオ・モロサ》」(153)と称するが、この陰気な快楽、この思い出のなかで十全の歓喜にひたるために、彼は、単に肉体的な幻覚を抱くのみでは満足せず、永年にわたって読みあさったブーゼンバウム(154)とか、ディアナ(155)とか、リグオリ(156)とか、サンチェス(157)とかいった罪障鑑裁家たちの書物によって培われた、あの精神的な情熱をもそこに加味するのであった。ちなみに、これらの罪障鑑裁家たちは、モオゼの十誡の第六条および第九条に反する罪を論じていたのである。

宗教は、おそらくアンリ三世時代からの遺伝によって徐々に形成されていた、彼の魂のなかの超人間的な理想を浸潤し育成しつつ、それとともに、逸楽の不倫な理想をも掻き立てていたのであった。淫蕩的また神秘的な強迫観念《オブセッション》は互いに相混淆しつつ、現世の俗悪から逃れ、公けに尊重された慣習から離れて、原初的な法悦《エクスタシス》、天国あるいは地獄の恐慌のなかに身みずから沈湎したいという、執拗な欲求に憑かれた彼の頭脳をつねに悩ましてきた。むろん、恐慌はいずれの場合においても燐を多量に消耗しなければならないので、精根涸らす結果となる。

いま、デ・ゼッサントは、このような夢想から、へとへとに疲れ、虚脱し、ほとんど息も絶え絶えになって、脱れ出たところであった。ただちに蠟燭とランプを灯すと、明りが氾濫し、首の皮膚の下で立て続けに鼓動を打っている動脈の、執拗な、堪えがたい、籠ったような響きが、闇のなかで聞いていた時ほどにははっきり聞き取れなくなったように思われた。

第十章

遺伝によって次第に血の少なくなった一族の末裔を悩ます、こんな奇妙な病気のあいだ、突然の小康状態が発作のあとに来ることがあった。どういう理由か分らぬままに、デ・ゼッサントはある日、じつに快適な気分で目をさました。肺腑のちぎれるような咳も、首筋に木槌で楔をたたきこまれるような痛みも、今はきれいさっぱり消え、五体満足の得も言われぬ気分と、爽快な頭脳とが感じられるばかりであった。頭のなかの考えも明るくなり、不透明に濁っていた思念が、柔らかな色合のシャボン玉のように、円滑な虹色に輝くようになった。

このような状態が数日つづいた。やがて、ある日の午後、急に匂いの幻覚があらわれた。赤素馨《あかそけい》の香水の匂いが部屋に立ち罩めていたのである。蓋のあいた香水壜が出しっ放しになっているのではないかと思って、彼はしらべてみた。が、部屋には香水壜は一つもなかった。書斎へ行っても、食堂へ行っても、相変らず匂いはついてまわった。

呼鈴を押して召使を呼び、「お前には匂わないかね？」と念を押してみた。召使は通風孔の前でくんくん鼻を鳴らし、一向に匂いませんが、と断言した。もう疑問の余地はなかった。又しても神経症が、新たな感覚の錯乱という装いを凝らして、立ちあらわれたのだ。

このしつこい匂いの幻覚に辟易して、彼はいっそ本物の香料のなかに沈湎してやろうと考えた。そうすれば、この鼻の類似療法が病気を治してくれるかもしれないし、治してくれないまでも、わずらわしい素馨の匂いに日夜追いかけられる気苦労だけは免れられる、と思ったのである。

彼は化粧室へ行った。化粧室には、彼が洗面所として使っている古代の洗礼台が据えつけてあり、そのそばには、緑色に澱んだ水のような鏡をその中に嵌めこんだ、月光に白く輝いた井戸の縁石のような、大きな錬鉄製の枠のついた姿見があった。そしてこの姿見の下の象牙の棚に、大小さまざまな形の瓶が並んでいたのである。

彼はそれらの瓶をテーブルの上に置き、二つの系列に分けた。一つは単純な香料、つまり、エキスあるいは精油の類であり、もう一つは合成香料、つまり、花の種属名によってあらわされるような香水の類である。

彼は肘掛椅子にふかく腰をおろし、思念を凝らした。

何年も前から、彼は匂いを嗅ぎ分ける技術に熟達していた。嗅覚もまた、聴覚や視覚の快楽にひとしい快楽を感じ得るものと思っていたし、生まれつきの素質や専門的な修業の結果によっては、いずれの感覚からも新らしい感動の要素を引き出し、それらを倍加し整理して、ある作品を組み立てることは可能であると信じていた。要するに、さまざまな色の光線で網膜を刺載する芸術があったり、音波から引き出される芸術があったりする以上、匂いの流体から生ずる芸術が存在したとしても、ちっともふしぎはないはずであった。ただ、修練によって発達した特別な直観力がなければ、誰も大家の絵とへぼ画家の絵とを見分けることができず、ベエトオヴェンの曲とクラピッソン[158]の曲とを聴き分けることができないように、やはり匂いの場合も、ある種の予備的な手ほどきを受けたひとでなければ、真摯な芸術家によって作られた芳香と、薬屋や百貨店に卸すために工場で生産された安香水とを、混同することになるのは止むを得まい。

この匂いの芸術の分野で、とくに彼を惹きつけた点は何かといえば、人工的な精密さという点であった。

実際、香水というものは、大ていの場合、その名の花から採ったものではないのである。ただ一つの花からその成分のすべてを採取しようとするような芸術家は、品格もなければ権威もない、粗悪な作品しか作り出すことができない。なぜかというに、花の蒸溜から得たエッセンスは、地上に咲き誇る生きた花の香りそのものとは、きわめて遠く、きわめて曖昧な類似性しか示さぬものだからである。

だから、いかなる偽造いかなる模倣をも許さず、ほとんどすべてのものを撥ねつける稀有な花ともいうべきジャスミンのごとき例外を除いて、あらゆる花々の香水が、まさしく芳香性アルコオル溶液および精油との合成物なのである。香水は、その原型たる花から個性そのものを剽窃して、芸術作品を芸術作品たらしめるべきあの貴重なニュアンス、あの蠱惑的な風趣、あの陰影、あのちょっとした調子をわが物とするのである。

要約すれば、香水製造の過程において、芸術家は自然のままの最初の匂いを彫琢し、錬磨し、あたかも宝石細工師が宝石の品質を純化し高めるように、これを完璧の域にまで向上させるのである。

すべての芸術のなかで最も等閑視されたこの芸術の奥義が、次第次第に、デ・ゼッサントの前に開示された。そして今、彼は、文学の言葉と同じくらい暗示的で変化に富んだこの芸術の言葉、不確定な曖昧な外観のもとに、無類の簡潔さをもったこの芸術の文体を、よく解読し得るまでになっていた。

しかし、そうなるまでには、まず文法を学び、匂いの文章構成法を理解し、匂いを支配する種々の規則に通暁することが必要であった。そして、ひとたびこうした匂いの言語に慣れ親しんだならば、アトキンソンとかリュバンとか、シャルダンとかヴィオレとか、ルグランとかピースとかいった、その道の大家の作品をそれぞれ比較検討し、彼らの文章構造をばらばらにして、そのなかに出てくる単語の割合や、句切りの配列などを吟味してみることが必要であった。

それから、この流体の言語においては、ともすると不完全かつ平凡な理論が、経験によって補強されねばならなかった。

古代の香水は、実際、あまり変化がなく、ほとんど無色であり、昔の化学者が鋳造した鋳型のなかに一様に流し込まれていた。香水が古い蘭引《らんびき》のなかに閉じこめられて、老いぼれ果てるかと思われたとき、ロマンチックな時代が開花して、香水を修正し、若返らせ、より従順ならしめた。

香水の歴史は、われわれの言語の歴史を忠実になぞって進展した。ルイ十三世様式の香水は、この当時の貴重な原料、鳶尾《いちはつ》の根の粉末や、麝香や、麝香猫や、桃金嬢《てんにんか》水などから合成されていて、すでに「天使の水」という名前さえついていたが、サン・タマン(159)の幾つかの十四行詩がわれわれに伝えている、当時のやや露骨な趣味、奔放な魅力を表現するには十分とは言えなかった。後になると、没薬や乳香や、その他の強力かつ刺激的な神秘の薫香が用いられるようになって、あの太陽王の時代の華美な外観、雄弁術の大げさな技巧、ボシュエ(160)をはじめとする説教壇上の作家たちの、雄勁な、調和のとれた、高尚な文体がほぼ実現されるにいたった。さらに下って、ルイ十五世治下のフランス社会の疲れた衒学的な趣味は、いわばこの時代の綜合を実現した赤素馨および蔓薔薇髪粉《マレシアル》の裡に、容易にその代弁者を見出した。次に、オーデコロンと迷迭香《まんねんろう》剤を濫用した第一帝政期の倦怠と無頓着がおわると、香水は、ヴィクトル・ユゴオとゴオティエの驥尾に付して太陽の国へ天翔けった。香水は東洋趣味や、きらきら眩ゆく光る香辛料の花束をつくり、新らしい調子や、当時まで誰も試みなかった組合わせを発見し、古いニュアンスを選んでふたたび採りあげると、これを複雑かつ精緻にして調合したのである。そして、マレルブ(161)やボワロオ(162)やアンドリウ(163)やバウル・ロルミアン(164)などといった、詩の衰退期の蒸溜者たちによって追い込められていたあの恣意的な老衰から、ついに断固として脱却したのである。

しかしこの匂いの言語は、一八三〇年代以降も決して停滞したままではいなかった。それはさらに進化し、時代の歩みにしたがって、その他の諸芸術と平行的に前進したのである。匂いの言語もまた、趣味人や芸術家の熱望に順応して、支那や日本の芸術に飛びつき、匂いの版画を案出し、タケオカ(165)の花束を模倣した。そして、ラヴェンダアと丁子《ちょうじ》との結合によって梔子《くちなし》の匂いを、印度薄荷《パチューリ》と樟脳との結婚によって支那墨の独得な香りを、レモンと丁子と橙花油との合成によって、日本の鼠李《くろうめもどき》の芳香をわが物としたのであった。

デ・ゼッサントは、この匂いという流体の精神を究明し、分析し、この流体の本文解釈を行った。そして、自分の個人的な満足のために心理学者の役割を演じたり、ある作品の歯車装置を分解したり、また組み立てたり、合成された匂いの組織を形成する部分を解体したりしてみることに、大きな喜びを味わった。こんな訓練をしているうちに、彼の嗅覚は、どんなかすかな匂いにもほとんど狂いのない確かさに到達した。

居酒屋の主人は一滴の酒を舐めただけで、その酒の産地を当てることができるし、ホップの販売人は袋のなかの匂いを嗅いだだけで、商品の正確な値段をきめることができる。また支那の商人は、匂いを嗅いだだけで茶の産地を当てるばかりか、その茶が武彝《ウーイー》高地のどんな畑で、どんな仏教寺院で栽培されたか、また葉の摘まれた時期はいつ頃か、などをも言い当てることができる。さらに、その茶がどの程度に焙じてあるか、また茶畑の付近に李とか、栴檀《せんだん》とか、木犀とかの芳香性を有する樹があるとすれば、それらの香気の影響をどの程度に受けているか、などをも正確に知ることができる。実際、こうした樹の香りは茶の品質を変え、思いがけない効果をおよぼし、それ自身ではいささか物足りない茶の風味に、かすかな新鮮な花の香りを付加するはたらきがあるのである。さて、そうした熟練した商人たちと同様に、デ・ゼッサントもまた、ごく少量の匂いを嗅いだだけで、その香水の調合の割合を語り、その混合の心理学を説明することができたばかりか、その香水にあらわれている流儀の個人的な特徴によっては、この調合法を発明した芸術家の名前まで言い当てることができたのであった。

香料商の用いるあらゆる原料のコレクションを、彼が所有していたのも当然である。正真正銘の「メッカの樹脂」(166)さえ、彼は所持していた。この樹脂は、中央アラビアの一地方にしか産出しない、じつに珍らしいもので、その専売権は回教国王に属しているのである。

いま、彼は化粧室のテーブルの前に坐って、新らしい芳香を編み出すべく想を練っていた。何箇月も仕事から離れていた作家が、ふたたび新たな作品に取りかかろうと意を決した時によく襲われる、あの躊躇逡巡の気持に、彼もとらわれていた。

仕事が調子にのるまで何枚もの原稿用紙を真黒にしなければおさまらなかったバルザックのように、デ・ゼッサントも、まず手馴らしに幾つかの簡単な作品をつくってみなければ気が済まなかった。ヘリオトロープを作ってみるつもりで、彼は巴旦杏とヴァニラの小壜を持ちあげて重さをはかり、それから考えを変えて、スイートピーを手がけようと思い立った。

搾り出しも操作も、彼はすっかり忘れていた。暗中模索しながら彼は試みた。要するに、この花の芳香にはオレンジの匂いが一きわ目立っている。何度も配合を試みた末、ついに彼はオレンジにオランダ水仙と薔薇を混ぜ、これにヴァニラの一滴を加えて、正確な調子を出すことに成功した。

心もとなさは消え、いささか熱意も湧き、仕事にかかる準備ができた。もう一度、アカシアと鳶尾《いちはつ》を混ぜて茶を合成してから、彼はいよいよ自信を得て、未開の天地に歩を進めることにきめた。雷電のような匂いの豪快な大音響をぶちかましてやれば、まだ部屋のなかに忍びこんでひそひそ話をつづけているあの狡猾な赤素馨など、ひとたまりもなく叩きのめされてしまうにちがいない。

彼は龍涎香と、激烈な効果の東京《トンキン》麝香と、植物性香料のうちで最も刺戟的な印度薄荷《パチューリ》とを使用した。印度薄荷の花は自然のままの状態では、黴《かび》臭さと錆臭さとを発する。ともあれ、十八世紀風の様式が彼の頭に取り憑いて、どうしても離れなかった。箍骨《わぼね》で張り拡げたスカートや襞飾りが、彼の目の前をくるくる廻った。ぽってりと肉づきよく、桃色の綿でふくらんだようなブウシェ[167]の「ウェヌス」の幻影が、壁の上にちらちらした。テミドオルと、火色の絶望のなかで反り返った繊細なロゼットとの恋物語[168]の思い出が、彼につきまとって苦しめた。かっとなって、彼は立ちあがると、こうした幻影から解放されるために、あの甘松香《かんしょうこう》の純粋なエッセンスを、鼻を鳴らして力いっぱい吸いこんだ。甘松香は、鹿子草に似た臭いがあまりに強いために、東洋人には珍重されているが、ヨーロッパ人にはひどく嫌がられている香料である。その強力なショックに遭って、彼は頭がふらふらするのをおぼえた。金槌で叩かれて粉砕したように、繊細な匂いの浮出し模様は四散した。この機を逸せず、彼は過去の世紀や時代おくれの幻影から脱れ、かつてのように、より広くより新しい作品のなかに入って行ったのである。

以前の彼は、香水の詩にやさしく揺すぶられることを好んでいた。詩人のそれと相似た効果を用い、『取返し得ぬもの』とか『露台』とかのような、ボオドレエルのある種の詩の素晴らしい配列をいわば利用していた。それらの詩では、節を構成する五行の詩句の最後の一行が、最初の一行の反響のような形になっていて、まるで一つのリフレインのように、読む者の魂を無限の憂愁と悩ましさのなかに沈めようとするのである。

こんな匂いの詩節が喚び起す夢想のなかを、かつて彼はさまよっていた。すると、芳香のする詩の管絃楽曲編成のなかに、巧みに按排された間隔を置いて再三あらわれる最初の主題の反覆が、突然、彼をおのれの出発点に、おのれの瞑想のモチーフに、連れもどすのであった。

しかし現在の彼は、ふしぎな変化にみちた風景のなかを、それからそれへと彷徨してみたいと考えていた。そこで、まず手はじめに、広大な田園風景を一挙に現前せしめるような、響きのよい、豊かな詩句をつくってみることにした。

彼は噴霧器をもって自分の部屋に、アンブロオジア、ミッチャム・ラヴェンダア、スイートピー、葡萄酒香などから成るエッセンスを撒布した。これは芸術家の手によって蒸溜されると、「花咲ける牧場のエキス」という、まさにその名の通りの効力を発揮するエッセンスである。この人工の牧場に、さらに彼はオランダ水仙、オレンジ、巴旦杏などの正確な混合液を加えた。と、たちまち人工のリラの花が咲き出で、菩提樹の葉が風にそよぎ、ロンドンの科木《しなのき》のエキスをもって模した、その仄かな青色の発散気が地上を這うのであった。

眼を閉じれば際涯もなく広がる、この粗造りの舞台装置に、彼はスカートの匂いや脂粉を塗った女の匂いのする、人間くさいエッセンス、というよりはむしろ猫族の臭いのするエッセンスを、したき草、南米蘭草《ふじばかま》、オポパナクス、オクラ、黄木蘭《シャンパック》、翡翠蘭などの香料とともに、少々ばかり雨にして降らせてみた。そしてその上に、山梅花《ばいかうつぎ》の少量を注いで、エッセンスが放つ人工的な化粧の雰囲気に、汗くさい笑いの匂い、陽光を浴びて駈けまわる野遊びの匂いを付け加えた。

やがて、彼は送風器によって、これらの匂いの波をことごとく消し去り、ただ野原だけを後に残した。そして、この野原が様相を一新して、あたかも詩節のなかの反復句のごとく、何度も何度も立ちあらわれるように、エッセンスの量をうまく調節した。

女人の俤も次第に消えて行き、野原には人気がなくなった。すると、妖しい地平線上に、多くの工場がずらりと立ち並び、そのお化けのように巨大な煙突の頂きでは、ポンスの杯のように火が燃え出すのであった。

工場の煙、化学生成物の煙が、団扇で起した微風のなかを漂いはじめた。それでもこの腐った空気のなかに、一抹の甘美な自然の匂いは消えずに残っていた。

ここで、デ・ゼッサントは安息香の一粒をつまみ上げ、指のあいだで暖めた。と、部屋中に奇妙奇天烈な臭いが立ち罩めるのであった。それは黄水仙の心地よい匂い、グッタペルカの不潔な臭気、また石炭油にも似た、胸のわるくなるような、しかも快美な匂いであった。やがて彼が手を消毒し、安息香の粒を密閉した箱のなかに入れると、工場の幻影も一緒に消滅した。そこで、ふたたび姿をあらわした菩提樹と牧場の幻影に、今度は刈りたての乾草の香気数滴を放つと、暫時リラの花の散り果てたこの魔法の野原の中央に、干し草の束が積み重ねられ、新らしい季節が訪れ、夏めいた雰囲気のなかに芳ばしい葉の匂いが満ちあふれるのであった。

最後に、こんな眺めにも飽きてしまうと、彼はいきなり外国産の香水を撒きちらし、噴霧器をすっかり空っぽにして、一心不乱に、ありったけの芳香剤を部屋にぶちまけた。すると、人工的な微風のなかに逆上したアルコオル溶液が満ちわたり、呼吸をするのも困難なほど、室内のむっとするような激しい熱気の渦中に、一種狂的な純化された自然が出現した。それは本物の自然ではないけれども、ジャスミンや山査子《さんざし》や馬鞭草《くまつづら》などのフランス風な匂いに、熱帯地方の唐辛子と、支那の白檀《びゃくだん》やジャマイカのヘディオスミアのひりひりするような香気とを加えた、魅力的な、逆説的な一つの自然であった。季節や気候に係わりなく、さまざまな種類の樹木や、千差万別の色と香りを有する花が咲き、この入り乱れぶつかり合う色と香りとによって、ある名状しがたき、漠然とした、意想外な、異様な香気がそこに醸し出された。そしてその香気のなかに、あたかも執拗な反覆句のごとく、あの最初の装飾的な楽想、リラと菩提樹の葉のそよぐ広々とした牧場の匂いが、ふたたび立ちあらわれるのであった。

突然、鋭い痛みが彼を突き刺した。まるで顳顬《こめかみ》に錐をもみ込まれるような痛みであった。彼は目をあけて、化粧室のまんなかの、テーブルの前に坐っている自分を見出した。目まいがしそうになって、苦しそうに窓のところへ行き、窓をあけた。風がさっと吹きこんできて、室内の息づまるような空気を追い散らした。足の運動をするために、彼はそのまま室内を行ったり来たり、天井を見上げながら縦横に歩きまわった。天井には、塩をふいたように白茶けた蟹と藻類の装飾が、海岸の砂のように金色をした、ざらざらした地に浮彫りになって象《かたど》られていた。

同じような装飾は、壁を縁取る幅木《はばき》にもついていた。壁に張られた日本製の縮緬《ちりめん》は、風に吹かれてさざ波を立てた小川の面のように、やや皺立った水色を呈し、その水色の流れのなかに、一片の薔薇の葩《はなびら》や、そのまわりに群れて泳ぐ小さな魚が、二条の墨の線で描かれていた。けれども、彼の目瞼は相変らず重苦しかった。彼は、洗礼台と浴槽とのあいだの狭い空間を歩きまわることをやめ、窓の手すりに凭れかかった。もう目まいはしなくなった。たくさんの小さな香水壜に注意ぶかく蓋をしめ、この機会に、散らかった化粧品を整理しておこうと思った。フォントネエに来てから、彼は一度も化粧品に手をふれたことがないのだった。いま、かつて多くの女の手がふれた、これらの化粧品の蒐集を前にして、彼はある種の感慨に打たれないわけには行かなかった。無数の壜や壺が、ごたごたと積み重なっていた。たとえば、手前にある青磁の壺には、練香膏《シュヌウダ》が入っていたが、このふしぎな白いクリームは、頰にのばすと空気に感応して、ほんのりした薔薇色になり、まさに血色のよい肌と寸分たがわぬみずみずしさに映えて見えるのであった。また、その向うにある真珠母を象眼した漆器には、日本の金砂子《きんすなご》と、斑猫の翅の色をしたアテナイの緑色顔料がはいっていたが、これらの金や緑は水に濡らすと、深紅色に一変するのであった。そのほか、榛《はしばみ》の実の捏粉や、トルコ後宮の天女香《セルキス》や、カシミイル百合の乳剤や、オランダ苺水の洗浄剤や、接骨木《にわとこ》の顔料などの入った壺があり、支那墨の溶液や、眼薬になる薔薇精水のはいった小さな瓶もあった。またそのそばには、歯茎をみがくための苜蓿《うまごやし》のブラシのほかに、象牙や螺鈿や鋼鉄や銀で出来たいろいろな器具、すなわち、ピンセットや、鋏や、垢すり器や、擦筆《さっぴつ》や、入毛や、パフや、背中掻きや、付け黒子《ほくろ》や、鑢《やすり》などが散らばっていた。

彼はこれらの化粧道具をもてあそんでいた。それは、かつて或る情婦にねだられて買ってやった品々だった。この情婦は、ある種の香料と芳香剤の中毒によって頭がふらふらになり、健康を侵され、ひどく神経質になって、乳首を香水に浸すことを悦ぶようになった。けれども彼女が圧倒的な快美感を感じるのは、櫛で頭を掻いてもらう時か、さもなければ愛撫の最中に、雨の日の煤の臭い、造りかけの家の漆喰の臭いを嗅ぐ時、あるいは夏の夕立の雨滴に打たれた埃の臭いを嗅ぐ時に限られていた。

こんな想い出を反芻していると、かつてこの女を伴なって、物珍らしさと暇つぶしのために、この女の妹の家のあるパンタン(169)の町へ行った日の午後のことが思い出されてくるのであった。昔の想い出と古い香水の匂いが、彼の内部に忘れられた一つの世界を揺り動かしたかのごとくであった。あのとき、二人の女がぺちゃくちゃお喋りしたり、着物を見せ合ったりしているあいだ、彼は窓に近づき、埃のたまったガラス戸越しに、目の下にひろがる泥だらけの通りを眺め、鋪石のあいだの水溜りを渉って行く木底靴の、こつこつという規則的な響きを聞いていた。

すでに遠く去っていたこんな情景が、異様な鮮やかさをもって、突然、彼の眼前に浮かんだのである。パンタンの町は、つい鼻の先の、彼の目が無意識にのぞき込んでいた、あの月光色の枠に縁どられた姿見の、緑色に澱んだ鏡の水のなかに、真に迫って、まざまざと現前していた。幻覚は彼をフォントネエからはるか遠くの町に運んでいた。鏡はパンタンの通りとともに、かつて彼がその通りを眺めて感じたさまざまな印象をも、同時に映し出していた。夢想に浸りながら、彼は、以前パリに帰ってから節をつけて歌ったことのある、哀調をおびた、しみじみとした、気のきいた、自分でつくった唄の文句のような言葉を繰り返していた。

――そら、長雨の季節がやってきた。樋の口が水を吐き出し、歩道にしぶきが歌うたう。水溜りには藁屑が漬かり、鋪石のくぼんだ鉢のなかには、牛乳入りコーヒーが一杯になる。道を通る貧しいひとのため、いたるところで、足濯ぎの盥が活躍する。

垂れこめた空の下、蒸暑い空気の中で、家々の壁は黒い汗をかき、換気窓はむっとした臭いを放つようになる。生活の堪えがたさが一しお身にしみ、憂鬱が重くのしかかる。めいめいが心の中に持っている汚ないものの種子が、いっせいに芽を吹き出す。ふだんは謹厳なひとも、下卑た泥酔の欲望に駆り立てられる。思慮ぶかいひとの頭の中にも、徒刑囚の欲望が目ざめようとする。

だがそれなのに、おれはといえば、大きな煖炉の前で温まっているのだ。テーブルの上に咲いた花籠からは、安息香、ゼラニウム、菟絲子《ねなしかつら》の匂いが立ちのぼり、部屋いっぱいに満ち満ちている。十一月のさなかというのに、パンタンのパリ街ではまだ春が続いている。だからおれは心中ひそかに嗤うのだ、近づく寒さを避けるため、あわてふためいてアンティーブやらカンヌやらに逃げ出す臆病な連中を。

きびしい自然も、こうした別世界には何ら関係がないのだ。言っておかねばならないが、パンタンの町がこんな人工的な季節を迎えることができるのは、ひとえに工業のおかげなのである。

実際、この町の花々は、真鍮の針金に支えられた造花なのである。春の香りは付近の工場、ピノオとかサン・ジャムとかいった香水工場から吐き出され、窓の隙間から家々に忍びこむのである。

作業場のきびしい労働に疲れた職人、貧しい子沢山の勤め人は、こんな香水商人のおかげで、ちょっぴり清浄な空気を呼吸する幻想をいだくことが可能になる。

そうしてみると、あの転地療法という幻想的な瞞着手段から、ある気のきいた治療法が生まれてもいいはずだ。つまり、道楽者の肺病患者は南部《ミディ》あたりに転地させられると、今までの習慣の激変と、以前のパリの放蕩生活の郷愁とにすっかり気力を喪失して、その挙句に死んでしまうのである。もしもパンタンで、ストーブに守られた人工的な気候のなかに暮らしていたら、工場から発する悩ましい女性的な匂いとともに、道楽の思い出がほのぼのと甦ってくるにちがいない。医者は病人のためを思うなら、田舎暮らしの死ぬほどの退屈の代りに、巧妙な手段を用いて、パリの閨房の雰囲気、娘たちの雰囲気を精神的《プラトニック》に作り出してやればよいのだ。治療が成功するためには、多くの場合、患者が多少なりとも想像力に富んでいさえすればよいのだから。

……………………

要するに、今の時勢では、健康の実体というものはすでに存在せず、ひとが飲む酒も、ひとが宣言する自由も、混ぜ物をしたインチキにすぎないのだ。一口に指導階級を尊敬すべきであるとか、奴隷階級を解放すべきであるとか、あるいはこれに同情を寄せるべきであるとか言っても、そのようなことを頭から信じるためには、人間はよほど特殊な善意というものを持っていなければならないだろう。だから、とデ・ゼッサントは結論するのであった、——だから、日々の生活でくだらない目的のために空しく消費している空想の量とひとしいだけの空想力を振るい起して、まあ一つ、パンタンの町をニイスであるかのごとく、マントンであるかのごとく頭のなかで想像してごらんなさい、とおれが隣人に向かって勧めてみたところで、かくべつ不合理とも非常識とも難じられる筋合いはなかろうではないか。

……………………

それにしても、おれをくたくたに困憊させるこの甘美な、不愉快な頭の運動をほどほどにしなければ、とても身が持たないぞ、と彼は、全身の肉体的疲労に堪えかねて、ようやく考えごとから脱け出すと、ほっと溜息をついた。——さあ、お道楽が過ぎないうちに、用心用心。そうして彼は、あの香料の強迫観念からたやすく逃れられることを期待して、書斎へと避難したのである。

書斎にくると、彼は窓をいっぱいにあけ、しみじみした気分で空気に身をさらした。が、急に、ジャスミンやアカシヤや薔薇精水の匂いの混じった、ベルガモット油のかすかな匂いが風に乗って漂ってきたように思われた。中世の悪魔祓いでもしなければ、この匂いに憑かれた状態からは絶対に解放されないのではあるまいか、と彼は考えつつ、大きく喘ぎはじめた。匂いはなかなか消えず、さまざまに変化した。やがて、数滴の龍涎香と麝香に色づけされた、トルー樹脂剤やペルー芳香剤やサフランのぼんやりした匂いが、丘の下に横たわった村の方から、立ちのぼってきた。と思うまに、様相が一変し、あたりに散らばった匂いの断片が一つに結びついて、ふたたび赤素馨の匂いがフォントネエの谷から堡塁まで、むっと満ちわたった。かつて彼の嗅覚に一きわ敏感に触れ、面倒な分析を惹き起す端緒となった、あの赤素馨の匂いである。それは彼の酷使された鼻孔をくすぐり、疲れ切った神経をふたたび揺すぶって、甚だしい虚脱の状態に彼をおとし入れたので、彼はほとんど失神せんばかりになって、窓の凭れの横木に手をかけたまま、ふらふらと倒れかかった。

第十一章

肝をつぶした召使夫婦が、急いでフォントネエの医者を迎えに行ったが、デ・ゼッサントの容態は医者には皆目見当がつかなかった。医者はあいまいに幾つかの医学用語を並べたて、病人の脈搏と舌をしらべ、病人に症状を語らせようと無駄な努力をし、鎮静剤と休息をとることを命じて、また明日来ると約束した。が、デ・ゼッサントは、もう来なくてもいいと言うような身ぶりをして、召使の出すぎた好意を踏みにじり、この藪医者を帰らせてしまった。医者は邸を辞して出て行くと、この家の風変りな趣好について、村中に触れてまわった。一歩家に入ったときから、医者は風変りな室内装飾にびっくり仰天し、その場に立ちすくんでしまったものであった。

ところが、主人の容態が数日で回復してしまったので、奉公人部屋に閉じこもってびくびくしていた召使夫婦は、狐につままれたような気になった。彼らがこっそり覗いてみると、主人は窓ガラスを指でこつこつ叩きながら、不安な面持で空を眺めていたのである。

ある日の午後、奉公人部屋で呼鈴が断続的に鳴った。召使が行ってみると、デ・ゼッサントは、これから長い旅行に出かけるからトランクの用意をしてくれ、と彼らに命じるのであった。

老夫婦が主人の指示にしたがって、必要な携行品を選んでいるあいだ、デ・ゼッサントはそわそわと船室風な食堂を歩きまわりながら、汽船の時間を確かめたり、書斎へ飛んで行って、いら立たしさと満足との混り合った表情で、空模様をしらべたりしていた。

すでに一週間も前から、天気は崩れかけていた。空の灰色の平原や、地肌からむき出しになった岩のような雲の塊りを横切って、真黒な煤の河が長くたなびいていた。ときどき雲間を破って驟雨が降り、奔流となって谷に注いだ。

しかし今日、空模様は今までと変っていた。黒い墨の河が蒸発し乾あがって、ごつごつした雲が消えていた。空は塩水のような膜におおわれて、一面に平坦になっていた。やがて少しずつ、この膜が下へ降りてくるかに見えると、水気の多い濃霧が野原に垂れこめた。雨はもう前夜のような、滝のような土砂降りではなく、細かい浸み通るような糠雨となって、ひっきりなしに降り、並木道を溶かし、道路を洗い、空と地面とを無数の糸で繋ぐのだった。大気は曇り、鉛色の光がほのかに村を明るませた。いま、村全体は、雨の針でぽつぽつ孔をあけられた一つの大きな泥海と化していた。雨は水銀の滴で泥だらけの水溜りの面を刺すのであった。この荒涼たる自然のなかでは、すべての色が褪せ、ただ家々の屋根だけが、薄い色調の壁の上で光っているばかりであった。

主人の要求する各種の衣類やら、かつてロンドンで誂えた三つ揃いの背広やらを椅子の上に並べながら、年とった召使は、溜息まじりに「ひどいお天気でございますな！」と言った。

返事の代りにデ・ゼッサントは揉手をして、それから、一組の絹の靴下が扇形に並べてあるガラス張りの戸棚の前に行った。彼はそこに立って、どの色にしようかと迷ったが、つらつら思うに、天候もぱっとしないし、自分の着ている服も陰気くさい単色だし、旅行の目的地も派手好みな都会ではなかったので、朽葉色の絹の一足を選んで、手ばやくはいた。次いで、足首の部分が裁ち切りになっている留金つきの編上靴をはき、焼石色の碁盤縞に貂の毛皮色の斑点のある鼠色の背広を着て、小さな山高帽をかぶり、青味がかった亜麻色のインバネスを羽織った。それからトランクや、折畳み式スーツ・ケースや、旅行用雑嚢や、厚紙箱や、雨傘とステッキを収めた旅行袋など、重い荷物を持たされて背中を屈めた召使を伴なって、彼は停車場へ行った。停車場に着くと、彼は召使に向かって、いつ帰ってくるかは分らない、もしかしたら一年になるかもしれないし、一月になるかもしれないし、一週間になるかもしれないし、あるいはもっと早く帰るかもしれない。しかし、邸の中の家具の場所変えなどは絶対にしないように、と、きびしく申しつけ、不在中の夫婦の生活費として必要な凡その金額を渡してやった。そして、途方に暮れた老人を尻目に、さっさと客車に乗り込んでしまった。汽車が動き出してからも、老人は駅の柵の向う側で、ぽかんと口をあけ、だらんと腕を垂らしたまま、啞然たる様子で立ちつくしていた。

車室《コンパートメント》の中はただひとりであった。水の濁った水族館のなかを眺めたかのごとき、朦朧とした汚ない田舎の風景が、雨を衝いて走る列車のうしろに全速力で逃げて行った。瞑想のうちに沈んで、デ・ゼッサントは眼を閉じた。

かつてあれほど熱心に希求して、ついに我がものとしたあの孤独が、またしても、おそろしい苦痛に達したのであった。以前には、何年来耳にしてきた愚劣なお喋りの補償のように思われたあの沈黙が、今や、堪えがたい重荷に感じられたのだった。ある朝、彼は独房に監禁された囚人のように不安な気持で、眼をさました。いらいらした唇は音声を発しようとして震え、涙が目に湧き、何時間も続けて泣いた人のように、彼は胸がつまった。

歩きたい、人間の顔が見たい、他人と話をしたい、一般の生活を共にしたい……こんな熱望に駆られて、彼はとうとう口実を設けて召使を呼び、自分の部屋に彼らを引きとめようとしたほどであった。けれども、彼らと話をすることはできなかった。何年来沈黙の習慣と病人相手の生活に馴れてきた老夫婦は、ほとんど唖のように話ができなかったばかりでなく、デ・ゼッサントがいつも彼らとのあいだに保ってきた隔《へだ》てがましさは、容易に彼らをして口を開かしめぬような気分をつくりあげていた。その上、彼らは頭が鈍くて、どんな質問をされても、素気ない短かい言葉で答える以外に返事の仕方を知らなかった。

そんな次第で、彼らと接している限りでは、どんな良策もどんな慰さめも得るわけには行かなかった。しかし、ここに新らしい事態が発生した。神経を慰撫するためにディケンズの本を読んでいると、最初のうちは、彼が期待した衛生学的効果とは逆な効果しか生じなかったのであるが、やがて徐々に、ある思いがけない方向に効果が及びはじめたのである。何時間もイギリス人の生活について思いめぐらしていると、空想は次第に形を整え、その架空凝視のうちに、少しずつ、明確な現実をつかみたい、旅行に行ってみたい、夢を確かめてみたい、という念願がしのび込みはじめたのである。そしてこうした念願の上には、幻影を相手にしてくたくたに疲れる無益な精神の放蕩に耽るよりも、さらに新らしい現実の感動を味わってみたい、という欲望が接木《つぎき》されていた。

不愉快な近頃の霧と雨の天候が、こんな念願を一層助長して、読書の印象を強め、濃霧と泥濘の国のイメージを彼の眼底にたえずちらつかせた。そして、彼の念願が出発点から逸脱し、源流から遠ざかることを防ぐのであった。

かくて、彼はついにみずから制する能わず、ある日のこと、急に決心を固めた。決心を固めるや、早くも彼は、すでに現在の時間を逃れて、街の雑踏、群衆のざわめき、駅頭の喧騒の渦中に捲きこまれたかのような気持にさえなるのであった。

列車がワルツの速度を遅くして、転車台のせわしい音響とともに、最後のターンをリズミカルに踊りながら、パリの南ロソオ駅のプラットフォームの円い屋根の下に停車すると、彼は、「一休みして行こう」と心中に思った。

アンフェル街の通りに出ると、彼は自分が重いトランクと旅行用膝掛に手を焼いていることに浮き浮きした気分を味わいながら、馬車を呼びとめた。チップをはずむ約束で交渉がまとまると、彼は淡褐色のズボンと赤いチョッキを着た馭者に、「急いでやってくれ」と言った。「リヴォリ街のガリニャンズ・メッセンジャー書房の前で止めてもらおう。」――彼は出発に先立って、ベデッカア社かマレイ社の、ロンドンの町の旅行案内を買っておこうと考えたのである。

馬車は車輪のまわりに泥を回転させて、重々しく揺れながら走った。まるで沼地を渡って行くようだった。家々の屋根に支えられているかのような灰色の空の下で、壁はどこもかしこも濡れそぼち、樋はあふれ、鋪道は香料入りパンのような泥を塗りたくられ、通行人は泥のなかで足を滑らせていた。群衆が押し合いへし合いしながら歩道に足をとめると、乗合馬車がきて彼らをかっ浚って行った。女たちは膝まで裾をからげ、雨傘の下に身をかがめながら、泥の跳ねを避けるために家々の軒にぴったり身を寄せていた。

雨は馬車の扉から斜めに吹きこんできた。雨滴が筋を引いているガラス戸を、デ・ゼッサントは引きあげねばならなかった。すると泥水の滴が馬車の四方八方に、まるで花火のようにきらきら煌めいた。馬車の屋根やトランクの上に降りしきる雨が、頭上でぱらぱら単調な音を立てているのを聞くともなしに聞きながら、デ・ゼッサントは、ああ、今おれは旅行をしているんだな、としみじみ思った。すでに悪天候のパリで、彼は英国旅行の気分を存分に味わっていたのである。熱い鋳物と煤の臭いのするロンドン、霧の中にたえず煙を吐き出す、雨の多い巨大なロンドンの町のイメージが、今、彼の眼前に展開されるのだった。次いで、立ち並ぶ船渠《ドック》の光景が見渡す限り広がった。そこでは起重機や、捲揚機や、雑嚢などがごたごたと積み重なり、帆桁に跨がった人間がマストの上にひしめいていた。さらに河岸の岸壁には、無数の男がお尻を突き出して大樽に両手をかけ、これを地下室に押しこもうとしていた。

すべてこれらの光景は、想像裡のテームズ河のどす黒い薄汚れた水に洗われた、巨大な河岸の倉庫付近や、大空の蒼白い雲を引き裂くかと思われる、マストや大梁の林立する中で活潑に展開されるのであった。一方、船は水天彷彿たる境を全速力で進み、艀は金切り声をあげ、煙突からもくもく煙を吐き出しながら、汚物溜めのような穢ない運河を航行する。また、永遠の薄暗がりのなかに、途方もなく大きなけばけばしい広告看板が輝やき渡る大通りや街路には、まっすぐ前を向き、肘を身体にぴったりつけて、忙しげに黙々と歩む人々の列のあいだを縫って、車馬の波がどっと流れて行く。……

このすさまじい商人の世界、この孤絶的な霧、この途絶えざる活動のなかに自分が捲きこまれていると思うと、デ・ゼッサントは身の震えるような快感をおぼえた。この無慈悲な都会の歯車装置に嚙み砕かれる何万という落伍者の慰めのために、博愛家は聖書の唱句を唱えたり、讃美歌を歌ったりすることを勧めているのである。

やがて、馬車が大きく揺れて、座席の上の彼を跳ね上らせると、ロンドンの町のイメージは急に消えた。彼は扉から外を眺めた。すでに夜であった。濃霧のなかに、ガス燈が黄色っぽい暈《かさ》をかぶって明滅していた。燈火のリボンが沼のなかを漂い、汚ない流動的な焰のなかを跳んで行く馬車の車輪のまわりにからみつくように思われた。今走っているのはどの辺だろうと思って、目を凝らして見ると、カルウセル広場が目にとまった。すると突然、何の動機もないのに、彼の思念は過去のつまらない、ある一寸した出来事の想い出にまで逆戻りした。おそらく馬車に揺すぶられて、座席の上に跳ね上ったときの単なる衝撃が、こんな想い出を喚び起したのであろう。彼は、召使がトランクの準備をしていたとき、洗面用具入れのこまごました道具のあいだに歯ブラシを入れ忘れたことを思い出したのである。そこで、鞄につめこまれた品物の目録に目を通してみた。どれもこれもスーツ・ケースのなかに収まっていた。しかし、この歯ブラシを忘れた口惜しさは、馬車がとまって記憶と悔恨の糸がついに断ち切れるまで、ずっと彼の心につきまとって離れなかった。

リヴォリ街に来て、彼はガリニャンズ・メッセンジャー書店の前に降り立った。磨ガラスのドアには、いっぱい文字が書いてあり、新聞の切抜きや、電報の青い受信紙を貼りつけた台紙が飾ってあって、一歩ドアを入ると、二つの大きなガラスのショオ・ケースがあり、そのなかにアルバムや書籍などがたくさん並べてあった。表紙いっぱいにべったり金と銀の花模様を浮き出させた、縹《はなだ》色や、青甘藍色の厚紙装幀の本、さては、表紙や背に押し型器で黒い輪廓線を打ち抜いた、淡褐色や浅葱色や鵞糞色や明赤色の布装幀の本に、彼はいたく心を惹かれて、近づいて見た。それらの本はすべて、パリ風とは似ても似つかぬ外観、商業主義的な色彩をおびていて、フランスの安っぽい仮綴本の装幀と比べればはるかにどぎついが、さりとて決して野卑ではなかった。開かれたアルバムのページには、あちこちにデュ・モオリア[170]やジョン・リーチ[171]の滑稽な漫画が載っていたり、着色石版刷りの平野を横切って進軍するコオルデコット[172]筆の、気違いじみた騎馬行列の挿絵があったりした。そして、こんな酸っぱいような辛辣な色調に寛大な満足した俗悪さを混えて、いくつかのフランスの小説本もすがたを見せていた。

彼はようやく、それらの本を眺めることをやめて、扉を排し、人でいっぱいな広い図書陳列室に入って行った。そこでは、椅子に坐った外国人たちが地図をひろげていたり、珍糞漢な未知の言葉で、備註を読んだりしていた。事務員が彼に、旅行案内の類を一揃いそっくり持ってきてくれた。そこで彼も椅子にかけ、指のあいだで折れ曲がるしなやかな装幀の本をめくりはじめた。めくって行くうちに、ロンドンの美術館のことを書いたベデッカア旅行案内書の一ページが、目にとまった。案内書の簡明的確な報告に、彼は興味をもった。しかし彼の注意は、古い英国の絵画から逸れて、新らしい絵画に向かった。この方がもっと彼の興味を惹くのだった。彼は国際展覧会で見たことのある、いくつかの見本を思い出し、ロンドンへ行けばもう一度見られるかもしれないぞ、と考えた。そのとき彼の思い出に浮かんだのは、ミレー[173]の絵、月のように銀緑色をした「聖アグネスの宵」、雌黄《しおう》と藍の混り合った奇妙な色調のワッツ[174]の絵、また、病的なギュスターヴ・モロオ風のタッチで素描され、貧血のミケランジェロ風に絵具を塗られ、青のなかに溺れたラファエルロ風に仕上げられた絵、などであった。その他の油絵のなかでは、「カインの告発」、「イダ」、数点の「エバ」などが記憶に浮かんだ。これらの絵では、前記の三人の巨匠の異様な神秘的な混合《アマルガム》のなかに、兇暴な色の妄執に悩まされた、あの衒学的で冥想的なイギリス人の、あまりにも純化された、自然のままの個性がにじみ出ていた。

　こんな油絵の数々が、彼の記憶のなかに群がって襲いかかるのだった。テーブルの前で時の経つのも忘れている客に驚いた事務員が、どの旅行案内にお決まりになりましたか、と彼に訊いた。デ・ゼッサントは吃りながら言訳をし、ベデッカアの一冊を買い求めて、本屋を出た。湿気のために、彼の身体はすっかり冷たくなった。風は横なぐりに吹きつけ、雨の鞭でアーケードを打っていた。「あそこへ行ってくれ」とデ・ゼッサントは、ある柱廊《ギャラリー》を馭者に指でさし示してやりながら言った。それはリヴォリ街とカスティリオーネ街の交叉する角に当る一軒の店で、内部から照らされた白っぽい窓の明りによって、この不快な濃霧、この病的な天候のみじめったらしさの中に、ぽつんと灯った巨大な常夜燈を思わせていた。

この店が酒場「ボデエガ」であった。デ・ゼッサントは大広間のなかにふらふらと迷いこんだ。広間は廊下のように長く伸びていて、鋳物の柱で支えられ、台の上に高く積み重ねた樽によって、壁の各側をびっしり固めていた。

これらの大樽には、鉄の箍《たが》がはめられ、丸くふくれた胴部には、パイプ架を模した木の銃眼が造りつけてあって、そこにチューリップ型をしたグラスが脚を宙ぶらりんにしてぶら下がっていた。またその下腹部には小さな孔があいていて、炻器《せっき》の活栓がはまっていた。そして、王家の紋章で飾られたこの大樽は、色刷りの貼札に産地名、容量、一個売りの値段、瓶売りの値段、あるいはグラス一杯の利き酒値段などを記載しているのであった。

この酒樽の行列のあいだに、ひとが自由に通れる通路があって、天井では、鉄灰色に塗られた悪趣味な釣燭台の燈口から、ガスの焔がぼうぼう音をたてて燃えていた。並んだテーブルの上には、パルマー・ビスケットと塩気のきいた乾菓子の籠、それにミンス・パイや、かさかさになったパンの下にぴりっとした芥子泥を隠したサンドイッチなどの、山積みされた皿があった。テーブルは椅子の列のあいだにずらりと並んで、その穴倉の奥まで続き、穴倉の壁にはさらに新らしい大樽が積まれていた。そして大樽の上には、樫材の胴部に商標の焼印を押した小さな樽が横倒しになって載っていた。

強い酒にしびれたようなこの部屋に一歩踏みこむと、たちまちアルコオルの匂いがデ・ゼッサントを捉えた。あたりを眺めると、つい目の前に、大きな酒樽が並んでいて、ポオトワインのあらゆる系列が揃っていた。すなわち、「オールド・ポオト」「妙なる風味」「純良酒コックバーン」「すばらしい古レジナ酒」などといった謳い文句によって区別される、マホガニー色または雞頭色をした渋味のある酒、あるいは果物の味のする酒の類である。その向うには、鉄分をふくんだスペインの酒を容れた巨大な樽が、ものすごい太鼓腹を突っ張らせて、ぎっしり並んでいた。すなわち、焼けたトパーズ色または生《なま》のトパーズ色をしたシェリイ酒、およびその系統の酒、サン・ルカアル酒、パストオ酒、辛口の白葡萄酒、オロロソ酒、甘口あるいは辛口のアモンティラ酒などである。

酒場はいっぱいだった。テーブルの隅に肘をついて、デ・ゼッサントは、イギリス人のバアテンに註文したポオトワインのグラスがくるのを待っていた。イギリス人は、卵形の瓶のなかに入ったソーダ水の栓をぽんぽん抜いていた。その耳に響く音は、ある種の薬品の味を消すために薬剤師が用いるゼラチンやグルテンのカプセルの割れる音を思わせた。

彼のまわりには、イギリス人たちが群がっていた。ソフト帽、紐で結んだ靴、胸に小さなボタンを散りばめた恐ろしく長いフロックコート、きれいに剃った顎、丸い眼鏡、油でぺったり押さえつけた髪の毛、そして頭から足の先まで黒ずくめの服を着た、生気のない牧師のような風体をした男。また卒中性の頸と、トマトのような耳と、葡萄酒色の頰と、充血した白痴のような眼と、ある種の大型の猿のそれに似た顎髯を首のまわりに生やした、臓物商のような赧ら顔をした男、ブルドッグのような面《つら》をした男。酒場の奥の方では、麻屑のような髪と、朝鮮薊の花托のような白い髯のある顎をした、背のひょろ長いのらくら者が、虫眼鏡越しに英字新聞の微細なロオマ字を判読していた。正面では、日に焼けた肌と球根状の鼻をした、ずんぐりむっくりしたアメリカ人の船長とおぼしき人物が、髭だらけの口に葉巻を突き立て、壁にかかった額を眺めながら居眠りしていた。額にはシャンパン酒の広告や、ペリエ、レーデラア、ハイドジーク、マンなどといった酒造会社の商標や、頭巾をかぶった修道士の肖像などが納まっており、肖像のそばにはゴチック字体で「ランスのペリニョン師[175]」と名前が記してあった。

　こんな連中に取り巻かれていると、デ・ゼッサントはある無気力な気分に包まれてくるのだった。仲間同士でしきりにべちゃくちゃやっているイギリス人のお喋りに酔ったような気分になって、彼は、グラスに満ちた紫紅色のポオトワインを前にしたまま、夢みるような心地で、ディケンズの作中人物をあれこれ思い出しては、ポオトワインを飲むのが大好きだった彼らを、空想裡にこの酒場の中に移してみるのだった。すると、白髪に燃えるような赤い顔をしたウィックフィールド氏もちゃんとあそこにいれば、ブリーク・ハウスから葬式を知らされた、狡猾な粘液質の顔と執念ぶかい目をしたターキングホーン氏も、ちゃんとあそこにいるのであった。すべての人物が彼の記憶の底から浮かびあがって、実際に、この酒場「ボデエガ」に席を占め、小説におけるとそっくりの行為や身ぶりを示しはじめるのであった。つい最近読んだばかりの記憶は生き生きと蘇って、この上もない正確さに達していた。小説家の住んでいた町、陽当りのよい、煖房のきいた、設備のよい、窓のぴったり閉まった家。小さなドリットや、ドラ・カパフィールドや、トム・ピンチの姉さんがゆっくりと注ぐ葡萄酒の瓶。そんな数々のイメージが、生温かい方舟《はこぶね》のように、泥と煤の洪水のなかを航海しながら、しずしずと彼の前にあらわれるのであった。こんな架空のロンドンにのんびりと身を置き、ぬくぬくした幸福な気分に浸ったまま、彼は、テュイルリイ庭園の向うのセエヌ河の橋の近くから、不吉なけたたましい曳船の汽笛が聞えてくるのを、あたかもテームズ河上を航行する汽船の汽笛でもあるかのごとくに聞いていた。ふと見ると、彼のグラスは空になっていた。葉巻とパイプのいぶった煙で過熱された、この穴倉いっぱいの温気にもかかわらず、悪臭のする湿った天候を思うと、彼はふたたび現実に突き落されて、かすかな悪寒をおぼえた。

そこで、彼は一杯のアモンティラド酒を註文した。すると、この辛口の弱い酒の前に、かの英国作家の鎮静剤のような物語、甘い錦葵《ぜにあおい》の花の幻影は、みるみる萎びてしまった。そして、その代りにエドガア・ポオの仮借なき誘導剤、苦痛にみちた発泡剤にも似た効果が立ちあらわれるのだった。人間が地下室の壁に塗りこめられるという、アモンティラドの樽の冷たい悪夢は、デ・ゼッサントをしつこく悩ました。この広間に席を占めているアメリカ人やイギリス人の酒飲みの、善意にみちた平凡な顔も、彼には、無意識の兇悪な思考や、本能的な醜い意図を反映しているように思われた。やがて彼は、自分がこの部屋に一人ぼっちになっているのに気がついた。夕食の時間が近づいたのである。彼は勘定をして、椅子から立ちあがり、ふらふらしながらドアまで辿りついた。戸外へ出ると、たちまち湿った風をまともに受けた。雨と疾風にずぶ濡れになって、街燈はほとんど消えたまま、その小さな焔の扇を揺すっていた。空は一段と低くなって、家々の腹部のあたりにまで降りてきていた。水に浸され闇に沈んだリヴォリ街のアーケードを眺めて、デ・ゼッサントは、自分が今、テームズ河の河底に穿たれた陰惨な地下道のなかにいるような気がした。胃痙攣が彼を現実に呼びもどした。彼はふたたび馬車の止まっているところへ帰り、アムステルダム街の駅の近くの料理店の所書を馭者に示した。そうして時計を見ると、七時であった。ちょうど夕食をするだけの暇があった。汽車は八時五十分にならなければ出ないのである。彼は指を折って、ディエップからニューヘイヴンにいたるイギリス海峡渡航の時間を数えてみた。そして心中に、こう思った、——もし時間表の数字が正確なら、おれは明日の正午か十二時半にはロンドンに着いているわけだぞ。

馬車は料理店の前でとまった。ふたたびデ・ゼッサントは馬車をおりて、細長い広間に入って行った。広間は金色でも褐色でもなく、ただ下半身をかくし上半身だけ見えるようにした仕切壁によって、廏の仕切部屋に似た一続きの個室に区分されているだけであった。部屋はドアの近くで朝顔形に広くなっていて、たくさんのビール汲上げ器が立っているカウンターの上には、古いヴァイオリンのように脂《やに》で染まった豚の股肉や、鉛丹を塗った伊勢蝦や、塩漬けの鯖などとともに、玉葱と生《なま》人蔘の円い切れっぱしや、レモンの薄切れや、月桂樹と木立百里香《たちじゃこうそう》の束や、どろどろしたソオスのなかに浮かんだ杜松《ねず》の実や、胡椒などもごたごたと並んでいた。

個室の一つは空いていた。彼はそこを占領すると、燕尾服のボオイを呼びとめた。ボオイは何やら訳の分らぬ言葉を使いながら、お辞儀をした。料理ができるまでのあいだ、デ・ゼッサントは隣席の人々を眺めていた。酒場「ボデエガ」におけるごとく、ここでも陶器のような眼と、深紅色の顔色と、考え深そうな尊大な様子をした島国の人たちが外国新聞に目を走らせていた。男の同伴者のいない女だけの二人連れが、差向かいで食事をしている席もあった。男の子のような顔と、箆《へら》のように大きな歯と、林檎のように血色のいい頬と、長い手足をした頑丈なイギリス女である。おそろしい熱意をもって、彼女たちはランプステーキ・パイを攻撃していた。それは茸入りのソオスで煮て、パイのような、パンのような皮をかぶせた、一種の熱い肉料理である。

あんなに永いあいだ食欲を失っていた彼が、この健康な女たちを前にして、妙な気分に襲われた。彼女たちの健啖ぶりが彼の食欲をはげしく刺戟したのだ。彼はまずオックステイル・ポタージュを註文して、このぬるぬるした、どろどろした、脂肪分に富んだ、しかもしんねりと堅い、いわゆる牛の尾のスープを平らげてしまうと、さて今度は魚料理のメニューを見て、ハドックを註文した。これは燻製にした一種の鱈で、彼にはなかなか結構な味に思われた。さらに他の客がまだむしゃむしゃ食べているのを見ると、矢も楯もたまらなくなって、特製ローストビーフを平らげ、次にはビール二杯を流しこんだ。純良な白ビールが発する麝香をふくんだ酪農場の匂いが、彼にはたまらない刺戟だったのだ。

彼の空腹はようやく満たされた。それでも彼は、さらに苦味の滲みこんだ香ばしいスティルトンのブルウ・チーズをつまみ、大黄《だいおう》のタートを頬ばった。それから変化をつけるために、ポオタアで渇を霑した。この黒ビールは、糖分を抜いた甘草汁の臭いがするのである。

彼は一息ついた。何年来というもの、こんなに飲んだり食ったりしたことはなかった。習慣の変化と、思いがけない実質的な食物の摂取が、彼の胃を仮眠状態から引きもどしたのである。

彼は椅子に深々と凭れて、煙草に火をつけ、ジンを割ったコーヒーを一杯喫もうとした。

雨はなおも降り続けていた。部屋の奥の天窓のガラスにぱらぱら当り、樋嘴《ひはし》から滝のように流れ落ちる雨の音を彼は聞いていた。部屋のなかでは誰も動かなかった。みんな彼と同じように、話すことも種切れになって、小さなグラスを前にしたまま、ぼんやり安逸を貪っているのだった。

そのうち、部屋のなかはまたお喋りをはじめた。ほとんどすべてのイギリス人が話しながら眼を空に向けているので、デ・ゼッサントは、彼らが悪い天気のことを話題にしているのにちがいない、と結論した。誰ひとり笑いもせず、彼らはすべて、南京木綿のような黄色と吸取紙のような桃色の筋の入った、灰色のチェヴィオット羅紗地の服を着ていた。彼は自分の服に満足そうな一瞥を投げた。彼の服は、色も仕立も目に立つほど他人のそれと違ってはいなかったのである。彼は、こんな環境にいても決して不調和ではない自分、いわば表面的に、ロンドン市民に帰化したかのような自分に、限りない満足をおぼえた。やがて、彼ははっとして飛びあがった。汽車の時間は大丈夫かな、と思ったのである。時計をみると、八時十分前であった。まだ三十分ばかりここにいても大丈夫だ。そこで、彼はふたたび心中の計画を夢にみるのだった。

籠りがちの生活にあって、今までに彼が行ってみたいと思った国々は、ただわずかにオランダとイギリスの二個国にすぎなかった。

最初の方の憧憬は、すでに満たされていた。ある日、もう我慢できなくなって、彼はパリを離れ、ネーデルランドの町を一つ一つ巡歴したのである。

この旅行の結果は、要するに、手ひどい幻滅であった。テニエルス(176)やステーン(177)、レンブラントやオスターデ(178)の作品によって、彼はオランダという国を心に思い描き、陽光に輝やくコルドバ革のごとき金色燦然たるユダヤ人町を、あらかじめ勝手に自分流に作りあげていたのであった。華やかなケルメス祭(179)や、いつ果てるともなき田舎の大酒盛を想像し、昔の巨匠の画中にあるような、あの族長風な大らかな気質、あの陽気な放蕩を期待していたのであった。

なるほど、ハールレムやアムステルダムの町には彼の心を惹きつけるものがあった。都会ずれしていない、生粋の田舎の気質をあらわした人々には、教育のない不恰好な子供たちや、大きな乳房と大きなお腹をだぶださせた、豚のように肥った女房たちとともに、まさにフォン・オスターデの画中の人物といったところがあった。けれども羽目を外した享楽や、一家団欒の酒宴などは、どこにも存在しなかった。要するに、彼は思い知らねばならなかった、ルウヴル美術館のネーデルランド派が彼を誤らせたのだということを。ネーデルランド派は、単に彼の夢想に踏切り板を提供したにすぎなかった。彼はやみくもに突進し、何もない空間に跳躍して、求めて得られるはずのない幻影のなかに踏み迷ったのであった。その挙句、期待していた魔法の国は現実のどこにも発見できなかった。喜びに泣き、幸福に雀躍りし、大笑いして憂鬱を吹き飛ばす百姓や百姓女の、ゆったりしたスカートや股引をひるがえす陽気な舞踊は、樽の転がった芝生の上に、ついに見ることができなかった。

さよう、そういったものは何ひとつとして、現実に見ることができなかったのだ。オランダはその他の国々と全く同様な、当り前の国にすぎなかった。いや、それどころか、少しも素樸なところのない、少しも醇朴なところのない国でさえあった。プロテスタントの宗教がこの地にのさばり、堅苦しい偽善や窮屈な謹厳ぶりを弘めてしまったからである。

このオランダ旅行の幻滅が、彼の心に強く甦ってきた。ふたたび時計を見た。汽車の時間まであと十分しかない。勘定をして出かけなければならない時だ、と彼は思った。が、はなはだしい胃の重苦しさと全身の懈怠さが感じられて仕方がなかった。さあ、最後の一杯を飲もう、と彼は元気をつけるために言った。そうして勘定書を持ってくるように言いつけて、ブランデーをグラスに注いだ。やがて、燕尾服を着て、腕にナプキンをかけた男がやってきた。口髭を落し、硬い半白の顎鬚をのばした、禿げたとんがり頭の司厨長のような男である。耳に鉛筆をはさんで進み寄ってくると、歌手のように片脚を前に出すポーズをして、ポケットから帳面を取り出し、視線をじっと天井のシャンデリヤの近くに固定させたまま、紙の上を見ないで数字を書き、すらすらと金額を計算した。それから伝票を一枚切り取って、「この通りでございます」と言いながらデ・ゼッサントに手渡した。デ・ゼッサントは珍奇な獣でも見るように、物珍らしそうにこの男を眺めていた。きれいに剃った口のあたりが何かアメリカ海軍の信号手といった印象を与える、この冷やかな人物をつくづく観察しながら、彼は「何という驚くべきジョン・ブルだろう」と思った。

そのとき、料理店のドアがあいて、どやどやと客が入ってきた。彼らは濡れた犬の臭いを室内に運びこんできた。臭いは、調理場の風に吹かれた石炭の煙と混り合った。調理場のドアは掛金がなくてばたんばたんしていたのだ。デ・ゼッサントは脚を動かすこともできなかった。心地よい生ぬるい虚脱感が、身体ぜんたいに忍びこみ、手をのばして葉巻をつけることさえ不可能にしていたのである。彼は自分に向かって、こう言った、さあ、行こう、立ちあがろう、もう行かなければならない、と。しかしすぐ別の意見が出てきて、今自分の言ったことに異議を唱えるのだった。椅子に坐ったまま、こんなにすばらしい旅行ができるというのに、どうしてわざわざロンドンまで足を運ぶ必要があろう。自分は今、ロンドンの匂い、ロンドンの雰囲気、ロンドンの住民、ロンドンの食物、ロンドンの道具に取り囲まれて、少なくとも気分の上では、この都会の真んなかにいるのではないか。これ以上、何かを期待してロンドンまで行ったところで、結局それは、オランダ旅行におけるような新らしき幻滅を求めに行くことになるのではあるまいか？

もう停車場へは走って行く時間しかなかった。そして旅行に対する猛烈な嫌悪感、じっと静かに坐っていたいという絶対的な欲求が、次第にはっきりした、次第に頑固な一つの意志となって、彼の心に根を張りはじめるのであった。物思いにふけりながら、彼はみずから退路を遮断して、時間の流れ去るのに任せた。そして、心中にこう思った、もし停車場に行ったとすれば、今ごろは切符売場に向かって大急ぎで走っていなければなるまい、荷物と押し合いへし合いしていなければなるまい。ああ、考えただけでもぞっとする！　御苦労さまなことだ！

——それから、もう一度こう繰り返した、要するにおれは、味わいたいものを味わったし、見たいものを見たのだ。家を出たときから、イギリス生活には堪能していた。だからこれ以上、下手な旅行に出かけて、この不滅の印象をふいにしてしまうとすれば愚の骨頂だろう。いったい、おれはどうして年来の理想に背き、自分の頭のなかの変幻自在な空想の魔術を棄てて、まるで嘴の黄色い若造のように、やれ旅行に行きたいの、やれ珍らしいところが見たいのと、馬鹿な考えを抱くにいたったものだろう？——さて、と彼は時計を見ながら言った。とにかく家へ帰る時間である。今度こそ本当に立ちあがって、彼は料理店を出、もう一度ソオ駅にまで戻ることを馭者に命じた。そしてトランクや、包みや、スーツケースや、旅行用膝掛や、雨傘や、ステッキなどと一緒に、ふたたびフォントネエに帰ってきた。長い危険な旅を終えて自宅に辿りついた人のように、肉体的疲労と精神的困憊を感じながら。

第十二章

家に帰ってからの日々を、デ・ゼッサントは書物を眺めて暮らした。事情によっては永いあいだ、これらの本と離れて旅行をすることになったのかもしれない、と思うと、彼は、実際に家を留守にした後それらの本をふたたび手にしたならば感じるであろうような、一種の効果的な満足を味わった。こんな感情に刺戟されて、これらの書物は彼の目にきわめて新鮮に映った。手に入れた時から久しく忘れていた魅力を、彼はこれらの書物に再認したのである。

本も、置物も、家具も、すべてが彼の目に奇妙な魅力をおびて映った。ロンドンに行ったらどんな堅い寝台に寝なければならなかったろう、と思うと、彼のベッドは今までよりもふっくりしたように思われた。ホテルのボオイの騒々しいお喋りにどんなに悩まされねばならなかったろう、と思うと、慎しみぶかい黙々とした召使の奉公ぶりが、ひどく嬉しくなった。もしかしたら長い旅に出ることだってあり得るのだ、と考えるようになってから、彼の生活の秩序立った機構が、今までよりも一層好ましいものに見えてきたのである。

人工的な悔恨の情によって、より強力な強壮剤としての性質をあらわすことになった、この習慣の浴槽に彼はふたたび浸るのだった。

しかし、彼が主として没頭したのは書物であった。彼は書物を点検し、ふたたび棚の上に整理し直し、フォントネエにきて以来、熱気や雨によって装幀が傷んだり、貴重な紙が虫に食われたりしていはしないか確かめた。

彼はまずラテン文学の蔵書を動かし、次にカバラや秘教哲学を扱ったアルケラオス[180]や、アルベルトゥス・マグヌス[181]や、ラモン・ルル[182]や、アルノオ・ド・ヴィルヌウヴ[183]などの特殊な作品を新らしい順序に置き変えた。最後に同じ系列の近代の書物を一つ一つ調査し、すべての書物が乾いて無疵のままに保存されていることを確認して満足した。

このコレクションは彼に莫大な金額を費さしめた。実のところ、彼は自分の書架に並べられた愛好する作家の本が、他人の書架に並べられた本と選ぶところなく、オーヴェルニュ人の登山靴のような活字でコットン紙に刷りこまれることには我慢ならなかった。

かつてパリに住んでいた頃、彼は自分ひとりのために、特別に雇入れた職人が手で動かす印刷機で刷りあげた書物を、何冊か作らせたものであった。あるときはリヨンのペラン印刷所に援助を求めたが、ここの工場のほっそりした綺麗な活字は、古い書物の擬古趣味《アルカイック》的な翻刻に適していた。あるときはイギリスやアメリカから、今世紀の著述の製作のために、新らしい活字を取りよせたこともあった。またあるときは、何世紀も前からゴシック体活字の全部を揃えているリールのある印刷屋に、手紙を書き送ったこともあった。またあるときは、ハールレムの古いエンシェーデ印刷所に活字の請求をしたこともあったが、ここの鋳造所には活字の鋳型を作るための浮彫された鋼や、いわゆる都雅体と呼ばれる活字の字母一式が揃っているのであった。

紙に対しても同じように気を使った。いつの頃からか、銀色の唐紙、真珠母色および金色の日本紙、白いワットマン紙、鼠色のオランダ紙、トルコ紙、淡黄色に染められたセイシェル紙などにすっかり飽き、また機械で製した紙にも嫌気がさして、彼はヴィルの古い工場に、特別製の透し模様のある紙を註文したことがあった。この工場では、かつて大麻を磨りつぶすために使った搗《つ》き道具をいまだに利用していた。また、自分のコレクションに多少変化をつけるために、彼は幾度もロンドンから精製された紙料《パルプ》や、羅紗紙や、畝漉紙などを送らせたものであった。世の愛書家に対する彼の抜きがたい軽蔑をさらに助長するためかのように、リューベックのある商人は、青味をおびた、ぱりぱり響く、やや破れやすい、改良された蠟油紙を彼のために用意したものであった。この紙のパルプにおいては、普通に使われる藁の茎は、ダンツィヒの蒸溜酒にぽつぽつ浮かんでいる金粉のような、黄金の粉末によって置き変えられていた。

こんな具合にして、彼は普通には使われない変型判をもっぱら採用しつつ、独自な書物を自分のために作らせていたものである。そしてそれらの書物を、ロルティックや、トロオツ・ボオゾンネや、シャンボオルや、カペの後継者たちによって装幀させていた。それは古代絹や、型押しをした牛皮や、喜望峰の山羊皮を用いた申し分ない装幀、連続模様やモザイコ模様を一面にあしらった無地の装幀、波紋絹や木理模様のついた織物で裏打ちし、宗教書のように止め金をつけたり、四隅に革を貼ったりした装幀、また時にはグリュエル[184]およびエンゲルマン[185]の協力によって、酸化した銀や明るい七宝を散りばめた装幀であったりした。

こうして彼はボオドレエルの諸作品を、古いル・クレール家に伝わる素晴らしい教会活字によって印刷に付した。それはミサ典礼書を思わせる大型の判で、乳白色にかすかな薔薇色をほんのり滲み出させた、接骨木《にわとこ》の髄のように柔らかくふわふわした、ごく軽い日本の綿毛紙に印刷されていた。しかも、ビロオドのように艶々した真黒な支那墨で、たった一部だけ刷ったこの限定版は、驚くべきことに、その外側と内側を本物の牝豚の皮によって表装していたのである。千匹の中から選り抜かれたこの極上の豚皮は、肉色を呈し、一面にぶつぶつ毛孔の斑点を散らし、偉大な芸術家の手によって見事に調和せしめられた、黒い型押しの装飾文字を刻んでいた。

あたかも今日、デ・ゼッサントはこの比類なき書物を書棚から抜き出し、大事そうに手で撫でながら、そのなかの幾つかの詩篇を再読していた。この単純な、しかも貴重な額縁のなかに嵌めこまれてみると、それらの詩篇は、つねにも増して強烈な感動を呼び起すように思われた。

この作家に対する彼の讃仰の念たるや、無際限であった。彼にしたがえば、従来の文学は魂の表面を探索するか、あるいは近づきやすい、すでに闡明された地下に潜入するかに限られていたのであり、ただ地下のあちこちに、七大罪の地層を見つけ、その鉱脈や発展を研究し、たとえばバルザックのように、偏執狂的な情欲や、野心や、吝嗇や、父親の愚かさや、老いらくの恋などに取り憑かれた魂の様相を、記述するにすぎなかったのである。

要するにそれは、美徳と悪徳の無病息災、万人並みの頭脳の安らかな活動、流行思想の現実的な実践を描くだけのもので、病的な頽廃の理想とか、彼岸への理想とかを欠いていた。つまり心理分析家の発見は、教会が分類した善悪の考察にとどまっていたのである。それはたとえば植物学者が、自然の土に育った正常な植物の、あらかじめ決まった開花の過程を仔細に観察するような、単純な調査であり、平凡な監視であった。

しかるにボオドレエルは、さらに一歩踏みこんで、底知れぬ坑道の奥にまでくだり、前人未踏の打ち棄てられた地下道を横切って進み、ついに思考の奇怪な植物が枝を交えて繁茂する魂の秘境に到達したのである。

迷妄と疾患、神秘な破傷風と淫蕩の脳炎、また罪悪の腸チフスと黄熱病、そのようなものが淀んで溜まっているこの際涯の地にあって、ボオドレエルは、倦怠の陰鬱な鐘の下に身をひそめつつ、感情と思想の怖るべき初老期を発見したのであった。

彼は、感覚の十月に達した精神の病的な心理学を明らかにした。苦悩に狩り立てられ、憂愁という特権を賦与された魂のさまざまな徴候を語った。そしてまた、青春の熱狂と信仰とがすでに涸れて、これまでに耐えてきた悲惨、忍んできた頑迷、負ってきた挫傷の苦い想い出のほかは何も残らなくなったときに、感動の骨疽《カリエス》のいよいよ進行するさまを、彼は、あの不条理な運命に圧迫される知性の力によって、まざまざと示してみせた。

また彼は、激しやすく自己欺瞞に巧みな人間というものに注目し、いやが上にも苦しむために、自分の思想を韜晦することを余儀なくされ、味わい得るすべての歓喜をあらかじめ分析と観察によって損い、かくして、あの悲痛な人生の秋の相をことごとく究めたのであった。

次に彼は、あの魂のいらいらした感受性、わずらわしい献身への熱望や善意にみちた押しつけがましい慈悲心などを排斥する、あの猛々しい反省のうちに、凋落した情欲、爛熟した愛欲というものの恐怖が次第に立ちあらわれるのを見た。すなわち、一方がいまだ熱中しているのに他方はすでに監視しているという恐怖、あるいはまた、恋人同士の倦怠が息子としての愛撫、母親としての無邪気さを要求するという恐怖である。前者はその外見上の若々しさによって新鮮のように見え、後者はその甘さによって、いわば漠然たる不倫の後めたい感情を惹起する。

多くの華麗なる作品のなかで、彼はさらに、自慰にふけるほかはない性的不能が一層激化させる、さまざまな混種の恋愛を描いたり、苦悩をしずめ倦怠をくじくために援用される麻酔剤や毒物の、危険な迷夢について語ったりした。文学が、生きることの悩みをもっぱら片恋の不幸と姦通の嫉妬に帰していた時代にあって、彼のみは、こうした小児病的傾向を無視し、より癒やしがたく、より生ま生ましく、より深刻な傷に探りを入れた。現在に懊悩し、過去に反撥し、未来に恐怖と絶望をしか感じない荒廃した魂に、飽満と、幻滅と、侮蔑とが刻みつける深い傷。

かくてデ・ゼッサントは、ボオドレエルを読めば読むほど、ますますこの作家に対して言うに言われぬ魅力をおぼえるのであった。詩が人間と物との外観を描くためにしかもはや役立たなくなった時代にあって、彼は筋骨たくましい肉太の言葉を用いて、表現しがたいものを表現することに成功したのである。衰頽した精神と沈鬱な魂の、最も移ろいやすく最も顫え勝ちな病的状態を、ふしぎに健康な表現法をもって的確にとらえる驚くべき技倆が、この作家には、他のいかなる作家にも増して備わっていたのである。

ボオドレエルに次いで、彼の書棚に並べられたフランス作家の数は、かなり限定されていた。如才のない連中が読みながら腹を抱えてげらげら笑うような作品には、彼は断固として無感動であった。「ラブレエの哄笑」も、「モリエールの力強い滑稽」も、いっかな彼を陽気にすることはできなかった。これらの野卑な冗談に対する彼の反感は、かなり徹底していて、芸術的見地から、縁日の馬鹿騒ぎを煽り立てるあの見世物小屋の客寄せ道化と、それらを同一視することをも憚らないほどであった。

古詩に関しては、その哀調をおびた譚詩《バラード》が一きわ心にふれるヴィヨンと、ドオビニェ[186]の幾つかの詩篇以外、彼はほとんど読みもしなかった。ドオビニェを読むと、その頓呼法および呪詛の途方もない辛辣さによって、彼の血は沸き立つのであった。

散文では、ヴォルテエルにもルソオにもほとんど関心がないばかりか、ディドロにさえ関心がなかった。あれほど賞讃されたディドロの『サロン』[187]などは、奇妙にも道徳的駄弁と人の好い憧れで一杯になっているように思われた。こんな雑駁な作品はどれもこれも大嫌いだったから、彼はもっぱらキリスト教的な散文文学、その響きのよい装飾的な文章が彼に尊敬の念を起させる、ブルダルウ[188]やボシュエの作品を読むことに専心した。けれども、とくに彼が好んで味わったのは、たとえばニコルがその思想のなかに作りあげたような、峻烈な文章に凝縮されたあの気骨であった。また、とりわけパスカルの厳格なペシミズム、苦渋にみちた悔罪の精神は、彼の心に通じるものがあった。

これら少数の書物を除けば、彼の書架におけるフランス文学は、今世紀とともに始まっていると言ってもよかった。

そのフランス文学も、詳しくは二つの系列に分けられていた。一つは普通の文学、つまり、世俗的な文学であり、もう一つはカトリック文学である。後者はほとんど知られていない専門的な文学であるが、しかし、創業何百年といったような大きな出版社の手で、世界の隅々に弘められてもいるのである。

彼はこの教会文学の窖倉《あなぐら》を、怖れずにさまよい歩いた。そしてこの分野にも、世俗の芸術におけるごとく、つまらない駄作も山ほどある代りに、真の大家によって書かれた幾つかの傑作があることを発見した。

この文学のはっきりした性格は何かと言えば、その思想と言葉の永久不変性であった。教会が聖器物の最初の形体を恒久不変のものとしたように、この文学も、その教義の聖遺物を永く保存し、それらを納める聖遺物容器ともいうべき、十七世紀の演説用語を恭々しく守ってきたのである。この派の作家のひとりオザナム(189)が言明しているように、キリスト教の文体はルソオの言葉を必要としなかった。ただひたすらブルダルウとボシュエが用いた方言を利用していればよかったのだ。

こんな断言にもかかわらず、実は教会はもっと寛容なので、同じ時代の世俗の言語から借り受けたある種の表現、ある種の言い回しには眼をふさいでいた。カトリックの固有言語は、とくにボシュエにいたって、あの長い挿入節と辛苦の跡の歴然たる代名詞の集合によって、その鈍重な、重苦しい文章を少しばかり洗い落して綺麗にした。しかしそこでも、払い下げはあくまで制限されていた。そうでなかったら、きっと元も子もなくしていたにちがいない。いずれにせよ、このように積荷を除去した散文でも、教会がぜひとも論じなければならないとする狭い範囲の問題には、十分役に立つものだったのである。

この言語は、たしかに現代生活をとらえることも不可能であれば、人間や物の最も単純な面を目に見えるように、触知し得るように描き出すことも不可能であり、また恩寵の国に無関心なひとの複雑な術策を説明することにも適しているとは言えなかったが、それでもなお、抽象的な主題にはすぐれて有効なのであった。論弁的な議論や、学説の証明や、解釈の不確実性に役立つこの言語には、他のいかなる言語にも増して、ある教義の価値を文句なしに肯定するために必要とされる権威があったのである。

不幸にして、他のあらゆる分野におけるごとく、この分野においても、おびただしい物識りぶり屋の無作法者どもが、群をなして聖域に侵入し、その無智と無能によって、あの厳粛な聖域のたたずまいを汚してしまっていた。なおその上悪いことに、女の信心家が聖域に紛れこんだ。そして、粗忽な聖器具室と軽卒な客間とが、この女たちの賤しむべきお喋りをまるで悪魔の仕業のように煽り立てたのである。

デ・ゼッサント(190)は物好きにも、これらの作品のうちから、あのロシアの将軍の夫人スウェチン女史の述作を読んでみた。彼女のパリの家は、最も熱烈なカトリックの信者たちの憧れの場所だった。ところが、彼女の作品は、彼には最初から最後までやり切れない退屈の連続で、駄作と言おうか愚作と言おうか、何とも譬えようのない代物であった。小さな礼拝堂のなかで、信心に凝り固まった堅苦しいひとたちが、お祈りの言葉をもぐもぐ呟やいたり、低い声で近況を尋ね合ったり、謎のような意味ありげな顔で、政治のことやら、お天気の予想やら、気圧の現状やらに関する常套句を繰り返したりしている——そんな小さな礼拝堂に似た雰囲気が、彼女の作品のなかにも漂っているように思われた。

それが、フランス学士院賞受賞者オーガスタス・クレイヴン夫人(191)となると、さらにひどかった。彼女の著書『ある修道女の物語』や、また『エリアーヌ』とか『フルーランジュ』とかいう人の名前の作品は、法王庁関係の新聞ことごとくによって、鳴物入りで支持された。が、デ・ゼッサントは、人間がこんなくだらない作品を書けるものだとは、一度たりとも想像していなかった。着想から言っても愚劣きわまりなく、じつに胸糞の悪くなるような言葉で書かれているので、これらの本はほとんど個性的と言ってもよく、珍とするに足りた。

ともあれ、大して若々しくもない魂の持主であり、大して感傷的でもないデ・ゼッサントが、自分の趣味にぴったり合った文学的な小房を、女流作家たちのあいだに見つけ出そうとするなど、最初から無理な話でもあったのだ。

にもかかわらず、彼は癇癪を起したり短気を起したりすることを極力控えて、慎重に青鞜派の才女の作品を玩味しようと努力した。が、彼の努力はついに失敗に帰した。弟の非凡な才能を手放しで賞めそやしているユウジェニイ・ド・ゲラン(192)の『日記』や『書簡集』にも、彼はぜんぜん歯が立たなかった。この弟の韻文たるや、まことに素直で優美で、遠くド・ジュー氏[193]やエクシャール・ルブラン氏[194]の作品にまで遡らなければ、とてもこれだけ奔放で初心な詩にお目にかかることはできない、と彼女は言うのである。

彼はユウジェニイ・ド・ゲランの作品の魅力に触れたいと思って、空しい努力をつづけた。大方の意見によると、それらの作品のなかには、たとえば次のような物語――「昨日ある少女がパパにと言ってくれた十字架を、あたしは今朝、パパの寝台のそばに吊るしておきました」とか、「あたしとミミは、明日ロキエさんの家で行われる鐘の祝別式に参列するよう誘われています。こんな招待は悪い気がしません」とか――もあれば、次のような重要な事件――「コレラの予防のためにルイズが送ってくれた聖母のメダルを、あたしはいま首にかけたところです」――もあり、次のような詩――「おお、読みさしの福音書のページに差しかける美わしき月の光！」――も含まれていれば、最後に、次のような鋭敏な観察――「十字架の前を通るときに十字を切ったり帽子を脱いだりする男を見ると、ああ、キリスト教徒が通る、とあたしは心の中に思います」――も含まれていたのである。

こんな具合に彼女の日記は倦まず弛まず、弟のモオリス・ド・ゲラン[195]が死ぬまで続き、やがて弟の死を嘆く新たな日記のページがはじまる。このあたりは水っぽい散文で書かれ、あちこちに詩の切れっぱしが撒きちらされていて、その屈辱的なお粗末さには、さすがのデ・ゼッサントも憐れを催したほどであった。こうはっきり言うのも気がひけるが、カトリック党は傘下に擁する女流作家の選択にほとんど無神経で、ほとんど芸術的配慮というものを欠いているように思われた。カトリック党があれほど可愛がり、そのおかげで木の葉のような信者たちの離反する原因となってしまった、これらの樹液としての女流作家たちは、いずれも修道院の女学生のように、味も素気もない文章を書き、どんな収斂剤も止め得ない言葉の流れに身を任せているのであった。

したがって、デ・ゼッサントは、やがて嫌悪の情をもってこうした文学から顔をそむけるようになった。しかし、聖職にある近代の大家たちもまた、彼の失望をつぐなうに十分な補償を提供してはくれなかった。彼らはみな、完全無欠で厳正な説教師、あるいは論争家であったけれども、彼らの講演や彼らの著書において、キリスト教の言語はついに非個性的となり、きまりきった感情の盛り上りや休止に関する修辞学、唯一の範例によって組み立てられた一連の文章法のうちに、ついに凝固するにいたった。実際、すべての聖職者が多かれ少なかれ似たような打ち解けた調子をもって、あるいは大げさな調子をもって、同じような文章を書いているので、たとえばデュパンルウ[196]とランドリオ猊下[197]、ラブイユリ[198]とゴオム猊下[199]、ゲランジェ師[200]とラティスボンヌ神父[201]、フレッペル閣下[202]とペロオ閣下[203]、ラヴィニャン神父[204]とグラトリ神父[205]、またイエズス会修士オリヴァン[206]、カルメル会修士ドジテ[207]、ドミニコ会修士ディドン[208]、あるいは旧サン・マクシマン修道院長ショカルヌ師[209]などといった人たちの書く朦朧とした灰色の文章には、ほとんど目につく相違がないのであった。

しばしばデ・ゼッサントはこのことに思いをいたした。すなわち、この凍りついた言語を温めて溶かすには、意想外な思想や果敢な思想を少しも盛りこむことのできない、この公共の文体に生気を吹きこむには、それこそ本物の才能、きわめて深い独創性、しっかりと根を下ろした確信が必要であろう、と考えたのである。

しかし、その熱弁によって凍りついた言語を溶かし、ねじ曲げるような才能のある作家が幾人か存在していた。なかでもラコルデエルは、教会が生んだ不世出の作家ともいうべき一人であった。

同信徒団のすべての仲間たちと同じように、彼もまた、正統派的な理論の狭いサークルの中に閉じこめられ、同じ場所に足踏みすることや、初期教会の教父によって提出され祝聖され、代々の法王や司教によって発展させられた思想にしか接触しないことを余儀なくされつつも、ラコルデエルは、それらの思想に変化を与え、それらを若返らせ、より個性的な、より生き生きした一つの形式によって、それらを修正することに成功したのである。彼の「ノートルダム講話」には、そこここに、新味のある巧みな表現や、大胆な言葉や、情愛のある調子や、躍動や、喜悦の叫びや、その筆勢によって古風な文体を覆いかくしてしまうほどの、狂い乱れた心情の吐露がある。また才能ある演説家としての、この優しい老練な修道士は、その技巧と努力のすべてを傾けて、社会の自由主義的な学説と教会の権力主義的な教義とを和解させようという、不可能な仕事に没頭したのであるが、なおそのほかに、彼の中には燃えるような慈愛と、相手を説得しないではやまない熱情的な気質があった。だから、彼が青年に宛てて書いた手紙のなかには、息子を激励する父親のような愛情の表示、微笑をふくんだ叱責、親切のこもった忠告、寛大な諒恕の精神などがみなぎっていた。彼が貪欲な愛情をさらけ出した時の手紙は、甘ったるいほどのものであり、彼が揺るぎなき信仰の確信によって、勇気を鼓舞し疑念を晴らした時の手紙は、峻厳なほどのものであった。要するに、その筆致に何か繊細なもの、何か女性的なものを持っていた、この慈父のような感情の主は、あらゆる聖職者文学のなかでユニークな特徴を、その散文に刻みこんだのである。

彼を除けば、何らかの個性をもった聖職者ないし修道士の数は、きわめて少なかった。せいぜい、彼の弟子であるペレエヴ神父(210)の幾つかの作品が、読むに堪えるものであるにすぎなかった。彼は尊師の感動的な伝記を残し、滋味掬すべき幾通かの手紙を書き、響きのよい演説調で論陣を張り、美辞麗句が目立ちすぎる頌詞を述べた。たしかに、ペレエヴ神父にはラコルデエルの感動もなければ、熱もなかった。彼はあまりにも司祭であり、あまりにも人間味に乏しかった。それでもなお、彼の説教の修辞学には、そここに奇妙な比較、雄勁な力強い言葉、ほとんど荘厳な気高さが輝やいていた。

ともあれ、デ・ゼッサントが最後に赴くところは、カトリックの聖職授与を受けなかった作家たち、カトリシズムに心惹かれ、これに忠誠を捧げながらも、ついに散文家としてとどまることに己れの道を見出した、世俗の作家たちであった。

司教たちの手垢にまみれてしまった聖職者風の文体は、ファルウ伯爵(211)とともに鍛え直され、いわば男性的活力を取りもどした。このアカデミイ会員は、穏健な外観の下に胆汁を滲み出させていた。一八四八年に議会で述べた演説は、冗長で生彩がなかったけれども、「通信者《コレスポンダン》」誌に掲載され、後に書物に集められた彼の諸論説は、その形式の極端な礼儀正しさにもかかわらず、まことに辛辣で仮借するところがなかった。訓示として書かれたこれらの論説には、ある手きびしい激烈さが含まれていて、その確信の頑なさに人は驚かされるのであった。辻斬りのように物騒な論争家であり、斜めに飛んで不意を衝く狡猾な論理家でもあるファウ伯爵は、またスウェチン夫人の死にあたって、深い感動を呼ぶ文章を物した。彼は夫人の小冊子を集めていたばかりか、彼女を聖女として尊敬してもいたのであった。

けれども、作家としての気質が真に際立ってあらわれていたのは、一部が一八四六年に発表され、続篇が一八八〇年に発表された二部の仮綴本においてであった。続篇の方には『国民の統一』という題名がつけられていた。

冷たい怒りに駆り立てられて、この正統王朝派に属する作家は、いつもの習慣を破って、今度は正面から戦闘を挑み、最後の結論として、次のごとき激発的な悪罵を不信心家どもに浴びせかけた。

「君たち、人間の本性を捨象する型にはまった空想家《ユートピスト》よ、幻影と憎悪を食って生きている無神論の煽動家よ、女性解放論者よ、家庭の破壊者よ、猿の種族の系図学者よ、その名前がかつては侮辱の言葉であった君たちよ、今こそ満足するがいい。君たちは予言者だったのかもしれない。君たちの弟子は、いずれ厭わしき未来の司教になるだろう!」

もう一つの仮綴本は『カトリック党』という題名がついていて、その攻撃の鉾先は「宇宙」誌の専制主義と、ヴイヨ(212)とに対して向けられていた。もっとも、この本ではヴイヨの名前ははっきり挙げられていなかった。ここでも、ひねくれた攻撃が再開され、言葉の端々から毒が滲み出していた。この青痣だらけの貴族は、喧嘩相手の靴が蹴りつけてくるのに対して、侮蔑的な皮肉によって応じていた。

この二人の敵同志は、それぞれ教会の二つの党派を代表していた。二つの党派は、意見の対立によって根ぶかい憎み合いの状態にまで達していた。どちらかといえば尊大で抜け目のないファルウは、すでにモンタランベエル(213)、コシャン(214)、ラコルデエル、ド・ブロイ(215)などといった人たちを糾合していた、あの自由主義的な宗派に投じていた。寛容の釉薬《うわぐすり》をもって教会の絶対的な理論を糊塗しようと努力していた雑誌「通信者《コレスポンダン》」の思想に、彼は身も心も捧げていたのであった。一方、ヴイヨはどちらかと言えば開けっぴろげで、卒直で、こんなうわべを包みかくす政策にあき足りず、法王至上権論者《ウルトラモンタン》的な断固たる意志を躊躇なく表明して、その教義の仮借なき軛《くびき》を是認し、声高に要求していた。

この男は、ラ・ブリュイエールと場末町の労働者言葉の混じった特殊な言語を、闘争用として作りあげた。荒々しい個性によって振りまわされる、この半ば厳粛な半ば野卑な文体は、重い棍棒のような怖るべき威力を発揮した。まことに頑固な勇猛果敢な男で、この恐ろしい道具をもって自由思想家や司教たちを叩きのめし、力いっぱい打ちのめし、どんな党派に属していようと、敵と見たならば牡牛のように襲いかかった。この非合法の文体、下層階級の散文を教会側は認めず、不信の目をもって眺めたが、この無頼漢のごとき修道士は、その偉大な才能によってあくまで自分を押し通し、自著『パリの匂い』の中で完膚なきまでにやっつけていた新聞を味方につけると、あらゆる攻撃に敢然と立ち向かって、彼の向う脛を蹴飛ばしてやろうと待ち構えていた卑しい三文文士の攻撃から、見事に身をかわしたのであった。

残念ながら、この異論の余地なき才能も、喧嘩のなかでしか発揮されなかった。落着いているときのヴィヨは、もはや凡庸な作家でしかなかった。彼の詩も彼の小説も、憐れみを誘うばかりであった。胡椒を利かせた毒舌も、殴り合う相手がいないときは気が抜けてしまった。このカトリックの闘技士は、休息しているうちに、平凡なお祈りの言葉を吐き出し、愚にもつかぬ讃美歌を口ごもりながら歌う、虚弱な人物に一変してしまった。

彼よりもっと気取り屋で、もっと不自然で、もっと堅苦しい感じの人物は、教会のお気に入りの護教論者、キリスト教的言語の審問官たるオザナムであった。彼は人を驚かせることに得手ではなかったけれども、デ・ゼッサントはこの作家の厚かましさに驚かされないではいられなかった。この作家は、真実らしからぬ断言の途中で証拠を出さなければならなくなると、きまって神の測り知れない意志なるものを持ち出したのである。この上ない冷静さで、彼は事実を歪曲し、他の党派の称讃演説家よりもっと軽卒に、歴史上の確認された記録と食い違ったことを言い、教会は決して科学に対するその正当な評価を隠蔽したことがなかった、などと平気で確言するのであった。そして、異端諸派を不浄な瘴気と呼ぶ彼は、仏教その他の宗教を蔑視するあまり、これらの宗教の教義に対する攻撃そのものによって、カトリック教の散文が汚れてしまってもさらに意に介さぬもののごとくであった。

時として、宗教的情熱が彼の演説風の言語にある種の熱を吹きこみ、氷のような言語[216]の下に、陰にこもった、激烈なものの流れが沸き返ることもあった。ダンテや、聖フランチェスコや、

「悲しみの聖母《スタバット》」の作者[217]や、フランチェスコ会の詩人や、社会主義や、商法や、その他あらゆるものに関する数多くの著述のなかで、この男は法王庁を一心に弁護していた。法王庁の永遠性を信じていたので、すべての問題を法王庁の利害に接近しているか離れているかによって、無差別に評価していたのである。

　こんな風に、ただ一つの視点から問題を眺めるやり方は、あらゆる他の作家を自分の競争相手のごとく見なしていた、みじめな三文作家ネットマン[218]のやり方でもあった。この男は、あまり痛烈に叩かれたことがないので、どちらかと言えば孤高なところのない、俗物根性にあふれた自惚を抱くにいたった。幾度となく、オザナムが閉じこもっていた文学的修道院を飛び出して、世俗の作品をあさり、それらを批評した。子供が地下室のなかへ入るように、手さぐりで作品のなかに入って行き、自分のまわりに闇黒しか発見できず、つい二三歩前で彼を照らしている蠟燭の光しか見分けることができなかった。

　こんな具合に、闇のなかで自分がどこにいるかも分らないので、彼はごく狭い活動の領域をつかまえては、いわゆる「丹念な彫琢と仕上げに心をくばっていた」ミュルジェ[219]について語り、悪臭と不潔を求めていたユゴオについて語るのであった。のみならず、彼はユゴオとラプラード[220]氏とを比較するの愚をあえてした。また規則を軽蔑していたドラクロワと、ポオル・ドラロッシュ[221]について、詩人ルブウル[222]について語ったが、後者は彼には信仰の持主のように見えたので、大いに称揚した。

　神様のお恵みを受けた散文によって全面を覆われた、この憫れむべき意見の数々を前にして、デ・ゼッサントは肩をすくめずにはいられなかった。すでに着古されたこの散文の布地は、ところどころ言葉の角に引っかかり、擦り切れていた。

また一方、プウジュラ[223]、ジュヌード[224]、モンタランベエル、ニコラ[225]、カルネ[226]などの作品も、彼の心に大して生き生きした興味を呼び起すにはいたらなかった。ド・ブロイ公爵が立派な言葉と豊かな学殖をもって論じた歴史や、アンリ・コシャンが取り組んだ社会的宗教的諸問題に対しても、ほとんど彼の関心は向いたことがなかった。コシャンはある手紙のなかでは自分の本心をはっきり示し、聖心会の尼僧の感動的な着衣式の模様を語っていた。ともあれ、久しい以前から、彼はこれらの書物に手をふれていなかった。もうずっと前に、彼は古くさいポンマルタン[227]や安っぽいフェヴァル[228]が刻苦精励して書き上げた幼稚な作品を、屑箱のなかへ叩きこんでいたのであり、デュポン・ド・トゥール[229]氏や聖母マリアの行った奇蹟を書きとめた、オビノオ[230]とかラッセル[231]とかいった卑しい聖者伝作者の物語は、例のごとくこれを召使の手に渡してしまっていたのである。

結局のところ、デ・ゼッサントはこれらの文学から、己れの倦怠に対する束の間の慰みをすら引き出すことができなかった。だから、彼は神父たちの文学からようやく身を脱したとき、かつて研究していたこれらの書物の堆積を、図書室の暗い隅に押しやってしまった。——こんな本はパリの家に置いてくれればよかったな、と彼は心中に思いながら、とりわけて自分の大嫌いな本を書棚のうしろから引っぱり出してみた。それはラムネエ神父[232]の本と、あの党派心の強い頑迷固陋な男、退屈な空虚な言葉を尊大に華麗に並べ立てる、ジョゼフ・ド・メエストル伯爵[233]の本であった。

ただ一冊の書物が、書棚の上の手の届くところに置かれて残っていた。エルネスト・エロオ[234]の『人間』である。

この作家こそは、その宗教上の同業者たちの完全な正反対であった。彼の挙動におびえて逃げ出した同信徒たちのグループのなかで、エルネスト・エロオはほとんど孤立して、地上から天国にいたるあの偉大な交通路をついに棄て去ったのであった。むろん、この交通路の俗悪さと、あの文学の巡礼者たちの騒々しさとに厭気がさしたからである。文学の巡礼者ときたら、何世紀以来同じ道を一列になって、先人の足跡をたどりながらぞろぞろ練り歩き、同じ場所で立ちどまっては、宗教やら初期教会の教父やら、彼らの同じ信仰やら師匠やらに関する、愚にもつかない同じ定まり文句を交換している状態なのである。ところが、エルネスト・エロオは抜け道を通って出発し、やがてパスカルの憂鬱な空き地に進出すると、ここに永いこと立ちどまって一息ついてから、ふたたび旅を続けたのである。そうしてついに、彼が揶揄していたヤンセン教徒[235]よりもさらに進んで、人間的思考の領域に深く侵入することを得たのであった。

ひねくれ屋で気取り屋で学者風で、しかも複雑なエロオの作品は、デ・ゼッサントの目には、その分析の透徹した理論癖によって、前世紀および今世紀の懐疑的な心理学者のある者の、気むずかしい綿密な研究を思わせた。彼の裡には、いわばカトリックのデュランティ[236]といったところがあったが、デュランティよりももっと独断的で鋭かった。いわば虫眼鏡をもった老練な実験家、魂の熟達した技師、情熱のメカニズムをしらべ、これを小さな歯車装置によって説明することを楽しむ、器用な脳髄の時計師であった。

この異様な形をした精神には、思考の交流、意想外な比較と対照とが存在していた。それからまた、言葉の語源を探る奇妙な方法と、観念の踏切り板とがあって、観念の連合作用はともすると稀薄になるけれども、ほとんどつねに巧妙で、しかも潑剌とした状態にあった。

かくて彼は、作品構造の不釣合をも気にかけず、一種独特な洞察力をもって、『吝嗇家』『凡庸な男』などを分解したり、『社交界の趣味』『不幸の情熱』などを分析したり、さては、写真の作用と記憶の作用とのあいだに介在し得る興味ぶかい類似を明らかにしたりした。

けれども、彼が教会の敵から盗み取った、この完璧な分析の道具をあつかう手際は、この作家の多方面な気質の一面をあらわすものにすぎなかった。

まだ彼の裡には別のものが存在していたのである。この作家の精神は二重構造になっていて、表面をひっくり返せば裏面が出てくるはずだった。すなわち、宗教的な狂信者と聖書風な預言者としての面である。

観念と言葉の食い違いという点で、彼はどこかユゴオを思わせたが、ユゴオと同じくエルネスト・エロオもまた、パトモス島の聖ヨハネ[237]をみずから小規模に演ずることを好んでいた。サン・シュルピス街[238]の抹香くさい場所に作られた一個の岩の上から、彼は勿体ぶった様子で予言をし、ところどころイザヤ[239]のような辛辣さを利かせた黙示録風な言葉で、読者にお説教を垂れるのであった。

そんなとき、彼は端倪すべからざる境地にとどまっているような得意な様子をしていた。何人かの追従者が天才だと叫び、彼をあたかも大人物、世紀の知識の井戸でもあるかのごとくに見なす振りをするのだった。たぶん彼は井戸でもあったろう、しかし、この井戸の底はともすると真暗闇だった。

聖書を翻案し、ほとんど明白なその意味を故意に複雑にした『神の言葉』という本において、またもう一つの『人間』という本、途切れ勝ちの晦渋な聖書風の文体で書かれた『主の日』という仮綴本において、彼は、復讐心に燃えた、高慢な、怒りを秘めた使徒のごとき人物として立ちあらわれた。同時にまた、神秘な癲癇に襲われた助祭、才能のあるメエストル、やたらに噛みつく兇暴な門徒のごとき姿を白日のもとにさらけ出した。

ただ、この病的な常規を逸した精神は、しばしば罪障鑑裁家の作っておいた融通無碍な抜け道をも塞いでしまうことがある、とデ・ゼッサントは考えた。オザナムよりもはるかに偏狭な精神をもって、彼は自分の一派に属していないすべてのものを否定し、まことに人を唖然とさせるような公理を平然として口にするのである。そして、調子の狂った権威をもって、「地質学はモオゼの方向を向いている」とか、博物学や化学を含めたあらゆる現代の自然科学は、聖書の科学的正確さを証明するものであるとか、大真面目で主張するのである。どのページを開いても、唯一の真理、教会の超人間的な知識が問題にされており、最初から最後まで、危険と言うも愚かな警句、前世紀の芸術に対してぶちまけられた荒れ狂った呪いの言葉がみちみちている。

この奇妙な混合物にさらに付加されるのは、屈托のない甘い恋、比類なき流暢な愚かしさの書というべき、フォリーニョのアンジェラ(240)の『幻想と教化の書』の翻訳、および十三世紀の神秘思想家、奇人ヤン・ロイスブルーク(241)選集の翻訳であった。ロイスブルークの散文は暗鬱な昂揚と、やさしい情愛の吐露と、激しい熱狂との不可解な、とはいえ魅力的な寄せ集めを提供していた。

エロオという人間の、己惚の強い教皇然とした散文のすべてが、この翻訳本に付された謎のような序文からほとばしり出ていた。彼自身が指摘しているごとく、「異常な物事は呟やくようにしか語り得ない」のであり、事実、彼は呟やいていたのである。いわく、「ロイスブルークがその天才の翼をひろげた聖なる闇の世界は、同時に彼の大洋であり、餌食であり、栄光である。四つの地平線も彼にとっては狭苦しい被衣であったろう。」

ともあれ、この平衡を失った、しかも鋭敏な精神に、デ・ゼッサントはいたく惹きつけられるのを感じた。巧みな心理学者と敬虔な物識りぶり屋との融合は、ついに彼の裡に実現されなかったのであり、この間の動揺と不統一そのものが、いわば、この男の個性を形成することになったのである。

彼をふくめて、聖職者の陣営から離れた最前線で仕事をしていた作家の小さなグループが組織されていた。彼らは軍隊の主力に属していない、適切に言えば、宗教の浮浪人のごときものであった。なかでもヴィヨやエロオのような才能のある作家には、宗教は不信の目を向けていた。というのは、彼らにしてさえ宗教の目から見れば、まだまだ温順ではなく、まだまだ大人しいとは言えなかったからである。実のところ、宗教にとって必要だったのは、くだくだ理窟を言ったりしない兵士たちであり、批判能力のない平凡な戦士たちの軍隊であった。エロオは、こんな軍隊に屈従を強いられたある男について、怒りをこめて語ったものである。そんな次第で、カトリシズムは自分の味方の一人であり、いきり立った諷刺論文の作者である一作家を、急いで自分の兵員名簿からけずってしまった。すなわち、激烈にして婉麗、愚直にして残忍な筆を弄するレオン・ブロワ(242)である。またカトリシズムは、もう一人の作家をも、教会直轄の書店からペスト患者のごとく、尾籠な人間のごとく追放してしまったが、追放されてもなお、この作家は声を嗄らしてカトリシズムの讃歌を歌い続けていたのであった。すなわち、バルベエ・ドオルヴィリイ(243)である。

バルベエ・ドオルヴィリイがきわめて厄介な人物であり、きわめて従順でないというのは本当である。他の作家がすべて戒告を受けて頭を下げ、ふたたび一兵卒になったというのに、彼のみは手に負えない子供であって、いつまでも教会側から認許してもらえなかった。彼は文字通り女の尻を追いまわし、だらしのない身なりをした彼女を聖域に連れこんだりした。また、その宗教上の師たちに敬意を表するという口実で、礼拝堂のガラスを叩き割ったり、聖体盒を用いて手品をやったり、聖櫃のまわりで表情たっぷりな踊を踊ったりした。このように奇怪な神の僕《しもべ》が、なお正式の破門によって法律上の特権を一切奪われなかったのは、つまるところ、カトリック教会が彼の才能をあまりにも軽視していたためと言うほかはない。

バルベエ・ドオルヴィリイの二つの作品、『結婚した司祭』と『魔に憑かれた女たち』とが、わけてもデ・ゼッサントの情熱を掻き立てた。『呪縛された女』『デ・トゥーシュの騎士』『老いたる情婦』などのような作品の方が、たしかに均斉がとれていて完全ではあるけれども、どこか調子が狂っていて、熱に病み耄けたような作品にしか興味をもたないデ・ゼッサントは、これらのよく出来た作品には大して感銘を受けないのであった。ほとんど健康なこれらの作品のなかでは、バルベエ・ドオルヴィリイはつねに、あのカトリック教の二つの深淵のあいだを巧みにすり抜けていた。やがて一つに結びつく二つの深淵、神秘主義とサディズムのあいだを。

ところが、デ・ゼッサントが繙いていた二冊の書物のなかでは、バルベエは慎重な配慮を一切忘れ、乗っていた馬の手綱を思い切りゆるめて、全速力で出発し、そのまま最果ての極点まで走破するのであった。

中世紀のあらゆる神秘的な恐怖が、この真実とも思えぬ書物『結婚した司祭』の上に揺曳していた。魔術は宗教と混淆し、呪法は祈りと混淆し、かくて、悪魔よりも冷酷な野蛮な原罪の神が、罪なき女カリクストをたえず苦しめる。かつて不信心者を滅ぼそうとして、その家に天使の手によって烙印を押させたように、今また、神は堕地獄を宣した女カリクストの額に赤い十字の印を刻みつけるのであった。

妄想にとらわれた断食僧の脳中に生じたかとも思われる、かかる場景は、狂躁病者の躍り跳ねるような文体に運ばれて繰りひろげられていた。不幸にして、ホフマン[244]の活人形コッペリアを思わせる調子の狂った人物たちのなかで、ネエル・ド・ネウを初めとする幾人かは、発作のあとに続いて来るあの衰弱の時期に、作者の頭のなかで考えられたとしか思えなかった。これらの人物たちは、暗鬱な狂気のごとき全体の雰囲気のなかで、調子はずれの歌を歌い、作者の意図しない滑稽の効果を生ぜしめていたのである。ちょうど置時計の台座の上で、柔らかな長靴をはいて角笛を吹いている小さなブリキの人形が、それとよく似た滑稽感を生ぜしめる。

こんな謎のような譫妄状態の後に、小康の時期が作家を見舞った。それから、病気はふたたびぶり返して再発した。

人間はビュリダンの驢馬(245)であり、人間の魂は相等しい二つの力にこもごも引っぱられて勝ったり負けたりするものであって、人間の生命とは、天国と地獄のあいだに交わされる不安な闘い以外の何ものでもないという、そんな信仰がある。これは二つの相反する本質、魔王《サタン》とキリストを信じることにほかならないが、このような信仰は、宿命的に内心の葛藤を生ぜしめるべきものであった。すなわち、不断の闘争に昂奮し、希望と脅迫に神経を苛立たせられた魂は、最後にこの闘争に疲れはてると、二つの対立物のうち誘惑の力の強い方に身を売ってしまうのである。

『結婚した司祭』においては、キリストの誘惑が功を奏し、バルベエ・ドオルヴィリイはキリストの讃歌を歌っていたのであるが、『魔に憑かれた女たち』では、作者は悪魔の誘惑に屈服し、悪魔を讃美することになってしまった。あのカトリシズムの私生児ともいうべきサディズムがあらわれるのは、かかる時である。じつに幾世紀もの昔から、カトリシズムは手を変え品を変え、悪魔祓いや焚刑の手段に訴えて、このサディズムを追及してきたのであった。

このまことに奇妙な、まことに定義しにくいサディズムなる状態は、実際、無信仰者の魂においては起り得ない状態である。それは単に血なまぐさい暴力によって欲望を掻き立てて、肉の放蕩三昧にふけるだけでは成立し得ないのである。なぜかと言うに、そうした場合はただ生殖の感覚が錯乱するだけであって、それは一種の極端な老熟に達した淫乱症の症例にすぎないからだ。そうではなくて、サディズムは何よりもまず、瀆聖の実行、道徳的叛逆、精神的放蕩、完全に観念的でキリスト教的な錯乱の裡にこそ存するのである。それはまた、恐怖によって鎮められた歓喜、両親が触れてはいけないと言って禁ずれば禁ずるほど、いよいよ禁じられたものので遊んでみたくなる、あのわがままな子供の邪悪な満足感に似た、一種の歓喜の裡に存するのである。

たしかに、もし瀆聖ということがその中に含まれていなければ、サディズムは存在理由を失うであろう。一方、瀆聖は宗教の存在そのものから生じるので、信仰者にして始めて瀆聖は故意に、かつ妥当に実行され得る。自分に無関係な信仰や、自分の知らない信仰を瀆したところで、どんな歓びも感じる理由はないだろうからである。

したがって、サディズムの力、およびサディズムがあらわす魅力は、ひとが神に対して捧げるべき敬信の念や祈りを魔王《サタン》に引き渡すという、禁断の享楽の裡にすべて存する。したがってまた、それはカトリック教会の掟の違反であり、キリストを最も手ひどく嘲弄するために、キリストが最も憎んだ罪、すなわち礼拝の冒瀆や肉の饗宴を実行することによって、カトリックの戒律をまさに逆転させることでもあるのである。

実を言えば、サド侯爵(246)の名前から由来したこの症例は、教会と同じくらい古くから存在していた。そんなに昔に遡らなくても、たとえば十八世紀には、中世紀の夜宴《サバト》の淫靡な儀式が単純な隔世遺伝現象によって復活して、サディズムは猖獗をきわめたのである。

何千人という巫術師や妖術使を火刑によって鏖殺することを教会に許した、あの怖ろしいヤーコプ・シュプレンガア(247)の法典『巫女之鉄槌《マレウス・マレフイカルム》』を前にちょっと参照したことがあったので、デ・ゼッサントには、夜宴における淫猥な儀式とサディズムの冒瀆の模様とがほぼ理解されていた。すなわち、悪魔の喜ぶ汚らわしい夜の情景、一晩おきに繰返される正常な媾合と道はずれな媾合、さかりのついた動物相手に行われる血まみれな獣姦、そのほか、行列祈禱式の模倣やら、神に対する不断の侮辱やら脅迫やら、神の競争相手たる魔王への忠誠やらである。また一方では、パンと葡萄酒に呪いをこめて、四つん這いになった女の背中の上で黒ミサが執行され、たえず凌辱される女の裸の尻は祭壇として利用される。参列者は山羊の似姿の刻まれた黒い捏粉の聖体パンで、ふざけた聖体拝受の式を行う。

この淫猥な嘲笑、不潔な汚穢の氾濫は、サド侯爵の作品中にも明らかに見て取れた。サドはこんなものを薬味として、その瀆聖的な凌辱の怖ろしい逸楽の物語の中に採り入れていたのである。

サド侯爵は天に吼え、魔王《ルシフェル》に祈り、神を卑しきもの、極悪人、愚鈍扱いにし、聖体に唾し、さらに神に挑戦するために神の不在を宣言しつつ、自分を地獄に落すなら落してくれと言わんばかりに、下等な猥語によって神を汚そうとするのであった。

この精神状態は、バルベエ・ドオルヴィリイについてもそっくり当てはまった。なるほど彼は、救世主に対して激しい呪詛の言葉を投げつけながらも、サドほど極端には走らず、つねに用心深くびくびくした態度で、教会に敬意を表することを忘れてはいなかったが、それでもやっぱり、中世紀におけるごとく悪魔に祈願を捧げ、神を侮辱しようとして、魔に憑かれたような色情狂の状態に横すべりして行かざるを得なかった。そうして残酷な肉欲というものを空想し、サドの『閨房哲学』から一つのエピソオドを借用して、これに新たな薬味を利かせ、『無神論者の晩餐』という短篇を書いたのである。

この型破りな本は、デ・ゼッサントをいたく楽しませた。彼は『魔に憑かれた女たち』の一部を、ロオマ最高法院の判事たちによって祓い清められた本物の羊皮紙に、司教の衣のような紫色のインクで刷らせ、版面を枢機卿の衣のような緋色の枠で縁取った。印刷には、いわゆる都雅体の活字を用いたが、この活字には奇妙な鉤形や、捲れあがった尾や爪の飾りがついていて、見るからに悪魔的な感じがしたものである。

サバトの夜に唱われる歌に倣って、地獄の王への連禱を唱ったボオドレエルの幾つかの詩篇を除けば、この書物は、現代のあらゆる使徒的な文学作品のなかで、同時に敬虔でもあり不信心でもある精神状態をあらわした唯一の作品というべきであった。デ・ゼッサントもまた、神経症の発作に刺戟されて、その心にカトリシズムの記憶が蘇ってくるたびに、かかる精神状態の方向にしばしば押し流されたものであった。

バルベエ・ドオルヴィリイをもって、宗教的作家の系列は終っていた。実を言えば、この社会の除け者は、あらゆる点から見て、宗教文学よりはむしろ世俗の文学に属しており、彼自身そこに地位を占めることを拒絶されながらも要求していたのである。ねじくれた話法、普通には用いられない言回し、極端な直喩などに満ち満ちた、紛糾錯雑したロマン主義風な彼の言語は、全文にわたって騒々しい鈴を打ち振りながら、鞭の一打ちで跳ねあがる言葉の馬を疾駆させる趣きがあった。要するにドオルヴィリイは、法王至上権論者《ウルトラモンタン》一派の馬小屋に飼われているあの去勢馬のあいだにあって、一匹の逞ましい種馬のごとき存在を誇示していたのである。

デ・ゼッサントはこんなことを考えながら、この書物のなかの幾節かの文章を拾い読みしていた。この作家の力のこもった変化に富んだ文体を、同業者の固定した淋巴性体質の文体と比較してみると、ダアウィンがいみじくも発見したあの進化という問題が、言語の上にも存在することを思わないわけには行かなかった。

ロマン主義一派の環境に育ち、世俗の人々と親しく交際し、新らしい作品をよく読み、近代の出版界の事情に通じていたバルベエは、当然のことながら、多くの根本的な修正を受けて十七世紀以後生まれ変っていた文学用語を、自分のものとしていたのである。

これとは逆に、自分たちの狭い領域に閉じこもり、相も変らぬ昔ながらの読書に明け暮れ、近代の文学運動に対して無知であるばかりか、頑強に目を閉ざしてそれらを見まいとする決意さえ固めているかのごとくに思われる、あの聖職者一派の作家連中は、これまた当然のことながら、固定した言語を用いるよりほかはなかったのである。彼らの用いる言語たるや、ちょうどカナダに移住したフランス人の子孫が今なお一般に話したり書いたりしている、あの十八世紀の言語そっくりであった。母国から離れ、四方八方を英語に取り巻かれたカナダ移住者の言語においては、言回しや単語の淘汰ということが決して起らないのである。……

そうこうするうちに、御告げの祈りを知らせる鐘の銀のような響きが、食事の仕度の整ったことをデ・ゼッサントに合図した。彼は本をそのままにして、顔を拭い、食堂へ行った。いま自分が整理したすべての書物のうちで、その思想と文体とがあの腐肉の味、あの屍斑、あの爛れた表皮の美しさを示しているのは、やはりバルベエ・ドオルヴィリイの作品だけだな、と彼は心の中で考えた。熟れすぎて腐る一歩手前の、こんな不健康な魅力こそ、彼が古代のラテン文学や修道院文学の頽唐派作家のうちに、こよなく愛した味わいでもあった。

第十三章

季節は足並を乱して進行していた。この年は、すべてが滅茶苦茶な混乱であった。豪雨と濃霧に次いで、ブリキ板のように白熱した空が地平線の彼方から姿をあらわした。二日ばかりで一足跳びに、湿った霧と雨の寒さから、ぎらぎらした焼けつくような暑さ、やり切れない酷熱の気候に一変してしまった。火搔き棒で乱暴に搔き立てられたように、太陽は竈《かまど》の口に姿をあらわし、まぶしい白い光をあたり一面に投げかけた。その焔の粉は、石灰のように焼け切った白い道に舞いあがり、からからに乾いた樹木を萎れさせ、黄色くなった芝生を炒りつけた。石灰乳色に塗られた壁の反射、亜鉛の屋根や窓ガラスの燃えるような反射は、とても眩しくて見ていられないほどだった。溶鉱炉のような熱気が、デ・ゼッサントの邸をじりじりと圧迫した。

半裸体になって、彼は窓をあけ、むっとする空気を正面から受けた。食堂に避難したが、ここもまた焼けつくような暑さで、稀薄な空気が煮えたぎっていた。彼は気落ちしたように腰をおろした。書物を整理しながら取留めない空想を追って楽しんでいた頃の、あの異常な昂奮も、すでに消えていたのである。

神経症に悩むすべての人と同じく、彼も暑さには弱かった。寒さによって滞っていた血液が、ふたたび循環しはじめ、多量の発汗に消耗した肉体をいよいよ弱らせた。

汗びっしょりの背中にはりついたシャツ、湿っぽい会陰、じとじとした脚や腕、濡れた額。それに頬を伝って流れる塩からい涙。デ・ゼッサントはげっそりして椅子の上に横になっていた。ちょうどそのとき、テーブルの上に並べられた肉を見ると、彼は胸がむかむかするのを覚えた。召使に命じて肉を持って行かせ、それから半熟卵を註文して、薄いパン片を半熟卵に浸して呑みこもうとしたが、咽喉がつかえて呑みこめなかった。嘔気が口もとまでこみあげてきた。葡萄酒を少量飲むと、まるで火の切先のように胃に泌みわたった。顔を拭うと、ついさっきまで生ま温かった汗が、顳顬《こめかみ》を伝って冷く流れていた。嘔気を紛らすために氷のぶっかきをしゃぶってみたが、これも無駄だった。

ついに居ても立ってもいられなくなって、彼はテーブルに向かって突っ伏してしまった。すると息が苦しくなって、立ちあがりたくなったが、立ちあがると今度は呑みこんだパン片が、咽喉もとにゆっくりこみあげてきた。今までこんなに落着かない、こんなにむかむかする、不快な気分は感じたことがなかった。それと同時に、彼の視力は霞み、物体が二重に見え、くるくる廻るようになった。やがて距離感も失われた。テーブルの上のコップさえ一里も離れた場所にあるように見え出した。これはもう、明らかに彼が感覚器官の幻覚の玩弄物になってしまった証拠であり、自分の力ではどうすることもできないかのようであった。広間へ行って、長椅子の上に横になったが、船に乗っているような上下動が彼を揺すぶり、嘔気は却って増大した。そこで、ふたたび立ちあがって、胸につかえている卵を消化剤によって嚥下してしまおうと決心した。

食堂に取って返すと、彼はこの船室に似た室内で、何とも憂鬱な気分とともに、自分を船暈《ふなよい》にかかった船客にたとえてみたりした。よろよろしながら食器棚の方へ行き、「口中オルガン」をちらと見たが、それには手もふれず、棚の上の高いところから一瓶のベネディクティン酒を取り出した。これは、その瓶の形が何か微妙に卑猥な、しかも何か漠然と神秘的な想像を誘発するような気がしていたので、彼が大事に蔵っておいたものであった。

だが、今の彼にはそんな空想を楽しんでいる余裕はなく、無気力な無関心な眼で、この暗緑色のずんぐりした瓶を眺めるばかりであった。いつもなら、この瓶は彼に中世の小修道院長を思い出させた。古風な僧侶のような丸く突き出た胴部、羊皮紙の頭巾をかぶった頭部と頸部、青い地色をした三つの銀の司教冠を側面に巻きつけ、頸の部分を大勅書のように鉛の帯で縛った赤い封蠟、そして時代とともに色褪せたかのような、黄色くなった貼紙の上には響きのよいラテン語で、「フェカン僧院ベネディクト会修道士の酒」と書いてある。

十字架と宗教用語の頭文字D・O・M[248]を刻印し、本物の証書のように羊皮紙と縛帯にぴっちりくるまれた、この全く僧院長めいた装いの瓶のなかに、すばらしく上質なサフラン色の液体がまどろんでいた。この液体は、果糖によって薄められた沃素と臭素を含んだ海草に、鎧草《アンゼリカ》とヒソップとを混ぜて製した至精至純の芳香を滴らせていた。まことに処女のごとき初々しい甘さの下に、刺すようなアルコオル性の味がひそんでいて、飲む者の口蓋を快く刺戟し、子供っぽい敬虔な愛撫のなかに包まれた一抹の頽廃の味とでもいったようなものを感じさせた。

容器と内容、つまり、壜の古風な儀式ばった輪廓と、その全く女性的かつ近代的な中味とのあいだの、極端な不調和から来る偽善的な印象が、かつてデ・ゼッサントをさまざまな夢想に誘いこんだものであった。とど、彼はこの瓶を前にして、こんな酒を売っていた修道僧、フェカンの僧院のベネディクト会修道士について、永い物思いにふけらないわけには行かなかった。その歴史的著述によって名高い聖モオル(249)の教団に属していた彼らは、聖ベネディクトゥス(250)の定めた法規のもとに戦ったのであるが、シトオ派(251)の白衣の修道士やクリュニイ派(252)の黒衣の修道士のようには、その戒律を少しも守らなかったと言われる。デ・ゼッサントには、どうしても彼らが中世におけるように薬草を栽培したり、レトルトを熱したり、蘭引《ランビキ》のなかで万能薬や神薬を抽出したりしている姿に見えてくるのであった。

彼はこの液体の少量を飲んだ。すると数分間、気持がよくなったように感じた。けれどもやがて、胃のなかに点火された酒の焰が活気づいてくると、彼はナプキンを投げすて、書斎にもどり、部屋のなかをうろうろ歩きまわり出した。だんだん真空になって行く大きな排気鐘の中に自分がいるような気がした。頭から手足の全体まで、柔軟さが急速に失われて行った。彼は身体を硬ばらせ、もう我慢し切れなくなって、フォントネエに来てから恐らくはじめて、逃げ出すようにして庭に出た。そして樹木の下の小さな日陰に身を寄せ、芝生の上に坐って、ぼんやりした眼つきで、召使が植えた四角い野菜畑を眺めた。眺めてはいたものの、彼が物の形をはっきり見定められるようになったのは、小一時間も経ってからのことだった。最初のうちは緑色がかった靄が目の前にたなびいていて、まるで水の底にいるように、朦朧としたイメージしか分らず、そのイメージの形や色もさまざまに変化していたからである。

けれどもようやく、彼は安定を取りもどし、玉葱やキャベツをはっきり識別し得るようになった。遠くにはレタスの畑があり、ずっと向うの垣根沿いには、鬱陶しい空気の中でじっと動かぬ白い百合の花畑が見えた。

ふっと微笑が彼の唇に浮かんだ。急に彼は、あのギリシアの医師ニカンドロス(253)の突拍子もない比較を思い出したのである。ニカンドロスは、形体の上から百合の雌蕊と驢馬の生殖器とを比較して、それらを同類と見なしていたのであった。また彼は、アルベルトゥス・マグヌスの書物の一節をも思い出した。この魔法使は、レタスの葉を用いて娘がまだ処女であるか否かを知る奇妙な方法を教えていたのである。

こんなことを思い出すと、彼の気分はいくらか明るくなった。彼は庭を見まわし、暑気に萎えた植物や、灼熱した粉末状の空気のなかで湯気を立てている地面を面白そうに眺めた。それから垣根の外の、庭より一段高くなった坂道で、数人の子供たちがかんかん照りのなかで取組み合いの喧嘩をしている姿を見つけた。

彼が子供たちに注意を凝らすと、そこにまたもや、見るも汚ならしい服装をした別のちびが一人あらわれた。砂だらけのぼさぼさ髪、鼻の先には二つの青い洟提灯、そして胸のわるくなるような口のまわりには、刻んだ緑色の葱の混じった、つぶれたチーズ・パイの白い滓がこびりついていた。

デ・ゼッサントは大きく空気を吸いこんだ。異物嗜好症とでも名づけるべき、奇妙な倒錯的な食欲が彼をとらえた。あの子供の口にこびりついた汚ないパン屑を見て、彼の口には生唾がたまってきたのである。一切の食物を受けつけなかった彼の胃も、あの穢ない料理なら喜んで消化するだろうし、彼の舌も、これを無類の珍味として味わうにちがいないと思われた。

彼は一跳びで立ちあがると、台所へ駈けて行って、白パンとクリーム・チーズと葱とを村へ買いに行くよう言いつけ、また、子供が食べていたのと寸分違わぬパイを作ることを召使に命じた。そうしてふたたび樹の下へ来て腰をおろした。

悪童たちはまだ喧嘩をしていた。パンのかけらを奪い合い、口のなかに押しこんでは指をしゃぶっていた。足で蹴り合い殴り合いしているうち、弱い者は地面に押し倒され、砂利まじりの土に尻を擦りむいて、足をばたばたさせながら泣いていた。

こんな光景を見ていると、デ・ゼッサントは気持が昂ぶってくるのを覚えた。この喧嘩に対する興味が、彼の思念を病気に対する不安から逸らせてくれた。悪童たちの執念ぶかい闘争を目前に見ながら、彼は生存競争というものの厭わしい残酷な法則に思いを致した。卑しい素姓の子供たちであるとはいえ、彼らの運命に興味をもたないではいられなかった。そして、少なくとも彼らにとっては、母親に生んでもらわなかった方が増しだったのではなかろうか、と考えざるを得なかった。

実際、彼らはごく幼ない時分から、湿疹と、腹痛と、熱病と、麻疹《はしか》と、それから平手打ちに悩まされねばならず、十三歳ともなれば、もう靴で蹴られながら阿呆のように労働に従わねばならない。ようやく大人になれば、今度は女にだまされたり、病気になったり、女房を寝取られたりする。そして人生の晩年には、めっきり身体が弱って、最後は貧民収容所か養老院で、くたばり果てるのが落ちなのである。

要するに、未来は誰にとっても同じようなものであった。多少なりとも正しい判断力をもつ者なら、誰だって他人を羨むことなんかできはしないにちがいない。金持だって、生活環境は違うけれども、つまるところ、同じ情欲、同じ苦労、同じ心配、同じ病気に悩まされるのだし、また酒の楽しみ、文学の楽しみ、肉の楽しみの違いこそあれ、同じ凡庸な楽しみを味わうことに変りはないのである。あらゆる不幸には一種の曖昧な補償作用があって、一種の正義が階級間の不幸の均衡を取りもどしているかのごとくであった。すなわち、貧乏人にとって肉体的な苦痛は容易に免れることができるけれども、生まれつき虚弱で痩せた金持にとっては、それは堪えがたい不幸の原因ともなり得る、といった按配である。

子供をつくるなんて、何という気違いじみたことだろう、とデ・ゼッサントは考えた。ところが、子供を生まない誓を立てた聖職者が、あの聖ヴァンサン・ド・ポオル(254)を聖列に加えるという矛盾したことを平気でやっているのだから恐れ入るではないか！　彼こそは、無益な人生の拷問のために子供たちを残しておこうと主張した人間ではなかったか？

この男が余計なお節介をしたために、何十年間というもの、まだ何も分らず何も感じることのできない小さな子供たちの生命が、無益に延ばされてしまったのだ。そのおかげで、子供たちは止むを得ず成長し、やがていろいろなことを理解するようになり、苦痛を感じるようになり、未来を予想したり、死を予期したり怖れたりしなければならないようになってしまった。子供のうちに死んでいれば、死を怖れるどころか死という言葉すら知らなかったはずなのに。彼らのうちには、愚劣な神学上の法規のために自分たちに無理やり負わされた人生の重荷を憎むあまり、自殺してしまった連中だって、きっといるにちがいなかった！

聖ヴァンサン・ド・ポオル、この老人が死んでから、彼の思想がはびこり出した。ひとびとは捨子を、何も分らぬうちにそのままそっと死なせてやる代りに、拾って育てるようになった。ところが、捨子たちに残された人生は、日に日に苛酷になり、日に日に不毛になって行った。自由と進歩の旗印のもとに、社会は人間の悲惨な生活状態をいよいよ悪化させる手段を発見するとともに、人間をその家庭から引っこ抜き、人間に滑稽な制服をまとわせ、特殊な武器を配布し、かつて黒人が解放される以前のそれにもひとしい奴隷状態に、人間を屈従させるようになった。すべてこれ、人間をして死刑の危険を冒さしむることなく、その同胞を殺害せしめ得るようにするための処置であって、しかもそれは、一般の殺人犯人が制服を着ず、単独で、あれほど騒々しくもなく、またあれほど素速くもない武器を用いて犯す犯罪と、何ら異るところはないのである。

何という奇妙な時代だろう、とデ・ゼッサントは独語した。人類の利益を祈願して、肉体的苦痛を除去するための麻酔剤を完成しようと努めながら、同時にまた、精神的苦痛を増大させるための、かような昂奮剤を準備している現代とは！

ああ、慈悲の名において、いつの日か無益な生殖が廃止されねばならないとすれば、まさに現今を措いてほかにはないはずだったのである。しかるに、ここに又しても、かのポルタリス[255]やオメエ[256]の徒輩によって制定された法律が、残忍かつ奇怪な姿をあらわしたのである。法律の女神は生殖に関する詐欺を至当なこととして認めているのであった。それは一つの承認された事実、許容された事実なのであった。いかに裕福な夫婦であれ、その子種を洗滌器によって一掃しなかった夫婦はなく、自由に市販されている人工的な器具を用いなかった夫婦はなく、さらに、闇から闇へ葬ってしまおうという考えがその頭に一度たりとも浮かばなかった夫婦は、ひとりとしていないのである。にもかかわらず、もしこうした予防、もしくは瞞着の手段が十分な効を奏さず、詐欺がついに失敗に帰した場合、この失敗を回復せんがために、何らかのより有効な事後の手段に訴えたとすれば、ああ、その時こそは、善意の精神から彼らの所業を非難する人たちは後を絶たず、この不逞な夫婦を収監するための監獄、刑務所、徒刑場は幾つあっても足りないほどであろう。ところで、彼らの所業を非難するその人たちが、同じ晩に、夫婦の寝室で、子供を産まないために最善をつくしていんちきをやっているのである！したがって、詭計そのものは罪ではなく、失敗した詭計を回復しようとすることが、まさに一つの罪なのである。

要するに社会にとっては、生命を賦与された存在を殺すことによって成立する行為が、罪の名のもとに呼ばれているのであった。しかし考えてみれば、胎児を掻爬したからといって、まだ形もなければ生きてもいない一個の動物を駆除したことにしかならないはずではないか。たしかにそれは、犬や猫よりも知性がなくて、しかも醜悪な存在である。犬や猫ならば、誕生後でも平気で殺して悔いない人間が、どうして人間の胎児を殺して罪になるのであるか。

公平を期するために、次のことをつけ加えておくのがよろしかろう、とデ・ゼッサントは考えた。すなわち、子供を人生の重荷から救ってやるという大罪を犯して罰せられるのは、一般に不始末のあと急いで雲隠れしてしまう不器用な男の方ではなくて、男の不器用の犠牲者たる女なのである。

それでもやっぱり、この文明世界には、これほど自然な人間の行為を抑えつけようとする偏見が満ち満ちていることが必要とされるのであるらしかった。原始人、たとえばポリネシアの野蛮人は、彼らの唯一の本能の然らしむるところによって、こうした行為を易々として実行に移しているのであるが……。

こんな風に、デ・ゼッサントが人類に対する慈愛にみちた考察を進めている最中に、召使がやってきて、彼の所望したパイを銀鍍金《めっき》の皿にのせて差し出した。すると又もや、のたうつような嘔気が胸もとにこみあげてきた。とてもこんなパンを嚙る勇気はなかった。病的な胃の昂奮は、嘘のように消えていた。ひどく胃が荒れているという感じが、ふたたび戻ってきた。立ちあがらねばならなかった。陽が動き、彼の坐っている場所がほとんど日向になってしまったからである。暑気はさらに激しく、さらに重苦しくなった。

「このパイは」と彼は召使に言った、「道で殴り合いをやっている子供たちに投げてやれ。弱いやつは片輪にでもなって、一片も分け前をもらえなけりゃいいんだ。おまけにズボンをやぶき、眼に痣をこしらえて家に帰れば、また家の者からこっぴどく殴られるだろう。殴られながら、自分たちの将来の人生とは、要するにこんなものだということが分れば、それでいいじゃないか！」

そう言い捨てて、彼は家にもどり、倒れるように肘掛椅子にへたりこんだ。

「それにしても、少しは食べるように努力してみなければいかんな」と彼はつぶやいて、まだ地下室に何本か残っていたJ・P・クロエトの古いコンスタンティア酒に、一枚のビスケットを浸してみた。

この酒は、ちょっぴり火に炙った程度の玉葱の皮の色をしていて、長いあいだ貯蔵されたマラガ葡萄酒およびポオトワインに通じるものがあったが、特別な甘い匂いと、日光に純化され圧縮された汁気の多い葡萄酒に似た後口《あとくち》とがあって、ときどき彼が気つけ薬として用いているばかりでなく、どうしても物が食べられないときには、これを飲むと、弱った胃に新たな元気が湧いてくることさえあった。しかし、普段はあれほどよく利くこの気つけ薬も、今日は駄目であった。それなら軟化薬を飲めば、この焼鏝をあてられているような疼痛が鎮まるかもしれない、と彼は思って、艶消しの金色を塗った瓶の中に入ったロシアのリキュール酒、ナリヴカを用いてみた。ところが、この苺の香のする油状のシロップも、さっぱり効き目がなかった。ああ！　思い起せば、はるか昔、まだ健康だった頃、デ・ゼッサントは暑い土用の真っ盛りに、家のなかで橇《そり》に乗り、毛皮の外套にすっぽりくるまって、胸もとをかき合わせ、一心にがたがた慄えたり、歯をがちがち鳴らせたりする努力をしながら、次のように心の中で呟いていたものであった、「おお！　何て冷たい風だろう。まったく、こんなところにいたら凍えちまいそうだ！」――すると、まるで本当に寒い地方にでもいるかのような気がされてくるのであった。

こんな銷夏法も、彼の病気が本物になってからは、不幸にしてすでに効き目がなくなっていた。

また阿片チンキを用いるという手段も、役に立たなくなっていた。それによって鎮静されるどころか、却って眠れなくなるまでに昂奮してしまうのである。かつては彼も阿片やハシッシュを用いて幻覚を視ようとしたものであったが、この二つの物質は、彼に嘔吐と激しい神経障害を惹き起すのであった。そこでやむを得ず、彼はただちに、こんな薬を吸飲することは止めにして、それからは野暮な刺戟剤などに頼らずに、ただ脳中の夢想のみにすがって、生活のはるか彼方に運ばれて行くのを常としたものであった。

いま、彼は首筋の汗を拭いながら、何て暑い日だろう、と思っていた。汗が流れるたびに、わずかに残っている体力が汗に溶けて失われて行くように思われた。熱に浮かされたように、彼は一つところにじっと止まっていることができず、またもや部屋から部屋をうろついて、どこか居心地のよい場所はないかと探しまわった。そして最後に悪戦苦闘の末、疲れ切って、仕事机の前に崩れるように坐り、テーブルに凭れかかると、彼は何も考えずに、本やノートの積み重なった上に文鎮として置いてあった一個の渾天儀《アストロラーブ》を、無意識に動かしはじめた。

十七世紀ドイツで作られた、この黄金色に輝やく彫り刻まれた銅製の天体観測器械は、彼がクリュニイ美術館を観た後に、さるパリの古物商で買い求めたものであった。あるとき、彼はクリュニイ美術館で象牙細工のすばらしい渾天儀を見て、その何やら秘儀的な外観にすっかり魅せられ、惚れこんでしまったのである。

この文鎮を見ていると、彼の心に、遠いかすかな記憶がもやもやと群がり起った。このきらびやかな器具を前にして、ようやく運動を起しはじめた彼の思念は、フォントネエを飛び立ち、パリに向かい、かつてこの渾天儀を売っていた古道具屋の店先にまで長駆した。それから、ふたたび共同浴場の廃墟のクリュニイ美術館に、彼の思念は逆もどりし、あの象牙の渾天儀を心の裡にまざまざと思い描くのであった。その間、彼の眼はテーブルの上の銅の渾天儀を、見るともなしにぼんやり眺めつづけていた。

やがて彼の空想の散歩は、美術館を出て、町のなかをぶらぶら歩き、デュ・ソムラアル街からサン・ミシェル大通へ、さらに付近の横町へと移って行った。そして、よく流行っている何軒かの店、その特別の飾りつけが通るたびに彼の目を惹いていた、何軒かの店の前で足をとめた。

渾天儀から始まったこの空想旅行の行きつく先は、ラテン区の下等な居酒屋であった。

彼はムシュウ・ル・プランス街や、オデオン座にいたるヴォジラアル街のはずれにある、これらの沢山のいかがわしい店を想い出していた。時とすると、これらの店はアントワープの鰊《にしん》運河街の古い遊廓のように、櫛の歯のごとく立ちならび、歩道せましとばかり、ほとんど似たような構えの店頭をずらりと繰りひろげていた。

細目にあいた扉や、色ガラスやカーテンで薄暗く遮蔽された窓越しに、女たちの姿がちらちら見えた。ある女たちは鵞鳥のように首を前に突き出して、足をひきずりながら歩きまわっていた。ぐったりした様子で腰掛に坐って、大理石のテーブルに双肱をつき、両手で頭をかかえて、歌を口ずさみながら物思いに耽っている女もあった。また、大きな姿見の前に立って身体を左右に揺すぶりながら、床屋でぴかぴかに光らせた髷《かもじ》を指の先で軽く叩いている女もあった。さらに他の女たちは、留金の利かなくなった財布から、白い銀貨や銅貨をざらざら引き出し、きちんと積みあげたり並べたりしていた。

大部分の女たちは、張りぼてのような顔、しゃがれた声、たるんだ乳房、それに化粧した瞼をしていて、それぞれ区別がつかないほどよく似ていた。ちょうど同じ鍵で捩子を捲かれて一斉に動き出す機械人形のように、彼女たちは、同じ調子で同じ勧誘の言葉を投げ、同じ微笑とともに、同じ気まぐれな話題、同じ突拍子もない悪態をつくのであった。

こんな居酒屋や陋巷のごちゃごちゃした塊りを、空想の翼にのって一目で高みから見おろしてみると、デ・ゼッサントの心には幾つとない聯想が湧き、やがてそれが一つの結論に達するのであった。

こうした酒場が何を意味するかを、彼はいま理解していた。それは、現代という時代の精神状態に完全に符合するものであった。彼はそこから時代の概括を引き出していた。

実際、もろもろの徴候は明らかであり、確実であった。すなわち、すでに女郎屋というものは姿を消していた。そして一軒の女郎屋が店を閉めるにつれて、一軒のあやしげな居酒屋が開業するのであった。

人目をはばかる密かな愛欲に奉仕する、この売淫という慣習の廃絶は、人間に肉の欲望がある限り、ついに人類の理解を絶した幻想の裡にしか存在しないかのごとくであった。よしんばいかに醜悪であろうと、居酒屋は一つの理想を満足させるものではあった。遺伝によって伝えられ、早熟な無作法と絶えざる野蛮な学校生活によって助長せしめられた、あの功利主義的精神の傾向が、現代の青年をいかに途方もなく育ちのわるい、いかに途方もなく実利的かつ冷淡な人間に作りあげていようと、それでもやはり彼らは、心の奥底では、あの古き理想の青い花、腐って厭な臭いを発する、あのいかがわしい愛欲の理想を失わずに保持しているのであった。

今日、血が立ち騒ぐのを感じても、彼ら青年は門をくぐり、欲望を行使し、金を払い、そして門から出てくることを決意するわけには行かなくなっていた。彼らから見れば、そんなことは獣姦にもひとしい所業であり、予備行為なしに牝犬に挑みかかる牡犬の交尾にもひとしい所業であった。それに、こうしたもぐりの女郎屋からは、すでに客と女とのあいだに心意気というものが失われていた。意地っ張りの見せかけ、征服者気取り、名ざしの贔屓、そして、娼婦の側から示される気前の良さというものも、すでにそこには影をひそめていた。娼婦は金額によって愛撫を小出しにするのであった。むしろ、喫茶店の給仕女を口説くときの方が、あらゆる恋愛の細やかな感情、あらゆる情緒纏綿の趣きが大切に保持されていた。喫茶店の給仕女を青年たちは張り合い、過分の手当を与えて彼女から逢引の約束でも得ると、彼らは、真面目に恋仇に勝ったと思い、名誉の勲章か特別の好意のしるしでも貰ったような気になるらしいのである。

だが、こんな家畜化した腑抜けのような状態は、娼家の品位を損っていたものと全く同様に、愚劣であり、功利的であり、卑屈であり、惰弱であった。前者もまた、後者と同様に、渇望せずして咽喉を霑し、理由なくして笑い、動機なくして職業婦人の愛撫に焦がれ、いがみ合ったり髪のつかみ合いをやったりするの類いであった。それなのに、久しい以前からパリの青年たちは、居酒屋の女給が造形的美の見地から言っても、手慣れた態度および必要な装身具一切の見地から言っても、豪華なサロンに閉じこめられた女たちにはとても及ばないという事実にまだ気がついていないのである。いやはやどうも、とデ・ゼッサントは呟やいた、喫茶店のまわりに群がる連中とは、何という浅はかな連中なのだろう。彼らの笑止な幻想はともかくとしても、下落した胡散くさい誘惑の危険というものを忘れているこの連中は、女主人にあらかじめ定められた品数の飲食によって費される金やら、値段をつりあげるためになかなかやって来ない女を待ちつつ失われる時間やら、心づけをもらいたくてうずうずしている女が示す思わせぶりな態度やら、そうしたすべての不愉快さまで、すでに念頭から失うに至っているほどなのだから!

こんな馬鹿馬鹿しいセンチメンタリズムが、猛々しい実用的精神と結びついて、今世紀の支配的な思想をあらわしているのであった。十銭の金を手に入れるために隣人の片目をつぶしかねない連中が、情容赦もなく彼らをじらし、ひっきりなしに彼らから金を捲きあげようとするあの薄汚ない居酒屋の女将の前で、まったく正気を失い、まったく抜目なさを失ってしまう。

ひとたび巧智の精神がはたらけば、家族たちは商売にかこつけて、お互い同士を食い物にし合い、親爺は息子に金をちょろまかされ、息子は息子で例の女たちにだまし取られ、最後に女たちは、その情夫にすっかり剝ぎ取られてしまう。

パリの町の東から西まで、北から南まで、ぺてんと策略が一本の鎖のように連続して続き、組織的な盗みが押し合いへし合いしながら行列し、次から次へといたちごっこをやっているのであった。そして、こんなことになるのも、人々が相手をただちに満足させてやらないで、じらせたり待たせたりすることを心得ているからこそであった。

ありていに言えば、人類の知恵の肝心要《かんじんかなめ》は、物事を長びかせること、つまり、最初は否《ノン》と言っておいて、やがて最後に諾《ウィ》と言うことにあったのだ。子孫をつくるということも、つまりは血統を引き延ばすことにほかならないではないか！

「ああ、おれの胃もそんな風だったら大変だぞ」とデ・ゼッサントは胃痙攣に身をよじりながら、溜息まじりに言った。遠くをさまよっていた彼の精神も、これでふたたびフォントネエに戻ってくることになった。

第十四章

　ともすれば騒ぎ出そうとする胃を宥めたり賺したりして、どうにかこうにか数日が過ぎた。が、ある朝、脂肪の匂いと肉の血の臭いを消すために用いていたソオスが、どうしても咽喉を通らなくなった。デ・ゼッサントは不安におびえ、すでにひどくなっていた衰弱がさらに増進し、このまま寝こむことになるのではなかろうかと怪ぶんだ。そのとき、突如として彼の窮境に一条の光がさした。かつて大病に悩んだ彼の友達の一人が、ある圧力鍋料理のおかげで貧血症を阻止し、衰弱を食いとめ、やや精力を貯えることに成功したという話を思い出したのである。

　彼は早速、この貴重な道具を求めに召使をパリにつかわすと、製造業者が添付した趣意書にしたがって、みずから料理女に、ローストビーフを刻んで、それをこの錫の鍋に葱や人蔘の薄切りと一緒に水なしでほうりこみ、鍋の蓋を捩子で締めて四時間たっぷりかけて湯煎にする方法を教えこんだ。

四時間たったら、滓をしぼり、鍋の底に残ったどろどろした塩気のある汁を、匙ですくって飲むのである。すると、生暖かい柔らかな、ビロオドで愛撫されるような感触が、咽喉を伝って下りて行くのが分る。

この栄養のエッセンスは、胃痙攣やむかむかした気分を止め、それまで何も受けつけなかった胃に、匙で何杯かのスープを摂取する元気を起させる。

この圧力鍋料理のおかげで、デ・ゼッサントの神経症は阻止された。彼はこう思った、「これで当分助かった。たぶん、そのうちには気候が変って、おれを疲れさせるあの嫌らしい太陽も少しはほとぼりを冷まし、まあまあ無事に、やがて霧と寒さの季節を迎えることもできるだろう」

こうして無為と懶惰な倦怠の裡に身を沈めていると、整理し切れないままになっていた蔵書のことが気になり出した。もう肱掛椅子から動かなくなると、彼の目はどうしても、書架の棚に乱雑に差しこまれた世俗の文学書の方へ向かってしまうのだった。それらの本はやたらにごたごたと積み重ねられ、将棋倒しになって倒れかかったり、横に寝たり、ひっくり返ったり、斜めに立ったりしていた。宗教関係の本が壁に沿ってきちんと丹念に並べられ、完全に整頓されつくしているのを見るにつけても、この世俗の書籍の乱雑さは、まことに目ざわりであった。

この混乱を彼は何とか収拾しようとしてみたが、十分間も立ち働くと、もう汗がいっぱいになり、くたくたになってしまった。疲れ切った様子で長椅子に横になり、呼鈴を押して召使を呼んだ。

彼の指図によって、老人は仕事にかかった。彼が本棚を見渡して、場所を示すと、老人は指示された本を一冊ずつ持ってくるのだった。

この仕事はそれほど永くはかからなかった。デ・ゼッサントの蔵書のなかには、現代の世俗の作品はごく少数しか含まれていなかったからである。

金属線を鋼鉄の伸金板に通して、細い、薄い、ほとんど目に見えないほどの太さの繊条にするように、彼もまた、その蔵書を脳髄の伸金板に通してみることによって、そういう操作に従わせられないような書物、さらに読書の展延機に掛けることができないほど硬く焼《やき》が回ったような書物は、どんどんこれを捨て去るようにした。そんな風に一途に洗錬を望むことによって、彼はあらゆる書物の所有を制限し、ほとんど蔵書を貧しくさえして、自分の思想と、自分が偶然に生まれたこの世の思想とのあいだに、厳として存する越えがたい溝をばさらに際立たせようとしたのであった。その結果として、現在の彼には、自分の秘かな欲望を満足させてくれるような作品をもはや見出すことが不可能になっていた。かつて彼の精神を研ぎ澄ませ、彼をしてこんなに疑い深く、こんなに鋭敏ならしめるに貢献した幾冊かの書物のみが、まさに彼の歎賞措く能わざる書物であった。

とはいえ、彼の芸術理念はごく単純な見地から発していた。彼にとって、流派というものは存在しなかった。ただ作家の気質のみが重要であった。扱う主題がどうであろうと、ただ作家の頭脳のはたらきのみが興味の中心であった。残念ながら、この作品鑑賞上の明々白々たる真理は、ほとんど適用されてはいなかった。その理由はごく単純で、誰でも心の裡では偏見から逃れたい、自分だけの趣味嗜好から免れたいとは思うものの、やはり自分自身の気質に密着した作品を偏愛し、その他の作品は傍らに追いやってしまうことになり勝ちだからである。

彼の心のなかで、選択の作業は徐々に行われた。かつて彼は偉大なバルザックに心酔していたが、身体の調子がおかしくなり、神経が過敏になりはじめるにつれて、その好みも修正され、その感激の対象も変化した。『人間喜劇』の非凡な作者に対して公平を欠くことになるとは重々知りつつも、彼はやがて、その壮健な芸術が何ともやり切れなくなって、もうバルザックの本を開きもしないようになってしまった。現在、彼の心を揺さぶる熱読の書は、いわば何とも定義しがたい別の種類のものとなっていた。

けれども、自分の心をよくよく探ってみると、何よりもまず自分が惹きつけられる書物は、エドガア・ポオが要求していたような、あの一風変った性格をおびた作品でなければならないことが理解された。が、彼はこの道をさらに遠くまで好んで突っ走り、脳髄のビザンティン様式風な花々、言葉の複雑な頽廃をしきりに求めた。そして、そこでこそ彼が夢想するにふさわしい、ある不安を惹起せしめるような不分明な世界を希求し、これを己れの精神の束の間の状態によって、心まかせに、より一層曖昧ならしめたり、より一層堅牢ならしめたりするにいたった。要するに、彼はそれ自身によって芸術作品であるような、それ自身において芸術作品の名に価するような、一個の芸術作品を望んでいたのであった。こうして彼は、あたかも補助薬に力づけられ賦形剤に導かれるかのごとく、かかる芸術作品と手をたずさえ、かかる芸術作品に励まされて、昇華した感覚が彼の心に思いがけない激動を刻みつけるような、ある領域に進出することを志したのである。なお、その激動がいかなる原因によるものか、彼は永いこと分析を試みたにちがいなかったが、もとより解明の手がかりとては与えられるべくもなかったのである。

結局、パリを離れて以来、彼はだんだんと現実から遠ざかり、殊にもいや増す嫌悪とともに眺めていた現代世界から遠ざかるようになった。そしてこうした嫌悪は、不可避的に彼の文学芸術に対する趣味にも影響をおよぼし、彼はついに、その限られた主題を現代生活に求めているような絵画や書物からは、でき得る限り目をそむけるようになった。

したがって、どんな形式のもとに表現された美であっても、無頓着にこれを鑑賞するといった能力は、デ・ゼッサントには失われていたので、たとえばフロオベエルならば『感情教育』よりも『聖アントニウスの誘惑』を、ゴンクウルならば『ジェルミニイ・ラセルトゥ』よりも『ラ・フォスタン』を、ゾラならば『居酒屋』よりも『ムウレ神父の罪』を、それぞれ一層好んだのであった。

この見解は彼には論理的に思われた。これらの作品は、直接現実に素材を求めたものではないが、きわめて調子の高い、きわめて人間的なものであって、彼をしてこれらの巨匠の気質の奥深くに分け入らしめ、彼らが真摯な真面目な調子をもって、各自の魂の最も神秘な情熱を披瀝するさまを明らかに見てとらせた。それのみか、これらの作品は、他のいずれの作品よりも高所に彼を運び、彼が飽き飽きしているせせこましい生活の外に、彼の思いを誘うのであった。

次いで彼は、これらの作品を読んで、それを書いた作家との完全な思想の一致を見出した。彼らは当時、彼と同じような精神状態にいたからである。

実際、才能のある人間の生きねばならぬ時代が、味気なく愚劣な時代であるとき、芸術家は知らず識らずのうちに、過去の時代の郷愁に憑きまとわれるのである。

芸術家は、その生活する環境が自分と滅多に調和しなかったり、また、その環境やそこに棲息する人物を検討してみても、心を楽しませるに足る観察と分析の喜びが見出せなかったりすると、身内にさまざまな異常な現象が湧き起り、花ひらくのを覚える。すなわち、漠とした脱出の欲望がまず起り、冥想と研究のうちに徐々に形を整えて行くのである。本能と、感覚と、遺伝によって伝えられた諸傾向とが眼ざめ、正体をあらわし、逆らいがたい自信をもって迫ってくる。芸術家は、自分がみずから親しく知らない人間や事物の記憶を喚び起す。やがて、彼は自分が生きている時代の牢獄から荒々しく脱走を企て、思いのままに他の時代を放浪するようになる。この時代こそ、彼が極端な幻想によって、自分と最も見事に調和すると信じた時代である。

ある者にとっては、それは過去の世紀の消えはてた文明、死滅した時代への復帰であり、また他の者にとっては、それは幻想と夢想への渇仰である。それはまた、多かれ少なかれ、やがて花咲くべき未来の強烈な幻視であり、そのイメージは芸術家が意識しなくても、先祖返りの作用によって、過ぎ去った時代のそれに似てしまうのである。

フロオベエルにおいては、それは荘厳にして広漠たる絵画であり、野蛮にして絢爛たる額縁にはめこまれた、華麗にして雄大な光景にほかならなかった。震えおののく繊細な人物、謎めいた傲岸な人物、さては、完璧な美貌をもちながら心に懊悩をいだく女人が、この光景を中心に動きまわる主要な登場人物であった。味わいつくした快楽の怖るべきみじめさに絶望した、これらの女人の心の奥底に、作者は痛ましい錯乱や、狂気の憧憬を見事に描き分けていた。

偉大な芸術家の資性はすべて、この『聖アントニウスの誘惑』と『サランボオ』の比類なきページに輝いていた。これらの作品において、作者がわれわれの見すぼらしい生活からはるかに遠く喚起しているものは、古代アジアの眩ゆいばかりな輝き、そのさかんな放射と神秘な衰滅、その遊惰な乱行であり、あるいはまた、底をつくより早く豪奢と祈りの生活から溢れ出る、あの重苦しい倦怠によって強いられた兇暴さであった。

ゴンクウルにおいては、それは前世紀への追慕と、永遠に消え去った優雅な社会への復帰であった。防波堤を打つ怒濤や、酷熱の空の下に果てしなく広がる沙漠などの大規模な背景は、彼の作品中には存在しなかった。彼のノスタルジックな作品は、もっぱら王宮の苑生のほとり、疲れた微笑を泛かべ、みだりがわしく顔をしかめ、諦らめ切れぬ物思わしげな瞳をした女の、逸楽的な香りにぬくもった閨房に捧げられた。彼がその作中人物に与えた魂は、フロオベエルがその作中人物に吹きこんだ魂、すなわち、どんな新たな幸福もあり得ないという頑なな確信によって、あらかじめ反抗的になっている魂とは別のものであった。むしろそれは、多かれ少なかれ技巧的な男女の欲望の満足のなかに時代から時代へと伝わって行く、太古以来の享楽を改善したり、また、多少とも斬新な精神的結合を創り出したりするために、今まで試みられたすべての努力がまったく無駄であったということを、経験によってすでに知っているが故に反抗的になっている魂であった。

ラ・フォスタンという女人はわれわれのあいだに生きており、まさしく身も心も現代の女人であるが、彼女は祖先との感応によって、過ぎ去った世紀の匂いのする魂、倦怠した脳髄、過剰な官能をもった女人でもあった。

エドモン・ド・ゴンクウルのこの作品は、デ・ゼッサントの愛惜措く能わざる書物のひとつであった。そして実際、彼の求めている夢想への示唆が、この作品にはあふれていた。書かれた行の下に、ただ精神にのみ見える別の行が露われており、それは情熱のために抜け道を切りひらく形容詞と、いかなる慣用語も埋め得ない魂の無限の広さを推測させる黙説法とによって、暗示されていた。しかも、彼の言葉はフロオベエルのそれのような、真似のできない豪華な言葉ではなく、犀利にして艶美、精力的かつ老獪な文体であって、五官を打ち感動を惹起せしめる把握しがたい印象を記述するに敏であり、また、それ自体奇妙に複雑な一時代の錯綜した陰影を造型するに打ってつけな文体であった。要するに、老頽した文明には欠くべからざる言葉であり、文明はいつの時代にあらわれようとも、それが必要とするものの表現のために、かような語句の意義、言回し、新たな精錬を要求するのである。

ロオマにおいては、まさに滅びんとする異教主義《パガニズム》がアウソニウス、クラウディアヌス、ルティリウスなどを輩出せしめて、韻律法を修正し、言語を変質させた。その緻密かつ精巧、しかも朗々として読者を酔わせる文体は、とくに光彩と陰影と色調とを描写する部分においては、ゴンクウルの文体と必然的な類似を示していた。

パリでは、文学史上ふしぎな事実が発生した。死に瀕した十八世紀の社会では、画家も、彫刻家も、音楽家も、建築家も、みんな同時代の趣味に染まり、同時代の学説に浸されていたのであるが、その社会の息も絶え絶えな優雅さを語ったり、あれほど残酷な罰を受けた熱病的な享楽の精髄を表現したりした真の作家というものは、おかしなことに一人として生まれなかった。つまり、それには十九世紀のゴンクウルを俟たねばならなかったのだ。彼の気質は、その時代の知性の貧困と低劣な欲望のあさましい光景に苛立たせられた、追憶と哀惜の情から生まれたもので、史実に関する著作はもとより、『ラ・フォスタン』のごときノスタルジックな作品でも、彼は十八世紀の魂を蘇生させ、恋と芸術という苦しい誘導剤をとことんまで味わいつくすために身心を極度に疲弊せしめた一女優の裡に、十八世紀の神経質な繊細さを具象化することができたのである。

ゾラにおいては、この彼岸へのノスタルジイはまた別のものであった。彼の許には、消え去った王国や、過去の闇のなかにさまよう世界へ脱出しようという欲望は少しもなかった。もっぱら生命の繁茂や、多血質の体力や、精神的健康に執着した力強く堅固な彼の気質は、前世紀の人工的な美や粉飾された萎黄病などから顔をそむけたし、また古代オリエントの宗教的儀式や、残忍な蛮行や、女性化した曖昧な夢想などからも顔をそむけた。しかし彼にもまた、今まで彼が研究してきた同時代の世界から遠く逃れようとするノスタルジイ、要するに、詩そのものである要求に迫られる日がきた。かくて、彼は陽光のもとに樹液のたぎる理想的な田園へとひた走ったのである。そして、大空の幻想的な発情や、大地の永い悶絶や、花々の貪欲な器官のなかへ落ちる、豊饒な花粉の雨などを空想した。すなわち、彼は巨大な汎神論に達して、このエデンの園にみずから創造したアダムとイヴを棲まわせたばかりでなく、おそらくは知らず識らずのうちに、インドの不可思議な詩をつくり出し、どぎつく塗りたてた大胆な色調がインドの絵画に似た怪奇な輝きを示す文体をもって、潑剌と生動する肉と物質の讃歌を奏で、また、生殖に対する兇暴な怒りとともに、恋愛の禁断の木の実と、その窒息と、その本能的な愛撫と、その自然のままの姿態とを人類に示したのであった。

ボオドレエルとともに、この三人の巨匠は、近代フランスの世俗文学中にあって、デ・ゼッサントの精神を最も強くとらえ、最も強く練り鍛えた人々であった。しかしながら、その作品を堪能するほど再読三読し、すっかり諳《そら》んじてしまうほど熟知することになると、それでもまだ夢中になって読みつづけるためには、しばらくそれらの本を書棚に休ませておいて、頭から追い出してしまおうと努力することが必要であった。

だから、いま、ちょうど召使がそれらの本を差し出したのに、彼はほとんど開きもしなかった。ただそれらの本がおさまるべき場所を指示して、きちんと安全に整理されるよう目を光らせているだけだった。

召使は新らしい一まとめの書物を持ってきた。これらの本は、前のそれより彼の心に重くのしかかってくるものだった。それらの本に対する彼の好みは徐々に形成された。いわば、より大きい完璧な作家につき合って疲れた頭脳を、それの持つ欠点そのものによって慰撫してくれるような書物であった。この分野でも、デ・ゼッサントはひたすら洗錬を望んだ結果、ごたごたした文章のあいだに、何かぴりぴりと電気を発するような章句はないものかと探すまでになった。すると章句の方でも、最初のうちは電気に抵抗するように見えたデ・ゼッサントという媒質のなかに、なみなみと電流を注ぎ込んでやることになり、ようやくにして彼は実際に戦慄をおぼえるのであった。

過剰であったり独創性に欠けたりしていなければ、欠点さえも彼を喜ばせた。おそらく、デカダンスの二流作家、個性的であるにもかかわらず不完全な作家は、真に偉大かつ完全な同時代の芸術家よりも、より刺戟的な、より食欲をそそる、より酸味の強いエッセンスを抽出して見せるにちがいないという彼の説には、ある程度の真理がふくまれていた。彼の意見では、混沌と渦巻いている未完成の作品の裡にこそ、この上もなく鋭い感受性の高揚、この上もなく病的な心理学の気まぐれ、また、感覚と観念の沸騰せんばかり辛辣な味を抑えたり隠したりすることを絶対に拒否する、言葉のこの上もなく極端な頽廃が認められるのだった。

そんなわけで、巨匠たちの次には、どうしてもこういった群小作家の方へ興味が向くのであった。彼らを理解できぬ世人に閑却されているだけに、これらの作家は、よけい彼にとって好ましく親しみの持てる作家であった。

彼らのなかで、ポオル・ヴェルレエヌはかつて『土星人《サチュルニアン》の詩』という一巻の詩集をもって詩壇にデビューしていた。このほとんど柔弱な詩集のなかでは、ルコント・ド・リイルの模倣とロマン派的修辞学の実践とが肩を並べていたが、『よく見る夢』と題する十四行詩などのごとき数篇には、すでにこの詩人の真の個性が滲み出ていた。

ヴェルレエヌの過去の業績をたずねた結果、デ・ゼッサントは彼の不安定な習作のうちに、すでにボオドレエル風が深く染みこんだ才能を発見した。このボオドレエルの影響は年とともに度を増したが、彼が永遠の師匠から受けた施し物は、もとより明らかに人目に立つようなものではなかった。

その後の詩集『よき歌』『艶なる宴』『言葉なき恋歌』および最後の詩集『叡智』などは、いずれも、同輩の群から断然として頭角をあらわしたこの独創的な作家の数々の詩篇をおさめていた。

めずらしい休止で切られた彼の詩句は、動詞の時称や、また時には一音節の語の前に置かれた長い副詞から韻を獲得し、ちょうど水量のゆたかな滝が岩の端から流れ落ちるような効果を与える。またしばしば、決して魅力がなくはない大胆な省略や奇妙に不正確な語法を用いて、思いも及ばないような難解さに達することがある。

誰よりも巧みに韻律法を操って、彼は定形詩を若返らせることを試みた。彼がひねくりまわす十四行詩は、ちょうど鰓《えら》を下にして台の上に横たわった色さまざまな日本の魚の陶器の置物のように、尾をぴんと宙に跳ねあげている。あるいは彼は、みずから偏愛していたらしい男性韻ばかりを組み合わせて、十四行詩を堕落させたとも言える。そればかりか、しばしば三つの詩句を一節にし、その中央の句には韻を踏ませないという奇妙な形式を用いたり、単韻の三句をつらね、その後に反覆句としての一句を加えて、『街《ストリート》』における「ジッグ踊りを踊ろうよ」のように同じ文句を繰返したりした。なおまた、彼はある音がほとんど消えてから、それを遠く離れた後節でふたたび響かせるという、あたかも鐘の余韻にも似た別種の韻律法を用いたこともあった。

けれども、彼の個性はとりわけ次のような点にあった、すなわち、彼は取りとめのない甘美な意中の思いを、たそがれの薄闇のなかで、小声で語る術を心得ていたのである。ただ彼のみが、魂のぼんやり曇った彼方に何物かを意識させ、思念のいともかすかな囁きと、いとも忍びやかな、いとも途絶えがちな告白とを推測させたのである。そこで、そうした微妙な声を知覚する耳は、ただひたすらにためらいつつ、この聞くというよりも察知した息吹の神秘にいよいよ掻き立てられた悩ましさを、魂にそっと耳打ちするという具合であった。ヴェルレエヌ風の調子はすべて、あの『艶なる宴』のなかの見事な詩句に見出される。

夕暮が、そこはかとない夕暮が落ちる頃、
乙女らは、夢見心地にわたしの腕にすがり、
忍び音に、色よい言葉を口にする、
それからというもの、わたしの心はふるえおののいている。

これはすでに、ボオドレエルの忘れがたい扉から覗き見た広大無辺な地平線ではなく、月光のもとに細目に透かし見た、狭いながらも親しみぶかい、要するにこの作者独自の分野であっ

た。なお、作者は次のようなデ・ゼッサントの愛誦する詩句によって、自分の詩の理論を表明していた。

なぜならば、われらはさらに陰翳を望むからだ、
色彩ではなく、陰翳だけを望むからだ、
…………
そして、その余はすべて文学である。

デ・ゼッサントは好んでヴェルレエヌのさまざまな作品世界を渉猟し、詩人の行くところへ赴いた。サンスのある新聞印刷所から『言葉なき恋歌』を出版した後、ヴェルレエヌは久しく沈黙を守っていたが、やがてヴィヨンのやさしく内気な調子を偲ばせる美しい詩をひっさげて、ふたたび登場し、「官能的精神と悲しき肉体の日常から遠く離れた」処女マリアを歌った。デ・ゼッサントは、この『叡智』なる書物をしばしば反覆読誦しては、これらの詩を前にして、ひそかな人知れぬ夢想にひたったり、ビザンティン風の聖母《マドンナ》に対する神秘な愛の物語を思い起したりするのであった。しかも、ある時には、この聖母は現代の世界に迷いこんだ謎めいた、怪しげな女性シダリイズに変身してしまうので、なぜ彼女がこれほど途轍もない堕落の道に憧れ、やがて抗しがたくそのような姿を実現してしまうのか、読者には見当もつきかねるほどであった。そうかと思うと、彼女は自分のまわりに熱愛する魂の飛び迷う、無垢な一つの夢のな

かに逃れ、永遠に告白されず永遠に純粋な状態に向って、突進するのであった。

そのほかにも、まだ信頼してよいと思われる詩人たちがいた。たとえば一八七三年、世間的には何の反響も呼ばなかったけれど、『黄色い恋』という最も奇抜な詩集一巻を世に出したトリスタン・コルビエール[257]である。平凡と陳腐が大嫌いで、気違いじみたものならいかに突飛であれ、風変りなものならいかに横紙破りであれ、すべて受け入れる心の用意ができていたデ・ゼッサントは、この詩集とともに楽しい時間を過ごしていた。そこでは滑稽と無秩序なエネルギーとが混り合っており、鬼面ひとを威す態の詩句が、まことに晦渋きわまりない一篇の詩のなかから飛び出してくるのだった。たとえば『眠りの連禱』において、作者はある場合、次のような言葉で眠りというものを表現していた。

信心ぶかい死産児の猥褻な懺悔聴聞僧

これはもうフランス語とは言えず、作者は黒ん坊の言葉で語っているのであり、電報用語で詩作しているのであった。動詞の省略をさかんに行ったり、ふざけたような振りをしたり、鼻持ちならない註文取りの商人みたいな駄洒落にふけったりしていた彼が、次には突如として、この乱雑な言葉の堆積のなかで、おどけた衒飾的表現やら胡散くさい愛嬌やらを振りまいて、くねくねと身をよじりはじめる。かと思うと、やがていきなり断ち切れたチェロの絃のような、鋭い苦痛にみちた叫び声を発する。またそれと同時に、このあまり使われない語や思いがけない新造語にびっしり覆われた、ふしぎに潤いのない乾き切った、ごつごつした彼の文体には、新味のある巧みな表現や、韻を切り捨てた流亡の詩句が電光のように閃いていた。さらに『パリ人の詩』のなかに、デ・ゼッサントは次のごとき奥妙な女性の定義——

永遠のお人好しを尻に敷く永遠の女性なるもの

を見出したものであるが、そのほかにも、トリスタン・コルビエールは、ほとんど力強い簡潔な文体で、ブルタアニュ地方の海や、水夫たちの淫売宿や、聖女アンヌの日の祝祭などを歌っていた。またコンリイの野戦部隊について歌うときは、彼が「九月四日の行商人ども」と呼んでいる連中に対して、猛烈な侮辱の言葉を浴びせかけ、憎悪の雄弁にまでみずから高まっていた。

　この詩人が見せていた痙攣的な形容語と、つねにいくらか曖昧な状態にとどまっている美の、あの腐った肉のような微妙な舌ざわりは、デ・ゼッサントの愛好するところであったが、同じような味わいをもった詩人が、コルビエールのほかにもう一人いた。ボオドレエルとゴオティエの弟子で、優雅な気取りと人工的な悦楽という、非常に特殊な感覚によってしか動かされなかったテオドオル・アンノン[258]である。

　ヴェルレエヌはとくに心理学的な面、言葉巧みな思考のニュアンス、感情の衒学的な精髄によって、ボオドレエルの流れを汲んでいるのであるが、彼と反対にテオドオル・アンノンは、とくに造型的側面、人間と事物の外部的視覚によって、この先達の流れを汲んでいるのであった。

この詩人の魅力的な頽廃は、宿命的にデ・ゼッサントの素質と一致した。霧の日も、雨の日も、彼はこの詩人によって空想された小さな部屋のなかに閉じこもり、この詩人によって描き出された織物の玉虫色の輝きや、宝石の白熱した燦きや、また、あくまでも物質的な豪奢を眺めて、陶然たる気分に誘われるのであった。かかる豪奢は脳髄の昂奮作用をも促し、脂粉を塗った顔と香料で鞣《なめ》した腹とをもった、あの「ブリュッセル小町」をめぐってゆらゆらと立ちのぼる香の煙に混って、何やらん斑猫《はんみよう》剤の媚薬のような匂いを籠らせるのであった。

これらの詩人およびステファーヌ・マラルメを除けば、デ・ゼッサントが惹きつけられる詩人たちの数は、まことに微々たるものであった。マラルメの本だけは傍らに置いて、あとで別に整理するよう召使に言いつけた。

ルコント・ド・リイルの堂々たる詩形、威厳のある詩句の外観ときた日には、まことに華やかで、ユゴオの十二音節詩さえこれに比べれば影が薄く、掻き消されてしまいそうな気がするほどであるが、今ではデ・ゼッサントは、このルコント・ド・リイルに満足することができなくなっていた。フロオベエルによって見事に蘇生させられた古代も、彼の筆にかかっては、冷たく死んだように動かなかった。どんな思想の支えもない、うわべだけの彼の詩句には、およそ生き生きと脈打っているものが何もなかった。無感動な神話学がついに凍結するにいたる、この荒れ果てた詩篇においては、およそ生の鼓動が何ひとつ聞えなかった。また一方、デ・ゼッサントは永いこと愛読した末に、ゴオティエの作品にも興味をもてなくなってきていた。類まれな絵画的な文章を書く作家として、かつては敬服してもいたのに、その敬服の念が次第に失われて、今では、いわゆる冷淡な彼の描写に、感心するよりもむしろ驚くことの方が多かった。事物の印象は何でも彼の目にとらえられ、鋭敏に知覚されるが、印象は目の表面にとどまったきり、彼の頭脳や肉体のなかまで奥ふかく侵入して来ないのである。異常に精密な反射鏡のように、彼はつねに非個性的な明晰さをもって、ただ周囲の外界を映し出すにとどまっているのである。

たしかに、デ・ゼッサントはこの二人の詩人の作品を、ちょうど彼が珍奇な宝石や高価な物質を好むように、依然として愛していた。けれども、この完璧な器楽家の奏するどんな変奏曲も、すでに彼を恍惚たらしめるわけには行かなくなっていた。なぜかと言うに、そこには彼の夢想を引き伸ばし得るものが何もなかったばかりでなく、時間の緩慢な進行を速め得るような、あの生き生きした忘我の瞬間が一向に訪れて来なかったからである。

そんなわけで、彼はこれらの作家にずっと御無沙汰していた。ユゴオの本についても、事情は同じであった。その東洋趣味と族長的な面は、あまりにも月並かつ空疎で、彼の関心を惹くにはいたらなかった。子守女のような、また同時にお祖父さんのような面は、彼をほとほとうんざりさせた。結局、ユゴオの韻律法の見事な手品の前にうーんと唸ってしまうためには、『街と森の歌』を俟たねばならなかった。とは言うものの、たとえばボオドレエルの旧作に匹敵するような一篇の新作を手に入れるためとあらば、こんな離れ業のような詩はすべて捨ててしまっても悔いるところはない、と思われた。どう考えてみてもボオドレエルの詩作品こそ、その華麗な果皮の下に、芳香性の滋養にみちた果肉を蔵している、ほとんど唯一の作品だったからである。

極端から極端へ、すなわち、思想の欠けた形式から形式の欠けた思想へと飛び移りながらも、デ・ゼッサントは、やはり慎重かつ冷静な態度を持していた。スタンダアルの心理学的な迷宮、デュランティの分析的な紆余曲折は、それぞれに彼を魅了したが、彼らの生彩に乏しい無味乾燥な役人風の言葉、せいぜい卑しい見世物興行のためにしか役に立ちそうもない借り物の散文は、ひとしく彼を反撥させた。それに、彼らの興味をそそる狡猾な心理の分解作業は、一言で言えば、情熱に揺り動かされる人々に対して行使されているのであって、デ・ゼッサント自身としては、そんな情熱にはもう縁がないのであった。かように精神の停滞が極端になって、きわめて繊細な感覚や、カトリック的かつ官能的な苦悩以外には何も受け入れられなくなってみると、彼には一般的な愛情とか、平凡な思想の交流とかは関心に価するものではなくなっていた。

こんな彼の気分に応じて、もし鋭い文体に犀利かつ奸佞な分析を併せ持った作品を探し求めるとすれば、どうしても、あの帰納法の大家、あの霊妙怪異なエドガア・ポオに到達しないわけには行かなかった。ポオに対しては、その作品を再読して以来、デ・ゼッサントは抜くべからざる愛着を感じているのであった。

この作家は、その内心の親和力によって、おそらく他のいかなる作家よりも、デ・ゼッサントの冥想的な要請に応えていた。
もしボオドレエルが魂の象形文字のなかに、感情と思想との初老期を解読したのだとすれば、ポオは、病的な心理学の道を通って、さらに詳しく意志の領域を探索したのであった。文学の面で、彼は始めて『天の邪鬼』という象徴的な標題のもとに、人間の意志では知り得ない、あの抑えがたい衝動を探求した。これは、現在では精神病理学によってほぼ完全に説明されている衝動である。また彼は、感覚を麻痺させる麻酔剤や、運動神経のはたらきを阻害する矢毒《クラーレ》などとともに、意志の上にはたらく恐怖の圧倒的な支配力について、世人の注意を促した。とは言えないまでも、始めてこれを口にした、とは少なくとも言えるであろう。この意志の昏睡という一点に、彼は研究を集中して、かかる精神的有毒物の効果を分析し、その経過の徴候をひとつひとつ指摘して、まず不安にはじまり、次いで苦悶がじわじわと襲い、最後に、理智は動揺しながらも屈服することなく、ただ意志作用だけが恐怖のさなかで全く麻痺するにいたる次第を語ったのであった。

あらゆる劇作家がさんざん扱ってきた死についても、彼はそこに超人間的な代数学の要素を導入して、この問題をいわば研ぎ澄まし、まったく別種の趣きにしてしまった。しかし、ありていに言えば、彼が描いたものは、臨終の人間の現実的な断末魔の苦悶ではなくて、むしろ、その痛ましい枕頭にあって、悲嘆と疲労とから生ずる不気味な幻覚に憑きまとわれねばならぬ、生き残った者の精神的な苦悶であった。幻惑的な残酷な筆で、彼はぞっとするような恐怖の情景や、人間の意志がめりめりと音を立てて崩れるところを長々と描写し、あくまで冷静に論理を追って、読者の咽喉をゆるゆると締めあげるのである。読者は、この機械的に組み立てられた高熱の悪夢を前にして、息がつまり、心臓が激しく動悸を打つのを覚える。

ポオの創造した人物たちは、遺伝的な神経症にその身をひきつらせ、精神の舞踏病に狂わんばかりになって、ただ神経のみによって生きるのである。ポオの女主人公は、モレラにせよ、リジイアにせよ、いずれもドイツ哲学の濃霧と古代オリエントのカバラ秘伝に浸された、該博な学識の所有者であって、いずれも少年のような天使のような中性の胸をもち、いわば、いずれも性《セックス》をもっていないかのごとくである。

ボオドレエルとポオ、この二つの精神を、世人はしばしば彼らの共通な詩法および精神病の研究に対する共通な執着によって、対比させてきたのであるが、二人のあいだの根本的な相違は、彼らの作品のなかであれほど大きな地位を占める愛情の概念であった。ボオドレエルにおいては、その描く恋愛は変質的かつ悖徳的で、しかも彼の恋愛に対する残酷な憎悪は、異端糾問の報復を思わせる。しかるに、ポオにおいては、その恋愛は純潔で天使のようで、感覚は少しもそこに介入せず、しっかり立った孤独な頭脳は決して官能と相呼応することがない。もしそこに官能があったにせよ、それは永遠に凍結した、処女のままの官能である。

このような脳髄の臨床実験所の、息づまるような雰囲気のなかで生体解剖にいそしむ精神の外科医も、ひとたび注意力が散漫になれば、おのれの空想の餌食となり果て、夢魔や天使の亡霊を甘美な瘴気のごとくに浮動させるようになる。デ・ゼッサントにとって、この臨床実験所は倦むことのない揣摩臆測の源であった。しかし、神経が極度に昂ぶっている今日この頃の彼は、このような読書のあとでは全く疲労困憊し、手がぶるぶる震え、幻聴が聞え、まるであの痛ましいアッシャーのように、わけの分らぬ不安や暗澹たる恐怖に襲われるのを感じることが多かった。

だから、彼はこの怖ろしいエリキシル剤を控え、なるべくこれに手を触れないようにしなければならなかった。同様に、オディロン・ルドンの地獄図やヤン・ロイケンの拷問図を見て不必要に昂奮することのないように、あの赤い壁紙の廊下にもなるべく足を運ばないように注意しなければならなかった。

しかし、こんな精神状態になってみると、あのアメリカから輸入された怖ろしい媚薬以外は、すべての文学が生ぬるく思われるようになってしまった。そこで彼はヴィリエ・ド・リラダンに目を向けた。その散在した作品には、ポオよりはるかに叛乱挑発的な意見と痙攣的な高鳴りが見てとれるけれども、少なくとも『クレエル・ルノワアル』を除いては、ポオほど驚天動地というべき恐怖の光を投げている作品はないように見えた。

一八六七年「文学芸術評論」誌に発表されたこの『クレエル・ルノワアル』は、「陰気な物語」という総題のもとに集められた一連の短篇小説集であった。老へエゲルから借用された晦渋な哲学的思弁を背景として、調子の狂った人物たち、すなわち、厳粛荘重にして子供っぽいトリビュラ・ボノメ博士や、ほとんど死んだにひとしいその眼を百スウ銀貨ほどの大きさの丸い空色ガラスの眼鏡によって覆い隠した、滑稽にして不吉なクレエル・ルノワアル夫人などが、動きまわるのである。

この小説は、単純な姦通が筋の中心になっていながら、やがて最後は言語に絶する恐怖に到達するのであった。すなわち、死の床にあるクレエル夫人の瞳孔を押し拡げて、その中に異様な消息子《ゾンデ》を挿入するボノメ博士は、彼女の眼底に、あたかもカナカ土人のごとく雄叫びをあげながら、片手に斬られた彼女の恋人の首を打ち振っている夫、ルノワアルのすがたがはっきり映し出されているのを認めるのである。

たとえば牛のようなある種の動物の眼には、それが腐ってしまうまでのあいだ、ちょうど写真のように、息たえる最後の瞬間に見た人間や事物の像が保存されているものであるという、あの多少なりとも真実な考察に基いて、この物語は、明らかにエドガア・ポオのそれに発想を借り、あの気むずかしい議論と恐怖とを自分のものにしたのであった。

後に『残酷談叢』に集録された短篇『前兆』についても、事情は変らなかった。この異論の余地なき才人の短篇集には、また『ヴェラ』と題する小説もあって、デ・ゼッサントはこれを一つの小傑作と認めていた。

この小説では、幻覚が繊細きわまりない感受性とともに刻印されていた。それはすでに、あのアメリカの小説家の陰鬱な蜃気楼ではなくして、ほとんど天上的とも言える穏やかな流麗な幻影《ヴィジョン》であった。それは同じ種類でありながら、黒い阿片の冷酷な悪夢から生まれた白い陰気な幽霊、ベアトリスとか、リジイアとかいった女人とは、完全に趣きを異にしていた。

この小説もまた、意志の作用を扱っていたが、恐怖の影響によって意志が弱まったり敗北したりするということは、もうここでは問題にされていなかった。むしろ逆に、固定観念に捉われたある確信に駆られて、人間の意志が昂揚する場合を考究していた。雰囲気を飽和させたり、周囲の事物に己れの信念を押しつけたりするにいたる、あの意志の力というものを示していた。

もう一つのヴィリエの書物『イシス』は、別の理由で彼には興味ぶかく思われた。『クレエル・ルノワアル』流の雑然たる哲学が、やはりこの作品にもいっぱい詰まっていて、くだくだしい曖昧な考察や、古風なメロドラマ、地下牢、短刀、縄梯子などといった、あらゆるロマンチックな俗謡劇の思い出が、あやしいばかりにごたごたと並べたててあった。こうしたものは、その後に書かれたヴィリエの忘れられた戯曲、サン・ブリュウの出版業者フランシスク・ギュイヨンなる無名の人物によって上木された、『エレン』とか『モルガーヌ』とかいう作品のなかでは、二度と用いられてはいなかった。

この書物の女主人公チュリアア・ファブリアーナ侯爵夫人は、エドガア・ポオの女性のようにカルデアの学問を身につけ、スタンダアルのサンセヴェリナ・タキシス夫人[259]のように明敏な外交的手腕を有していると目されていたが、そればかりでなく、彼女はあのブラダマンテ[260]と古代のキルケー[261]との雑種のような、謎めいた顔貌をあらわしてもいた。この溶け合わない混淆はどんよりした濛気を繰りひろげ、その濛気のなかで、さまざまな哲学的文学的影響が、七巻以下になるとは思われなかったこの作品の序論を書いている時にも、著者の頭のなかでまだ整理され得ないままにぶつかり合っていた。

しかしヴィリエの気質には、これとは別にきわめて鋭くきわめて透徹した、もう一つの面があった。すなわち、悪意にみちた冗談と兇暴な嘲弄の精神である。ここまで来れば、それはすでにエドガア・ポオの逆説的な韜晦《ミスティフィカシオン》ではなくして、あのスウィフトの激怒にも似た、陰惨な滑稽の冷笑と言うべきであった。『ビヤンフィラートルの姉妹』『天空広告』『栄光製造機』『世界一立派な晩餐』などといった一連の作品は、とくに創意に富んだ、とげとげしい冷笑の精神を示していた。あらゆる現代の不潔な功利主義思想と、今世紀の卑屈な拝金主義とが、これらの作品のなかで大げさに讃美されていて、その刺すような痛烈な皮肉はデ・ゼッサントを狂喜させた。

このような、真面目で辛辣な悪ふざけといった種類の作品は、フランスでは空前のものだった。わずかに、かつて「新世界評論」誌に掲載されたシャルル・クロス(262)の短篇『恋愛の科学』が、その化学的偏執、取澄ましたユーモア、ふざけた冷やかな観察などによって、読者を煙にまくことに成功していたけれども、書き方の点にある致命的な欠陥があったので、それはそれだけのものでしかなかった。ヴィリエの引きしまった、華麗な、しばしば独創的な文体は影をひそめて、この先駆者の文学的な調理台から掻き集められた、屑肉料理が残ったにすぎなかった。

「やれやれ! こうなると、再読に堪える本というのは、じつに微々たるものだな」とデ・ゼッサントは、召使を顧みて溜息まじりに言った。召使は踏台からおりると、主人が全部の書棚を一目で見渡せるように、わきへ寄った。

デ・ゼッサントはうなずいて満足の意を示した。もうテーブルの上には、二部の小冊子しか残っていなかった。合図をして老人を引きさがらせると、彼は、アジア産の野生の驢馬の皮で綴じ込んだ数片の紙葉を、ぱらぱらとめくってみた。驢馬の皮はあらかじめ水圧機で艶出しされ、水彩絵具で銀の斑紋を散らされ、浮出し模様のある古い絹の背綴布で飾られていたが、その絹の布地のやや消えかかった花模様は、ある甘美な詩のなかでマラルメがしきりに称揚した、あの色褪せたものの美しさをとどめていた。

九枚を集めたこれらの紙葉は、それぞれ一度しか刊行を見なかった第一次および第二次「高踏派詩集」から抜萃したもので、羊皮紙に刷られてあり、巻頭には、あるすぐれた能書家の手による『マラルメ詞華集』なる題名が、まるで古い手写本の文字のような、黄金の笹縁で飾られた、丸味のある大きな古羅馬体《オンシアル》の彩色文字でもって記してあった。

こんな表装のもとに収録された十一の詩作品のうち、『窓』『エピロオグ』『蒼天』などの数篇が、デ・ゼッサントの心に訴えた。が、そのなかでも特に『エロディヤアド』の断章は、時として、あたかも呪文のように彼を魅了するのであった。

静かな部屋を照らす低く下げたランプの下で、幾夜幾晩、彼はこのエロディヤアドが身にふれるのを感じたことであったろう。今も、闇に浸されたギュスターヴ・モロオの絵のなかで、この女人は、宝石の消えかけた燠火に包まれて、もはやほの白い茫とした立像のようにしか見えなくなりながらも、まだ、かすかに消えなんばかりの姿をして立っているのであった!

忍び寄る暗闇は血の跡をかくし、反影する光彩と黄金色とを鈍らせ、寺院の奥深い内陣を黒一色にぼかし、舞台の端役たちを消えた色彩のなかに埋めつくしてしまったが、この女人だけは、水彩の白色のなかに取り残されて、宝石の装身具をすっぽり脱ぎ棄て、つねよりももっと裸形に近くなっていた。

抑えがたい力に惹かれて、デ・ゼッサントは彼女の方へ目を上げ、あの忘れられない背景のなかに彼女のすがたを識別した。と、彼女は生き返ったかのように、マラルメが彼女の口を借りて歌った、あの奇怪な甘美な詩句を口ずさみはじめるのであった――

…………　おお、鏡よ！
倦怠により、おのが枠の中に凍れる冷たき水よ、
幾たびかまた幾ときか、われら夢に悲しみ、
深き淵なす汝がガラスの下に沈みたる
落葉にも似たわが想い出を索めつつ、
杳かなる影のごとわが姿をば汝の裡に認めたり。
しかも恐ろしいかな！　夕されば汝が酷しき泉の中に
乱れ散る夢の裸形をわれらは知りぬ！

この詩句を、彼はこの詩人のあらゆる他の作品とひとしく愛好していた。普通選挙の時代、利得の時代にあって、この詩人はひとり文壇を離れて暮らし、まわりの愚俗を軽蔑してこれを避け、遠く社会とへだたって、ひたすら知性の思いがけない喜びと、脳髄の幻視とに満足を見出した。そして、すでに形の整った思想をさらに洗錬させ、これにビザンティン風の繊細な趣

きを付加し、ほとんど目に見えない糸でつながれた素描《すがき》の演繹法によって、この思想を不滅のものたらしめた。

この絢い編まれた、凝りに凝った思想を結び合わせるのに、彼の用いた言葉は、粘着性がつよく、孤立的で、しかも秘密の陰翳のある言葉であった。それらはすべて文章の緊縮と、省略的語法と、大胆な譬喩とに富んでいた。

その上、彼はこの上もなく遠くにかけ離れた類似《アナロジイ》を見出すと、しばしば類推作用を駆使して、ただの一語をもって、同時と形態と、香気と、色と、質と、光と、物象あるいは人物を表現した。もし単に一つの専門語をもって指示したとすれば、その形や陰翳をことごとく表出するためには、数多くのさまざまな形容詞をこれに組合わさなければならないところであったろう。こうして、読者の精神にひとたび象徴が浸透するや、類推によって、おのずからそこに比較の作用がはたらくことを彼は信じたので、それ以上くだくだしい説明を一切やめてしまった。こうすれば、多くの形容詞をずらずら並べた場合に当然起るにちがいない、その一つ一つの語が提示する多種多様な性質への読者の注意力の無益な分散は、まぬがれられるはずであり、読者の注意力は、唯一でしかも全部である一語に集中し、ちょうど一幅の画面におけるように、単一にして全体である一つの局面、一つの総体的効果が生じるはずであった。

かようにしてマラルメの詩は、一つの凝縮された文学、本質の煮凝《にこごり》、芸術の昇華物となった。この方法は初期の作品では、局限された手法で用いられているにすぎなかったが、テオフィル・ゴオティエに関する一作品と『半獣神の午後』においては、これ見よがしに思い切って駆使されていた。『半獣神の午後』は対話体の牧歌で、神秘な甘い詩句のうちに、精緻な官能の愉悦が繰りひろげられるが、その間に突如として、半獣神の野蛮な狂気じみた叫びがほとばしる――

そのとき、おれは原初の情熱に眼ざめもしよう、
光の太古の波濤を浴びて、ただひとり立ち、
白百合よ！　しかもお前の姿さながらの純真さにて。

この詩句では、「白百合《リス》よ！」という一音節の語を行の冒頭へもってきて、なにか真直ぐにすらりと伸びた白いもののイメージを喚起し、また脚韻に置いた「純真さ」という名詞にそのイメージの意味をふくませて、ただ一つの言葉によって象徴的に、水波精《ニンフ》を見て発情した童貞の半獣神の情欲と、昂奮と、束の間の姿態とを表現しているのである。

この非凡な詩篇では、まだ見たことのない新らしいイメージの不意打ちが、全篇にわたって立ちあらわれるのだった。沼のほとりに立って葦の茂みに眼をこらしつつ、たまゆらの波紋の下に、まだひそんでいる水波精たちの空しい形を追い求める、牧羊神の焦躁と恨みとを、詩人はそのような方法で描き出していたのである。

次にデ・ゼッサントは、この綴込本を手ずから愛撫することにも、同様の狡猾な愉悦を味わった。凝乳のように白い日本の綿毛紙を用いたその表紙は、仏桑華《ぶっそうげ》色と黒色の二本の絹紐で綴

じ合わされていた。

表紙の裏にかくれた黒い打紐は、本の古風な白色、素直な肌色の上に、ごく少量のビロオド白鉛、今様の日本の美顔料、あるいは淫蕩の補助薬のごときものを上塗りする薄い薔薇色の打紐と、一つに結び合わされていた。つまり、暗い色と明るい色とが小さな花結びによって絡み合っていて、あたかも熱狂が消え、感覚の昂奮が鎮まったあとに起る漠とした悲しみの兆、ひそかな悔恨の予告をば仄めかしているかのごとき按配だったのである。

デ・ゼッサントはテーブルの上に『半獣神の午後』を置いて、もう一部の小冊子をめくりはじめた。この小冊子には、彼のために散文詩の選集が印刷されていた。いわばボオドレエルを紀念するために、彼の詩の神殿の中庭に建てられた一個の小さな礼拝堂とも言うべき本であった。

この選集には、あの奇人アロイジウス・ベルトラン(263)の作になる『夜のガスパアル』の抜萃がおさめられていた。彼はレオナルドの方法を散文の領域に移し、その金属的な酸化物をもって、明晰な七宝焼の絵のような、多彩な光を放つ小さな絵を幾つも描いたのである。デ・ゼッサントはまたこの選集に、黄金の尖筆でルコント・ド・リイルとフロオベエルの頭像を刻んだ素晴らしいヴィリエの作品『民衆の声』や、あの繊細な『硬玉の書』(264)からの幾つかの抜萃を併録していた。『硬玉の書』には全体にわたって、異国風な朝鮮人蔘と茶の匂いが、月光のもとにさざめく水の新鮮な香気と混り合っていた。

さらにまた、この選集には、廃刊になった雑誌から洩れた幾つかのマラルメの詩篇も蒐められていた。すなわち、『類推の魔』『パイプ』『蒼ざめた貧児』『中断された風景』『未来の現象』などであり、殊に『秋の嘆き』と『冬の戦慄』とは、マラルメの傑作であると同時に、散文詩の傑作のなかにも数えられるべき作品であった。というのは、それらの作品には、すばらしく整然たる語法が用いられているので、語法それ自体が、まるで憂鬱な呪文か恍惚たる旋律のように、暗示的な思想や、鋭敏な感受性をそなえた魂の鼓動を抑えがたく揺り動かすことになるからで、しかも、動かされた魂の神経は、われわれをあるいは放心させ、あるいは苦悩させるまでに、鋭く打ちふるえるのであった。

　文学のあらゆる形式のうちで、散文詩はデ・ゼッサントの最も愛好する形式であった。彼の意見にしたがえば、この形式が天才的な錬金道士の手に扱われるときは、小説の長たらしい冗漫な分析と叙述の無用の重複は廃され、その短かい一篇のなかに、小説の力が肉《み》として包蔵されることになるのであった。まともな小説では、環境を説明したり性格を描写したり、またその背景として色々な観察や、細々した事実を積みあげたりすることによって、婉蜒数百ページを費さなければならないのが定まりになっているが、いったい、この数百ページを煮つめたエッセンスとして、わずか数句のなかに凝縮し得るような小説を書くことはできないものかどうか、とデ・ゼッサントはしばしば、こんな困難な問題に思いを凝らしたのであった。もしもこのような小説をつくるとしたら、そのために選び出される言葉は絶対に交換不能のものであって、他のすべての言葉の欠を補うに足るものでなければなるまい。このように巧みに、かつ決定的な方法で配置された形容詞は、到底その位置を正当に奪うことができないばかりか、読者に対しては、ある特異な遠近法《パースペクティヴ》を開示してみせるにちがいない。すなわち、読者はその一語の明確でしかも複雑な意味について、幾週間もあれこれ空想に時を費すことができるであろうし、またそのユニイクな形容詞の光に映し出された人物の、魂の現在を検証したり、過去を再構成したり、未来を推察したりすることが可能になるのである。

このような書き方により一ページか二ページに凝縮された小説は、その魔術的な作家とこれにふさわしい読者とのあいだに思想の一致をもたらし、世界に散在する優秀な十人ほどの人々のあいだに精神の共感を呼び起し、繊細な心をもつ人々に、彼らだけが近づき得る一種の歓喜をさえ与えるのである。

要するに、散文詩はデ・ゼッサントにとっては、文学の凝結した精髄、文学の滋養素、芸術の精製された香油を意味していた。

この一滴のなかに煮つめられ閉じこめられた豊かな液汁は、すでにボオドレエルのうちにもあったが、マラルメのこれらの詩のなかにも、ひとしく存在していて、デ・ゼッサントはこれを啜りながら、深い愉悦をおぼえるのであった。

この選集のページを閉じたとき、デ・ゼッサントは、これを最後の書物として自分の蔵書も、おそらくこれ以上その数をふやすことはあるまい、と感じた。

実際、その組織を癒やしがたく蝕ばまれ、思想の老廃に衰え、文章構成法の放蕩に疲れたデカダンス文学というものは、ただ病的な人々を熱狂させる好奇心にのみ感得されるものでありながら、しかも己れの頽廃をすべて表現しようと苛立ち、味わいつくせなかった快楽の一切を回復しようと躍起になり、死の床にあってもなお、最も隠微な苦悩の追憶を訴えようと懸命になるのである。このようなデカダンス文学が、マラルメの裡に具象化されて、まったく完璧かつ精妙な域に達していたのであった。

この頽廃は、最後の表現にまで押し進められると、ボオドレエルおよびポオの第五元素になるのであった。それは何度か蒸溜を重ねた末に、新らしい香気と新らしい陶酔とを発散するにいたった、彼らの微妙でしかも力強い本質と同じものであった。

それはまた、時代から時代へと緑色の黴をたくさん生やして行った挙句、ついに分解して、あの潮解現象を起すにいたった、古い言語の断末魔の苦悶でもあった。ラテン語もまたこのような潮解現象を起して、聖ボニファティウスおよび聖アルドヘルムの神秘的概念、謎めいた表現のうちに息絶えたのである。

しかも、フランス語の解体は急激に行われた。ラテン語においては、クラウディアヌスやルティリウスの素晴らしい青黴の生えた言葉と、八世紀の美味な腐肉のような言葉とのあいだには、四百年にわたる距りがあり、長い変遷があった。ところがフランス語においては、長い期間にわたる推移も変遷もなかった。ゴンクウル兄弟の素晴らしい青黴の生えた文体と、ヴェルレエヌやマラルメの美味な腐肉のような文体とは、同じ時代、同じパリに肩を並べてあらわれ、同じ世紀に生きることになった。

デ・ゼッサントは、教会の譜面台に開かれたまま立てかけられた二折判本を眺めて、微笑しながらこう思った、すなわち、やがてある大学者が頽廃したフランス語のために古語辞典を編纂するような時代がくるだろう、ちょうどデュ・カンジュという碩学が、かつて、修道院の奥に老衰したラテン語の最後の呟やき、最後の痙攣、最後の光輝を記録して、あの『ラテン語辞典』を編纂したように、と。

第十五章

一時の熱に駆り立てられたような、彼の圧力鍋に対する熱意は、冷めるとなると、やはり急に冷めてしまった。まず重苦しい神経的な消化不良が起り――やがて、この身体を温める滋養のエッセンスが、胃腸のなかに激しい炎症を惹き起すにいたると、デ・ゼッサントは急いでその使用を中止しなければならなくなった。

病勢はふたたび進行しはじめた。それに伴なって、未知な現象が幾つとなく彼を襲った。悪夢や、嗅覚の幻覚や、視覚の障碍や、時計のように定期的な激しい咳嗽や、動脈と心臓の音や、冷汗などに続いて、病気の最後の段階に始めて起る変調と称すべき、あの幻聴が立ちあらわれた。

激しい熱に悩まされると、デ・ゼッサントは流水の囁きや、雀蜂のぶんぶん飛び交う音を耳にした。これらの音は、やがて轆轤《ろくろ》のまわる唸り声に似た、一つの音に融合され、さらにこの唸り声は明るくなり弱まって、徐々に銀のような響きをもった鐘の音と化した。

そのようなとき、彼は錯乱した自分の脳髄が音楽の波間に運ばれ、少年時代の神秘な渦巻のなかに押し流されているように感じた。あのイエズス会の学校で習い覚えた歌が、ふたたび記憶によみがえり、それにつれて、かつて歌声の反響した寄宿舎や礼拝堂の光景が、眼前に立ちあらわれた。そうしてこの歌声の幻覚は、さらに嗅覚と視覚にも影響をおよぼし、高い穹窿の下の、香煙と焼絵ガラスの燦めきによって分散された闇のなかに、朦朧とかき消されるのであった。

神学校では、宗教上の儀式はまことに華美をきわめていた。すぐれたオルガン奏者と卓絶せる聖歌隊長とが、あの絶えざる心霊修業によって、祭式に有効な寄与をなす一つの芸術的喜悦を生み出すことに成功していた。オルガン奏者は昔の巨匠たちを熱愛していて、休祭日には、パレストリーナ(265)やオルランド・ラッソ(266)のミサ曲、マルチェロ(267)の聖詩歌、ヘンデルのオラトリオ、セバスティアン・バッハのモテットなどを奏した。聖職者たちのあいだで好評を博している、あのランビヨット(268)神父の力のない安易な編集物よりも、むしろ十六世紀の「聖霊讃歌」を好んで演奏した。この曲の宗教的な美しさは、幾度となくデ・ゼッサントの心を捉えたものであった。

けれども彼は、新らしい思想が続々あらわれているにも拘らず、いまだにこのオルガン奏者が固執して棄てない平調《カントゥス・プラヌス》曲を聴くことに、とりわけ得も言えない歓喜をおぼえたものであった。

現在では、キリスト教礼拝式の老衰したゴシック的形式、考古学的骨董趣味、古き時代の残骸と見なされているこの形式こそ、じつは、古代教会の言葉であり、中世の魂であったのだ。それは魂の躍動によって歌われ転調された永遠の祈りであり、何世紀このかた神に向かって叫ばれてきた久遠の讃歌であった。

この伝統に基づいた旋律こそ、その力づよい和音と、建築用石材にも似た量感的な厳粛な和声学とをもって、古いバジリカ会堂と一つに結びつき、ロマネスク式穹窿をいっぱいに満たすことができる唯一の旋律であって、それは教会堂の放射物《エマナチオン》か、あるいは教会堂の声そのものであるようにさえ思われたのである。

グレゴリオ聖歌の「キリストは造られたまいぬ」なる歌声が本堂に高まり、ゆらゆら漂う香炉の煙のあいだで、本堂の柱が打ち震えんばかりになるとき、あるいはまた、こらえた啜り泣きのように気味わるく、死すべき運命に泣きつつ救い主の慈悲を求める人間の絶望的な呼びかけのように悲痛きわまりない、「深き淵より《フォー・ブルドン》」の多部合唱が呻き声をあげるとき、デ・ゼッサントは、いくたび逆らいがたい霊気に打たれ、思わず頭を垂れたことであったろう!

教会の天才によって創造された没個性的な、誰が造ったかも分らないオルガンのように無名な、この素晴らしいグレゴリオ聖歌にくらべれば、すべての宗教音楽が彼には世俗的のように思われた。実のところ、ヨンメリ(269)、ポルポラ(270)、カリッシーミ(271)、ドゥランテ(272)などの作品においても、またヘンデルやバッハの最も見事な名作においても、世間的な成功などということを顧みず、芸術的効果を犠牲にして、ひたすら己れの祈りの声に耳を傾けるといった、人間的な矜持を放棄した精神は認められなかった。せいぜいサン・ロック教会で演奏されたルシュウール(273)の堂々たるミサ曲に、荘厳かつ厳粛な宗教的様式があらわれているにすぎず、そのようなものだけが、飾り気が全くないという点において、往時の平調曲のきびしい荘厳さに近づいていた。

そういう次第であったから、デ・ゼッサントは、ペルゴレージ(274)やロッシーニによって作られたあの「悲しみの聖母《スタバット・マーテル》」の模造品や、典礼芸術と世俗芸術とのあらゆる混淆などに心底からの反撥を感じて、寛大な教会が黙許していたこれらの曖昧な作品から遠ざかるようになった。

それに、信者たちの気に入るようなまことしやかな外観をもっていながら、このような大当りをねらう下心によって生み出された作品の弱さは、やがてイタリアのオペラや、卑しむべき短詠唱曲《カヴァチナ》や、下品なカドリイル舞曲から借用した歌曲に接近するのであった。教会自体が閨房のように変ってしまって、今ではその内部に大オーケストラが設けられたり、高いところでは、劇場の道化役者みたいな人物が鳴き声をあげたりしている一方、下の方では、女たちが凝った身なりを競い合ったり、その不潔な声がオルガンの神聖な響きを汚してしまうばかりな大根役者の叫びに、恍惚としたりしている有様なのである。

何年も前から、デ・ゼッサントはこうした信心深さを示すための饗応にあずかることを頑固に拒否し、ひたすら少年時代の想い出に踏み止まって、かつて昔の大家たちによって作られた幾つかのテ・デウムを聞いたことを懐しんでいた。それというのが、彼は、あの見事な平調曲のテ・デウム、聖アンブロシウスとか聖ヒラリウスとかいった聖者たちによって作曲された、あのまことに単純で崇高な讃歌をつねに念頭に思い浮かべていたからである。オーケストラの複雑な手段もなく、近代科学の生んだ精巧な楽器もなしに、これらの讃歌は、人間の魂全体からほとばしり出た、確信にみちた、ほとんど天上的とも言える調子をもって、燃えるような信仰や熱狂的な悦びをあらわしていた。

とはいえ、音楽に対するデ・ゼッサントの考えは、他の芸術に対して彼が表明していた理論と明らかな矛盾を示していた。宗教音楽については、彼は中世の修道院音楽しか実際にこれを認めなかった。これらの憔悴した音楽は、ある種の古いラテン語のキリスト教文学のように、彼の神経に否応なくはたらきかけた。ところが、彼自身も告白していた通り、現代の音楽家たちがカトリック芸術のうちに導き入れた方法に関しては、彼はこれを理解することができなかった。まず第一に、彼は絵画や文学に対するときのような情熱をもって、音楽を研究したことがなかったのだ。彼も人並にピアノぐらいは弾いた。長いことたどたどしい努力を続けたおかげで、楽譜ぐらいは何とか読めるような能力を身につけた。が、和声学とか技法とかについては全くの無智だったから、実際にあるニュアンスを捉えたり、ある微妙なタッチを聴き分けたり、事情に精通した上で、ある洗錬を楽しんだりするというわけには行かなかった。

それからまた、世俗の音楽はたとえば読書のように、自分の家でたった一人で楽しむことができない場合には、いきおい混淆の芸術とならざるを得ない。この芸術を鑑賞するためには、劇場にわんさと詰めかけたり、あの冬のサーカスを十重二十重に取り囲んだりする、いずこも同じ大衆のなかに混りこんで行かなければならないという事情があった。サーカスでは、斜めに差しこむ太陽の下の、洗濯場のごとき喧騒の雰囲気のなかで、大工のような風態をした男が、一生懸命、空中でソオスを掻き混ぜるような恰好でタクトを振り、無自覚な群衆のやんやの喝采を浴びつつ、ワーグナアの楽曲から引きちぎられた挿入楽章を、下手糞な演奏で滅茶苦茶にしているのであった。

この大衆浴場のような雰囲気のなかに浸ってまで、ベルリオーズの音楽を聴きに行く勇気は彼にはなかった。もっともベルリオーズの幾つかの部分は、その熱情的な高揚と躍動するような激情とによって、彼の気持を惹きつけてはいた。それからまた彼は、たとえばワーグナアならワーグナアの楽劇のなかで、不都合なしに全体から切り離し得るような一シーン、一楽句さえ有り得るはずはないと確信していたのであった。

ぶつ切りにされて音楽会というお皿の上にのせられた歌劇の断片は、あらゆる意味を失い、ナンセンスなものになってしまうはずであった。つまり、歌劇の各メロディーというものは書物の各章のように、互いに補足し合って一つの同じ結果、同じ目的のために協力するので、それぞれ登場人物の性格を描き出したり、彼らの思想を肉づけしたり、目に見えるものであれ、見えないものであれ、彼らの行動の動機を表現したりすることに役立つはずなのである。登場人物たちの巧みな執拗な策略も、展開される主題を最初から追ってきた聴衆、登場人物たちが徐々にその姿を明確にし、ある一定の環境のなかで成長するところを見てきた聴衆でなければ、何のことやら訳が分らない。第一、環境から引き離されれば、登場人物はちょうど樹からもぎ取られた枝のように死ぬしかないのである。

だから、デ・ゼッサントはこんな風に考えていた、すなわち、せっかく音楽会堂の案内嬢たちが静かにオーケストラを聴けるようにと、お喋りをしたいのを我慢して黙っていてくれるのに、日曜日にベンチに腰かけて恍惚たる気分を味わっている、あの音楽狂の群のなかで、演奏された楽譜の間違いに気がつくほどの者は、わずかに二十人くらいなのではあるまいか、と。

それにまた、聡明な愛国心がワーグナアの楽劇をフランスの劇場で上演させないようにしているので、音楽の奥義も御存知なければバイロイトへ行きたくもない、あるいは行くこともできないといったような単なる弥次馬にとっては、家にじっとしている以外にどうしようもないのであった。そしてそれが、彼として選ぶことのできた道理にかなった方針であった。

また他の方面から言えば、より大衆的な気楽な音楽、古い歌劇とは関係のない一篇の曲は、ほとんど彼には興味がなかった。オーベエル[275]や、ボアエルディユウ[276]や、アダン[277]や、フロトウ[278]らの愚にもつかぬ野卑な俗謡、アンブロワズ・トオマ[279]やバザン[280]などの用いる陳腐な修辞学は、時勢おくれの作り笑いやイタリア劇場の俗悪な媚態と同じ理由で、彼には嫌悪の情を催させた。したがって、彼は音楽芸術から決然として遠ざかったのであるが、遠ざかるようになって後も彼が楽しく回想することができたのは、わずかにベエトオヴェン、そして特にシューマン、シューベルトなどを聴いた何回かの室内楽の演奏会のみであった。これらの作曲家たちは、エドガア・ポオの最も身に迫る、最も不安な詩のように、彼の神経をすり減らすのであった。

シューマンのチェロのための幾つかの部分《パート》は、ひどく彼の呼吸をはずませ、発作時のヒステリー患者のように、咽頭に息苦しい球状物が詰まったように感じさせるのだった。が、それにもましてシューベルトの歌曲《リード》は、彼を誘って無我の境にいたらしめ、ちょうど神経流体の消耗のあとのように、魂の神秘な酩酊のあとのように、やがて彼を虚脱させるのだった。

この音楽は震えながら彼の身内にふかく侵入し、無数の忘れられた苦悩や、古い憂鬱を魂の中にふたたび呼びもどし、まだこんなに沢山の漠とした心配や取留めない苦痛が残っていたのかと、魂をして驚かしむるばかりであった。存在の最も深いところからの叫びのような、この懊悩の音楽は、彼を魅惑しながらも恐怖させた。神経的な涙を目に浮かべることなしに、彼は「乙女の歎き」を繰り返して口ずさむことができなかった。この哀歌《ラメント》には、なにか胸をえぐるようなもの、なにか彼の腹わたを掻きまわして引き抜くようなもの、なにか悲しい風景のなかの愛の終りといったようなものが感じられたからである。

この絶妙な悲しい歎きの歌は、彼の口をついて出るたびごとに、ある郊外の風景、貪欲な沈黙の風景を髣髴とさせた。その風景のなかでは、はるか遠くに、生活に疲れた人々が身体を二つに折り曲げて立ち並び、夕闇に消え去ろうとしていた。一方、彼自身は苦痛に胸がいっぱいになり、苦々しい思いに攻め立てられて、この泣き濡れた光景のなかで、自分があくまで一人ぼっちであり、言うに言われぬ憂鬱と根強い悲歎に打ちひしがれていることを感じるのであったが、その悲歎のふしぎな激しさは、あらゆる慰め、あらゆる憐憫、あらゆる安らぎを排除していた。現在、熱に憔悴し、理由が分らないだけ鎮めることのむずかしい不安に苛まれつつ、病の床に臥っているときにも、この絶望的な歌は死を知らせる鐘のように、しつこく彼に憑きまとうのであった。ついに彼は流れのままにまに身を任せ、一たん堰き止められた音楽がふたたび溢出せしめた苦悩の奔流に、もんどり打って押し流された。聖詩歌は緩慢な低い調子で、彼の頭のなかで次第に音を高め、彼の傷つきやすい顳顬はあたかも鐘の舌で連打されているような気がした。

　ある朝、それでもこの響きが鎮まった。心静かでいられるままに、召使に命じて手鏡を持って来させた。が、彼は手鏡を手にするや、思わず取り落してしまった。そこに映った自分の顔が、ほとんど自分の顔とも思われなかったからである。顔は土気色、唇はふくれて乾き、舌は皺立ち、皮膚はざらざらに荒れていた。病気になってから召使に刈らせることをしなかった髪の毛と髯とは、落ちくぼんだ頰、ぎょろぎょろした潤んだ眼に一層の物凄さを加えていた。髪の毛の逆立った、骨と皮ばかりの頭部の中心で、眼だけが熱っぽくきらきら輝いていた。体力の衰えよりも、何を食べても戻してしまう抑え切れない嘔気よりも、気力の減退よりも、この容貌の変化の方が一層彼には恐ろしかった。もう駄目だと思った。しかしやがて、全く沮喪した気持の裡にあったにもかかわらず、追いつめられた男の気力でもって、彼はベッドの上に起きあがると、勇を鼓してパリの医者に手紙を書き、これを持ってすぐパリへ行って、ぜひとも今日のうちに医者を連れて来るようにと召使に命じた。

　召使が出て行くと、彼はたちまち失意の底から明るい希望の頂点までのし上った。あの医者は有名な専門家で、神経病の治療では評判の博士である。「おれよりもっと厄介で危険な病状だって、彼ならきっと治したことがあるにちがいない」とデ・ゼッサントは思った、「二三日すれば間違いなく起きられるようになるだろう。」ところが次の瞬間には、完全な幻滅が続いて起った。どんなに学識があり直観的な判断力に恵まれているにしても、要するに医者というやつは神経症をぜんぜん真面目に考えず、その原因まで知ろうとはしないのだ。あいつもまた今までの医者と同じように、相変らず亜鉛華軟膏、キニーネ、臭化カリ、鹿子草などを勧めるだけの話だろう。だが待てよ、と彼は溺れる者が藁をつかむような風情で、こう続けた、今までこうした薬がはかばかしく効かなかったのも、ひとつには、おれが正しい分量を服用しなかったからではないだろうか、と。

ともあれ、きっと治るという期待は彼の心を慰めた。が、別の懸念もないわけではなかった。もし医者がパリにいなかったら、往診するのを好まなかったら、そして召使が医者に会えなかったら？ そう思うと、たちまち絶望的な憂悶が彼をとらえた。こうして彼は何度も失望したり落胆したりすることを繰り返しながら、一瞬ごとに、馬鹿げた希望から気違いじみた不安へ飛び移り、突然の回癒の機会と迅速な危険の恐怖とを大げさに誇張して考えていたのであった。その間にも時間はどんどん過ぎて、ついに彼は力つき、医者はもう絶対に来ないのだとやけくそに信じこんでしまって、腹立ちまぎれに、もし医者さえ早く来て手当してくれたら自分はきっと助かっただろうに、などとぶつぶつ繰り返すまでになった。が、次には、召使や医者に対する、自分を見殺しにするのかといった非難めいた感情は、きれいに消えてしまった。そして最後には、自分自身が腹立たしくてならず、なぜこんなになるまで永いこと医者にもかからなかったのかと、しきりに自分自身を責めたり、もし昨夜から強壮剤や有効な手当を求めていたら、今ごろはすっかり治っていたろうにと本気で考えたりした。

こんな不安と希望とにこもごも襲われて、彼のうつろな頭は滅茶滅茶に翻弄され、やがて少しずつ静かになって行った。度重なるショックのあまり、くたくたに疲れ果ててしまったのである。そこで彼は睡りに落ちたが、支離滅裂な夢の錯綜した、ときどき寝呆けて眼をさます一種の人事不省のような睡りであった。そういうわけで、希望の観念も不安の観念もすっかり意識から失われていたので、いきなり医者が目の前にあらわれたとき、彼はぽかんとしてしまって、驚きも喜びもまるで感じなかった。

召使はデ・ゼッサントの生活ぶりや、主人が窓の近くで匂いの幻覚に昏倒したところを介抱した日以来、自分で観察し得た範囲のいろいろな徴候をくわしく医者に知らせた。というのは、医者は何年も前から病人の既往症を知っていたので、ほとんど病人には質問もしなかったのである。それでも医者は病人を聴診し、脈をはかり、注意ぶかく尿の検査をした。尿にはある種の白濁があって、これが何よりも決定的な神経症の証憑なのであった。医者は処方箋を書くと、近日中にまた来ると告げたきり、何も言わずに帰った。

診察のおかげでデ・ゼッサントはやや元気になったが、医者が何も言ってくれないのが気にかかって仕方がなく、ひそかに召使を呼んで、ありのままに真実を喋ってくれと命令した。召使は、医者の様子からみても憂慮すべきことは何もないはずだ、と断言した。デ・ゼッサントも、ひどく疑ぐり深くなってはいたものの、老人の平静な顔にちらとあらわれた、嘘を言ったときのためらい勝ちな表情にまでは気がつかなかった。

そこで、彼の気持は明るくなった。それに苦痛も鎮まり、身体中に感じていた無力感も、ぼんやりした緩慢な一種の心地よさ、一種の気だるさに取って変った。さらに、水薬や粉薬をたくさん飲まされなかったことが、嬉しくもありまた妙な気持でもあった。召使がペプトンの滋養灌腸を持ってきて、一日三回この療法を行うことになっていると告げた時は、彼の唇に弱々しい微笑が浮かんだほどであった。

試みは成功し、デ・ゼッサントは、みずから創り出した生活のいわば最後の完成ともいうべき、この療法に対して、暗黙の讃辞を呈しないわけには行かなかった。彼の人工的生活への執着は、今や、みずから望んだわけでもないのに、極端な実現の段階に達しているのであった。おそらく、これ以上人工的生活を進めることは不可能であろう。こんな風にして栄養を摂取するということは、どう考えても、人間が実行し得る変則的生活の極致であるにちがいなかった。

もしこんな簡単な療法を健康な時にも続けて行うことができたら、ずいぶんと愉快だろうなあ、と彼は考えた。第一、どれだけ時間の節約になるか知れやしないし、食欲のない者に対しては、肉の臭いが与える不快な念を起させないで済むではないか！　それから、少ない品数の料理を食べる時にどうしても味わわなければならない、あのげんなりした気分から解放されるだろうし、卑しい大食の罪に対する力強い抗議ともなろうではないか！　最後に、あの昔ながらの自然の本性に対して投げつける、断乎たる侮蔑ともなるであろうし、自然の単調きわまりない欲求などというものも、これとともに永遠に消えてしまうだろう！

彼は小声でぶつぶつ言いながら、さらに次のように空想を追っていた、——強い食前酒《アペリチフ》をがぶがぶ飲めば、空腹感は容易に搔き立てられるだろう。そうなったら誰だって、こう思うにちがいない、すなわち、「いま何時だろう？　もうそろそろ食卓につく時間ではないかな。おれは腹がぺこぺこだ」と。そんなとき、お膳立てがはじまり、ナプキンの上に巨大な灌腸器が用意される。さあ、食前のお祈りを唱える時間だ。といったようなわけで、あの退屈な下品な食事という苦役は廃止されることになる。……

数日たつと、召使は、色も匂いもペプトンのそれとは明らかに違う灌腸を持ってきた。「おや、今日は違うのかい！」とデ・ゼッサントは叫んで、おずおずした様子で、器具のなかに充たされた液体を眺めた。まるで料理店にきたように、献立表《メニュー》を持ってこさせて、医者の処方箋をひろげ、

肝　油……………………二〇グラム
牛肉スープ………………二〇〇グラム
ブルゴオニュ酒…………二〇〇グラム
卵　黄……………………一箇分

などと書いてあるのを読んだ。

それからしばらく放心の状態を続けた。胃を傷めているせいで、料理法に本気で興味をもつことができなかった彼が、思わず、いかにも食通らしく食事の取合わせを考えているのに我ながら驚いた。やがて、ある気紛れな考えが頭をかすめた。おそらく医者は、患者の奇妙な味覚がすでにペプトンに飽き飽きしていることを感じたのかもしれない。おそらく医者は、老練なコック長のように、食物の味に変化をつけ、料理の単調さが食欲を減退させることのないように意を用いたのであろう。こんなことを考えると、デ・ゼッサントは、今までまだ味わったことのない取合わせを工夫してみたくなり、たとえば金曜日には、肝油や葡萄酒の量を多くし、

教会によって特に禁止された肉料理にひとしい、牛肉スープのような脂っこいものは用いないことにして、精進潔斎しようかと思ったりした。けれどもやがて、こんな滋養飲料についてくだくだ考えをめぐらす必要もなくなった。医者はだんだんと彼の嘔吐感を制して行って、ついに当り前の食道から、挽肉入りポンスを嚥下させることに成功したのである。このポンスはほんのりカカオの匂いがして、彼の本当の口にも気に入った。

こうして数週間が過ぎると、彼の胃もようやく機能を回復した。ときにはまだ嘔気がすることもあったが、ジンジャー・ビイルとリヴィエラ制吐剤がこれを鎮めてくれた。

身体の諸器官も少しずつ元気を回復した。ペプシンに助けられて、本当の肉も消化し得るようになった。四肢にも力が生じ、デ・ゼッサントは部屋のなかで立ちあがれるようになった。杖に身体を支えたり、家具につかまったりして歩く練習をはじめた。ところが彼は、こんな成功を喜ぶどころか、却って過ぎ去った苦痛を忘れてしまって、なかなか全快しないのをもどかしく思い、だらだらとこんな状態を長引かせている医者を非難する始末であった。たしかに、効果の薄い療法は治癒を遅らせた。阿片チンキで加減されても、鉄分はキナ皮ほどには飲みやすくなかった。デ・ゼッサントがいらいらしながら確認したように、無駄な努力で十五日間をつぶした後に、今度は砒酸塩を代りに用いなければならなかった。

それでもようやく、午後中いっぱい立っていられるようになり、部屋から部屋を支えなしで歩きまわれるようになった。すると、書斎が彼の神経にさわるようになった。永い不在の後に書斎にもどってみると、今まで習慣によって馴染んでいた欠点が、急に目につき出したのである。ランプの光で見栄えのするように選ばれた色彩は、昼間の光に対しては不調和のように思われた。彼はそれらの色彩を変更することを思い立ち、何時間ものあいだ、色調の叛逆的な調和や、布地と革の雑種結婚について、あれやこれやと思案した。

「どうやらおれは健康への道を辿りはじめたようだな」と彼は、自分がかつての偏見や昔の好みから完全に立ち直ったことを考えて、しみじみ呟やいた。

ある朝、彼がオレンジ色と青色の壁を眺めながら、ギリシア正教会の頸垂帯《ストラ》で作られた理想的な壁布や、金襴のロシア風法衣《ダルマチカ》や、ウラル地方の宝石と真珠の列で表わされたスラヴォニア文字の模様のある、錦繍の長袍などをいかに処理すべきかを思案していると、医者が見舞にやってきて、患者の眼つきを観察しながら、容態はどうかと質問した。

デ・ゼッサントは、自分の希望がまだ実現していないことを医者に告げ、今ふたたび、色彩の研究に着手しはじめたこと、そして将来、このような色調の密通や仲違いを、何とか処理して無くするつもりでいることなどを語った。医者はデ・ゼッサントの説明を聞くと、患者の頭に冷水をぶっかけるような断固とした調子で、いずれにせよ、この邸に住んで、そんな計画を実行に移していた日には大変なことになる、と強調した。

医者はデ・ゼッサントに一息つく余裕も与えず、今までは当面の問題として、消化器官の機能を回復させることに全力をつくしてきたのであるが、これからは神経症を相手にして、これを完全に治してしまわなければならない、そして、それには何年にもわたる養生と手当が必要なのだ、と力説した。それから、薬を飲んだり水治療法を行ったりすることも必要だが、それより何より、まずフォントネエにおける孤独の生活をすっぱり諦めて、パリにもどり、普通人と同じ生活法を楽しむようにしなければいけない、とつけ加えた。

「でも普通人が面白がるようなことは、わたしにはちっとも楽しくないんですよ」とデ・ゼッサントは憤然として言い放った。

が医者は、この意見には何とも答えず、とにかく自分の言う通り生活を根本的に変えることが、生きるか死ぬかの分れ目であり、健康と狂気の分れ目である、と言って譲らなかった。それればかりでなく、狂気はただちに結核を併発するだろう、とも言った。

「それじゃ、死ぬのが嫌なら徒刑場に送る、というようなものだ！」とデ・ゼッサントは激昂して叫んだ。

それでも俗物の偏見がいっぱい滲みこんだ医者は、にこやかに笑い、何とも返事をしないで邸を辞した。

第十六章

それ以来、デ・ゼッサントは寝室に閉じこもり、引越の準備のため召使が荷造りの箱に打つ金槌の音に、耳をふさいでいた。金槌の音が響くたびに、彼の心臓はきりきり痛み、肉のなかに生ま生ましい苦痛が叩きこまれるような思いがした。医者の下した判決はすでに動かしがたかった。もう一度、ついこのあいだ経験したばかりのような怖ろしい苦痛、あの堪えがたい病気の苦しみを味わうことを思えば、医者が裁決を下した通り、忌まわしい凡俗の生活にもどることの方が、デ・ゼッサントにとってはまだましのような気がされた。

それでも、世間から隔絶して自分だけの生活を営み、話をする相手もいない孤独の生活を送っている、たとえば囚人やトラピスト修道士のような人間もいるのであり、そういう不幸な者たち、あるいは賢者たちが、発狂したり肺病患者になったりしたという話もあんまり聞かないではないか、と彼は考えた。そして、こんな例を医者に話してみたのであるが、さらに効果はなかった。医者は、どんな口返答も許さない厳しい口調で、自分の診断はあらゆる神経病理学者の意見に支持されたものであって、気晴らしとか、娯楽とか、遊びとかいうもののみが、この病気を左右し得るのであり、ただ薬の化学的な効力だけに頼っていたのでは、精神的な面まで治癒することはできないのである、と繰り返した。そして、なおも患者が反問しようとすると、医者はじりじりして、もし自分の言うように転地をする気がないならば、新たな健康的な生活を送る気がないならば、もうこれっきり、あなたの面倒を見てあげることは、自分としてはできかねる、とまで言い切るのであった。

デ・ゼッサントはただちにパリに赴き、そこで多くの専門医に診察を乞い、自分の病状を包み隠さず説明して批判を仰いだが、彼らはいずれも、躊躇するところなく同僚の処置に賛意を表するばかりであった。そこでデ・ゼッサントは、新築の割住み住宅のまだ空いている一部屋を予約して、フォントネエに帰るや、怒りで真蒼になって、召使に荷造りを命じたのであった。肱掛椅子にふかく身を沈めて、彼はいま、自分の計画を滅茶苦茶にし、現在の生活への愛着を断ち切り、未来の目論見を葬り去ってしまった、今後の厳しい規律の生活について思いをめぐらすのであった。今や、彼の至福の生活は終ったのである！　今まで彼が身を寄せていた港からは、もう出て行かなければならないのであった。かつて自分をあれほど悩ました愚俗の巷へ、ふたたび船出して行かねばならないのであった！

医者はしきりに気晴らしだとか娯楽だとか口にするが、そもそも、誰と何をして陽気に遊び暮らしたらよいのだろうか？

彼は求めて自分を社会から放逐したのではないか。彼と同じように、瞑想のうちに引きこもり、夢想のうちに閉じこもる生活を好んで送っている者が、はたして世の中に何人いるものだろうか。繊細な文章や、精緻な絵画や、思想の精髄をよく鑑賞し得る者、あるいはまた、マラルメを理解しヴェルレエヌを愛好し得るほど、際立って卓れた魂をもっている者が、はたして世の中に何人いるものであろうか？

自分と似たような精神、俗物どものあいだから一頭抜きん出た精神を求めて、いつ、いかなる場所に、彼は探索の手をのばしたらよいのであろうか。それとも、沈黙を幸福のごとく、忘恩を慰さめのごとく、不信を避難所または港のごとく見なして、世の中に感謝せよとでも言うのだろうか？

フォントネエに移る前に、彼が生活していた環境はどうだったか？——しかし、彼がつき合っていた田舎紳士の大部分は、あの頃から社交界の生活にずるずるはまりこんでしまい、賭博台の前で痴呆のようになり、女たちの唇に溺れて、もう駄目な人間になり切っているはずであった。その上、彼らのほとんどは結婚しているはずであった。それまでずっとやくざ連中の食い残しばかり頂戴してきたのが、結婚後の今では、奥方の方があばずれ女どもの食い残しを背負いこんでいるわけであった。それというのも、瑕のない夫婦などというものは、初物を享受し得る庶民のなかにしかなかったからである。

うわべは取澄ました様子をつくろっていながら、社会が従っている慣習とは、いかに結構な交錯ダンスであり、いかに申し分なき交換であろうか、とデ・ゼッサントは考えざるを得なかった。

それに、堕落した貴族はすでに死んでいた。貴族階級は愚行と醜行のうちに解体し、その子々孫々にあらわれる智力減退のうちに滅び去っていた。その能力は一世代ごとに徐々に低下して、ついには馬丁や競馬騎手の頭のなかで醸成されたゴリラの本能にまで達していた。さもなければ、ショワズウル・プラスラン家や、ポリニャック家や、シュヴルウズ家におけるように、裁判の泥沼のなかを転げまわり、他の階級と全く異らない醜態をさらけ出していた。宏壮な館《やかた》や、古色をおびた楯形紋地や、紋章学的な服装や、あの古い階級意識の上に立った大仰な物腰さえ、すでに彼らのあいだからは消滅していた。土地はもはや収益をもたらさず、古い城館とともに競売に付されていた。なぜかと言えば、古い家系の腑抜けたような子孫たちにとって、金は性病の呪いを購うほどにも十分ではなかったからである。

最も非良心的な狡い連中は、すでにあらゆる羞恥の念をかなぐり棄てていた。彼らは詐欺のなかにどっぷり浸り、事件の泥を篩い分け、下司ないかさま師のように重罪裁判所にすがたをあらわしていた。そして人間の裁きを少しばかりきびしくすることに貢献するのであったが、裁きというものはつねに不公平であることを免れ得ないので、監獄においても彼らはせいぜい司書の役に任命されるぐらいのことであった。

こうした貪欲な利得への執心、営利を求めてやまない執心は、昔から貴族階級にもたれかかって生きてきた、もう一つ別の階級、すなわち聖職者の階級にも、同じくらいに影響をおよぼしていた。現在では、毎日の新聞の第四面に、ある司祭の手で回癒した足の病気に関する、誇大な宣伝記事の出ていないことはなかった。修道院は薬剤師と酒醸造業者の工場に変っていた。

処方箋を売ったり、みずから製造したりする。シトオ教団がチョコレエトや、僧院酒《トラピスティン》や、小麦粉や、アルニカ酒精浸剤などを売っている。マリア会修道士が薬用重燐酸石灰や、薬用植物のアルコオル浸剤などを売っている。ドミニコ教団の修道士が卒中の特効薬を売っている。(281)聖ベネディクトゥスの弟子たちがベネディクティン酒を売っている。そして聖ブルーノの修道士たちがシャルトルウズ酒を売っている、といった有様なのだ。

　商売は修道院の内部にも侵入し、大きな商業帳簿が交誦聖歌集の代りに譜面台の上に置かれるようになった。まるでレプラのように、時代の貪婪さは教会を荒らし、僧侶たちの目を財産目録と計算書の上に釘づけにし、あたかも修道院長を菓子屋の主人か藪医者のように、そして平《ひら》の無品級修道士たちを卑しい荷造り人か薬学生のように、変えてしまったのである。

　それでもやっぱり、デ・ゼッサントがある点まで自己の趣味と折れ合うような関係を望み得るのは、聖職者との交際を措いてほかにはなかった。おしなべて衒学的で知的水準の高い修道士たちの社会でなら、気の置けないゆったりした気分の幾晩かを過ごすこともできようかと思われた。しかしそのためには、彼自身が進んで彼らの信仰を分かち持たねばならず、少年時代の記憶に支えられて時たま表面に浮かびあがってくる激発的な確信と、懐疑的な思想とのあいだで、ふらふら迷っているわけには行かなかった。

　またそのためには、同じ一つの意見を共にしなければならず、彼が青春時代にとかく陥りがちであったような、アンリ三世時代におけるがごとき魔術の色合をふくんだカトリシズムや、前世紀末におけるがごときサディズムの色合をふくんだカトリシズムは、断乎としてこれを排しなければならなかった。このような特殊な聖職崇拝、芸術的に頽廃した倒錯的な神秘主義に彼は惹かれていたのであるが、こんな考え方は、とても司祭とのあいだで論じ合うわけには行かないはずであった。第一、司祭はこんな考え方を理解することができないだろうし、理解したにしても、怖ろしいもののように払いのけるであろう。

今まで幾度となく彼を襲った、あの一向に解決のつかない問題が、又しても彼の心を揺り動かすのであった。フォントネエに来てから彼自身がずっと陥っている、あのあがきの取れない宙ぶらりんの状態は、もういい加減で切りをつけたかった。生活を一変しなければならなくなった現在、彼は、できることなら一つの確固たる信仰をつかみ、これを自分の身内にふかく蔵し、魂の内部に鎹《かすがい》でしっかりと止め、これをぐらつかせ抜き取ろうとするすべての観念から、安全に保護するような処置を無理にでも講じておきたいものだと考えた。けれども、彼がそのような信仰を望めば望むほど、精神の空虚はいよいよ大きく拡がり、キリストの訪れはいよいよ遠ざかった。彼の宗教への渇望がいよいよ高まり、彼が未来のための贖いとして、新らしい生活のための支えとして、ついそこに目に見えているにもかかわらず、不安で思い切って近づくことのできないあの信仰を、それでも一生懸命わが手に握ろうと努めれば努めるほど、つねに灼熱している彼の精神の内部では、もろもろの思想がひしめき合って押し寄せ、かくて、基礎のしっかりしていない信仰への意志は押しのけられ、批判精神と数理学的証明とによって、玄義と教義《ドグマ》は排斥される運命を見るのであった。

自問自答する悪い癖をみずからに禁じてしまう必要があるようだ、と彼は苦々しげに考えた。

ひたすらに目を閉じて、心情の流れに身を任せ、過去二世紀このかた宗教の築きあげた成果を一挙に破壊してしまった、あの呪わしい発見を忘れてしまう必要があるようだ。

それにしても、と彼は吐き出すように言った、カトリシズムを損わせてしまったのは、生理学者でもなければ不信心家でもない、司祭たち自身なのだ。司祭たち自身が粗忽な所業によって、揺るぎなき信仰の固さをぐらつかせてしまったのだ。

ドミニコ教団の著作家たちのなかにも、「秘蹟に要する品物の品質下落について」という表題の小冊子をあらわし、礼拝に用いられる物質が商人の手で混ぜ物をされるという理由に基づいて、大部分のミサがすでに有効性を失っているということを断乎として証明した、ルアール・ド・カアル神父[282]のごとき神学博士、宣教会師がいるではないか。

何年も前から、聖油には雞の脂肪が混ぜられ、蠟燭には焼いた骨が混ぜられ、香には俗悪な樹脂と古い安息香とが混ぜられるようになっていた。しかし、さらに悪いことには、ミサ聖祭に欠くべからざる物質、それなくしては絶対に聖餐式を行うことが出来ない二つの物質が、これまた変質しているのであった。すなわち、葡萄酒はさまざまに水で薄められたり、ペルナンブコ樹や、接骨木《にわとこ》の漿果や、アルコオルや、明礬《みょうばん》や、サリチル酸塩や、密陀僧《みつだそう》などを不正に混ぜられたりしているのであり、また、精製された良質の小麦で捏ね上げられねばならない聖体のパンは、いんげん豆の粉や、苛性カリや、白粘土などを混ぜられているのであった。

現在では、それがさらにひどくなっていた。小麦の使用は完全に廃され、厚かましい商人はほとんどすべての聖体パンを馬鈴薯の澱粉で製造していた。

ところで、神は澱粉のなかに降りることを拒否されるにちがいない。たしかに、これは動かしがたい事実であった。道徳神学論集の第二巻で、グッセ枢機卿猊下(283)もまた、このような神聖に対して犯された欺瞞について長々と論じていた。この大家の争うべからざる説によれば、燕麦、蕎麦、大麦などの粉で製せられたパンは、祝聖することが出来ないのであった。ライ麦でつくった黒パンに対してはまだ疑問の余地が残るにしても、澱粉にいたっては、議論の余地はいささかもないのであり、問題とするにさえ足りないのであった。それというのが、澱粉は宗教上の表現によれば、いかなる資格においても秘蹟に対して権能を有しない物質だからであった。

　澱粉の簡単な詐術と、この物質によって作られた無酵母パンの見かけの良さにまんまと誤魔化されて、こうした不正規のミサがすっかり世の中にはびこってしまったので、化体《けたい》の奇蹟は今ではほとんど全く起り得ず、司祭も信者たちも、みずからそれと知らずして、無効のパンや葡萄酒を用いて聖体拝受を行っているのであった。

　ああ、フランスの女王ラドゴンドが祭壇に供えるべきパンをみずから用意していた時代は、すでに遠くなっていた。クリュニイの修道院の習慣にしたがって、朝から何も食べず、白衣《アルバ》と肩衣《アミクテイス》を身にまとうた二人の司祭や助祭が、顔と手を洗い、良質の小麦を一粒一粒より分け、石臼にかけて磨りつぶし、冷たい清い水のなかで捏粉を捏ねあげ、讃美歌を歌いながら浄らかな火の上でみずからパンを焼いていた時代は、すでに遠くなっていた。

だからと言って、聖体拝領台の上で今後とも末永く詐術が行われるであろうという見通しが、弱々しい信仰の根を深くするよすがになり得ないことには変りはないのだ、とデ・ゼッサントは考えた。それに、一つまみの澱粉や一滴のアルコオルによって無効にされた全能の力を、どうして認めることができよう？

考えれば考えるほど、彼の未来の生活はいよいよ暗澹たるものに見え、彼の前途はいよいよ不吉な呪わしいものに思われてきた。

どう考えてみても、彼にはいかなる停泊地も残されていなければ、いかなる波止場も残されていないのだった。家族も友達もいないパリで、自分は今後どうなるのであろう。衰えて山羊のような声を出し、古くなって埃のように剝げ落ち、荒れはてた空虚な一個の殻《から》のように、新らしい社会の真んなかに横たわっているフォブウル・サン・ジェルマン、この界隈とも、自分はもはや何の絆によっても結ばれてはいないのだ。いったい、自分とあのブルジョア階級、あらゆる災害を利用して金をもうけ、あらゆる禍いを起して己れの犯罪と盗みに敬意を表させながら、少しずつのし上がって行くブルジョア階級とのあいだには、いかなる接触点があり得るであろうか？

家柄の貴族が滅び去って、現在では蓄財の貴族が幅をきかせているのであった。銀行の教王《カリフ》、サンティエ街[284]の専制主義、それに、金銭ずくの偏狭な観念と虚栄心の強い狡猾な本能とに支えられた、商業という圧制が幅をきかせているのであった。

身ぐるみ剝がれた貴族や名声を失った僧侶よりも、もっと悪賢く、もっと下劣なブルジョアどもは、前二者から借り受けた浅薄な虚栄心や時代おくれの己惚れを、作法の無視によってさらに下落させてしまうばかりか、前二者から盗み取った欠点を、偽善的な悪徳に変化させてしまうのであった。横暴で、陰険で、野卑で、しかも臆病なブルジョアどもは、彼らにとって永遠に必要な瞞されやすい相手、すなわち下層階級の人間どもに対しては、情容赦もなく機関銃の霰弾を浴びせかける。また場合によっては、みずから彼らの口輪をはずしてやって、彼らを待伏させ、彼らの尻をひっぱたいて、古い特権階級の喉笛に嚙みつかせようとする。

今や、このことは既定の事実であった。ひとたびその仕事が終れば、下層民たちは衛生学的配慮によって、ふらふらになるまで血を絞り取られねばならないのであった。一方、ブルジョアどもは落着きはらって、にこやかに、その金の力と愚かしさの伝播力によって、威風堂々あたりを睥睨しているのであった。そして、このようなブルジョアの君臨するところ、やがてはあらゆる知性が押しつぶされ、あらゆる誠実が嘲笑され、あらゆる芸術が死滅する運命を見るのは必至であった。事実、堕落した芸術家たちはすでに膝まづき、成り上りの博労《ばくろう》や卑しい太守の悪臭芬々たる足に、鞠躬如として接吻の雨を浴びせているのであり、ブルジョアどもの施しを受けて、彼らは露命をつないでいるのであった。

こうなると、絵画においては、生気のない馬鹿正直ぶりが氾濫し、文学においては、平凡な文体とだらけた思想がのさばり出す。なぜかと言えば、そのようなとき芸術家に必要とされるのは、不正投機師の誠実さであり、自分の息子のためには持参金つきの娘を探し、自分の娘の持参金はなるべく支払うまいとする横領者の美徳であり、かつまた、聖職者に強姦罪の罪を着せ、おのれは偽善者らしい何食わぬ顔をして、芸術の真の頽廃などとは縁もゆかりもなく、薄暗い部屋に洗面器の汚水と、穢れたスカートの生暖かい臭いを嗅ぎに行くヴォルテエル風の純愛にほかならないからである。

まさにわれわれの目の前にあるのは、ヨーロッパ大陸に移された大きなアメリカの徒刑場であった。銀行の反宗教的な聖櫃の前に這いつくばって不潔な聖歌を捧げる偶像崇拝的な町の上に、あたかも卑賤な一個の太陽のごとき光を注ぎかける金融資本家、また成り上り者どもの、広大無辺にして深遠きわまりない愚劣さであった！

ええ、いまいましい、それならいっそ、社会なんぞ崩壊してしまえ！　老いぼれた世界なんぞ死んでしまえ！　眼前に髣髴とした屈辱的な光景に思わず我を忘れて、デ・ゼッサントはこう叫んだ。叫ぶとともに、彼を圧迫していた悪夢の幻影も消えた。

なんだ、夢だったのか、それじゃ、おれはやっぱり現代世界の醜い卑屈な雑踏のなかに帰って行かねばならないのか！　と彼は思った。そして、苦悩を癒やすための助けとして、心の慰めとなるショオペンハウエルの金言を思い出し、苦渋にみちたパスカルの公理を繰り返してみた。「魂は思案するとき、己れを苦しめるもの以外には何も見ようとしない。」しかし言葉は彼の心に、意味のない音のようにしか響かなかった。彼の倦怠は言葉を風化させ、言葉からあらゆる意味、あらゆる鎮痛剤的効果、あらゆる甘美な有効性を奪い去るのであった。

かくて彼は、ついに厭世主義の理論も自分にとって何らの慰安とはならず、ただ幾分なりとも心を和らげ得るものは、未来の生活における不可能な信仰のみであることを覚った。

すると、激怒の情が嵐のごとくこみ上げてきて、忍従と無関心に徹し切ろうとする彼の努力を一掃してしまった。現実のありのままの姿を自分の目に隠しておくわけには行かなかった。もう何も、何も残ってはいないのだった。一切のものは破壊されつくしてしまった。ブルジョアどもはあたかもクラマアル墓地[285]におけるごとく、今や逢引の場所となってしまった教会の壮大な廃墟の下で、言語道断な駄洒落や破廉恥な冗談に汚された残骸の山を、紙に包んで膝の上で貪り喰っているのであった。創世記の恐ろしき神とゴルゴダの蒼ざめたキリストとは、事ここにいたって彼らみずからの存在を明示せんがために、昔の天地の大異変をふたたび惹き起し、かつて滅びた邪悪の都市を焼きつくした火焔の雨をふたたび燃えあがらせようとしているのではないか？　それとも、かかる堕落はいつまでも流れを断たず、ついには、もはや不正の種子と汚辱の実りしか生じなくなったこの古い世界をば、悪臭でいっぱいに蔽いつくしてしまうのではないか？

　ドアが荒々しく開いた。見ると框《かまち》の向うに、三角帽をかぶり、頬をきれいに剃り、唇の下にちょび髭を生やした男たちが、荷箱を整理したり家具を運んだりしていた。やがて召使が荷造りした書物を運んで行くと、ドアはふたたび閉まった。

　デ・ゼッサントはがっくり椅子に崩折れて、「あと二日もすれば、おれはもうパリの人間だ」と言った。「さあ、これですべてが終ったのだ。人間世界の凡俗の波は高潮のように天にまで冲し、おれの隠遁所をも呑みこもうとする。おれが自分で堰を開いたんだから仕方がない。ああ、おれにはもう勇気もないし、情熱の火も消えてしまった！　――主よ、疑いを抱くキリスト教徒を憐れみたまえ、信じようと欲して信じられない信仰者を憐れみたまえ。古い希望の慰めの光ももはや照らさぬ大空の下を、たった一人で、夜のなかに舟出して行く人生の罪囚を憐れみたまえ！」

訳註

略述

（1）エペルノン公爵(Jean-Louis duc d'Epernon, 1554—1642) フランスの提督。アンリ三世の寵臣。一六一〇年高等法院がマリイ・ド・メディチに摂政権を与えたのは彼の慫慂による。

（2）O侯爵(François marquis d'O, 1535—1594) フランスの政治家。アンリ三世およびアンリ四世の下で大蔵卿をつとめた。

（3）百合の花 フランス王家の紋章を意味する。

（4）ランスクネ、バッカラ いずれもトランプの賭の一種。

（5）ニコル(Pierre Nicole, 1625—1695) フランスの神学者、モラリスト。ポオル・ロワイヤルの教授。アルノオとともに『ポオル・ロワイヤル論理学』を著し、また単独にパスカルの『プロヴァンシアル』をラテン語訳した。多数の著述のなかで最も有名なのは『道徳論』である。

第一章

（6）デュ・カンジュ(Charles du Cange, 1610—1688) フランスの古典学者。中世およびギリシア古典の歴史的研究と大辞典の編集で知られている。『中期および後期ラテン語辞典』

Glossarium mediae et infimae latinitatis は特に有名。

第二章

(7) ゲント(Gent) ベルギーの町。フランス語ではガン (Gand) という。ブリュージュなどとともに十世紀の終頃から手工業都市として栄えはじめ、中世末期 (いわゆるブルゴオニュ・ルネサンスと呼ばれる時期) に最盛期に達した。現在でも中世紀の貴重な建造物が数多く残っている。聖バヴォンの大会堂には、有名なファン・アイクの『神秘の仔羊』があり、その他聖ニコラ、聖ミシェル、聖ジャックなどの教会堂も残っている。

(8) アーサア・ゴオドン・ピム(Arthur Gordon Pym) エドガア・ポオの同名の小説の主人公。

(9) パストゥール氏(Louis Pasteur, 1822—1895) フランスの化学者、細菌学者。とくに酒に関して述べれば、彼は醱酵現象の自然発生説を打破する決定的な実験を行った。醋酸醱酵の研究から葡萄酒の酸敗を防ぐために低温殺菌法を考案した。これによりフランスの葡萄酒製造高は五億フランにも達し得た。

(10) ジョアンヌ(Adolphe Joanne, 1813—1881) フランスの地理学者。彼が著した『旅行案内』と『フランス市町村辞典』はひろく普及している。

(11) クランプトン式機関車 英国の機械設計者トマス・ラッセル・クランプトン(Thomas Russell Crampton, 1816—1888)が発明した初期の六輪機関車。

(12) エンゲルト式機関車 ドイツの機械技師ウイルヘルム・フォン・エンゲルト男爵(Wilhelm von Engerth, 1814—1884)が発明した初期の機関車。

第三章

(13) ウェルギリウス(Publius Vergilius Maro, B. C. 70—19) ロオマ文学黄金時代の

詩人。マントゥアに近いアンデスの生れ。晩年の大作『アエネーイス』は、死にいたるまでの十一年間を費して書かれ、十二巻から成ってトロヤ滅亡後、英雄アエネーアスが七年間流浪の旅を続け、ついにイタリアのティベル河口に着いて多くの苦難をなめた後に、土民と和睦してラティウムの王に迎えられ、ロオマの都を建設するという物語である。

(14) ホメーロス(Homeros) ギリシア最古の叙事詩『イリアス』および『オデュッセイア』の作者に与えられた名。この他にも色々な叙事詩が彼に帰せられているが、アレクサンドレイア文献学者は、上記の二詩以外はすべて彼の作ではないと断定している。

(15) テオクリトス(Theokritos) 前三世紀前半のギリシア詩人。シチリアのシュラクサイの人。コスおよびアレクサンドレイアに居住し、ドリス方言で小叙事詩、牧歌、頌歌、戯曲などを作った。

(16) エンニウス(Quintus Ennius, B. C. 239—169) ロオマ共和制初期の詩人。南イタリアのカラブリア地方ルディアイに生る。代表作『年代記』は、彼の時代にいたるまでのロオマ史を叙事詩にしたもので、ホメーロスの詩形をラテンの詩に移した最初のものである。他にエウリピデスの影響を受けた二十篇の悲劇、諷刺詩などがある。

(17) ルクレティウス(Titus Lucretius Carus, B. C. 94—55) キケロー時代のロオマの哲学的詩人。生涯については殆ど知られていない。富裕な暮しをしていたが、憂鬱性で自殺したという。唯一の著作に、『物の本性について』という六巻の哲学的教訓詩があり、これはエピクロスの哲学を忠実に韻文で書いたようなもので、唯物的な原子論で貫かれている。

(18) マクロビウス(Ambrosius Aurelius Theodosius Macrobius) 四〇〇年頃のロオマの文法家、歴史家。アフリカの生れらしい。主著とされている『サトゥルナリア』は全七巻より成る対話体の作品で、毎年十二月十七日から十九日までロオマで催されるサトゥルナリア祭の時、ウェッティウスの家で、主人ウェッティウス、弁論家にして行政家なるスュンマクス、ウェルギリウスの作品の評解者セルウィウス、懐疑派の哲学者で皮肉屋なるエウアンゲルスの四人が会合して、多くの問題、殊にウェルギリウスの作品について談論した形式をとっている。

(19) ペイサンドロス(Peisandros) 前七世紀あるいは六世紀のギリシアの叙事詩人。ロドス島の人。ヘラクレス伝説を扱った叙事詩『ヘラクレイア』の作がある。アレクサンドレイアの学者たちは、彼をホメーロスやヘシオドスと同列に評価した。

(20) カトゥルス(Gaius Valerius Catullus, B. C. 84—54) キケロー時代のロオマの抒情詩人。北イタリアのヴェロナに生る。二十歳余にしてロオマに来り、詩名を挙げ、名門の夫人クローディアと恋に落ちた。この貴婦人が彼の詩のなかに出てくるレスビアである。現存する作品は百十三篇あり、短かい抒情詩、恋愛詩、長い物語詩などである。

(21) オウィディウス(Publius Ovidius Naso, B. C. 43—17) 黄金時代のロオマの詩人。スルモに生れ、ギリシアと小アジアに遊学、法律家として世に出たが、これを嫌い作詩に転じた。『恋愛歌』によって一躍名声を博し、つづいて『女丈夫』『婦人の美顔剤』を発表、『愛の技術』によって艶物作者として有名になり、『恋の治療法』を続いて発表するや世の非難の的となった。しかし彼に真の不朽の名を与えたのは、神話を材料とした『変身譜』十五巻と、ロオマの暦を十二巻に盛ろうとして、最初の六巻のみで未完に終った遺作『行事暦』である。

(22) ホラティウス(Quintus Horatius Flaccus, B. C. 65—8) 黄金時代ロオマの詩人。南イタリアのヴェヌーシアに生る。解放奴隷の子であったが、ロオマやアテナイで教育を受け、主としてギリシア語を学んだ。初めは諷刺詩の類を書いていたが、やがて抒情詩が認められ、皇帝アウグストゥスや貴族のあいだに知られて桂冠詩人の地位を得た。終生独身。作品には『歌集』『エポディー』『書簡詩』など、さまざまな形式のものがある。

(23)「エジプト豆《キケール》」ラテン語でエジプト豆をCicerという。すなわち、音が似ているところから、キケロー(Cicero)を指すものと思われる。古くからキケローに「エジプト豆」という通称あるいは渾名があったらしいことは、あの『千夜一夜物語』のリチャード・バートンも伝えている。

(24) カエサル(Gaius Julius Caesar, B. C. 102—44) 古代における最大の政治家の一人であるカエサルは、ロオマの貴族の生れであり、みずからトロヤの伝説的英雄アエネーアスの後裔と称していた。キケローと並び称される雄弁家で、その文学的著述には有名な『ガリア戦記』、ポンペイウスとの戦を誌した『内乱記』のほか、キケローに捧げた文法の書『類推論』、『アンティカトーネス』などがある。

(25) キケロー(Marcus Tullius Cicero, B. C. 106—43) ロオマの政治家、雄弁家、道徳哲学的エッセイスト。ロオマの政界に入り、野心家カティリナの陰謀を四回にわたり元老院に摘発した演説は有名である。非常に多くの著作を残したが、そのうち演説五十八、ギリシア語からの多くの翻訳、弁辞学上の諸著作、および多くの通俗哲学的著述(主としてギリシア哲学の紹介)、大量の書簡が現存している。アントニウス攻撃の演説をしたため、彼の手下によって殺された。

(26) サルスティウス(Gaius Sallustius Crispus, B. C. 86—34) ロオマの歴史家、政治家。アミテルヌムに生る。元老院に入り、財務官、護民官となった。カエサル暗殺後は著述に専念し、『カティリナ戦記』『ユグルタ戦記』『歴史』(全五巻)を著した。

(27) ティトゥス・リウィウス(Titus Livius, B. C. 59—A. D. 17) ロオマの歴史家。パドヴァに生れ、同地に歿す。四十余年を費して浩瀚な『ロオマ建国史』百四十二巻(うち三十五巻現存）を著し、ロオマ国初から前九年までのロオマ史を編んだ。他の著作は散佚した。

(28) セネカ (Lucius Annaeus Seneca, B. C. 5―A. D. 65) ロオマ文学衰頽時代の詩人、哲学者。スペインのコルドバに生る。皇帝ネロの教師、ついで執政官となった。ネロの暴政が次第に昂ずるにつれ、彼は身を引こうとしたが、ピソの反逆に加担したという疑で死を命ぜられ自殺した。『怒りについて』『幸福な生活について』『閑暇について』『心の平静について』などの諸著作には、ストア哲学風の道徳理念が見られる。

(29) スエトニウス (Gaius Suetonius Tranquillus, 69―140) ロオマの文人。初め法律家となり、のち友人プリニウス（小）の斡旋でハドリアヌス帝に仕え、その秘書となり、やがて帝の寵を失って引退し、文筆に専念した。現存する作品はカエサル、アウグストゥスからドミティアヌスにいたる十二人の皇帝の列伝『皇帝伝』および『名士伝』の一部である。

(30) タキトゥス (Cornelius Tacitus, 55―115) ロオマ第一の史家。おそらく北イタリアに生る。官途につき、法務官、統領、アジア州の知事を歴任。その著述には『雄弁家について』『アグリコラ伝』『ゲルマニア』の短篇のほか、『年代記』および『歴史』の二大著がある。『ゲルマニア』は原始ゲルマン人の習俗に関する貴重な史料として有名。

(31) ユウェナーリス (Decimus Junius Juvenalis, 50―130) ロオマの諷刺詩人。富裕な解放奴隷を父として若い頃から修辞学を学んだらしい。しかし彼自身の生活は窮乏をきわめた。現存する十六篇の諷嘲詩は、人心の頽廃を見るに堪えず、諷嘲詩を作って世に問うと称し、機智と修辞の巧妙によって激しく世間一般を攻撃した。

(32) ペルスィウス (Aulus Persius Flaccus, 34―62) ロオマの諷刺詩人。エトルリアに生る。ストア哲学者コルヌトゥスを知り、その影響を受けた。何らの公職にもつかず、もっぱら文学に従事したが、二十八歳で夭折した。その作品も、ただ六篇の諷刺詩と一つの序文とのみを遺しているにすぎない。

(33) ティブルス(Albius Tibullus, B. C. 48―A. D. 19) アウグストゥス帝時代ロオマの詩人。政治家ヴァレリウス・メッサラ・コルヴィヌスの庇護を受けた。愛人のデリア(実名はプラニアといわれる)により詩興を得たが、彼女の不実により恋愛を捨てて田舎に隠退した。

(34) プロペルティウス(Sextus Propertius, B. C. 50―16) イタリアのアッシジあるいはウンブリア地方に生れたロオマの詩人。アウグストゥスの寵臣マエケナスの愛顧を受けた。初期の詩は、ほとんど全部がキンティアという浮気な美人に対する熱烈な恋情と、その失恋の悲しみを訴えたもの。後期にはギリシアの詩人カリマコスの影響を受けて、神話や伝説を織り込んだ詩を書いた。

(35) クィンティリアヌス(Marcus Fabius Quintilianus, 30―100) ロオマの修辞家。スペインのカラグリスに生る。ロオマで修辞学校教師となり、退職後『雄弁家教育論』十二巻を著した。教育の最高目的は雄弁家の養成にあるとし、そのための合理的な方法として、教授の個別化、学習の興味化、教師の選択、学校の必要などを論述して後世、とくにルネサンス時代人文主義の立場に立つ教授学者に大きな影響をおよぼした。

(36) 大プリニウス(Gaius Plinius Secundus, 23―79) ロオマの著述家。北イタリアのコモに生る。軍人でもあり、アフリカ、スペイン等で要職を歴任。最後にミセヌムの提督としてヴェスヴィオ火山の大噴火の視察に赴き、カステラマレの海岸で、有毒ガスのため窒息死した。博物学に対する関心が深く、現存する唯一の著作『博物誌』三十七巻は、きわめて尨大な一種の百科全書のごときもので、この著述に参照された典拠の数は約二千、項目数は二万に及んだ。

(37) 小プリニウス(Gaius Plinius Caesilius Secundus, 61―114) ロオマの政治家、文人。

大プリニウスの甥で、後にその養子となる。トラヤヌス帝の信任を受け、統領、ビティニア総督として同地の秕政改革に当った。タキトゥスやスエトニウス宛ての手紙を含んだ『書簡集』のほか、キリスト教徒処置に関する貴重な資料であるトラヤヌス帝との往復書簡がある。

(38) スタティウス(Publius Papinius Statius, 60—100) ロオマの詩人。ナポリに生る。文法家の父から詩を学び、いくつかの詩の競技に優勝して流行詩人となった。現存する作品はエテオクレスとポリュネイケスの争を物語った叙事詩『テーバイス』、アキレウス伝説を扱った『アキレイス』、『随筆詩集』等である。

(39) マルティアリス(Marcus Valerius Martialis, 40—104) ロオマの諷刺詩人。スペインのビルビリスに生る。ロオマに来り、セネカ、ユウェナーリス、小プリニウスなどと親交を結び、皇帝ティトゥス、ドミティアヌスの愛顧を受けた。主著『寸鉄詩』十二巻のほか、『見せ物の書』および『クセニア』の断片が現存。

(40) テレンティウス(Publius Terentius Afer, B.C. 195—159) ロオマの喜劇詩人。カルタゴに生る。初めロオマの元老院議員テレンティウスの奴隷であったが、その才を愛されて十分な教育を与えられて解放され、小スキピオ等とも親交があった。のちギリシアに旅し、特にメナンドロスを研究したが、その帰途歿。作品には『アンドリア』『兄弟』『義母』『自責者』などがある。

(41) プラウトゥス(Titus Maccius Plautus, B.C. 254—184) ロオマの喜劇作家。ウンブリア地方のサルシナに生る。貧家に育ち、年少にしてロオマに出て劇場の演出助手を勤め、商業に志したが失敗し、ふたたびロオマに帰って劇場生活を始めた。彼の作と認められるものは今日二十一篇あるが、多くはギリシア後期の喜劇から人物や場面を借りて、それをロオマ風に書き改めたもの。主著には『小鍋劇』『捕虜』『メナエクミー』『プセウドルス』などがある。

(42) ルーカーヌス(Marcus Annaeus

Lucanus, 39—65) ロオマの叙事詩人。哲学者セネカの甥。スペインのコルドバに生る。生後間もなく一家とともにロオマに移って教育を受け、後に研究のためアテナイに赴いたが、皇帝ネロに招かれて帰国した。ネロとの交際は永続せず、やがて彼はピソの陰謀に加わり、露見して殺された。現存する唯一の作品『パルサーリア』は、別名『内乱』とも称され、全十巻におよぶ浩瀚な叙事詩であるが、未完らしい。

(43) ペトロニウス(Gaius Petronius Arbiter) タキトゥスによれば、マッシリアの人で、執政官となり、後ビテュニアの地方太守ともなった。略西紀六五年頃の特異な作家である。ネロ帝に愛されて、その親交者の群に入り、「趣味の判定者」として選ばれた。後に中傷されて自殺を命ぜられた。その死の模様を、シェンキエヴィチ作『クオ・ヴァディス』が美しく描出している。彼の諷刺的小説『サテュリコン』は、散文を主とし、所々に韻文を織りまぜ、エンコルピウスなる人物(話手)が、アスキュルトゥスおよびギトンという下層階級の人物を同伴して、主に南イタリアに遊び、さまざまな事件に会うという筋である。現存せる部分における主な物語は、トリマールキオーという快楽主義的な成金者の催す宴会のこと、そこへ上記の三悪漢が招待されて、主人の色々な面白い馬鹿げた行為や考えが展開されることである。このほかにエウモルプスという卑劣な詩人もあらわれて、エペソスの寡婦の話をしたり、叙事詩についての意見を吐いたりする。

(44) プランキアデス・フルゲンティウス(Fabius Planciades Fulgentius) アフリカ生れ、六世紀ラテンの文法学者、神話学者。作品には『古代方言釈義』『世界と人間の老年について』『神話学三巻』『処女の貞潔』などがある。

(45) フロントー(Marcus Cornelius Fronto, 100—166) ロオマの雄弁家。ヌミディア地方のキルタに生る。マルクス・アウレリウス帝の教師。彼の著作のほとんど全部が失われたが、後年、彼と皇帝との往復書簡がミラノとロオマで発見された。

(46) アウルス・ゲリウス(Aulus Gellius, 123—165) ロオマの文法家。ロオマで文法と修辞学とを学び、ギリシアに渡ってプラトンおよびアリストテレスの哲学を学んだ。彼の唯一の著書『アッティカ夜話』二十巻は、彼がギリシアに滞在した冬の夜に材料を集めて書いた論集で、法律、文法、歴史、伝記、古代作家のテキスト評註などを収めている。

(47) アプレイウス(Lucius Apuleius) アフリカ北岸のマダウラで西紀一二四年頃に生れた。カルタゴとアテナイで教育を受け、エジプトに旅して病を得たが、そこで書いた彼の『弁疏』には、当時の地方生活の有様や迷信に関する記述があり、史料として面白い。『黄金の驢馬』なる別名をもつ『転身譜』は、魔術により驢馬の姿になったルーキオスなる男が、さまざまな世相を味わって歩く十一巻の物語で、とくに当時の神秘教(キュベレー崇拝、イシス崇拝など)や魔術的信仰に関する記述が興味ぶかく散見される。

(48) ミヌキウス・フェーリクス(Marcus Minucius Felix) 二世紀末から三世紀中葉まで生きたキリスト教の護教家。アフリカ生れらしい。ロオマで活動し、ラテン語で書いた対話篇『オクタウィウス』は、キリスト教徒オクタウィウスと異教徒カエキリウスとのあいだに交わされたキリスト教的護教論に関する対話である。

(49) アルドゥス版 イタリア十六世紀の印刷業者アルドゥス・マヌティウス(Aldus Manutius, 1450—1515)の創始した印刷所で出版された本を「アルドゥス版」と称する。初代アルドゥスは、ギリシア古典の印刷による保存を志し、ヴェネツィアに印刷所を設けて、アリストテレスの著作五巻、アリストファネスの喜劇を初め多くのギリシア古典を印刷し、その厳密な校訂、優れた装釘で好評を得た。ウェルギリウスの出版には、アルド体という今日のイタリック体活字を初めて使用した。二代目パウルスは、ラテン古典の出版に力を注ぎ、キケローの校訂版や教父たちの著書を刊行した。アルドゥス一族の出版事業は文芸復興に多大の寄与をなした。

(50) テルトゥリアヌス(Quintus Septimius Florens Tertullianus, 160—222) カルタゴ生れの教会著述家。もと異教徒であったが、改宗してキリスト教徒となり、カルタゴの司祭となった。その文才を駆使して布教に努めたが、のち厳格な道徳的要求からモンタヌス派に接近した。有名な『護教論』によって三位一体説、原罪論に根拠を与え、またイエス・キリストの復活の奇跡は不可能なるが故に確実であるとした。その他の作品の多くは、異教徒の中におけるキリスト教徒たる者の生活を細々と律せるものであって、作者の強い禁欲的性向を示している。『規則論』『見せ物論』『偶像崇拝論』など多くの論文がある。

(51) モンタヌス派 小アジアのフリギアに生れたモンタヌス(Montanus)が一五七年頃創始したキリスト教の一派。彼はフリギアの都市ペプザに、地上における天国エルサレムが出現すると預言し、いわゆる「千年至福説」の宣伝に努めた。彼の徒をモンタニストと称し、異端として排斥されたが、八世紀まで存続した。

(52) グノーシス派 起源は不明であるが、おそらくキリスト教以前から存在していた東方伝来の神秘主義的宗教思想の一つ。グノーシス(gnosis) とは神の認識の意であるが、知的な認識であるよりもむしろ直接的霊知的認識である。キリスト教教会がその正統的信条を確立するまでのあいだ、キリスト教哲学の第一段階は、二世紀の初め頃から起ったシリア、アレクサンドレイアを中心とする一群のキリスト教的グノーシス主義者によって試みられた。それは当時流行の宗教混淆《シンクレティズム》、すなわち東方の密儀宗教的象徴とヘレニズムの折衷哲学との混淆から来るキリスト教解釈であった。

(53) カラカラ(Caracalla, 188—217) 三世紀のロオマ皇帝。カラカラは彼が愛用したガリア地方の長上衣の名に由来する異名であり、本名はセヴェルス・アントニヌス（Severus Antoninus）である。父セヴェルス帝の死後、弟ゲタを殺して独裁権力を固め、軍隊の支持を得るために給与を増額したり、貨幣の悪鋳を行ったり、巨大なカラカラ浴場を営んで淫逸に耽ったりした。メソポタミア北部のカルラエにある月宮殿に巡礼旅行の途次、刺客の兇刃に斃れた。

(54) マクリヌス(Opellius Macrinus) ヌミディアのカエサレアに生れたロオマ皇帝。二一七年、陰謀により先帝カラカラを暗殺して、近衛隊都督の地位から帝位にのしあがったが、在位わずかに一年で、ヘリオガバルスの率いるシリアの軍隊に敗れ去った。

(55) ヘリオガバルス(Heliogabalus, 204—222) 三世紀のロオマ皇帝。別名をエラガバルスと称し、本名はアヴィトゥス・バッシアヌス（Avitus Bassianus）である。シリアのエメサに生れ、同地で太陽神バールの祭司となり、十四歳で母ユリア・ソヤミヤスおよび軍隊に擁されて即位した。狂熱的な太陽神崇拝と、豪奢な淫蕩生活によって全ロオマを驚倒せしめたが、ついに軍隊の叛乱によって惨殺され、寸々試しにされた彼の屍体は市中を引きずり廻された挙句、ティベル河に投げこまれた。一説によると、彼はカラカラ帝の庶子とも言われる。

(56) キュプリアヌス(Thascius Caecilius Cyprianus, 200—258) カルタゴの司教、聖人。キリスト教に改宗し、カルタゴの司教となり、デキウス帝の迫害の際は隠れて難を逃れたが、ヴァレリアヌス帝の迫害によって殺された。正教擁護のために闘い、ロオマ教会の組織に功があった。著作はほとんど個人宛ての書簡形式をとった論文と書簡とで、後者には独立の著述になっているものもある。

(57) アルノビウス(Arnobius) 三～四世紀のロオマの修辞学者。ヌミディアに生れ、三〇五年頃キリスト教に改宗し、その際『異教徒駁論』を著した。この書は異教の神話のいかに醜悪なるかを痛烈な皮肉を交えて論じ、併せてキリストの神性を弁明したもので、古代宗教研究にはよい資料になるが、著者は旧約聖書やユダヤ教については殆んど知るところがなかったらしい。

(58) ラクタンティウス(Lucius Caelius Lactantius Firmianus) 三〜四世紀のキリスト教護教家。ディオクレティアヌス帝によって、二九〇年にニコメディアにおけるラテン雄弁術の教師に任命され、その地でキリスト教信者となった。晩年にはコンスタンティヌス大帝に招かれ、ガリアで帝の長男クリスプスの教育係をした。主要作品には『神の御業』『神の憤怒』『神の掟』などがある。

(59) コンモディアヌス(Commodianus) 二七〇年頃のキリスト教ラテン詩人。たぶんアフリカ生れの人で、みずからキリストの乞食と称し、また「ガザ生れ」と呼んでいたということのほかは、彼の人物については殆ど知られていない。その作品『護教詩』は、ユダヤ人と異教徒に対してキリスト教の教義を擁護したものである。

(60) アンミアヌス・マルケリヌス(Ammianus Marcellinus) ロオマ帝政末期(三八〇年頃)の歴史家。アンティオキア生れのギリシア人。ユリアヌス帝に従ってガリアおよび東方に転戦した。タキトゥスの『歴史』を継続する目的で著した彼の『九八年から三七八年までの三十一巻史』は、第十四巻以後しか伝わらないが、帝政末期の貴重な史料となっている。

(61) アウレリウス・ウィクトル(Sextus Aurelius Victor) 四世紀中葉ロオマの歴史家。身を貧に起しながら、文学上の功によって漸次出世し、ついに三七三年に執政官となった文人である。その著『皇帝伝』は、アウグストゥス帝からコンスタンティウス帝にいたるまでの九人の皇帝の略伝で、四十二章から成り、スエトニウスの作品に拠るところが多い。

(62) スュンマクス(Quintus Aurelius Symmachus, 345—405) ロオマ帝政末期の政

治家、雄弁家。名門の出。雄弁をもって知られ、アフリカの地方総督、ロオマの省長官、統領を歴任した。晩年に当代の名士に宛てて書いた多くの書簡（十巻）と、演説の断片とを残している。彼はまた異教を奉じてキリスト教に激しく反対した。

(63) クラウディアヌス(Claudius Claudianus) 四世紀末ロオマの詩人。アレクサンドレイア生れのギリシア人であるが、ラテン語に熟達していた。名目上キリスト教徒であったが、彼の心が異教徒であったことは、その詩からただちに判明する。異教世界最後の詩人と呼ばれる所以である。作品には宮廷人に対する讃歌、時には誹謗の詩が多く、他に神話を題材とした叙事詩(『プロセルピナの略奪』)や多くの短詩がある。

(64) ルティリウス(Claudius Rutilius Numatianus) 五世紀初頭ロオマの詩人。ガリア地方に生れたが、長くロオマに滞在し、四一四年にはロオマの太守となった。彼の詩『帰国について』は、ロオマからガリアへの海路の旅行記で、沿岸地方の観察にすぐれている。殊にロオマの讃辞はよく出来ている。その中に二つの激しい攻撃文があるが、一つはユダヤ人に、他は道僧に対して向けられている。

(65) アウソニウス(Decimus Magnus Ausonius, 310—395) ロオマの詩人、修辞学者。ブルディガラ（現今のボルドオ）の人。ボルドオで三十年間修辞学の教授をして後、ヴァレンティアヌス帝の王子グラティアヌスの師傅となった。名目上はキリスト教徒であり、キリスト教の詩も幾つか作ったが、宗教心は大して深くなく、異教的臭味すら感じられる。モゼル河を描写した詩『モセッラ』が有名。

(66) パウリヌス(Meropius Pontius Anicius Paulinus, 353—431) ボルドオに生れたが、ノラの司教となったので、普通には聖パウリヌス・ノラヌスと呼ばれる。アウソニウスの教を受け、スペインのキリスト教徒テレシアを妻とし、洗礼を受け、スペインに赴いて司祭となり、のち南イタリアのノラに移った。アウグスティヌス、アウソニウス等に宛てた約五十通の書簡と、三十三篇の詩が現存している。

(67) ユウェンクス(Juvencus Vettius Aquilinus) 四世紀前半のキリスト教詩人。スペインの生れで、コンスタンティヌス大帝の頃の人であり、三三〇年頃にスペインの司教となったということのほか、彼の人物については何ら知るところがない。『福音四巻』において、ルカおよびマタイのキリスト伝を詩の形に移し、『創世記書』において、創世記の物語を詩の形に翻案した。

(68) マカベア家(les Macchabées) 紀元前一六五年から一三五年までシリア王アンティオコス・エピファネスおよびアンティオコス・エウパトルの軍に対して抵抗したユダヤの愛国者の一族。ユダヤの宗教的自由、政治的独立のために闘ったマカベア家一族の殉教の記録は、マカベア書と呼ばれ、聖書の一部をなしている。

(69) ウィクトリヌス(Cajus ou Fabius Marius Victorinus) 四世紀アフリカの人。ロオマで修辞学を教え、元老院の有力者たちを弟子にもち、名声を得た。元来、熱心な異教徒であったが、老年にいたってキリスト教に改宗した。アウグスティヌスの伝えるところによると、彼は新プラトン派の著作の多くをラテン語に訳したと言われる。なお、アウグスティヌスのキリスト教改宗には、ウィクトリヌス改宗の事実がかなりの影響を与えているようである。ヒエロニュムスはウィクトリヌスの書いたアリウス派反駁書とパウロ書簡の註解を引用している。著作としては他に神学論文『ホモウーシャ』、聖歌数篇、マニ教を反駁した二巻の書、詩『マカベア家の人々』などがある。歿年は三七八年以前。

(70) 聖ブルディガレンシス(Sanctus Burdigalensis) 未詳。

(71) アタナシウス(Athanasius Magnus, 296—373) アレクサンドレイアの司教、聖人。助祭としてニカイア公会議に出席、ついでアレクサンドレイアの司教となる。ニカイア会議の教義を擁護したため前後五回、十七年間追放され、トリールに、教皇ユリウス一世の許に、あるいはエジプトに追放の歳月を過した。「正統信仰の父、教会の柱石」と呼ばれた。

(72) ヒラリウス(Hilarius Pictaviensis) フランスの聖職者、聖人。四世紀前半の人。三五〇年にリモーヌム(ポアティエ)の司教となった。アルルの大司教サトゥルニヌスがガリアにアリウス説を導入しようとしたのに反対して追放され、一時フリギアに赴いたが、帰国後、パリ全国教会会議でサトゥルニヌスは罷免された。「西欧のアタナシウス」と呼ばれる。小アジア滞在中ギリシア教父の研究を行い、またラテン語の讃美歌を作った。主著には『三位一体論十二巻』『宗教会議について』『皇帝コンスタンティウスの非を撃つ』など多数ある。

(73) アンブロシウス(Aurelius Ambrosius, 339—397) ミラノの司教、聖人。トリールに生る。アウグスティヌス、ヒエロニュムス、大グレゴリウスとともに四教会博士の一人。ロオマに赴き、ラテンの古典およびロオマ法を修め、ミラノの執政官として官途につき、のちミラノの司教となり、歿するまでギリシアのキリスト教神学を研究した。アウグスティヌスをキリスト教に導いたのは、彼の説教による。神学上では、オリゲネス、フィロン等の思想を採り入れ、西欧への東方神学の伝達に貢献した。また西方教会聖歌を革新し、その唱法を発達させ、「アンブロシウス聖歌」の名を残し、「キリスト教讃歌の父」と呼ばれている。作品には『ヘクサメロン』『聖役者の務め』『信仰について』『聖霊について』など多数ある。

(74) ダマスス(Damasus, 304—384) 西紀三六六年から三八四年までの教皇。スペインに生れ、対立教皇ウルシヌスと抗争して、その地位の保持に努め、また皇帝と結んでロオマ教会を盛大にした。彼の大きな功績は、友人ヒエロニュムスをして聖書の翻訳に着手せしめたことである。現存する作品は書簡七つ、四十余の短詩、墓碑銘などである。

(75) ヒエロニュムス(Sophronius Eusebius Hieronymus, 340—419) ダルマティア生れのキリスト教の教父、聖人。ロオマに赴いて洗礼を受けた後、シリア国境のカルキスの荒野で厳格な修道生活を送り、やがてアンティオキアで司祭となった。コンスタンティノオプルでナツィアンツのグレゴリウスに聖書釈義学を学び、ロオマで教皇秘書となり、ベツレヘムで修道院を指導し、学校を開いた。作品は多数あるが、そのなかでも殊に有名なのは、ギリシア原典から新約聖書をラテン語に訳出したものを始めとし、それまでの標準的聖書であった『七十人訳』Septuaginta に満足せずして、ヘブライ語を研究して、原典から直接にこれを改訳した。この彼の訳本がウルガータ Vulgata として有名なものであって、それを改訂したものが現今ロオマ・カトリック教会で用いている聖書である。

(76) ウィギランティウス(Vigilantius) 四世紀末から五世紀にかけて生きたガリアの司祭。中部フランスのコンマンジュに生る。修道院制度、殉教者礼拝、聖遺物礼拝に反対し、ヒエロニュムスからいたく攻撃された。歿年は四〇六年以後とされている。

(77) アウグスティヌス(Aurelius Augustinus, 354—430) 五世紀キリスト教最大の教父。聖寵博士と呼ばれる。ヌミディアのタガステに生る。父は異教徒、母モニカは熱心なキリスト教徒であって、彼の上に大きな影響を与えた。カルタゴに遊学、放蕩生活の後、有名な修辞学者となり、ロオマその他で教師を勤めた。メディオラーヌムではその市の司教アンブロシウスの弟子となり、三八七年には長い知的、道徳的煩悶の後キリスト教の洗礼を受けた。その後アフリカへ帰って司祭となり、ヒッポーの司教となって、終生その職を守りつつ逝いた。その著『神の都』『告白録』はあまりにも有名である。

(78) プルデンティウス(Aurelius Prudentius Clemens, 348—410) スペインに生れたロオマ

の詩人。ロオマで法務官などを歴任したが、晩年はもっぱらキリスト教的宗教詩を作った。彼の作品には殆どすべてギリシア語の題目がつけてある。讃歌集や聖書の物語を主題とした『日々の歌』『殉教詩』などのほか、三位一体を論じたものもある。とくに中世にいたって大いに流行した寓意詩『魂の戦い』Psychomachiaは有名。

(79) シドニウス・アポリナリス(Gaius Sollius Modestus Sidonius Apollinaris, 430—483) 末期ロオマの詩人。リヨンのキリスト教徒の家に生る。祖父も父も要職にあり、彼自身はアウィトゥス帝の義子であった。ロオマの太守となったが、のち引退してオーヴェルニュの付近に住み、その地の司教となる。彼は司教となる以前においては、ギリシア・ロオマの神話伝説で飾られた異教的な詩(『エピタラメス』)を作っていたが、司教となってからは、ただキリスト教的題材のみを取り扱い、墓碑銘とか教会用の碑銘のみを作った。主な詩はアウィトゥス帝その他への讃辞詩であり、そのほかに『書簡集』がある。

(80) メロバウデス(Merobaudes) 五世紀ラテンの修辞学者、詩人。スペインに生る。現存する作品は一篇の称讃詩のほか、キリストについて歌った短かい詩、および歴史上の題材を扱った数篇の詩がある。そのうちの一篇は武将アエティウスに捧げられている。

(81) セドゥリウス(Coelius Sedulius) 五世紀のキリスト教的ラテン詩人。ヘクサメーテル(六脚韻)でイエス・キリストの生涯を歌った『キリスト讃歌』(四五〇年頃)を書いた。

(82) マリウス・ウィクトル(Claudius Marius Victor) 五世紀後半のラテン詩人。マルセイユに生る。修辞学者および説教者として、彼は青年のための教育詩『アレティア』を書いた。これは三巻に分かれ、ソドムの滅亡までを語った創世記の歴史の書である。不道徳な話題は厳密に排除され、すべてが教育目的に副うように作られているが、劇的な表現が見られないわけではない。

(83) ペルラのパウリヌス(Paulinus Pellanus) 五世紀のラテン詩人。アウソニウスの孫で、アキタニアに暮した。「苦行者」という異名がある。ゴオト族の侵寇によって家産を失い、孤独のうちに引き籠り、作品『聖餐歌』Eucharisticon を書いた。この詩のなかで彼は、神が苦悩を自分に与えたことを感謝している。

(84) オリエンティウス(Orientius, 370—439) 五世紀のラテン詩人、オッシュの司教。スペインのフエスカに生る。ラヴダンの谷間で隠者の暮らしをしていたが、四一〇年頃、招かれてオッシュの司教となった。ロオマの将軍リトリウスが彼の勧告を撥ねつけて軍を進め、トゥールウズの手前で敗北して殺されたとき、付近の住民たちは、オリエンティウスの祈りが功を奏したものと信じて喜んだ。『警告の書』と題する詩のなかで、彼はキリスト教徒の救いの妨げとなるものについて書いた。

(85) アエティウス(Flavius Aetius, 390—454) 西ロオマ帝国の将軍。アッティラの指揮するフン族のガリア侵寇の脅威に対して、ガリアの帝国軍以外に西ゴオト、フランク、ブルグンド、ケルト族などの軍を集め、アッティラの軍が戦闘を避けて退くのをラクス・マウリアクスなる地点(シャロン)で捕捉して、勝利を収めた。これがヨーロッパ史の運命を決する戦であったとされている。

(86) アッティラ(Attila, 406—453) フン族の王。征戦をもって領土を拡張し中央ヨーロッパを支配し、東ロオマ帝国を圧服し、バルカン諸国に侵入し、黒海からライン河にいたる大領土を占有した。次いでライン河を越えたが、シャロンで将軍アエティウスに大敗した。翌年北イタリアに侵入、ミラノ、パヴィアを攻略したが、教皇レオ一世の懇情を容れてロオマ侵略を中止し退去した。彼は九世紀には「神の鞭」と呼ばれ、またドイツの英雄譚『ニーベルンゲン・リード』にはエッツェルの名で、アイスランドの散文詩『サガ』にはアティルの名で現われている。

(87) ドラコンティウス(Blossius Aemilius Dracontius) 五世紀末葉のキリスト教詩人。カルタゴに生れ、ヴァンダル族の支配下にあったアフリカに暮らす。グンタムンド王の憎悪を招き、牢に入れられた話はよく知られている。作品には神話を題材とした叙事詩『ヒュラース』『ヘレネーの誘拐』『メディア』のほか、『グンタムンド王への謝罪』と題された哀歌(四八〇年)がある。不幸な境遇から彼はキリスト教詩人になった。

(88) クラウディウス・マメルトゥス(Claudius Ecdidius Mamertus) 五世紀中葉のガリアの神学者。ウィエンヌの監督区の長老で、多くの著作をしたが、そのなかでも全三巻の『心の状態について』が有名。新プラトン主義およびアウグスティヌスの影響を受けて霊魂の非物体性を主張した。

(89) アウィトゥス(Alcimus Ecdicius Avitus, 451—525) ウィエンヌの司教、聖人。オーヴェルニュの名家に生れた。アリウス説およびキリスト単性説に反対して教皇権の拡張を計り、また始めてゲルマン人の一王国ブルグンドをロオマ・カトリックに改宗させ、ゲルマン文化樹立の端緒を開いた。多くの書簡、聖書講話のほか、原罪やノアの大洪水などの聖書物語を叙した詩篇『精霊の事蹟』があり、ミルトンは『失楽園』を準備した時にこれを用いたと言われる。

(90) エンノディウス(Magnus Felix Ennodius, 473—521) 中世のラテン文学者、聖職者。ガリアに生る。パヴィアの司教(五一四年)。書簡、自伝的著作のほか、東ゴオト王テオドリクスに捧げた称讃詩集なども書いた。これらの作はいずれも異教的伝統を示している。

(91) 聖エピファニウス(Epiphanius, 315—403) サラミスの東方教会大司教。キュプロス島サラミスの司教となり、正統信仰を堅持しようとしてオリゲネス派に激しく反対した。著書のうち論争書『パナリオン』は最も重要である。

(92) エウギピウス(Eugippius) 六世紀初の聖職者。ナポリに近いカステルム・ルクラヌム修道院の院長。聖セヴェリヌスの弟子で、四九三年、師の墓のほとりに修道院を建て、次いで五一一年頃、師の伝記を書いた。この伝記は蛮族侵寇の歴史のきわめて重要な資料である。また彼は聖アウグスティヌスの著作の『抜萃文集』の作者でもあるが、この本は中世のあいだ大いに読まれた。歿年は五三三年以後。祭日は一月十五日。

(93) 聖セヴェリヌス(Severinus) 五世紀後半の司祭、聖人。四三〇年頃ブルゴオニュに生れ、五〇七年シャトオ・ランドンに歿す。ヴァロア地方のアゴオヌ修道院長となる。クローヴィス一世が熱病に罹ったとき治療のため呼ばれ、帰る途中、二人の隠者の住んでいるある庵室を見出し、そこを終の棲家とした。祭日は二月十一日。六世紀には彼のほかに、聖クルウ修道院を建てた聖セヴェリヌスがいる。

(94) ウェラニウス(Veranius) 六世紀後半の聖職者、カヴァイヨンの司教。ジェヴォーダンに生れ、孤独の生活を送った後ロオマに赴き、アウストラシア王シジュベエルによってカヴァイヨンの司教に任命された。シルデベエル二世は彼が息子(未来のティエリ二世)の代父となってくれることを希望した。五八五年に彼はマーコンの宗教会議に列席し、五九〇年以後に歿した。祭日は十一月十一日。

(95) アウレリアヌス(Aurelianus) 六世紀中頃の聖職者、聖人。五四六年にアルルの司教となり、修道院の設立に力をつくした。五五一年頃歿す。祭日は六月十六日。

(96) フェレオルス(Ferreolus) 六世紀後半の人。五二〇年頃リモオジュで生れ、同地の司教となり、五九一年頃歿した。五七九年には、フランク王シルペリク一世に対して反抗したリモオジュの叛乱を鎮め、五八一年には、ブルゴオニュ王ゴンドバルドの侵寇に際して焼かれたブリヴの聖マルタン教会を復旧せしめた。第二次マーコン会議(五八五年)および第三次クレルモン会議（五八八年）にそれぞれ列席した。祭日は九月十八日。

(97) ロテリウス(Rotherius) 未詳。

(98) フォルテュナトゥス(Venantius Honorius Clementianus Fortunatus) イタリア中世のラテン詩人。五三〇年頃トレヴィゾの近くのチェネダで生れ、六〇〇年頃ポアティエで歿す。ラヴェンナで教育を受け、フランスに赴き、アウストラシア王シジュベエル一世に迎えられ、王とブリュヌオーとの結婚式に参列した。次いでポアティエに定住し、聖女ラドゴンドの礼拝堂付司祭となり、五九九年には選ばれて同地の司教となった。その作品には幾つかの聖者伝、トゥールの聖マルタンを歌った長詩、また有名な『王の旗』Vexilla regis や『栄光の言葉を歌え』などがある。祭日は十二月十四日。

(99) ボエティウス(Anicius Manlius Torquatus Severinus Boethius, 480—524) 中世イタリアの哲学者、政治家。東ゴオト王テオドリクスに仕えたが、反逆罪の廉でパヴィアで投獄され、ついで処刑された。獄中で韻文交りの散文で『哲学の慰め』五巻を書き、自己の慰安を古代哲学に求めている。彼はアリストテレスの論理学をラテン語訳し、これが中世のアリストテレス研究の端緒となった。またニコマコス、エウクレイデス、アルキメデス、プトレマイオス等の著作をも訳出して、中世初期の思想に大きな影響を与え、ギリシアの哲学、科学の重要な紹介者となった。

(100) トゥールの老グレゴリウス(Gregorius Turonensis, 538—594) フランクの聖職者、聖人、歴史家。本名はグレゴリウス・フロレンティウスという。五七三年トゥールの司教となり、メロヴィング朝有力者の一人として、聖マルタンの墓所に新らしい聖堂を建てた。彼の史書『フランク族の歴史』十巻はメロヴィング朝の事績を知るに貴重な資料である。

(101) ヨルダネス(Jordanes) 南ロシア生れの六世紀の修道士、歴史家。イタリアのクロトナの司教となる。その著『ゴオト人の起源と活動について』は、ゴオト史に関する貴重な資料である。他に『ロオマ民族史』の著もある。

(102) フレーデガル(Fredegarius Scholasticus) 七世紀のフランクの年代記 Historia Francorum の編者と見なされている人。本書はラテン語で書かれた大部の編著で六四二年までを含み、数名の人物によって書かれたものらしい。のち七六八年まで補充された。七、八世紀の貴重な資料である。

(103) パウルス・ディアコヌス(Paulus Diaconus, 720—797) イタリアの歴史家、ロンバルディアの人。ベネディクト会修道士で、モンテ・カッシノ修道院に入った。エウトロピウスその他の史料により『ロオマ史』を書き、三六四年から五五三年ゴオト人の支配までを叙した。他に『ロンバルディア史』六巻があり、史実に誤りはあるが、口碑・伝承を記して独自の価値を有する。説教集の著もある。

(104) バンガー修道院(Bangor) 六世紀中頃、北部アイルランドのベルファストに近い場所に、聖者コムガルによって建てられた有名な修道院。アイルランドの名高い伝道者、聖ガルス、聖コルンバヌスなどはみな、この修道院の出身である。建物はその後デンマーク人に破壊され、十二世紀に再建されたが、現在では廃墟となっている。

(105) 聖コムガル(Comgall, 516—601) 六世紀アイルランドの修道士、聖人。五五八年、アイルランド北部のベルファストに近く、有名なバンガー修道院を建設した。聖コルンバヌスは彼の弟子である。祭日は三月十日。

(106) 修道士ジョナス たぶんテオデュルフの後を継いでオルレアンの司教となったジョナス(Jonas, 780—838) のことであろう。彼の作品には『聖ユベエル伝』『俗人の鏡』『貴人の鏡』『敬虔王ルイに捧ぐるオード』などがある。

(107) コルンバヌス(Columbanus, 543—615) アイルランドの伝道者、聖人。修道士となり、アイルランドを去ってイングランドやブルターニュ地方に伝道した。リュクスイユその他に多数の修道院を建て、きわめて厳格な修道会則を作り、広く用いられた。のちイタリアに赴いて、アリウス派を克服するためにボッビヨに修道院を建設した。

(108) 尊者ベーダ (Beda Venerabilis, 673—735) 中世イギリスの神学者、歴史家。聖人。教会博士。古典語をはじめ広く自由学科に通じ、ジャロウの修道院で研究と教授に従事した。スコラ学の先駆者である。主著には『イギリス教会史』全五巻のほか、多数の神学作品がある。

(109) カスバート (Cuthbert, 635—687) スコットランドの聖職者、聖人。メルローズの修道院に入り、のち副修院長となり、一時ファーン島に引退したが、ふたたびヘクサムの司教、リンディスファーンの司教となり、ファーン島に戻って同地で歿した。航海者の守護聖人。

(110) ルスティクラ (Rusticula, 555—632) アルルの聖セザーレ修道尼院長。プロヴァンス地方のヴェゾンの高貴な家に生る。五歳のとき生家から奪われたが、二年後にゴンドラン王の計らいによって、聖セザーレ修道尼院に預けられ、院長リリオラの死とともに、同修道尼院の院長となる。時に十八歳。以後、三百名の尼僧たちをよく指導し、厳格な戒律をもって信望を集めた。王位継承の紛争に捲きこまれたが、聖ドンノロの弁護によって名誉を回復した。祭日は八月十日。

(111) ラドゴンド (Radegonde, 520—587) フランクの王妃。テュリンゲンに生る。ソワソンのフランク王クロテエル一世のために父と叔父を殺され、彼女自身も兄とともに捕虜になる。のち五三八年にクロテエルと結婚したが、王家の血なまぐさい権力争いに厭気がさし、宮廷を逃れ、ノワヨンの司教聖メダールによって洗礼を受け、神に帰依する身となる。その後ポアティエに有名なサント・クロワ修道院を建て、同地に住み、詩人フォルテュナトゥスを礼拝堂付司祭として親しく交際した。彼女は非常に教養が高く、その遺言はトゥールのグレゴリウスによって伝えられている。ポアティエの聖ラドゴンド教会の地下祭室に墓がある。祭日は八月十三日。

(112) デフェンソリウス(Defensorius Grammaticus) 七世紀後半の著述家。リギュジェ修道院(ポアティエ司教区)の修道士。院長ウルジヌスの懇願により、『煌めきの書』という題で呼ばれる一種の金言集を編纂した。これは聖書や、初期教父の著作や、カッシアヌスの『講話集』などから自由に抜萃したアンソロジイのようなもので、彼より少し以前のセヴィリヤのイシドルスの著作から多くの示唆を受けているものと思われる。

(113) バウドニヴィア(Baudonivia) 未詳。

(114) スュンフォジウス(Symphosius) 四世紀末のラテン詩人。彼については、百篇ばかりの謎詩を集めた詩集があるということ以外、ほとんど知られていない。謎詩はそれぞれ三連のヘクサメーテル(六脚韻詩)で構成されている。

(115) アルドヘルム(Aldhelm, 640—709) マルムスベリーの大修院長。アングロ・サクソン文学の父と呼ばれる。作品には『純潔について』という論文のほか、多くの詩、書簡、また初期アングロ・サクソン文学に特有な『謎詩』がある。

(116) タットワイン(Tatwine) イギリスの詩人。ラテン語名をタトゥイヌス(Tatuinus)という。ベネディクト会の修道士で、カンタベリーの大司教になった。歿年は七三四年。エグバートのもとで多くの著書を書いたが、現在残っているのは『詩集』と『謎詩集』の二巻のみ。

(117) エウセビオス(Eusebios) 七世紀末から八世紀初にかけて生きたイギリスの聖職者、詩人。ジャロウの修院長で、六十篇の謎詩集を残した。

(118) ボニファティウス(Bonifatius, 675—754) イギリスの殉教者、聖人。本名をウィンフリド(Winfrid)という。デヴォンシャーに生れ、ベネディクト会に入り、ロオマに赴いて教皇グレゴリウス二世からボニファティウスの名を授けられた。教皇の命によりドイツ各地に宣教を行い、教会を組織し、やがて司教、大司教となった。その後も強力な教会改革や布教の事業をつづけたが、フリースランドのドックムにおいて、異教民に襲われて歿した。「ドイツの使徒」と呼ばれる。彼の文学作品には書簡集と謎詩集とがある。

(119) アルクイン(Alcuin, 735—804) イギリスの神学者。ヨークに生る。大司教エグバートに古典教育を受け、ロオマに赴き、その帰途カルル大帝に会い、切に乞われてその宮廷に仕え、アーヘンに宮廷学校を開き、フランク王国における学問復興の基をつくった。晩年トゥールの聖マルタン修道院長となり、付属学校を開いてラバヌス・マウルスをはじめ多くの学者を養成し、また神学に関する多くの著述をなした。カロリング朝ルネサンスの代表的人物。

(120) アインハルト(Einhard, 770—840) 東フランクの歴史家。貴族の出。マインガウに生る。アルクインの弟子で友人。カルル大帝の宮廷に迎えられ、アーヘンの宮殿建築にも関係し、また外交的任務をおびてロオマに赴いたこともある。次のルイ敬虔王にも愛され、さらにロタール一世をも補佐し、ルイの諸子の叛乱を防ぐに努めた。主著に『カルル大帝伝』がある。

(121) 聖ガルス修道院(Saint-Gall) 七世紀初頭、アイルランドから来た伝道者、聖ガルスがスイス北東コンスタンス湖に近いアルボンの森に庵室を設けたが、これが後に有名になった聖ガルス修道院の濫觴であった。ドイツ語ではザンクト・ガレンといい、中世宗教文化の一大中心地として栄え、十世紀には多くの大学者、大芸術家を輩出せしめた。たとえば詩人であり作曲家である吃りのノートカー(Notker Balbulus)などが有名。

(122) フレシュルフ(Frechulfe, 770—852) フルダ修道院のベネディクト会修道士。後にリジューの司教となる。天地創造から西紀六〇〇年までの『世界史』を残した。

(123) レギノ(Regino) 九世紀末のドイツの聖職者、年代記作者。プリュムの人。ベネディクト会の大修道院長。紀元の初めから九〇六年までの世界史『クロニコン』の著者。九一五年歿。

(124) アボン(Abbon, 850—923) パリのサン・ジェルマン・デ・プレ修道院の修道士。ノルマンディ生れ。「腰の低い男」という渾名がある。彼はノルマン人のパリ包囲戦(八八五〜八八七)を目撃し、その見聞を『パリ市防衛戦』という詩のなかで歌った。

(125) ワラフリット・ストラボー(Walafrid Strabo, 808—849) 中世ドイツの詩人。ゲルマニアの卑しい家庭から身を起し、ライヘナウ、フルダ等の修道院で教育を受け、後には未来の王シャルル・ル・ショーヴの傅育官となった。十八歳から詩作をはじめ、『聖ガルス伝』『ウェッティンの幻想』などを書いた。後者は、彼の師であるフルダの修道院長ウェッティンの見た彼岸の夢を叙述したもので、中世のあいだ流行したこの種の幻想譚の最初のものである。また彼には園芸に関する詩『小庭園』Hortulus のほか、幾つかの神学論文、好人物ルイ王に捧げられた称讃詩などの作がある。

(126) 好人物ルイ王(Louis le Débonnaire, 778—840) カルル大帝の息子。八一四年から八四〇年まで西ロオマ帝国皇帝、ならびにフランク王。「敬虔王」という別の渾名が示す通り篤信ではあったが、統治者としては無能で、即位後まもなく領土を三子に頒けたが、絶えざる父子兄弟間の争を惹き起すことになり、フランクの国力を衰えさせた。

(127) エルモルド・ル・ノワアル(Ermold le Noir) 九世紀前半の作家。アキタニア生れ。ラングドックのアニアヌの僧院長。敬虔王ルイの側近として、韻文の『年代記』を王に献じた。これは一種の叙事詩であって、後の武勲詩の起源とも見なされ得るものであった。

(128) マケエル・フロリドゥス(Macer Floridus) 十一世紀前半の著述家。ボオプレオの修道院長で、オルレアンの近くのロアール河畔マンに生れ、本名をオド・マグドゥネンシス

(Odo Magdunensis) という。彼がマケエル・フロリドゥスの匿名で著したと伝えられる書物『緑草譜』De viribus herbarum(一八三二年ライプツィヒにて刊行さる)は、二千二百六十九行から成るヘクサメーテル(六脚韻)のラテン語で書かれていて、中世に西欧で作り出された最初の独立した本草書であった。古いアラビアやラテンの原典、とくにプリニウスや、ライヘナウのワラフリットの『小庭園』などを資料とし、植物に関する多くの伝説を収録している。この本はきわめて広く読まれ、多くの異本を生み、一般に『マケエル』の名で呼ばれるにいたり、後のサレルノ医学派に大きな影響を与えた。

(129) ミーニュ(Jacques Paul Migne, 1800—1875) フランスのカトリック神学者、聖職者。ピュゾオの主任司祭となったが、自由論に関する小冊子を著して司教と争い、辞職してパリに出、カトリック誌『宗教的宇宙』(後の『宇宙』)を刊行。次いで同市の近郊に印刷所を設立し、主に神学書を出版した。そのうち『教父全集』四六八巻、『神学百科辞典』一七一巻などが有名である。

(130) ウェルンスドルフ(Johann Christian Wernsdorf, 1723—1793) ドイツの文献学者。ウィッテンベルクに生る。一七五二年からヘルムシュテット大学のラテン語教授。六巻の『ラテン小詩人選集』(一七八〇〜九九)を編纂し、これに註釈をつけた。第七巻は未刊のまま残された。ヘルムシュテットに歿す。

(131) メウルシウス(Johannes Van Meursius, 1579—1639) オランダの文献学者。ライデン大学歴史学教授。ヘーグの近くに生れる。ギリシア作家の古版本を復刊したり、考古学論文を発表したりした。主著には『ベルギウム史』(一六一二)『アッティカ文藻』六巻(一六一七)『デンマルク史』(一六三〇)などがある。全集にはフィレンツェ版がある。

(132) フォルベルク(Friedrich Karl Forberg, 1770—1848) ドイツの哲学者。フィヒテの弟子。ザックス・アルテンブルク公国のモイゼルヴィッツに生る。二十三歳でイエナ大学教授となり、フィヒテの序文をつけて「哲学雑誌」に難解な形而上学論文『宗教概念の発展』（一七九八）を寄稿した。一八〇七年にコーブルク図書館司書となり、職掌を利用してアントニオ・ベッカデルリの『ヘルマフロディトゥス』の新版を上梓した。この頃からギリシア、ロオマのエロティックな作品を渉猟し、ついに好事家のあいだで有名な、あの『古代性愛学概論』が生れることになったのである。この本では、性交態位の分類研究に大きな部分が割かれている。

（133） 童貞考《ディアコナル》(diaconale)　神学校で僧職につく者のために授ける課程の一つ。倫理神学の一分野で、純潔に反する罪の問題を論じたもの。懺悔の告白を聞き、信者に対して適切な忠告を与えなければならない未来の司祭は、こうした道徳問題について学習の義務を有するものとされている。

第五章

（134） ギュスターヴ・モロオ(Gustave Moreau, 1826—1898)　十九世紀フランスの画家。パリの美術学校に入り、またイタリアに旅行して十五世紀の美術作品に傾倒し、のちシャセリオの影響を強く受け、ジェリコ、ディアズ・ド・ラ・ペーニャ、ドラクロアにも師事した。彼は十九世紀後半のフランス画壇で時流の外にあった全く独特の画家で、古典派とロマン派の影響の中から神秘的な唯美主義を目ざし、荘厳絢爛な色彩で主として聖書や古代神話などの文学的主題を豊かな想像力で描き出した。その幻想的な作風には十五世紀の大家たち、特にマンテーニャ、カルパッチョの詩的な自然主義の影響が見られ、また古代人の芸術に対しても、様式上のみならず、彼らの心情にまで入ろうとしたことが知られる。七千に余る油絵、水彩、デッサンは遺言によって自宅とともに国家に寄贈され、「モロオ美術館」となった。

(135) マンテーニャ(Andrea Mantegna, 1431—1506) イタリア・ルネサンスの画家。パドヴァ派の巨匠。パドヴァで、スクアルチョーネに師事し、彫刻家ドナテロから非常な感化を受けた。パドヴァのエレミターニ礼拝堂に壁画を描き、次いでマントヴァ侯の宮廷画家となり、カメラ・デリ・スポシの壁画や天井画をはじめ同地に多くの傑作を残した。彼の強い彫刻的な線と壮大な着想は独特の味をもち、その影響はドイツにも及び、特にデューラーに著しい。

(136) ヤコポ・ダ・バルバーリ(Jacopo da Barbari, 1445—1515) イタリアの画家。ドイツ風にヤーコプ・ワルシュ (Jakob Walsch) と呼ばれることもあり、また銅版画などに「メルキュールの杖の画家」と署名されることもある。はじめ生地ヴェネツィアで制作していたが、のちドイツに赴き、ニュールンベルクのマクシミリアン一世、ブリュッセルのネーデルランド摂政マルグリットのもとで、それぞれ宮廷画家として仕事をした。彼の画風は、北方ドイツ風の幻想とフランドル派の写実主義とが混淆した、一種独特な奇怪なものである。その銅版画はデューラーを想わせる。アウグスブルク、ドレスデン、ベルリン等に作品が残っている。銅版画には『ユディト』『三博士の礼拝』『瀕死のクレオパトラ』『マルスとウェヌス』『プリアポス神への犠牲』などがある。

(137) ヤン・ロイケン(Johanne Jan Luyken, 1649—1712) オランダの銅版画家。アムステルダムに生れ同地で歿す。その才能によって「オランダのカロ」と謳われた。デッサンにすぐれ、みずから描いて彫る場合が多かった。作品には『最後の審判』『聖バルテルミイ』など多数あり、息子のガスパール(一六七〇〜一七一〇)も父の職を継いだ。

(138) ジャック・カロ(Jacques Callot, 1592—1635) フランスの銅版画家。ナンシイの生。二回のイタリア旅行によって技術を研究し、帰国後は主としてナンシイで活動した。機智に富む独創的な手法で、風俗、演劇、祝祭、歴史的事件などを銅版画に扱い、それらの作品数約千五百枚におよぶ。特に有名な作品は、『インプルネタの歳の市』と『戦争の悲惨』で、後者は当時の三十年戦争を冷酷に描写したものである。彼はカリカチュアとグロテスクに対する異常な資質に恵まれていた。その他に宗教画、風景画も多く、文化史的な重要さをもつ。

(139) ブレスダン(Rodolphe Bresdin, 1825—1885) 十九世紀フランスのデッサン画家、銅版画家。イル・エ・ヴィレエヌ地方のアングランドに生る。一八四七年、作家のシャンフルリが彼に関する美術評論を書いてから、彼の名はようやく知られるようになった。彼の画面は、構図の奇矯さが特徴的であり、細密描写による手法が十六世紀ドイツのアルトドルファーにも似た幻覚的な風景を現出せしめる。作品には『エジプトへの逃亡』『よきサマリア人』『死の喜劇』『室内』などがある。

(140) オディロン・ルドン(Odilon Redon, 1840—1916) 十九世紀末フランスの画家。ボルドオの生。パリでジェロオムのアトリエに入り、ボルドオで銅版画家ブレスダンと親しく交際し、その感化を受けて、エッチングの制作をはじめる。レンブラントおよびドラクロアの作品に傾倒した。その後パリのモンパルナスに住み、ファンタン・ラトゥールと親交を結び、この人から石版画を習う。晩年は象徴派の詩人たちと接触、ことにマラルメと親しくする。マラルメは彼の石版を「紫のように高貴な黒」と称えた。ポオやフロオベエルを愛し、そのイメージを形象化したルドンは時流を離れた文学的、神秘主義的な画家であり、二十世紀の幻想絵画の復活、シュルレアリスムの勃興によって華々しく蘇った。『夢の中』『エドガア・ポオに捧ぐ』などの石版画の連作がある。

(141) テオコプリ(Dominikos Theotokopulos, 1541—1614) スペインの画家。ギリシアのクレタ島に生れ、エル・グレコの名で一般に知られる。早くからヴェネツィアに出てティツィアーノ、ティントレットの画風を学び、のちスペインのトレードに定住し、当地の画壇の重鎮となる。彼はヨーロッパのマニエリスム後期の最も独創的な宗教画家である。異常に細長い人体描写、黄色あるいは緑色の偏愛、神聖な宗教的恍惚感の表現などが、他に比較を絶したグレコの絵画の特色である。代表作は『オルガス伯の埋葬』『聖マウリティウスの殉教』『キリスト磔刑』『キリストの洗礼』『マリアの戴冠』など。

(142) グルーズ(Jean Baptiste Greuze, 1725—1805) フランスの画家。トゥールヌの生。リヨン、パリに学び、主にフランスの市民生活に取材した写実的な風俗画を描く。感傷的な作風で、『牛乳売娘』『鳩をもつ少女』『村の花嫁』など、少女をモデルにした優美な肖像風の人物をたくさん描いた。

第六章

(143) ゴンドバルド(Gondebald) 五世紀後半から六世紀初にいたるブルゴオニュの王。初め三人の兄弟とブルゴオニュを分治したが、のちウィエンヌを首都にして単独支配した。クローヴィス一世に破られた。彼が編集させた「ブルゴオニュ法典」は、当時のゲルマン民族の法典のなかで最も高度なものである。のちクローヴィスと同盟し、彼の姪クロティィルドがクローヴィスの妻となった。五一六年歿。

第七章

(144) ラコルデエル(Jean Baptiste Henri Lacordaire, 1802—1861) フランスのカトリック神学者、司祭。ラムネエの弟子。カトリック教会の教義と近代思想の傾向との調和につとめ、諸方で説教した。ロオマに行きドミニコ会に入り、帰国して同会をフランスに再興させた。ふたたびロオマに行き、ドミニコ会管区長となる。主著に『聖ドミニクス』がある。また彼は一八三〇年「ノートルダム講話会」を開いて布教したが、この説教集は一巻にまとめられている。

(145) クリュニイ美術館 パリのデュ・ソムラ

アル街にある有名な建造物。「ユリアヌス帝の共同浴場」と呼ばれる建物の廃墟を含み、現在は中世美術の美術館となっている。十四、十五、十六世紀の彫刻、象牙細工、七宝、焼物、ブロンズ、家具調度、焼絵ガラス、陶器、壁織物、金銀細工、時計、武具、宝石細工、それに絵画など多数のコレクションが展示されている。

(146) ラッブ神父(Père Philippe Labbe, 1607—1670) フランスのイエズス会修道士。ブールジュに生る。『宗教会議決議録集大成』の著者。

(147) ネストリウス(Nestorius) 五世紀のコンスタンティノープル総大司教。アンティオキアで教育を受けたが、彼はマリアを「神の母」と呼ぶことに反対し、イエス・キリストにおける神人両性を鋭く区別したため非難を招いた。特にアレクサンドレイアの司教キュリロスに激しく非難され、皇帝テオドシウス二世によって開かれたエフェゾ公会議において異端の宣告を受け、国外に追われてエジプトで死んだらしい(四五一年頃)。しかしその一派(ネストリウス派)は暫くシリアのエデサを本拠とし、さらに五世紀末ペルシアのニシビスに移って教会を起し、インド、バクトリア地方に拡がり、中国には唐代に流れ込んで景教と称された。

(148) エウテュケス(Eutyches, 378—451) 五世紀ギリシアの異端。東方教会に属し、コンスタンティノープル付近の修道院長。コンスタンティノープル付近の修道院長。ネストリウス派と争ったが、キリスト単性説を唱え、化肉後のイエスの肉体は神性のみであるべきであると主張して、カルケドンの公会議で破門され、追放された。

(149) ド・クィンシイ(Thomas de Quincey, 1785—1859) イギリスの随筆家。ウェールズの山地を放浪した後、ロンドンに出て、オクスフォードに入学したが、中途退学、在学中に耽った阿片吸飲の習慣に生涯悩んだ。晩年はエディンバラに定住、自己の体験を書いた『阿片吸飲者の告白』(一八二一)で文名を確立した。彼がティトゥス・リウィウスを愛読したという話も、この告白録中に書かれている。

(150)『キリストのまねび』の作者　一四七二年頃あらわれたラテン語の書『キリストのまねび』De imitatione christi は、神秘思想を基調とし、修道士がキリストの先蹤に従って生活すべきことを勧めた書で、キリスト教の古典として聖書に次いで多く読まれたが、その作者については諸説がある。たとえばパリ大学の書記官ジャン・ジェルソン、ドイツの神秘思想家トマス・ア・ケンピス、ヴェルセイユの司祭ジェルサンなどが作者に擬せられているが、最近ではトマス・ア・ケンピス説が最も有力のようである。

第九章

(151) シロオダン(Siraudin)　未詳。

(152) フロオベエルの名文　ここで引用されているフロオベエルの文章は、『聖アントニウスの誘惑』第七章からのものである。

(153)「陰気な快楽《デレクタティオ・モロサ》」(Delectatio morosa)　ラテン語の morosa（陰気な、気むずかしい、わがままの）は、mos（習慣）および mora（遅延）から派生したとされている。言葉を特殊な意味に用いる神学者は、この morosa に第二の語源的な意味、すなわち「遅延」の意味を付与した。だから「陰気な快楽」は、正しくは「引き延ばされた快楽」というほどの意味である。つまり、禁じられた物事を空想することによって味わう快楽で、本来は禁欲的な精神が、そうした邪まな空想をただちに斥けなければならないのに、これを一寸延ばしに延ばしているといった意識的な状態を指す。具体的には、禁欲的な修道院における孤独な修道僧の性的欲望を暗示することが多い。

(154) ブーゼンバウム(Hermann Busembaum, 1600—1668)　ドイツの神学者。イエズス会に入り、ケルン、ヒルデスハイム、ミュンスター等の神学校で神学その他を講じた。主著『道徳神学精髄』（一六五〇）は広く読まれたが、書中に不穏の個所がありとされて、焼かれたことがある。
（155）ディアナ（Antonin Diana, 1586—1663）イタリアの神学者、罪障鑑裁家。一六三〇年テアト教団に入り、長いこと司教審査委員の地位にあった。主著には『良心の問題』（一六二九～五六）『大全』（一六五六）がある。
（156）リグオリ（Alfonso Maria de' Liguori, 1696—1787）イタリアの聖職者、聖人。初め法学者、弁護士、のち司祭となり、ナポリで特に貧民のために働いた。当時の代表的倫理神学者で、この方面において後世に大きな影響を与えた。一七三二年ナポリにレデムプトリスト教団を創設した。主著には『道徳神学』（一七四八）『オペラ・ドグマティカ』（一九〇九）『懺悔の行為』（一九一六）などがある。
（157）サンチェス（Thomas Sanchez, 1550—1610）スペインの神学者、罪障鑑裁家。コルドバに生れ、イエズス会に入る。婚姻に関する著『聖なる婚姻の秘蹟について』三巻（一六〇二～〇五）は禁書となり、また倫理神学に関する遺稿『道徳的助言』も「意中の留保」に関して激しい非難を受けた。

第十章

（158）クラピッソン（Antonin-Louis Clapisson, 1808—1866）フランスの作曲家。ナポリに生る。作品には『踊り子』『許婚者』『頭巾をかぶった女』などがある。
（159）サン・タマン（Marc Antoine Girard de Saint-Amant, 1594—1661）フランスの詩人。ノルマンディに生る。パリに学び、おそらくアメリカに旅して後、レス侯に仕え、ついで使節随員としてマドリッド、ロオマ、ロンドンに赴き、またポオランド女王に仕えてワルシャワに滞在した。彼はマテュラン・レニエ、テオフィル・ド・ヴィオー、トリスタン・レルミットと並ぶ十七世紀の反古典主義的詩人であり、「善良な肥っちょのサン・タマン」という渾名があった。いささか放縦なその作品には『食いしんぼう』『西瓜』などがある。

（160）ボシュエ（Jacques Bénigne Bossuet, 1627―1704）フランスの神学者、司教、説教家。イエズス会の神学校に学んで司祭となり、宮廷にも知られ、その説教で若年のルイ十四世に王者の義務を説いた。コンドンの司教、ルイ十四世の太子の師傅、モオの司教となり、その雄弁により「モオの鷲」と称せられた。また政治的才幹を振ってフランス国家の独立とフランス国民教会の自由を宣言し、静寂主義に対しても強く反対して、フェヌロンと激しく論争した。彼の説教は、構想の雄大、措辞の荘重、信仰の迫力において、フランス文学史上でも第一等の雄弁家と目されている。

（161）マレルブ（François de Malherbe, 1555―1628）フランスの詩人。マリイ・ド・メディチ歓迎の頌詩で認められ、デュ・ヴェール等とともに宮廷に入り、アンリ四世とルイ十三世の宮廷詩人として重きをなした。『娘の死にあたりデュ・ペリエを慰むる賦』その他死後初めて纏められた約百二十五篇の詩は、完璧の技法で想像力の乏しさを補った「飾られた雄弁」の美に似通うと言われる。ルネサンス以来の奔放無秩序を終結させ、古典主義への道を開いた。

（162）ボワロオ（Nicolas Boileau-Despréaux, 1636―1711）フランスの詩人。パリ高等法院書記の子として生れ、法律を学び、弁護士となったが、やがてサロンに出入りして、ラ・フォンテエヌ、モリエール、ラシーヌと交わり、王室史料編纂官に任ぜられた。アカデミイの会でペロオがルイ十四世を称える詩を読むや、席を蹴って立ち、このことから古代人、近代人の優劣をめぐる有名な論戦が始まった。風俗を批判し俗流詩人を痛撃する彼の戦闘的詩人としての本領は、『諷刺詩集』『書簡詩』のみならず、また古典主義文学の理論書と見なされた『詩法』（一六七四）にも認められる。

（163）アンドリウ（François Andrieux, 1759―1833）フランスの文学者、詩人。ストラスブウルに生る。多くの寓話、喜劇、コントを書いた。代表的なコントに『のんきな粉挽き男』がある。

(164) バウル・ロルミアン(Pierre Baour-Lormian, 1770—1854) フランスの詩人。トゥルウズに生る。「オッシアンの詩」を翻訳したことによって知られる。

(165) タケオカ(Takéoka) 未詳。

(166) 「メッカの樹脂」 白あるいは黄色味がかった一種の液体の樹脂。レモンに似た強い匂いがし、刺戟的な芳香性を有する。十八世紀当時、値段は一オンス九十六フランもしたので、贋物がたくさん作られ、それがパリでは、一オンス三十乃至四十フランで売られていたという。近東地方の女性は夜寝る前に、これを手や顔に薄く塗布する。すると翌日から、皮膚が細かい鱗片のように剝げ落ち、すっかり色が白くなる。(パンセ、デランドル共著『美容の歴史』より)

(167) ブウシェ(François Boucher, 1703—1770) フランス・ロココ時代の代表的な画家。ワットオの作品に傾倒し、イタリアに遊学、ティエポロの影響を受ける。宮廷画家としてポンパドゥール夫人の保護を受け、アカデミイの長となった。ギリシア神話に取材する艶麗な女神の姿、貴族の風俗、恋愛三昧にふける牧童などを好んで描いた。『ウェヌスの化粧』という作もある。

(168) テミドオルとロゼットの物語 十八世紀にパリで刊行された匿名の恋愛小説。作者はゴダール・ドオクウルなる人物であろうと言われる。十九世紀にも、モオパッサンの序文をつけて再刊された。

(169) パンタン(Pantin) パリ市の北東に隣接したセエヌ県の県庁所在地。パリ市近郊の工業地帯で、町を貫くパリ街は、パリの市内のラ・ファイエット街から一直線に通じ、東停車場から二つ目にはパンタン駅もある。鋳物工業、鉄工業、製糸工業、木材工業が盛んで、ウルク運河にのぞむ要港でもある。

第十一章

(170) デュ・モオリア(George du Maurier,

1834—1896) イギリスの画家、作家。「パンチ」誌に漫画、諷刺画を載せたほか、サッカレーの『ヘンリイ・エズモンド伝』に挿絵を描いたりもした。小説『ピーター・イヴェットソン』などの作もある。

(171) ジョン・リーチ(John Leech, 1817—1864) イギリスの漫画家。主として銅版、石版、木版を用いて多くの漫画、諷刺画を描いたが、特に木版を得意とした。漫画誌「パンチ」の創刊以来同誌の編集に参加して、三千を越える作品を発表した。

(172) コオルデコット(Randolph Caldecott, 1846—1886) イギリスの挿絵画家。アーヴィングの『オールド・クリスマス』や『ブレイスブリッジ館』の挿絵を描いて名声を博し、さらに子供向きの絵本『ジョン・ギルピン』『ジャックの建てた家』などを描いた。

(173) ミレー(John Everett Millais, 1829—1896) イギリスの画家。従来のアカデミックな画壇に反抗して、ロセッティ、ハント等とともに「ラファエル前派」の運動を起した。のちに同派の流儀から離れ、いっそう自由な描法に転じた。聖書や中世の題材を扱ったほか、肖像画家として注目される。挿絵ではテニスンの詩に添えた木版画が有名。主要作は『異教徒の逃亡』『オフェリア』など。

(174) ワッツ(George Frederick Watts, 1817—1904) イギリスの画家。彫刻家。イタリアに赴いて肖像画を修業し、帰国後、英国上院その他の壁画製作にも携った。同時代の名士の肖像画をたくさん残したが、象徴的、寓意的な絵も好んで描いている。物を描くのではなく、思想を描くというワッツ自身の言葉に、彼の芸術の要点が窺われる。

(175) ペリニョン師(Dom Pierre Pérignon, 1638—1715) フランスのベネディクト会修道士で、エペルネ近くのさる修道院の会計係をつとめ、葡萄酒の管理をしていたが、あるとき、彼が偶然の機会から醗酵のまだ完全に済まない若葡萄酒に、その頃始めて使われたコルク栓をしておくと、それが再醱酵して泡を吹く酒になった。これがシャンパン酒の発見だと言われる。ペリニョン師は後に『回想録』を発表して、シャンパン酒製法の秘伝を公開した。

(176) テニエルス(David Teniers, 1610—1690) フランドルの画家。同名の父に学び、のちルーベンス、ブラウエルの影響を受け、主として風景画、肖像画を製作、ブリュッセルで宮廷画家となる。特にフランドル農民の日常生活に題材を借りた作品が多く、『農夫の踊』『ケルメス祭』など、色彩は新鮮で明るい。

(177) ステーン(Jan Havicksz Steen, 1626—1679) オランダの画家。初めユトレヒトで歴史画家クヌッフファーに、のちハールレムでオスターデに、またヘーグでホイエンに学び、ハルスの影響も受けた。オランダの農民や市民の日常生活をユーモラスな筆致で描き、風俗画家として知られている。

(178) オスターデ(Adriaen Jansz van Ostade, 1610—1685) オランダの風俗画家。銅版彫刻師。ハルスに学び、のちレンブラントの影響を受けた。農夫、労働者、市場の人々、音楽師などを点景とする小風景画を得意とした。エッチングや水彩画にもすぐれた才能を示した。『結婚の申込』『村の酒屋』『画家のアトリエ』など。

(179) ケルメス祭 ケルメス (Kermesse) はフラマン語で「教会のミサ」を意味する。フランドル地方で、小教区ごとに年中行事として行われる祭礼のこと。オランダの画家、とくにテニエルスはしばしばケルメス祭を描き、その作品はルウヴル、ドレスデン、アムステルダム、マドリッド等の美術館に残っている。ルウヴルにはまた、ルーベンスの描いたケルメス祭の絵もある。

第十二章

(180) アルケラオス(Archelaus) この名前を名のる人物は古代にきわめて多く、有名なところではアナクサゴラスの弟子で、前五世紀のアテナイ生れの哲学者が知られているが、ここで著者が指しているのは、紀元五世紀頃に生きていたと思われる詩人で錬金術師のアルケラオスであろう。短長格の詩で書いた『聖なる術』の著がある。

(181) アルベルトゥス・マグヌス(Albertus Magnus, 1193—1280) ドイツのスコラ哲学者、自然科学者、聖人。シュヴァーベンに生る。博学の故に「大アルベルトゥス」また「万有博士」Doctor Universalis と呼ばれた。パドヴァのドミニコ修道会に入り、パリ大学で教鞭をとり、次いでケルンのドミニコ会大学院の指導に当った。トマス・アクィナスはこの時の弟子である。のちレーゲンスブルクの司教となり、ケルンに定住し、同地で歿。彼は中世最盛期の十三世紀において、あらゆる学問の分野に重大な役割を果したが、また魔術や錬金術や占星学にも強い関心を抱いていた。彼が自動人形を作ったという話は有名であり、十七世紀の妖術全盛時代には、アルベルトゥスの名は魔法書を意味する言葉にさえなった。

(182) ラモン・ルル(Raimundus Lullus, 1235—1316) スペイン生れのスコラ哲学者、聖人。「光輝博士」Doctor Illuminatus と呼ばれた。アラゴニアの宮廷で放蕩の生活を送った後、あらゆる快楽を捨て去って、フランチェスコ第三会の隠修士となり、パリおよびモンペリエ大学で教鞭をとりつつ、科学や神学の研究に身を捧げた。晩年には北アフリカのマウル人の改宗を試み、伝道に努めたが、イスラム教徒に投石されて殺された。主著『アルス・マグナ』は、図形を用いて概念を組合せ、これから真理を導来する新らしい論理的方法を示したものである。彼の錬金術に関する著書は、その真偽が疑われているが、中世の錬金術の貴重な資料と見なされている。

(183) アルノオ・ド・ヴィルヌウヴ(Arnaud de Villanova, 1235—1312) 中世の占星学者、錬金術家、医者。スペイン系らしい。田舎の学歴もない開業医から出発して、驚くべき名声を博するようになった。二人の国王と三人の教皇とが、彼の患者となり、崇拝者となり、擁護者となった。大旅行家で、ヨーロッパはもとより、アフリカにまで足をのばしたと言われる。何度か教会の宗教裁判官に敵視されて、著書を焼かれたり、シチリア島に流されたりした。しかしボニファティウス八世は、医者としての彼が必要だったので、それほど厳しい処置はとらなかった。教皇クレメンス五世の病気の際、招かれてアヴィニョンに赴く途中、彼は歿した。著書には『錬金術の鏡』『哲学の薔薇園』『栄ゆる花』などがある。

(184) グリュエル(Léon Gruel, 1841—1923) 十九世紀末における最も有名な製本技術者の一人。パリに生れる。また彼は製本技術の歴史家としても知られ、一八八七年および一九〇五年に刊行された二巻の大著『製本技術愛好者の歴史的書誌学的概論』は、この分野の研究の大きな進歩にもかかわらず、いまだに貴重な参考資料となっている。著書には他に『製本および書物の金箔押しに関する講義』(一八九六)『クリストフ・プランタンについての略述』(一八九二)などがある。彼の集めたフランス革命時代からの装幀のコレクションは、パリのカルナヴァレ美術館に寄贈された。

(185) エンゲルマン(Wilhelm Engelmann, 1808—1878) ドイツの出版業者、書籍学者。レムゴに生る。一八三三年に父の出版業を受け継ぎ、これを大きく発展させた。同時代の著名な作家の歴史書、考古学書、哲学書、医学書、自然科学書など、扱った書物の範囲もきわめて広い。一八五八年にはイエナ大学から名誉博士号を贈られた。

(186) ドオビニェ(Théodore Agrippa d'Aubigné, 1552—1630) フランスの詩人、軍人、貴族。シャルル九世、アンリ三世の宮廷に出仕した後、プロテスタントのナヴァル王(後のアンリ四世)の旗下に入って、生涯剣と筆を振って新教のために戦った。彼の詩はペトラルカ風の詩風から、幻想的で痛烈な諷刺を盛った詩風に変っている。迸るような憤激と復讐の情に鼓舞されて書かれた『悲愴歌』（一六一六）は、まさに十六世紀の絶唱である。

（187） ディドロの『サロン』 グリムの「文芸通信」のために、ディドロは隔年ごとの絵画展覧会の探訪記事を送っていた。一七六五年と六六年の展覧会評をまとめたのが、この美術評論集『サロン』である。

（188） ブルダルウ（Louis Bourdaloue, 1632—1704） フランスの説教家。イエズス会士。ブールジュに生れ、パリに出て説教を開始し、また宮廷の四旬節および待降節説教家となる。世俗的モラリストとして知られ、冷徹な論理を武器として当代の悪徳を鋭く追及した。主著は『説教集』。

（189） オザナム（Antoine Frédéric Ozanam, 1813—1853） フランスの歴史家、法律家、文学者。ミラノに生る。カトリック青年たちの指導者となり、「ヴィンセンシオ会」および「ノートルダム講話会」を創設、またラコルデエルとともに「新時代」誌を創刊した。リヨン大学の商法教授、のちパリ大学の比較文学教授となる。彼のダンテ研究は特に知られている。

（190） スウェチン女史（Anne-Sophie Soymonov Swetchine, 1782—1857） ロシアの女流キリスト教作家。モスコウに生れ、十七歳のとき、二十五も年齢の違うスウェチン将軍と結婚、一八一七年にフランスに帰化す。パリの彼女のサロンには、ジョゼフ・ド・メエストル、モンタランベエル、ファルウなどが出入りした。サント・ブウヴの評言によれば、彼女は「ジョゼフ・ド・メエストルの姉であり、聖アウグスティヌスの妹」である。三十五巻におよぶ手紙、日記、小品などは、すべて彼女の死後に公刊された。ファルウの書いた伝記『スウェチン夫人、その生涯と作品』（一八五四）がある。

（191） オーガスタス・クレイヴン夫人（Augustus Craven, 1808—1891） フランスの女流作家。ロンドンに生る。シャルル十世の大臣の娘で、本名をポオリイヌ・ド・ラ・フェロネエ（Pauline de la Ferronays）という。『家族の想い出、ある修道女の物語』(一八六六)という作品は、大成功をおさめた。他に『フルーランジュ』(一八六九)『ル・ヴァルブリアン』(一八八六)などがあり、また特に伝記的作品として『マン侯爵夫人』(一八七七)『ファニイ・ケンブルの青春』(一八八〇)などを残した。

(192) ユウジェニイ・ド・ゲラン(Eugénie de Guérin, 1805—1848) フランスの女流文学者。弟モオリスを愛育し、修道女となる決心を棄てて彼の大成に尽した。生涯質素なキリスト教的生活を送り、パリの弟のために記した『日記』(一八六三)および『書簡集』(一八六三)を残した。単調な田園生活の記録であるが、素直な観察と敬虔な内省を含むものとして、サント・ブウヴ、ジャムのごとく推賞する人もいる。

(193) ド・ジュー(Victor-Joseph Etienne de Jouy, 1764—1846) フランスの文学者。ジュー・アン・ジョザスに生る。軍人でもあり、革命中は王党派の嫌疑を受けて亡命、テルミドオル後に帰国する。アカデミイ会員。作品としては悲劇『スルラ』が有名。

(194) エクシャール・ルブラン(Ponce-Donis Ecouchard Lebrun, 1729—1807) フランスの抒情詩人。パリに生る。彼はみずから詩才を誇って「ルブラン・ピンダロス」と名乗った。数多くの作品のうち現在も生き残っているのは、『ビュフォンへ』および『復讐者』と題された二篇のオードのみである。

(195) モオリス・ド・ゲラン(Maurice de Guérin, 1810—1839) フランスの詩人。ユウジェニイの弟。姉に育てられ、パリに出て司祭を志し、ブルターニュでラムネエの宗教改革運動に参加した。のちパリに帰って文学に専念したが、胸を病み、無名のうちに歿した。死後、サンドによって未刊の散文詩『ケンタウロス』が「両世界評論」誌に発表(一八四〇)され、さらに二十年後、サント・ブウヴの序文を添えた日記、書簡集等が出版されるにいたった。作品は汎神論的な自然への愛、神秘的なキリスト教を基調とする。

(196) デュパンルウ(Félix Antoine Philibert Dupanloup, 1802—1878) フランスのカトリック聖職者。オルレアンの司教。国会議員、元老院議員となり、政治的にも活躍した。初め教皇不可謬説に反対したが、のちにこれを認めた。主著には『教育について』三巻および『キリスト教徒の結婚』がある。

(197) ランドリオ(Jean-François-Anne-Thomas Landriot, 1816—1874) フランスのカトリック聖職者。ラ・ロシェルの司教となり、のちにランスの大司教に任命された。一八七〇年のヴァティカン公会議では少数派として投票したが、教皇不可謬説の決定には同意した。作品には『キリスト教文学諸派に関する歴史的研究』『キリスト教徒の祈り』などがある。

(198) ラブイユリ〔ラ・ブウイユリ〕(François-Alexandre Roullet de La Bouillerie, 1810—1882) フランスのカトリック聖職者。神学中等学校の指導司祭、パリの司教代理から、種々の任を経て、のちにはカルカッソンヌの司教、ボルドオ大司教の補佐司祭となる。著述家としても知られる。

(199) ゴオム(Jean-Joseph Gaume, 1802—1879) フランスの神学者、作家。とくに有名な作品は『近代社会の害虫あるいは教育における異教主義』(一八五一)という論文で、彼はこの書のなかで、大衆を異教徒にする古典教育に対して非難を加えている。教育を腐敗させるギリシア、ラテンの古典作家を追放して、キリスト教作家をこれに代えるべきだというのが、彼の一貫した主張であった。

(200) ゲランジェ(Prosper-Louis-Pascal Guéranger, 1805—1875) フランスの聖職者、典礼学者。司祭となり、統一的ロオマ式典礼を移入し、またフランスのベネディクト会の復興を図って、ソレームおよびリギュジェ等に修道院を建設し、のちフランスにおけるベネディクト会総会長となった。主著に『典礼の暦』十五巻、『典礼の制度』三巻がある。

(201) ラティスボンヌ(Marie-Théodore Ratis-

bonne, 1802—1884) フランスの聖職者、著作家。法律を学んでから、洗礼を受け、神学中等学校の教授となり、のちストラスブウルの大会堂助任司祭となった。主著には『道徳教育試論』『聖ベルナルドゥスとその時代の物語』『ユダヤ人問題』などがある。

(202) フレッペル(Charles Emile Freppel, 1827—1891) フランスのカトリック神学者、聖徒伝研究家。アンジェルの司教となり、同地にカトリック大学を創立。社会問題に対する国家の干渉に反対した。主著に『教会の教父たち』『二世紀におけるキリスト教の護教家たち』『称讃演説』などがある。

(203) ペロオ(Adolphe-Louis-Albert Perraud, 1828—1906) フランスの枢機卿、著作家。リヨンに生る。オータンの司教となり、同時にアカデミイ会員に迎えられる。ソルボンヌ大学で宗教史を講じ、大いに声名を高めた。主著には『現代アイルランド研究』『十七世紀および十九世紀におけるフランスのオラトリオ会』『枢機卿リシュリウ』などがある。

(204) ラヴィニャン(Xavier de Ravignan, 1795—1858) フランスのイエズス会神学者、説教師。バイヨンヌに生る。最初司法官として出発したが、やがてパリのサン・シュルピス神学校に入り、次いでイエズス会に身を寄せた。ラコルデエルのあとを継いで、ノートルダムで説教をした。作品には『イエズス会の生活と規則』『クレメンス十三世とクレメンス十四世』などがある。

(205) グラトリ(Alphonse Gratry, 1805—1872) フランスの哲学者、カトリック神学者。ソルボンヌ大学教授。ヴァティカン公会議では教皇不可謬説に反対した。主著には『神の認識について』二巻、『魂の認識について』二巻、『使徒信経の哲学』などがある。

(206) オリヴァン(Pierre Olivaint, 1816—1871) フランスのイエズス会修士。パリに生る。パリのブルボン公立中学の教師となり、次いでラ・ロシュフコオ・リアンクウル公爵の息子の家庭教師となった。オザナムとともに「ヴアンセンシオ会」に参加する。パリ・コンミューンの際に殺害された。主著には『若者への忠告』がある。

(207) ドジテ (Dosithée) ルウマニア人で、モルダヴィアの大司教になった十七世紀の宗教詩人に、ドジテと呼ばれる人物がいるが、この場合のドジテとは恐らく別人であろう。ここに引用されているカルメル会のドジテについては、詳かにし得なかった。

(208) ディドン (Henri-Gabriel Didon, 1840—1900) フランスの説教者、教育家。十八歳でドミニコ会に入り、東洋旅行、ライプツィヒ留学の後、教育と学校行政に力をつくす。アルキュエイユのアルベエル・ル・グラン校、パリのラコルデエル校は彼の創立。著書には『神なき科学』『信仰とイエスの神性』など多数ある。

(209) ショカルヌ (Bernard Chocarne, 1826—1895) フランスのドミニコ会聖職者。ソレエズでラコルデエルを知り、彼の僚友となる。アメリカやカナダに赴いて布教し、カナダの聖イアサントにドミニコ会を設立。著書には『ラコルデエル神父、その私生活と宗教生活』がある。

(210) ペレエヴ (Peyreyve) 未詳。

(211) ファルウ伯爵 (Frédéric Alfred Pierre de Falloux, 1811—1886) フランスの政治家。二月革命後、国民議会議員となり、国立作業場問題の報告者となる。自由主義的教権主義、ブルボン正統主義の立場をとる。バロ内閣の文相となり、バロ・ファルウ内閣と言われる勢力をもった。教育改革につき「ファルウ法」を立案し、教育を聖職者に委ねた。ルイ・ナポレオンのクーデタ後引退。主著には『ルイ十四世の歴史』『ある王党員の回想』などがある。

(212) ヴイヨ (Louis François Veuillot, 1813—1883) フランスのカトリック著述家。ルアンで新聞編集者となり、ロオマに旅行中カトリックに改宗し、カトリック新聞「宗教的宇宙」の編集長となり、カトリシズムの擁護と王政復古に尽力し、また教皇不可謬説を擁護した。主著には『ロオマの香り』『パリの匂い』『史的文芸的宗教論叢』などがある。

(213) モンタランベエル(Charles Forbes de Montalembert, 1810—1870) フランスの政治家、文学者。亡命貴族の子としてロンドンに生れたが、フランスの王政復古後にフランスに帰った。自由主義的カトリシズムの立場をとり、ラムネエとともに「未来」誌を創刊。貴族院に入り、教皇主義の代表政治家となる。二月革命後、憲法制定議会および立法議会議員、選挙法起草委員。ナポレオン三世のクーデタを承認したが、その政府には反対した。主著には『ハンガリアの聖女エリザベエトの生涯』がある。

(214) コシャン(Henry Cochin, 1854—1926) フランスの作家。文学士および法学博士として古代イタリア文学を研究し、同時に政治生活に入った。北部選出代議士となり、一九二六年にはアカデミイ会員に迎えられた。主著には『ボッカチオ、イタリア研究』『ペトラルカの一友人』『福者フラ・アンジェリコ』等がある。

(215) ド・ブロイ(Jacques Victor Albert de Broglie, 1821—1901) フランスの政治家、歴史家。国民議会議員、駐英大使。オルレアン派としてブルボン派との合併に奔走したが失敗。副首相兼外相、マクマオンの七年独裁制成立に努力した。元老院議員。クーデタの後首相兼法相となる。政治家としてはカトリック的、反共和的であり、歴史家としては主著『四世紀の教会とロオマ帝国』のほか『ルイ十五世の秘密外交』など数部の著作がある。

(216) 聖フランチェスコ(Francesco, 1181—1226) 中世イタリアの神秘家、聖人。フランチェスコ修道会の創立者。アシジの富裕な商人の子として家業を継ぎ、放縦な生活に耽ったが、のち一切の所有と家族を棄て、イエス・キリストに倣って敬虔な清貧生活に入った。

(217) 「悲しみの聖母《スタバット》」の作者 「悲しみの聖母」Stabat Mater は、十字架上のキリストを仰ぐマリアの悲しみを歌い、その代禱を求める一種の宗教詩であるが、その作者には、十三世紀の詩人ヤコポーネ・ダ・トディが擬せられている。彼はイタリア人で、一二三〇年頃生れ、はじめ弁護士となったが、妻の悲惨な死にあってフランチェスコ会修道院に入り、傍ら抒情詩をつくった。教皇ボニファティウス八世とフランチェスコ会との争いで、教皇を諷刺した詩をつくったために幽閉された。一三〇六年歿。「悲しみの聖母」にはパレストリーナ、ペルゴレージ、ロッシーニらの名曲がある。

(218) ネットマン(Alfred Nettement, 1805—1869) フランスの歴史家、文学者。パリに生る。熱狂的なカトリックで、しかも正統王朝派であった。新聞「家族週刊」の主幹となる。主著には『七月革命史』『王政復古下のフランス文学史』などがある。

(219) ミュルジェ (Henri Murger, 1822—1861) フランスの作家。パリのラテン街の貧乏な芸術家の生活を描いた友情と恋愛の物語『放浪芸術家の生活情景』(一八四七~四九)を「コルセエル」紙に発表して一躍名声を博した。この作品は、のち劇化され、またプッチーニの歌劇『ラ・ボエーム』となった。

(220) ラプラード(Pierre Marin Victor Richard de Laprade, 1812—1883) フランスの詩人。リヨン大学教授。宗教的詩集『マドレエヌの香』や『プシケー』のほか、普仏戦争に際しては愛国的な詩をつくった。ロマン派の伝統を継いだ象徴的、哲学的な詩風で、音楽的な諧調に富み、ラマルティーヌの後継者と言われる。

(221) ポオル・ドラロッシュ(Paul Delaroche, 1797—1856) フランスの歴史画家。グロの弟子。古典派とロマン派とを折衷した立場で、やや冷たい感じの絵を描いた。生前には非常な人気を得、フランス内外に多くの弟子をもった。作品『ギーズ公の暗殺』(シャンティー)は有名。

(222) ルブウル(Jean Reboul, 1796—1864) フランスの詩人。ニイムに生る。パン屋であったが、詩集を出版して有名になった。素朴な自然の感情を歌った作風が目立つ。

(223) プウジュラ(Jean-Joseph-François Poujoulat, 1808—1880) フランスの歴史家。ブーシュ・デュ・ロオヌ県のラ・ファルに生る。フランスの歴史に関する『覚書』の集録を刊行した。

(224) ジュヌード(Antoine-Eugène Genoude, 1792—1849) フランスの政論記者。ボナパルト中学の教師となり、のち熱烈な王党派としてジャーナリズムに身を投ず。「コンセルヴァトゥール」誌に協力し、ラムネエとともに「擁護者」誌を創刊、また「ガゼット・ド・フランス」紙の再刊にも貢献した。主著には『キリスト教の理性』『君主政治の理性』などがある。

(225) ニコラ(Jean-Jacques-Auguste Nicolas, 1807—1888) フランスの作家、法律家。熱心なカトリック教徒で、その主著たる『キリスト教の哲学的研究』(一八四二〜四五)は、多大の反響を呼んだ。作品には他に『社会主義との関連におけるプロテスタンティズム、および異端諸派について』『イエス・キリストの神性』『理性と福音書』などがある。

(226) カルネ(Louis de Carné, 1804—1876) フランスの政治家、歴史家。カンペルに生る。『フランス的統一の建設者に関する研究』という著書によって名高い。

(227) ポンマルタン(Armand de Pontmartin, 1811—1890) フランスの批評家。アヴィニョンに生る。正統王朝派的、カトリックの立場をとる。主著には『土曜文芸談』『シャルボノ夫人の木曜日』などがある。

(228) フェヴァル(Paul Feval, 1817—1887) フランスの小説家。レンヌに生る。『傴僂男』『ロンドンの神秘』などを初めとする冒険小説、剣侠小説の作者で、発表当時は大きな成功を博した。

(229) デュポン・ド・トゥール 本名はレオン・パパン・デュポン(Léon-Papin Dupont, 1797—1876)であり、「トゥールの聖人」という渾名で呼ばれる。マルティニック島に生れ、同地のサン・ピエール市で判事を勤めた後、フランスに来てトゥールに定住、財産を擲って慈善事業と宗教関係の仕事に専念した。

(230) オビノオ(Léon Aubineau, 1815—1891) フランスにおけるチャーティスト運動の推進者。五十年間「宇宙」誌の編集者を勤め、とくに文芸批評に筆を執った。著書には『オーギュスタン・ティエリ、その歴史体系、その錯誤』『徒刑場のイエズス会修士』をはじめ、聖ラブル、デジュネット神父、デュポン・ド・トゥールなどの伝記がある。

(231) ラッセル(Paul-Joseph-Henri Lasserre, 1828—1900) フランスの弁護士、ジャーナリスト。カトリック的な信仰の立場をとる。みずから語っているように、ロンドンの水によって奇蹟的に病気を癒してからは、ロンドン巡礼のための十字軍を組織することを真剣に考えた。主著には『ベルナデット』『十三人目の使徒』などがある。

(232) ラムネエ(Félicité Robert de Lamennais, 1782—1854) フランスの宗教哲学者、評論家。司祭。『宗教に関する無関心論』(一八一七〜二三) 四巻を発表して、啓示を弁護し、また七月革命に際して新聞「未来」紙を刊行、ブルジョア的王政とガリカニズムに反対し、自由主義と教皇至上主義とを結びつけた独自の理論を唱道したが、彼の思想は教皇グレゴリウス十六世に非難された。そのため破門されるや、政治的活動に転じ、サン・シモン流のデモクラシーの闘士として活動し、二月革命後、「立憲民衆党」紙を創刊し、国民議会議員となったが、ナポレオン三世のクーデタに会って政界を去った。著書多数。

(233) ジョゼフ・ド・メエストル(Joseph Marie de Maistre, 1753—1821) フランスの政治家、哲学者、文学者。フランス革命にはスイス、イタリアに逃れ、サルデーニャ政庁の宰相となる。同国の駐ロシア大使としてペテルブルグに赴き、次いでトリノ政庁の首相となる。フランスの伝統主義、国家主義哲学の代表者で、フランス革命に反対し、絶対君主制と教皇の絶対権を主張し、民主主義を否定した。主著には『フランスに関する考察』『法王論』二巻、『聖ペテルブルグ夜話』『権力論』など多数ある。

(234) エルネスト・エロオ(Ernest Hello, 1828—1885) フランスの作家、神秘思想家。最初メエストルやラムネエに親近したが、後には独自の神秘思想を築き上げた。一八五八年には新聞「十字軍兵士」を創刊した。ルナンに関する幾つかの論文のほか、主著『人間』『聖者の相貌』『神の言葉』などを著し、その熾烈な諷刺的精神によって批評家を驚かせた。小説集『不可思議物語』には、バルベエ・ドオルヴィリイによってエドガア・ポオの影響があると指摘された。死後『無神論の哲学』『世紀、人間および思想』が刊行された。

(235) ヤンセン教徒(janséniste) オランダの神学者ヤンセン(Cornelis Jansen, 1585—1638)の思想を奉ずるカトリックの一派。ヤンセンは神学書『アウグスティヌス』を著わし、彼の死後、友人サン・シラン修道院長によってフランスに流布された。この派の成功は、神学者アルノオやポオル・ロワイヤル修道院の隠者たちの弁護によるところが多かった。ヤンセンの説は、聖アウグスティヌスの思想に基づき、救霊における人間の自由をほとんど認めない立場をとっていた。イエズス会はこれを激しく攻撃し、パスカルはその著『プロヴァンシアル』によって擁護の立場をとり、長い論争を惹き起した。しかしポオル・ロワイヤル修道院は、ルイ十四世の迫害にもかかわらず、永いことヤンセニズムの避難所となり、修道院が破壊されて後、一七一三年にも再び法王によって断罪されたが、十八世紀の半ばまでフランスに残存し、現在でもオランダに小さなヤンセン派の教会がある。

(236) デュランティ(Louis-Emile-Edmond Duranty, 1833—1880) フランスの小説家、ジャーナリスト。パリに生る。その師シャンフルリとともに、十九世紀リアリズム運動の代表者。あらゆる事象を正確細緻に描こうとした。代表作は処女作の『アンリエット・ジェラアルの不幸』。その他にも『テュイルリイ庭園のマリオネット劇』など有名。

(237) パトモス島の聖ヨハネ(Jean à Pathmos) 黙示録の作者を指す。この人物については、諸説紛々として明らかにしがたいが、長老ヨハネ、使徒ヨハネとほぼ同時代に生きた別の人物であろうと言われ、黙示録の著作年代は、ドミティアヌス治世の終九五、六年頃と推定される。パトモス島はエペススの西南にある小さな島。ここでヨハネは、アンチクリストの支配が終り、キリスト教が最後の勝利を得る未来の幻を見た。終末思想の超自然的ヴィジョンにみちた、このふしぎな預言書は、四福音書に劣らぬ豊富な題材を西洋美術に提供し、これが西洋文化史のなかに、宗教上のみならず、文芸上にも思想上にも、また政治上にも深い影を投じて今日に及んでいる。

(238) サン・シュルピス街(rue Saint-Sulpice) パリのサン・ジェルマン区のサン・シュルピス街には、有名なサン・シュルピス教会があり、同名の広場には大きな噴水が建っている。噴水を飾る彫刻には、キリスト教の四大説教者、ボシュエ、フェヌロン、フレシエ、マシヨンの像が並んでいる。なお同じ広場には、かつてサン・シュルピス神学校もあった。抹香くさい場所たる所以である。

(239) イザヤ(Isaïe) 前八世紀ユダヤの預言者。約四十年にわたって活動したが、最後は生きながら鋸引きにされたという。アッシュリア王セナセリブのエルサレム攻撃の際、神の都の不落を預言し、王および国民を奮起させた。

(240) フォリーニョのアンジェラ(Angela da Foligno, 1248—1309) イタリアのフランチェスコ会修道女。神秘思想家。修道会に入る前は放埒な生活を送っていたが、回心してから敬虔な神秘家となり、生地フォリーニョにフランチェスコ会第三会の修道院を開いた。主著は『幻想と教化の書』。

(241) ヤン・ロイスブルーク(Jan van Ruys-

broeck, 1293—1381) ベルギーの神秘思想家。フランドルに生る。ブリュッセルで聖職者をしたが、同市西南方のグルーネンダールのアウグスティノ会修道院に退き、のち修道参事会の修道院を建て、その院長となる。エックハルトの影響を受け、神秘主義的著作を多く書き、また「共同生活の兄弟派」の創立を援け、これらの神秘派に大きな影響を及ぼした。主著には『霊的婚姻の誇り』がある。

(242) レオン・ブロワ(Léon Marie Bloy, 1846—1917) フランスの作家。一旦カトリックを棄てたが、再びこれに戻り、当代の反キリスト教的思想と激しく対決し、またしばしば二十世紀の諸災禍を啓示的幻視によって予示したので、同時代人から誤解と軽蔑とを受けたが、また他方恐れられもした。第一次大戦来、予言的な文学者として、カトリックの精神生活の革新者として認められ、ジャック・マリタン夫妻に影響を与えた。小説作品には『絶望者』『貧しき女』などがあり、評論には『余は余を告発する』『ユダヤ人による救い』『孤独者の瞑想』『教会の最後の柱石』などがある。

(243) バルベエ・ドオルヴィリイ(Jules Barbey d'Aurevilly, 1808—1889) フランスの詩人、小説家、批評家。後期ロマン派の典型的作家。一生を文学三昧に送った。過激カトリック派、王党派で、実証主義や写実主義に激しい憎悪をいだき、激越で多彩な筆致で同時代を呪詛・嘲罵した。その毒舌の妙味は、批評的作品によく窺われる。小説作品には『結婚した司祭』『デ・トゥーシュの騎士』『魔に憑かれた女たち』(アレクサンドル・アストリュック監督により『恋ざんげ』の題で映画化さる)などがあり、評論集には『十九世紀の作品と人間』がある。

(244) ホフマン(Ernst Theodor Amadeus Hoffmann, 1776—1822) ドイツの小説家。ケーニヒスベルク大学で法律を学び、プロイセンの司法官となったが、のち失職、生来の多才に頼って画家、音楽教師、批評家、脚本家、指揮者として諸所を転々した。やがて復職してベルリン大審院判事となる。昼は優秀な司法官として精励し、夜は酒場に酔って奇矯な振舞に溺れた。怪奇な幻想に鋭い諷刺を混えて、きわめて特異の作風をなす。コッペリアは、ホフマンの『砂男』に登場する自動人形の名前。

(245) ビュリダンの驢馬(âne de Buridan) ビュリダン(1300—1358)はフランスのスコラ哲学者で、物理学者としては近代的な力および惰性の概念を準備し、倫理学者としては無原因な意志決定を否定した。有名な「ビュリダンの驢馬」なる命題は、「質も量も同一な二束の乾草の中央に位置する驢馬は、いずれか一方を選ぶということが出来ずに飢えてしまう」という主旨のものであるが、彼の著作にはない。二つの方向に同時に惹きつけられ、いずれを選ぶか決めかねている人間の比喩に、この言葉はよく用いられる。

(246) サド侯爵(Donatien Alphonse François de Sade, 1740—1814) フランスの作家。旧制度下の貴族の家に生れたが、放蕩と筆禍のため生涯の二十七年間を獄中に過した。アルキュエイユの鞭打事件では、乞食女を自宅に連れこんで鞭打ち、マルセイユのボンボン事件では、娼婦たちに催淫剤入りのボンボンを試食させた。八九年の革命とテルミドオル政変のあいだに、わずかな自由の期間があり、自作の芝居を上演したり、政治活動に関係したりした。最後はシャラントン精神病院で孤独のうちに死んだ。主著には『ジュスティヌあるいは美徳の不幸』『ジュリエット物語あるいは悪徳の栄え』『新ジュスティヌ』『閨房哲学』『ソドム百二十日』等がある。フロオベエルによれば、サドは「異端糾問の精神、拷問の精神、中世紀の教会の精神、自然に対する恐怖心」であり、「サドの中には一匹の動物、一本の木もない」のである。

(247) ヤーコプ・シュプレンガア(Jacob Sprenger, 1436—1495) ドイツの神学者。ケルンのドミニコ会修道士で、同地の宗教裁判官であったが、教皇インノケンティウス八世の命により、同じくドミニコ会修道士のハインリヒ・クラマーと共同して、妖術使の処罰法を記載した『巫女之鉄槌』Malleus maleficarum（一四八七）を著した。これが当時の異端糾問、妖術裁判の最高権威書とされ、ドイツのみならず、フランス、イタリア、イギリスにおいても、必らず拠るべき規範とされた。出版されたのは印刷術が発見されて三十年くらい後のことで、それから二百年ほどの間に十版を、その後の五十年にさらに九版を重ねたことからみても、声価のほどが知れる。『巫女之鉄槌』は四折本の大冊で、内容は三部に分れ、第一部は魔術を使う者に関するカトリック教理を論じ、第二部は巫女の性質や行動を論じ、第三部は妖術裁判の手続、訊問方法、罰則の決定基準などを論じている。

第十三章

(248) D・O・M　ラテン語の神を讃える言葉 Deo Optimo Maximo（至善至大なる神に）の略。ベネディクティン酒の瓶に記載するのを通例とする。

(249)　聖モオル (saint Maur, 512—584)　フランクの聖職者、聖人。聖ベネディクトの弟子。師の依頼によりアンジューのグランフイユに赴いて、そこに修道院を建て、みずから院長となり、同地に歿した。一六一八年ベナアル師によって組織された聖モオル教団は、彼の衣鉢をつぎ、パリのサン・ジェルマン・デ・プレに同教団の修道院が建てられた。祭日は一月十五日。

(250)　聖ベネディクトゥス (Benedictus, 480—543)　西欧的修道院制度の創設者。放縦なロオマの生活を厭い、十七歳の時サビニ山中スビアコ附近の岩窟で約三年間、隠修士として生活した。弟子たちのために十二の修道院をつくったが、一部の聖職者に迫害され、スビアコを去って、ロオマの南方カッシノ山に修道院を建て、ベネディクト会則を定め、在来のものよりも家族思想を強調し、修道院の家父はキリストの代理者であり、また修道士は主に対する奉仕の軍団として組織化されるべきであると主張した。

(251) シトオ派(ordre de Cîteaux) 一〇九八年クリュニイ修道院長ロベエル・ド・モレムが、厳格なベネディクト会則に基づいて、ディジョンの近くのシトオの地に建てた修道院の一派を指す。一一一三年には聖ベルナルドゥスがこれに参加し、会則を改め、シトオ修道院は改革運動の中心地となり、最盛期には千八百の修道院を傘下に擁した。この教団は、厳密にベネディクト戒律を遵守し、すべての美を悪魔に属するものと考えたから、色ガラス入りの窓を禁じ、また労働力を得るためには、「コンヴェルシ」すなわち衆俗の兄弟たちを雇った。これらのコンヴェルシは、宣誓はしたが読み書きは禁じられ、主として農耕に従事させられ、建築のような他の仕事にも用いられた。

(252) クリュニイ派(abbaye de Cluny) 九世紀の終り頃からようやく修道院の改革が必要とされはじめると、まず九一〇年に、アキタニア公ギヨオム九世は、フランス中部リヨン市の北に当るクリュニイの地に修道院を創立して、聖僧ベルノンをその院長とした。これがクリュニイ教団の発端である。この修道院は最初から、法王の権威を除いて、いかなる外部的権威からも独立していた。二代目の院長オドンはイタリアへ行って、ロオマの若干の修道院に対する管理権をも与えられた。フランスの大抵の修道院はクリュニイに従属し、改革運動はやがてイタリアから、西ドイツ、スペイン、イングランドにまで波及した。しかし十二世紀には、クリュニイの改革的熱意は冷却して行き、聖ベルナルドゥスは、その修道院が立派な建築様式であることを非難した。

(253) ニカンドロス(Nikandros) 前二世紀頃のギリシアの詩人。代々クラロスのアポロンの神官を勤めた家に生る。完全に残っている作品は、有害動物について記した教訓詩『テリアカ』および同じく解毒剤について記した教訓詩『アレクシパルマカ』の二篇である。

(254) ヴァンサン・ド・ポオル(Vincent de

Paul, 1581―1660) フランスの聖職者、聖人。愛徳信心会、ラザリスト宣教会などを設け、さらに愛子会（慈悲の友会）を創立した。彼によって設けられた慈善と布教の事業団体は、今日では全世界に発展している。

(255) ポルタリス（Jean Etienne Marie Portalis, 1746―1807） フランスの法律家、政治家。温和反政府派として一時追放され、執政政府下に帰国。ナポレオン法典の起草に尽力し、宗務相となる。その子ジャン・マリは王政復古下に大審院長、上院議員となった。

(256) オメエ（Homais） フロオベエル作『ボヴァリイ夫人』の登場人物。ボヴァリイ夫人の夫であり、薬屋である彼は、文学や科学について半可通の知識を振りまわすブルジョア的俗物の異名となった。

第十四章

(257) トリスタン・コルビエール（Tristan Corbière, 1845―1875） フランスの象徴派詩人。本名はエドゥアール・ジョアシャン・コルビエール（Edouard Joachim C.）という。イタリア、パリに遊び、後には聾になり肺を病んで夭折した。死後ヴェルレエヌの評論『呪われた詩人たち』により、その詩才を認められた。詩集『黄色い恋』で、父の職業であった船乗りを歌っている。この詩集はティボオデによれば、「支離滅裂の、激越な、すべての彼以前の詩や外形に対する《否！》に満ちた、ジャック・ナイフで彫り上げられた詩句、原始人の創造した混乱」である。

(258) テオドオル・アンノン（Théodore Hannon, 1851―1916） ベルギーの詩人、劇作家。彼の創刊した「芸術家」誌は、一八七六年から七九年まで、ベルギー文学の生きた中心であった。その後、大胆な官能的な詩を発表しはじめ、『マヌカン・ピスの国にて』『悦びの押韻』『病める快活』『深夜のミサ』などの詩集を公刊した。劇作品としては、抒情的な軽い筆致の『陰気なピエロ』『ヴァン・デル・ボート夫妻の金婚式』などがある。また彼は油絵や水彩画にもすぐれていた。

(259) サンセヴェリナ・タキシス夫人(San-severina-Taxis) スタンダアル作『パルムの僧院』の登場人物。主人公ファブリスの叔母で、ファブリスに恋し、甥を聖職者として成功させようと野心を抱く。しかしファブリスはパルム公国の大司教となってからも、依然としてクレリア・コンティに想いを寄せている。サンセヴェリナの名は、美貌と才気と、野心と情熱の女の異名である。

(260) ブラダマンテ(Bradamante) アリオスト作『狂えるオルランド』の登場人物。モントオバンのリナルドの妹。触れる者すべてを斃す名高い槍をもって彼女は勇ましく闘う。美貌と勇気を併せもった女性の異名となった。

(261) キルケー(Kirke) ギリシア神話に登場する妖術に長じた女性。アイアイエなる島に住み、オデュセウスがこの島に着いたとき、彼の家来を魔法によって豚に変えた。

(262) シャルル・クロス(Charles Cros, 1842—1888) フランスの詩人、科学者。はじめ言語学を、次に医学を勉強し、同時にいろいろな科学的発明を行った。たとえば一八六九年には、フランス写真協会で著色写真の方法を発表したが、これはデュコ・デュ・オーロンが三色写真法の技術を発明したのと殆んど同時である。また一八七七年には、科学アカデミイに手紙を寄せて「パレオフォーン」という器械に関する説明を行っているが、これは後年の蓄音機の原理であり、エディソンの発明に先立っている。さらに彼は、遊星間の通信方法に関する興味ぶかい論文(一八六九)をも書いている。文学者としての彼は、幻想的・諧謔的な詩を物し、超現実主義風な奇妙な短篇を残した。詩集には『白檀の小箱』『河』がある。映画女優ブリジット・バルドオは、クロスの詩を愛好しているそうだ。

(263) アロイジウス・ベルトラン(Aloysius Bertrand, 1807—1841) フランスの詩人。イ

タリアのピエモンテに生れ、本名はルイ・ジャック・ナポレオン（Louis Jacques Napoléon）という。生涯を古都ディジョンで送り、文芸新聞の編集などに携ったが、その詩才は認められず、生前には一巻の詩集も発表されずに、孤独で悲惨な生活を送り、パリの慈善病院で死んだ。翌年友人サント・ブウヴ等により、唯一の詩集『夜のガスパアル、カロとレンブラント風の幻想』（一八四二）が出版された。これは、ディジョンの伝説などを幻想的に描いた散文詩集で、高踏派詩人やボオドレエルに大きな影響を与えた。

(264)『硬玉の書』　テオフィル・ゴーティエの娘の女流詩人ジュディット・ゴーティエ（Judith Gautier, 1850—1917）が十七歳のとき、中国詩人の作品から想を得て、ジュディット・ワルテルの筆名で一八六七年に発表した詩集。父親が庇護した中国人の文官から東洋趣味を教えられた彼女は、のちにパリ留学中の西園寺公望の協力を得て『古今集』を仏訳、日本版画をあしらって豪華な詩画帖『蜻蛉詩集』（一八八五）を刊行してもいる。そのほか小説や戯曲が多数ある。

第十五章

(265)　パレストリーナ（Giovanni Pierluigi da Palestrina, 1525—1594）　イタリアの作曲家。ロオマ・カトリック教会の最も著名な礼拝用音楽作曲家。ロオマ近郊のパレストリーナ生れ。教会音楽に対する彼の貢献は、ネーデルランド楽派風の複雑な対位法による従来の音楽が、歌詞たる典礼文を聞えなくする傾きがあったのを、音楽的興味を失わせずに、しかも典礼文をよく聞えるようにした点と、その手段として、この時代に盛んになった人文主義思想に応ずる和声技法を巧みに使用した点に存する。いわゆる「パレストリーナ様式」は、ロオマ教会音楽の最も望ましい様式と認められた。

(266)　オルランド・ラッソ（Orlando di Lasso, 1530—1594）　フランドルの作曲家。ベルギーのモンスに生れ、ヨーロッパ各地で諸侯の音楽職についた。作品数は千二百五十に達する。同時代のパレストリーナに比して、作風は多くの点で近代的であり、またフランドル楽派最後の巨匠で、その影響はドイツ、オーストリアに永く残り、バッハにまで及んだ。

(267) マルチェロ(Benedetto Marcello, 1686—1739) イタリアの作曲家。彼の教会用音楽は、当時流行したオーヴァチュアやコンチェルト・グロッソなどの器楽形式を声楽に応用した。

(268) ランビヨット(Louis Lambillotte, 1796—1855) ベルギーのオルガン奏者、作曲家、音楽理論家。二十九歳でイエズス会修士となり、各地の教団の礼拝堂付楽長となった。一八四二年フェティスによって始められた平調曲復興運動に活躍したことによって知られる。『オルガンの博物館』と題された一編の教会音楽編曲集を残した。他に『グレゴリオ聖歌の美学、理論および演奏』という著書もある。

(269) ヨンメリ(Niccolo Jommelli, 1714—1774) イタリアの作曲家。ヴェネツィアの音楽院教授、ロオマのペトロ聖堂の副楽長、次いでドイツに赴き、シュトゥットガルトの宮廷楽長となったが、のち故郷のナポリに帰った。十八世紀イタリア歌劇の最も著名な作曲家の一人。

(270) ポルポラ(Nicola Porpora, 1686—1766) イタリアの作曲家、声楽教師。歌劇の作曲家というよりも、優れた声楽の教師として知られ、生地ナポリ、ウィーン、ロンドンなどで声楽を教授し、ロンドンではヘンデルと交友、ウィーンでは少年ハイドンを教えた。

(271) カリッシーミ(Giacomo Carissimi, 1604—1674) イタリアの音楽家。アシジのティヴォリ聖堂のオルガン奏者、ロオマの聖アポリナーレ聖堂楽長。パレストリーナ以来の伝統を離れ、教会音楽を近代的単音楽風に改めた。

(272) ドゥランテ(Francesco Durante, 1684—1755) イタリアの作曲家。ナポリのサント・オノフリオ音楽学校で教え、その間サンタ・マリア・ディ・ロレト音楽学校の校長をした。師スカルラッティの後継者としてナポリ派の代表的作曲家。

(273) ルシュウール(Jean François Lesueur, 1760—1837) フランスの作曲家。ナポレオン一世の宮廷楽長となり、のちパリ音楽院教授となる。ベルリオーズの師。歌劇八編のほかオラトリオ、ミサ曲などの宗教音楽の作がある。

(274) ペルゴレージ(Giovanni Battista Pergolesi, 1710—1736) イタリアの作曲家。ナポリの音楽院に学び、のちロレト音楽院で教えた。スティリャーノ公の保護を受け、主として多くの歌劇と教会音楽を作曲した。

(275) オーベエル(Daniel François Auber, 1782—1871) フランスの歌劇作曲家。ケルビーニの弟子。初めは喜歌劇『神と踊子』等を作曲、のち大歌劇をも作曲し、『ポルティシの唖娘』『フラ・ディアボロ』のような劇的性格を示す作もある。

(276) ボアエルディユウ(François Adrien Boieldieu, 1775—1834) フランスの歌劇、とくにコミック・オペラの作曲家。生地ルアンでオルガン演奏家となり、最初の歌劇二曲を作曲し、のちパリに出て歌劇『バグダッドのカリフ』により認められた。また一時ロシアを訪ね、ペテルブルグの王立歌劇団を指揮した。

(277) アダン(Adolphe Charles Adam, 1803—1856) フランスの作曲家。パリ音楽院でボアエルディユウに作曲を学ぶ。同音楽院教授。多くの歌劇を作曲したが、とくにゴオティエの物語によるバレー音楽『ジゼル』が有名。

(278) フロトウ(Friedrich von Flotow, 1812—1883) ドイツの歌劇作曲家。パリでライハに学び、同地で多くの歌劇を発表した。『マルタ』がとくに有名。

(279) アンブロワズ・トオマ(Ambroise Thomas, 1811—1896) フランスの作曲家。パリ音楽院院長。多くの歌劇を残したが、なかでも『ミニョン』『ハムレット』は非常な成功を収めた。

(280) バザン(François-Emmanuel-Joseph

Bazin, 1816—1878) フランスの作曲家。パリ音楽院に学び、のち同音楽院の和声学・作曲法教授。喜歌劇に多くの作品を残し、宗教音楽も作曲した。

第十六章

(281) 聖ブルーノ(Bruno von Köln, 1032—1101) 証聖者、大修院長、聖人。ドイツのケルンに生る。ランスで学び、同地の司祭となり、のちアルプス山間のグランド・シャルトルウズに引退し、シャルトルウズ会を創立、厳律修道院を建立した。

(282) ルアール・ド・カアル(Rouard de Card) 未詳。

(283) グッセ(Thomas-Marie-Joseph Gousset, 1792—1866) フランスの神学者。枢機卿。モンティニイ・レ・シェルリウに生る。最初ペリグウの司教となり、のちランスの大司教に任命さる。卓れた教会法学者として多くの作品を残す。主著には『倫理神学』『教理神学』『教会法の原理についての報告』などがある。

(284) サンティエ街(rue du Sentier) パリ二区にあるポアソニエール大通りとレオミュール街とを結ぶ街路。とくに輸出向けの織物、毛皮などの取引の中心地。サンティエ街と言えば、パリの問屋街を意味するほどになっている。

(285) クラマアル墓地(Clamart) パリ五区フェル・ア・ムウラン街にある昔の墓地。大革命以後、死刑に処せられた罪人の死体をここに葬った。ミラボオの遺骸もパンテオンからここへ移された。のちに区劃整理され、一八八四年には解剖学教室がここに建てられた。

『さかしま』（初版）あとがき

十九世紀末の特異な作家ジョリ・カルル・ユイスマン（Joris Karl Huysmans, 1848—1907）は、従来日本ではそれほど紹介されていなかったにもかかわらず、比較的よく知られた名前となっている。小説作品の邦訳としては『彼方』（田辺貞之助氏訳、筑摩書房）の一作を見るにすぎなかったが、古くは矢野峰人氏の浩瀚な『近代英文学史』に、ワイルドの『ドリアン・グレイ』に影響を与えた先駆的な世紀末的デカダンス文学として、本書『さかしま』のかなり詳しい内容紹介が載っていたり、また、日本でとくに愛好者の多いヴァレリイの断片的な文章に、しばしばユイスマンの想い出が出てきたりするところから、この作家の名は、一部の文学通のあいだに親しいものとなっていたようである。

ところで、わたしがこの小説の翻訳を思い立ったのは他でもない。年来わたしは、サド侯爵を源流とする十八世紀以降の暗黒小説の研究と、中世の異端思想ないし悪魔学・神秘学の研究に打ち込んでいる者であるが、この分野においても、ユイスマンの業績はきわめて重要な意義をおびているのである。一口に言って、この幻覚に憑かれた神秘の探求者ユイスマンは、科学万能主義とブルジョア道徳の十九世紀にあって、あの中世紀特有の神秘的象徴主義を作品世界に再現した、まことに稀有な作家と言うことができるのだ。

したがって、ここでお断わりしておかねばならないが、ユイスマンを自然主義作家グループのなかに分類して事足れりとする大雑把な文学史上の定説には、わたし自身は一顧も与えないであろう。そもそも文学史上の通説をはみ出るような部分にしか、わたしの興味はついぞ向いたことがない次第なのである。このことを先ず明らかにしておいて、以下にやや詳しく、ユイスマンおよび『さかしま』についての私見を述べてみたい。

＊

面白いことに、二十世紀初頭のフランス文学の指導的な存在で、その芸術理念の互いに全く相反する二人の詩人が、それぞれ若年の頃、ユイスマンによって大きな影響を蒙ったことをみずから告白している。一人はポオル・ヴァレリイであり、もう一人はアンドレ・ブルトンである。一方は今世紀最大と言われる主知主義の詩人であり、もう一方は非合理主義を標榜する前衛的なシュルレアリスム運動の旗頭である。

もっとも、ヴァレリイはユイスマンの博識や批評家としての鋭さに十分敬意を表しつつも、「自分とこの作家とは、性質や考えから見て、対蹠的の位置にいる」ものであることを断わっており、またあくまで無神論を固守する姿勢のブルトンは、この作家の暗い韜晦趣味や超越的な諧謔や神秘主義的傾向を愛惜しつつも、カトリックへの接近を露わに示しはじめた『彼方』以後の彼の著作活動を、一切認めない立場に立っている。

いま、わたしにとっても関心がなくはないブルトンの含蓄のある言葉を、少しく引用してみよう。ブルトンは次のように言う。

「わたしは、提示されたものはすべて尊重するというやり方、また現存するものの中から絶望という線だけにしぼって選び取るというやり方にかけては、ユイスマンと非常に共通したものを自己の内部に見出すので、不幸にして作品を通じてしか彼を知ることができなかったにせよ、ユイスマンという人が、わたしの友達の中でも最も共感を呼び得る作家に思えるのである。……少なくとも、人間には無意識なものがあるというこの絶対的な宿命について、また自分自身に即して何らかのうまい逃げ道を探そうとすることは全く無益であるという点について、人間的にわたしに納得させてくれたような人は、ユイスマン以前にはいなかったのだ。……おそらくこんなことまで言う必要はあるまいが、わたしはどれほどユイスマンを、すべての小説の経験論者どもから引き離して考えているか知れない。ロマネスクな筋をもつ心理小説の余命は、もはやいくばくもない。そのような心理小説をして、すでにそこから立ち直り得なくせしめるような激しい打撃が、ユイスマンによって下されたのだ、と言わねばなるまい。」（『ナジャ』）

ブルトンのいわゆる「小説の経験論者ども」とは、十九世紀以後の自然主義作家たちを指すものであろう。サルトルは『ボオドレエル論』のなかで、「ボオドレエルに『聖ペテルブルグ夜話』よりもはるかに深い影響を与えたと思われるのは、サン・シモンから十九世紀全体をつらぬいてマラルメ、ユイスマンにいたる反自然主義の大潮流である」と書いているが、この反自然の夢はボオドレエルにおけると同様、ユイスマンにおいても、その作品世界の秘密を解く鍵となるものであろう。

たとえば本書『さかしま』においても、主人公のデ・ゼッサントは、偏執狂的な人工の理想と我が身の病弱に悩む気むずかしい孤独な独身者にすぎず、ユイスマンの他の小説の主人公と大同小異であり、もっぱら倦怠と嫌悪にみちた彼の生活が回想風に、独白風に描かれているばかりなのであるが、——ここで大事なのは、おそらく表現された限りでの、微温的な生活的現実に対する主人公の絶望そのものではなくて、むしろ、神にまれ悪魔にまれ、その絶望の埒外にある何ものかによってつねに魂を奪われているという状態、言い換えれば、緩慢な不断の緊張によって次々に粘りづよく主人公の内部の現実をあばいて行く、あの無意識の力ともいうべき牽引力を読者に向かって提示したことであった、と思われる。このふしぎな苛立たしい緊張の持続、漠とした超越への熱望は、必然的にその文体を極度にバロック的かつ装飾的ならしめ、主人公の性格の造型や心理の分析よりも、むしろ彼の自我を弛みなく無限に解体して行く方向に向かうであろう。どこに向かって伸びて行くか作者自身にも分らぬ、発端も終りもない唐草模様のような平面的な描写。まさに、ここにこそ近代の反自然主義の行き着くべき一つの極限があったとも言い得るのだ。

＊

誤解を恐れずに言えば、ユイスマンの小説はきわめて反小説《アンチ・ロマン》的な小説であり、同時にまた、きわめて私小説的な小説でもあるのである。ちょうどジャン・ジュネの小説がすべて私小説であるように。

かかる文学的志向を、ユイスマン自身の言葉によって置き換えてみるならば、次のごとくになる。すなわち、「彼ら（スタンダールなどの心理派作家）の興味をそそる狡猾な心理の分解作業は、一言で言えば、情熱に揺り動かされる人々に対して行使されているのであって、デ・ゼッサント自身にとっては、そんな情熱はもう縁がないのであった。かように精神の停滞が極端になって、きわめて繊細な感覚や、カトリック的かつ官能的な苦悩以外には何も受け入れられなくなってみると、彼には一般的な愛情とか、平凡な思想の交流とかは関心に値するものではなくなっていた。」

＊

反自然とは、形而上学の観点から見るならば神（あるいは悪魔）に当り、心理学の観点から見るならば、リビドー的な無意識（あるいは性的倒錯）に当り、社会学の観点から見るならば、労働（あるいは技術）に対応する、と考えることもできよう。

されぱこそ、ヴァレリイがいみじくも言ったように、「芸術、女、悪魔、神、これがユイスマンの精神生活における大きな興味の対象」であった。この場合の芸術は、また技術、人工と言い直してもよい。「そのほかには、生きて行く道の悲惨な状態の尽きない細かなことにいつも刺戟され、苛立たせられているのである。そのうちから、あらゆる苦悩と醜悪さを採ってくる。その特異な鼻はこの世にある嘔吐を催すようなものを、恐ろしさに顫えながらも、嗅ぎ出してくる。」

ユイスマンの小説世界には殆んど血の通った人間がいない。主人公がみずから「情熱に縁がない」と言明しているのだから、それも道理であろう。ティボオデによれば、デ・ゼッサントは「文学のロボット」である。彼はつねに、人間の外にある畏怖すべき無限への探求にしか心を労さない。結局、ユイスマンの小説世界は、彼自身の比喩を学匠的な芸術の上に、秘儀的な魔術の上に、あるいは職人的な技術の上にそれぞれ据えた、感覚の交響曲または大伽藍と称するにふさわしい、中世的な世界なのである。

近代詩のタイプには、「否定の力が万象の限界を吹っ飛ばしてしまうランボオやニーチェのユマニスト的世界に対して、ボオドレエルやマラルメの堅固で神学的な世界」があることを、サルトルは『ジャン・ジュネ論』のなかで正当にも指摘しているが、ユイスマンの宝石を象嵌したような、凝集力と緊縮作用にみちた象徴的世界も、明らかに後者に属するものと言ってよかろう。

またヴァレリイの言葉にあるような、ユイスマンの悲惨なものに対する異常な関心ないし尊敬も、醇乎たる中世キリスト教的な伝統の裡にあるものと称してよい。中世紀に行われた極端な宗教的な愛の恍惚は、王女たちが癩患者の悪臭を放つ傷口に接吻して、わざと病毒に感染し、それによって生じた潰瘍を彼女たちの薔薇と呼んだほどであった。それは殉教の宗教的マゾヒズムと言ってもよい。ユイスマン晩年の小説『スキエダムの聖女』は、そのようなマゾヒステイックな聖女伝説の物語である。

病気や、梅毒や、血や、膿や、悪魔礼拝の不潔や、淫売窟の腐った鼻を衝く匂いが、彼の小説世界には充満している。しかし、『彼方』の冒頭に出てくるグリューネヴァルトの凄惨なキリスト磔刑図に関するユイスマン独特の精緻な分析を読めば、醜悪であるために美しく、苦悩と無力の表現であるために崇高なゴシック芸術の反自然的理念こそ、この作家の理想とするものであったことが容易に納得されるにちがいない。

要するに、ユイスマンは嫌悪すべき十九世紀の産業資本主義とブルジョア・デモクラシイから我と我が身を追放して、人工的な中世のなかに隠遁したのであった。——が、それはあくまで文学の範囲内での話である。一種の奇矯な私小説作家であったとはいえ、現実のユイスマンはあくまで精励な役人であり、退職後、功によって時の内務大臣からレジヨン・ドヌウル勲章を授けられたほどの、几帳面な一市民たることに甘んじていた。十九世紀の文学的隠者にとっては、中世紀の修道士のように商人や金融業者を軽蔑し、労働を忌避し、無為と寄生の生活を俗社会の圏外で営むことは、所詮かなわぬ夢であったようだ。

『悪魔主義と魔術』という本の序文のなかで、ユイスマンは、悪霊を信じることができなくなった現代の精神医学に対して、次のような苦々しげな言葉を投げつけている。すなわち、「かつては悪霊に少しも取り憑かれていない人たちが、大勢焼き殺されたものであった。ところが現在では、悪霊に取り憑かれている人たちに注水療法を施すのだ。わたしたちの診断は中世紀とは逆である。中世紀当時はすべてが悪魔的だった。今ではすべてが自然である」と。

＊

しかし、ユイスマンがまさしく模範的な謹直な官吏であったればこそ、それだけ彼の痙攣的なユーモアの精神は研ぎ澄まされねばならない必然性があった。フロイトによるまでもなく、ユーモアの秘密は快楽原則の解放である。昼間、事務机と書類のあいだで圧し殺されていた彼の詩魂は、夜にいたって、妖しい燐光を発するばかりに燃えたであろう。

ここで、唐草模様のようだと前にわたしが書いた、ユイスマンの神経質な精緻な描写の特質について述べておく必要がある。それはヴァレリイによれば、「意想外の表現や極端な表現をいつも狙っている文章」であり、ブルトンによれば、「感覚の神経的伝達のために鋳直されたスタイル」であるが、時としてまことに嘲笑的な、傲岸な、シュルレアリスムのいわゆる「黒いユーモア」の効果さえ生み出すことに成功しているのである。(ブルトン編の『黒いユーモア選集』には、初期の『世帯』と中期の『仮泊』の断片が入っている。)

ある批評家のインタヴューに答えて、ユイスマン自身、「わたしは洗練されたパリ人とオランダの画家との奇妙な混淆だ」と言ったそうであるが、——事実、先祖にフランドルの画工の系譜をもつ彼の巧緻なバロックな描写の方法は、あのヴァン・デル・ヴァイデンやディルク・バウツからイーゼンハイム祭壇画の巨匠にいたる、暗鬱でしかも華麗な北欧十五世紀の画風を思わせるものがありはしないか。

オスカア・ワイルドの『ドリアン・グレイ』から、『さかしま』を評したものと見なされている文章を引用すれば——

「その文体は、まことに珍奇な宝石を鏤めたようで、明快であるとともにまた曖昧であり、陰語や古語に充ちていて、フランス象徴派の最もすぐれた芸術家の或る作品を特徴づけている文体であった。蘭のように怪奇な、そして色彩においても美妙な隠喩もある。官能の生活が神秘哲学の用語で述べられている。誰か中世の聖者の霊的恍惚でも読んでいるのか、それとも近代の罪人たちの病的な懺悔録を読んでいるのか、時には見分けもつかぬほどであった。まことにそれは有毒の書であった。どぎつい香の馨りがどの頁にもまつわっていて、脳髄を悩ますように思われる。」

＊

さて、悖徳無慙のドリアン・グレイをしてこれほどの讃辞を発せしめた、このいわゆる「筋のない、ただ一人の人物しか出てこない」小説、ユイスマン一代の奇作『さかしま』は、一八八四年、ゾラの御用出版社であったシャルパンティエ書店から刊行された。

文学史上の定説では、これが自然主義の袋小路をはじめて脱した、ユイスマンの記念すべき作品となっている。また、胎動期にあった象徴主義の運動を作者がつとに理解して、『さかしま』の本文中にこれを紹介批評したことが、その後の新らしい文学の趨勢を決定することになったとも言われており、英国のアーサア・シモンズによって、この書が「デカダンスの日禱書」と呼ばれたこともよく知られている。

一方、ゾラはこの作品があらわれるや、年来の同志たる作者に向かって、「きみは自然主義に怖るべき一撃を与えた。われわれのエコールを逸脱させるつもりか。きみ自身だって、あんな小説を書いていたら行きづまってしまうぞ」と、忠告がましい非難を加え、ふたたび自然主義的方法に就くべきことを勧めたという。

ユイスマン自身の回想するところによると、『さかしま』は「隕石のように文芸市場に落ちた」のであり、「茫然自失と激怒を捲き起した」のであった。新聞は混乱し、あられもないことを書き立てた。作者は人間嫌いの印象主義者として扱われ、作中の主人公は偏執狂とか、低能とか評された。ジュウル・ルメエトルのごとき高等師範《ノルマリヤン》出は、小説のなかでウェルギリウスが貶されているのに腹を立て、中世ラテン文学のデカダン作家などは白痴か耄碌した人間だ、とやり返した。劇評家サルセエにいたっては、「こんな小説が一言でも解るくらいなら、いっそ首を吊って死にたいものだ」と叫んでいた。

囂々たる非難のなかで、ひとりバルベエ・ドオルヴィリイだけが作者に共感を示し、一八八四年七月二十八日付の「コンスティテュショネル」紙上に、次のような意味ふかい言葉を含んだ記事を書いた。すなわち、「かかる作品を書いてしまった以上、もはや銃口か十字架の下を選ぶよりほかに、作者には残された道があるまい」と。実際、バルベエの予言は適中し、それから十年後にユイスマンは十字架を選んだのである。

＊

この翻訳は、桃源社の矢貴昇司氏の好意あるお勧めによって著手されはしたものの、ひとたび原稿用紙に立ち向かうや、凝りに凝った原文の難解さ、辞書にも見当らない奇異な単語の頻出、ラテン文学や神学関係の参考資料の乏しさ……等々の障害が雲のごとく眼前に立ちふさがり、悪戦苦闘、ついに完成を見るにいたるまで、思わぬ時日を費してしまった。今まで、これほど苦労した翻訳はない。と同時に、苦労しながらも、これほど楽しい翻訳をしたことはない、という気もする。機会を与えて下さった矢貴氏に厚く御礼を申しあげたい。

訳文は申すに及ばず、巻末に付した訳註にも、不備の点は多々あるであろう。版を改める機会があれば、訂正したり増補したりして行きたい。

語学上の疑問については、札幌在住の出口裕弘氏に再三手紙で教えを乞い、その都度懇切な回答を得た。訳註の作成にあたっては、野沢協氏の教示を仰いだ部分もある。二人の畏友に心から感謝を捧げる。

澁澤龍彦

一九六二年七月　鎌倉にて

『さかしま』（普及版）あとがき

ジョリ＝カルル・ユイスマンの奇作『さかしま』は、一八八四年に出版された。当時、ヨーロッパでは世紀末のデカダンス文学と象徴派運動がようやく起りつつあったが、『さかしま』は、この運動を当時の主流、自然主義とパルナシアンの桎梏から切り離し、大きく飛躍せしむべきスプリング・ボードの役目を果した。イギリスの文学史家マリオ・プラーツ氏によれば、「単にユイスマン自身のその後の作品のみならず、またジャン・ロラン、グウルモン、ワイルド、ダヌンツィオにいたるすべてのデカダンスの文学作品が、この『さかしま』のなかに萌芽として含まれている」（『ロマン主義的苦悶』一九三三年）のである。

デカダンスの聖書といわれ、象徴派の宝典といわれた『さかしま』のなかで、ユイスマンは、彼自身の教養と学殖と趣味とを一身に体現した、デ・ゼッサントと呼ばれる一人の神経症的な貴族、一人の気むずかしい病弱な独身者を描き出した。この男は、自分の生きている十九世紀末のブルジョワ民主主義と科学万能主義とを頭から軽蔑し、日常的な現実を一切拒否し、カト

	象徴派	デカダン派
拠りどころ	理想主義 神秘主義	魔術 エロティシズム
標識	一角獣と白鳥 百合 真珠	スフィンクスと噴火獣 蘭 エメラルド
英雄	救世主 パルツィヴァル	宿命の女 サロメ
理想的イメージ	ローエングリン	デ・ゼッサント
地上的イメージ	ルドヴィヒII世 サン・ポル・ルー	オスカー・ワイルド ラフォルグ
画家	バーン・ジョーンズ	ギュスターヴ・モロオ
呪文	青、清浄 元素	病的、怪奇 模造趣味

リック的中世にあこがれ、ひたすら感覚と趣味とを洗錬させて、この世ならぬ人工的な夢幻の境に逃避しようとする。彼の愛するものは、頽唐期のラテン文学であり、ボオドレエルでありマラルメであり、幻想的な絵画作品であり、珍奇な宝石であり香料であり花々である。オレンジ色に壁を塗った密室風な書斎のなかで、彼は自己の病める脳髄のつくり出す妖しい幻覚に酔うのである。

この世紀末の美学の生み出した典型人物というべきデ・ゼッサントは、後の世代の象徴派にもデカダン派にもひとしく影響をあたえたものであるが、もとより、この両派は、ある面では共通の神々を崇拝し、その美学を互いに浸透させ合い、その信奉者を互いに分かち持つという、きわめて密接な関係を保ってきたのである。

『フランス幻想文学』（一九六四年）の著者マルセル・シュネエデル氏は、この両派の特徴を単純化して、上のように表示した。

この表はおもしろいが、一概に首肯しかねる面もあり、不備な面もあるように思われる。両派は互いに干渉し交錯しているのであるから、それも当然であろう。たとえば、「カトリシズム」と「サディズム」、「聖母」と「アンドロギュヌス」などの対立は、ぜひとも付け加えたいところではなかろうか。

また、デカダン派の「地上的イメージ」は、ワイルドよりもむしろロベール・ド・モンテスキウとすべきではなかろうか。一説によると、ユイスマンはゴンクウルの家で、この優雅な貴公子をちらと見、マラルメから噂を聞いて、『さかしま』の主人公のモデルにしたという。モンテスキウからデ・ゼッサントへ、デ・ゼッサントからドリアン・グレイへ、という風に、文学的典型人物の系譜を考えることもできるであろう。

この『さかしま』の翻訳は、四年前に桃源社から豪華本として出た版を、読者の要望により、今回、新たに「異端の文学」シリーズに加えたものである。このような時代にあって、「さかしま」の世界に沈潜することを喜ぶ読者の存在することを、訳者は冥利とする。

『さかしま』（第三版）あとがき

最初に『さかしま』を上梓してから、すでに十年以上の歳月が経過した。思えば、この翻訳の仕事に熱中していた頃、私は、楽しみながら苦労するという、一般には辛気くさいものと考えられている翻訳という作業の、醍醐味をきわめたかのごとき感を味わったものであった。そういう楽しい経験は、その後も数多くはないのである。

この書物が初めて世に出たとき、埴谷雄高氏と故三島由紀夫氏が書評を書いて下さった。石川淳氏から初めてお手紙をいただいたのも、この書物を私が氏にお贈りしたためだった。私の『さかしま』は、果報者である。

十年以前の翻訳である以上、本文にも訳註にも、訂正したり加筆したりしなければならない部分は、おそらく多々あることと思うが、現在の私には、それをしているだけの余裕がないのが心残りと言えば心残りである。

初版のとき、『さかしま』の作者名の片仮名表記を、私は自分の趣味でジョリ＝カルル・ユイスマンとしたが、今度の版からは、正しくジョリス＝カルル・ユイスマンスに改めることにしようと思う。『大伽藍』も『スヒーダムの聖女』も出揃った今日、あまり勝手な横車を押すのもどうかと思われるからだ。

一九七三年四月

澁澤龍彦

『さかしま』（光風社版）あとがき

作者たるジョリス・カルル・ユイスマンス自身の回想するところによれば、『さかしま』は一八八四年、「隕石のように文芸市場に落ちてきて、ひとびとを仰天させ立腹させた」という。新聞は混乱し、あられもないことを書き立てた。作者は人間嫌いの印象主義者と見なされ、作中の主人公デ・ゼッサントは偏執狂とか低能とか評された。しかし今日の観点から眺めれば、ユイスマンス一代の奇作『さかしま』は、世紀末のデカダンス文学と象徴派運動がようやく起りつつあったころ、この新しい気運を大きく発展させるためのスプリングボードの役割を果したのである。これはすでに文学史上の定説であって、マリオ・プラーツのごときは名著として知られる『ロマン主義の苦悶』のなかで、「単にユイスマンス自身のその後の作品のみならず、またジャン・ロラン、グールモン、ワイルド、ダヌンツィオにいたるデカダンス文学の全作品が、この『さかしま』のなかに萌芽としてふくまれている」と述べているほどだ。

象徴主義文学や世紀末美術について語ったり論じたりする者が、必ず参考にしなければならない文学作品がもしあるとすれば、それこそ『さかしま』であろう。私がこれまでに翻訳してきたフランス文学の作品は数多いが、この『さかしま』のなかの文章ほど、内外のいろんな書物に何度となく引用されている文章はない。とくにギュスターヴ・モロオやオディロン・ルドンに関する部分、また「口中オルガン」や「黄金の甲羅の亀」や「喪の宴」に関する部分は、引用される頻度がいちじるしく多いようである。

デ・ゼッサントは庭師の運んできた奇怪な蘭の花のコレクションを眺めて、「あれはみんな梅毒なんだな」と夢想する（第八章）が、この言葉をヒントにして、十九世紀フランス文学の全体をシフィリス（梅毒）の影のもとに捉えようとする文芸評論さえ、ごく最近、フランスで発表された。「病気」は歴史や社会学の分野でも今や流行の主題なのである。ガストン・バシュラールによって「メドゥーサ・コンプレックス」と名づけられたユイスマンスの目は、期せずして時代のデカダンスの極端な位相にピントが合っていたのであろう。

ところで、今年は一九八四年、すなわち『さかしま』が世に出てからちょうど百年目である。私が初めて『さかしま』の翻訳を桃源社から出したのは今から二十二年前だが、このたび、光風社出版の小澤一雄さんのおすすめによって、ふたたび版を新たにしようと思い立ったのが、本国における原著の刊行百年目だったとは奇しき因縁だと思わないわけにはいかない。久しく途絶えていた本書の新たな刊行を待っている奇特な読者も多いことと思うゆえ、時宜を得た小澤さんの企画に感謝したい。私自身にとっても、三十四歳当時の翻訳を再刊するのは感慨なきを得ないのである。ことに『さかしま』は、私のいちばん気に入っている翻訳である。心ある読者とともに、私は『さかしま』百年祭を祝着したいと思う。Salut !

昭和五十九年三月

澁澤龍彦

書誌

『さかしま』（J・K・ユイスマン著、澁澤龍彦訳）、一九六二年に桃源社より刊行。

その後、一九六六年に「世界異端の文学第四巻」として刊行、また、一九七〇年には「澁澤龍彦集成第六巻・翻訳篇」に収録、いずれも桃源社。

『さかしま』（J・K・ユイスマンス著、澁澤龍彦訳）、一九七三年に桃源社より刊行。

『さかしま』（J・K・ユイスマンス著、澁澤龍彦訳）、一九八四年に光風社出版より刊行。

本文庫の底本。

なお本文庫では、訳註のシステムは『澁澤龍彦翻訳全集』に準じている。また、図版類は本文の記載にあわせて配置したため、底本とは順序、位置等相違がある。

さかしま

訳者 澁澤龍彦

二〇〇二年六月一〇日 初版印刷
二〇〇二年六月二〇日 初版発行

発行者 若森繁男
発行所 河出書房新社
東京都渋谷区千駄ヶ谷二-三二-二
☎〇三-三四〇四-八六一一（編集）
〇三-三四〇四-一二〇一（営業）
http://www.kawade.co.jp/

デザイン 粟津潔

印刷 暁印刷
製本 加藤製本株式会社

定価はカバーに表示してあります。
落丁本・乱丁本はおとりかえいたします。

 ISBN4-309-46221-9

単行本

編年体による初の完全版翻訳全集

澁澤龍彦翻訳全集 [全15巻・別巻1]

編集委員―巖谷國士|種村季弘|出口裕弘|松山俊太郎

単行本未収録作品、未発表作品を含め全翻訳作品を収録

巻末に編集委員による詳細綿密な解題を収録

月報は「澁澤龍彦のいる文学史」と題し、

各巻のテーマに沿った専門家へのインタビューで構成

【1】大胯びらき/恋の駈引/マルキ・ド・サド選集Ⅰ(彰考書院版)/補遺1956年
【2】マルキ・ド・サド選集ⅡⅢ(彰考書院版)/世界風流文学全集5/補遺1957年
【3】かも猟/共同墓地/エロチシズム/悲惨物語/補遺1958年
【4】コクトー戯曲選集Ⅰ/自由の大地/列車〇八一(世界恐怖小説全集9)
【5】悪徳の栄え(正・続)
【6】わが生涯/補遺1961年
【7】さかしま/マルキ・ド・サド選集Ⅰ(桃源社版)
【8】マルキ・ド・サド選集Ⅲ(桃源社版)/マルキ・ド・サド選集Ⅱ(桃源社版)
【9】新・サド選集1・6(桃源社版)/オー嬢の物語/補遺1965-66年
【10】ジャン・ジュネ全集第二巻/美神の館/補遺1968年
【11】怪奇小説傑作集4/ポトマック/サド侯爵
【12】ひとさらい/大理石/マゾヒストたち/補遺1970-71年
【13】ジョルジュ・バタイユ著作集7/長靴をはいた猫
【14】ハンス・ベルメール/魔術/ボマルツォの怪物/他/補遺1976-77年
【15】サド侯爵の手紙/三島あるいは空虚のヴィジョン/他/補遺1978-83年
【別巻1】澁澤龍彦コレクション1-3/未発表翻訳原稿/他

新ジュスティーヌ

マルキ・ド・サド　澁澤龍彦〔訳〕　46037-2

美少女ジュスティーヌは、身も心も美徳に捧げたために、次々とおそろしい不幸に見舞われる——。『悪徳の栄え』と対をなすあまりにも有名なジュリエットの物語の最終決定稿。サドの代表作。

恋の罪

マルキ・ド・サド　澁澤龍彦〔訳〕　46046-1

ヴァセンヌ獄中で書かれた処女作「末期の対話」をはじめ、50篇にのぼる中・短篇の中から精選されたサドの短篇傑作集。短篇作家としてのサドの魅力をあますところなく伝える13篇を収録。

悪徳の栄え　上・下

マルキ・ド・サド　澁澤龍彦〔訳〕　(上)46077-1／(下)46078-X

美徳を信じたがゆえに身を滅ぼす妹ジュスティーヌと対をなす姉ジュリエットの物語。悪徳を信じ、さまざまな背徳の行為を実践する悪女の遍歴を通じて、悪の哲学を高らかに宣言するサドの長篇幻想奇譚!!

ソドム百二十日

マルキ・ド・サド　澁澤龍彦〔訳〕　46081-X

ルイ14世治下、殺人と汚職によって莫大な私財を築きあげた男たち４人が、人里離れた城館で、120日間におよぶ大乱行、大饗宴をもよおした。そこで繰り広げられる数々の行為を物語『ソドム百二十日』他２篇収録。

閨房哲学

マルキ・ド・サド　澁澤龍彦〔訳〕　46096-8

快楽の信奉者、遊び好きなサン・ダンジェ夫人と、夫人に教えを受ける情熱的な若き女性ウージェニー。さらに数人の遊蕩児たちが加わって互いに交わす“性と革命”についての対話。サドの残した危険な書物！

美徳の不幸

マルキ・ド・サド　澁澤龍彦〔訳〕　46118-2

サドの代表作『悪徳の栄え』と対をなす主人公ジュリエットの妹ジュスティーヌを主人公とした物語。現存する３つの版のうち「原ジュスティーヌ」とも称すべき本書はサドの原点を示す作品である。